Mattia Insolia

Brennende Himmel

Mattia Insolia

BRENNENDE HIMMEL

Roman

Aus dem Italienischen
von Mirjam Bitter

Karl **Rauch**

Dieser Text enthält explizite Schilderungen sexualisierter Gewalt sowie psychischer und physischer Gewalt in der Familie. Die Inhalte können beim Lesen belastend oder retraumatisierend wirken.

Meiner Mutter und meinem Vater.
Oder besser, meiner Mama und meinem Papa.

Dem, was wir trugen,
bevor sie uns in diese Formen einpassten,
dem, was wir von uns selbst geopfert haben
auf dem Altar der Welt,
den Ereignissen, die uns ausmachen,
Sedimente des Untergrunds.

In the spring, we made a boat
Out of feathers, out of bones
We set fire to our homes
Walking barefoot in the snow
Distant rhythm of the drum
As we drifted towards the storm
Baby lion lost his teeth
Now they're swimming in the sea.

OF MONSTERS AND MEN, *Your Bones*

Das Auge sieht keine Dinge,
sondern Figuren von Dingen,
die andere Dinge bedeuten.

ITALO CALVINO, *Die unsichtbaren Städte*
(Deutsch von Burkhart Kroeber)

CAMPOROTONDO, WINTER 2019

Wellenrauschen. Algengestank. Alkoholgeschmack.

Steif auf dem kalten Sand sitzend, erforschte er die Dunkelheit.

Seit sein Sohn ihn dort zurückgelassen hatte, vor ein, zwei, drei Stunden, hatte er sich nicht gerührt. Alles, wozu er fähig gewesen war, war zu trinken, die Wodkaflasche mittlerweile halb leer, und den Abzug der Pistole zu streicheln.

In seinem Rücken die stummen Ferienhäuser. An beiden Seiten die Küste; zur Linken kämpfte der Leuchtturm gegen die Nacht an. Vor ihm auf dem Meer spiegelte sich gekräuselt der Mond. Und genauso fühlte er sich gerade: weit weg und zitternd, eine Projektion seiner selbst.

Er senkte den Blick auf die Waffe und starrte sie lange an, dann heulte er los.

Als würden sämtliche Schleusen eines Staudamms geöffnet, brachen die Tränen unkontrolliert aus ihm hervor: Zu lange hatten sie in ihm festgesessen, jetzt konnte er sie nicht mehr aufhalten. Er stellte die Flasche ab, legte die Pistole beiseite und führte die Hände zum Kopf, die Finger durchkämmten sein Haar, und er ließ sich gehen, stöhnte und seufzte.

Nach einer Weile, er hätte nicht sagen können, wie lange, erschöpfte sich das Weinen von selbst. Da griff er wieder nach der Pistole, stellte sich vors Meer und schloss die Augen.

Da sah er ihn.

Den Sternenhimmel. *Seinen* Sternenhimmel. Ganz aus noch ungeplatzten Wünschen gemacht und mit Sternbildern so groß wie grenzenlose Städte; brennende Kathedralen, ins Unendliche aufragende Gebäude, mit dem Gold der Träume gepflasterte Straßen.

Als er die Augen wieder öffnete, machte er auf dem Strand verschiedene Versionen seiner selbst aus. Die aus einer fernen Vergangenheit und die so nahen, dass er sie fast berühren konnte: Reglos vor ihm starrten die Halluzinationen ihn an. Und in der lärmenden, immer dichter werdenden Stille schickte er die Gespenster zum Teufel und vergab ihnen, was er gewesen war, dankte ihnen und sagte ihnen Lebewohl.

Sein Name war Riccardo Giordano, er war sechsunddreißig Jahre alt und hatte in jener Nacht, in jenem Moment, vor sich die Gestalten dessen, was er im Leben gewesen war. Wer er gewesen war, jedes Mal, wenn er sich verändert hatte. Und um die Versionen zu töten, deren Last er nicht mehr tragen konnte, wollte er nun den töten, der er heute war. Er war kurz davor, sich eine Kugel in den Kopf zu jagen.

Also legte er den Zeigefinger an den Abzug der Pistole und bereitete sich aufs Sterben vor.

CAMPOROTONDO, SOMMER 2000

Teresa Vasta beobachtete die Welt mit Schrecken.

Es war, als wäre ihr schon bei der Geburt eine Brille ins Gesicht geklebt worden: schweres Gestell und Linsen aus Panzerglas. Was ihr unter die Augen kam, war durch ein immerwährendes Katastrophengefühl von einer Patina aus Angst verschleiert. Sittsam und unbequem saß sie im Fiat Panda ihrer Eltern und starrte auf die Straße.

Ein belämmertes Panorama. Baumsetzlinge kurz vorm Verrecken, magere Kühe beim Grasen. Aber ihr kam es so vor, als wohnte sie den letzten Sekunden vor der Apokalypse bei.

Im Radio lief Mina. Nach vielen Stunden unterwegs hatte Marco, Teresas Vater, darum gebeten, den Sender zu wechseln, bitte, aber Maria, ihre Mutter, hatte geantwortet, er solle die Klappe halten. Daher überschwemmte jetzt *Se telefonando* den Panda. Auch Teresa hasste Mina: Sie klang, als säße ihr ein Ei im Hals fest, und rief immer ein wolkiges Gefühl in ihr hervor. Um sie aus ihrem Kopf rauszuhalten, hätte sie jetzt gern ihren Discman genommen und sich mit Avril, Britney und Cher vollgesogen. Aber den aus ihrem kleinen Rucksack zu holen, schien ihr keine gute Idee, und sie traute sich nicht.

Vor Monaten, als sie gerade im Bett lag und die faden Kichererbsen vom Abendessen verdaute, hatte sie sie über die Stereoanlage gehört, da war ihre Mutter ins

Zimmer geplatzt. Sie hatte geschrien, das wäre ja *scheußliches Schlampenzeug*, und hatte so nah vor Teresas Gesicht herumgezetert, dass die den Cynar- und Merit-Gestank gerochen hatte. Sie hatte ihr befohlen, drei *Ave-Maria* und ein *Vaterunser* zu beten. Und schon war sie wieder draußen. Teresa hatte leise geweint, im Bett zusammengekauert wie eine Hündin, die nur Prügel kennt. Sie hatte die CD mit den Sommerhits in einer Schublade versteckt. Und unsicher, ob sie wirklich beten sollte, hatte sie beschlossen, dass sie dieses *scheußliche Schlampenzeug* nie mehr hören würde.

In letzter Zeit streifte sie immer wieder die Lust zu rebellieren, aber das war ein kümmerlicher Wunsch, unfähig, jenes Denkmal des Zorns, das ihre Mutter darstellte, zu überleben. Und wenn sie darüber nachdachte, wenn sie daran dachte, dass sie mit sechzehn nichts als ein biegsamer, krummer und fruchtloser Zweig ihres Elternteils war, hielt sie sich für ein dummes Kindchen.

»Können wir kurz anhalten?«, fragte sie nach vorne. »Ich muss ganz dringend.«

»Nein, es ist schon spät. Halt's ein«, antwortete ihre Mutter.

»Gleich kommt eine Tankstelle«, sprang ihr Vater ihr bei. »Ich sollte besser noch tanken, im Ort ist es so teuer. Da kannst du aufs Klo gehen, wenn du willst.«

Die Agip-Tankstelle war alt und heruntergekommen.

Der Parkplatz war leer, bis auf ein jugendliches Paar, ungefähr in Teresas Alter, das direkt neben dem Eingang knutschte. Sie stieg aus, streckte sich lange und überquerte den Platz, ohne den Blick von ihnen abwenden zu können. Das Mädchen durchwuschelte seine Haare, der Junge strich mit den Händen unaufhörlich über ihren Rücken. Die Lippen fest verklebt.

Wer weiß, wie komisch das ist, die Zunge von jemand anderem im Mund zu haben.

Sie betrat die Raststätte und passte beim Pinkeln auf, die dreckige Kloschüssel nicht zu berühren. Sie versuchte zu spülen, aber die Spülung war kaputt. Und mit der Seife, die einfach nicht schäumen wollte, wusch sie sich mehrfach die Hände. Dabei betrachtete sie sich im Spiegel.

Sie hatte eine Kaskade aus braunen Locken und große, ausdrucksstarke grüne Augen; Luca Sili, ein Nachbar, hatte zu ihr gesagt, sie wären wie bei Mangafiguren, aber sie wusste nicht, wie die aussahen. Schmale Nase, hohe Wangenknochen, sanfte Lippen. Aber insgesamt gefiel sie sich nicht. Außerdem waren da noch ihre Brüste. Körbchengröße C, fast D, was für sie eher ein Fluch war. Sie waren ihr vor den anderen Mädchen aus der Schule gewachsen, und die Jungs, die sie »Milchkuh« nannten, wenn sie dachten, sie würde sie nicht hören, starrten sie dauernd so seltsam an. Ansonsten hielt sie sich für belanglos. Bic-Kugelschreiber, Feldblume. Und das passte ihr so. Wenn es nach ihr gegangen wäre, würde sie sich in der weichen Erde eine Höhle graben und für immer dort leben.

Auf dem Rückweg von den Toiletten ging sie wieder durch die Raststätte, wo sie einen Stapel *Harmony*-Bändchen entdeckte. Auf den Buchdeckeln Männer, schön wie amerikanische Schauspieler, und schlanke, freizügige Frauen, die sich küssten und aneinanderschmiegten. Entzückt, auch wenn sie nicht wusste, wovon, schnappte sich Teresa drei davon. Mit gesenktem Blick zahlte sie, überquerte wieder den Parkplatz und stieg zurück ins Auto.

»Noch mehr Bücher?«, platzte ihre Mutter los. »Bist du blöde?«

Sie nahm eine Haarsträhne, hielt sie sich unter die Nase und schnupperte lange daran, bis der Duft in ihre Nasenhöhlen und ihr Hirn einströmte. Es roch beruhigend, nach Garnier Wahre Schätze für Kinder Aprikose.

Die Vastas fuhren weiter.

Die Sonne ging schnell unter, die Straße war frei, Teresas Magen knurrte.

In der Kühltasche waren noch die restlichen Panini vom Mittagessen, alle mit Fisch und Gemüse; es war Freitag, und freitags rührte die Familie Vasta kein Fleisch an, wie der Herrgott es vorgeschrieben hatte. Teresa fischte eins mit Thunfisch, Scheiblettenkäse und Zichorie heraus, bitter und ziemlich ölig, und fragte, ob sie das essen dürfe.

»Wenn's unbedingt sein muss«, antwortete ihre Mutter.

Und sie schob es sich kommentarlos in genau vier Bissen rein. Sie kaute schnell, Lippen und Kinn wurden ölig. Danach, als der Hüftspeck ihr zuflüsterte, dass sie das Brötchen nicht hätte essen sollen, willigte sie ein, mit ihrem Vater zu spielen. Seit er seine Pillen wieder nahm, kam es vor, dass er zu ihnen zurückkehrte, in die reale Welt, dass er sich die Zeit damit vertrieb, den Papa zu spielen.

»Ich fahre auf eine einsame Insel und packe in meinen Koffer …«

Sie spielten eine Weile, bis ihre Mutter keifte, sie sollten mit diesem Schwachsinn aufhören. »Ihr wirkt wie zwei Vollidioten!«, und erneut zog Stille ein.

Kurz vor Sonnenuntergang hatten sie ihr Ziel erreicht.

Mattia, der Typ, der jedes Jahr in der Portiersloge am Eingang vor sich hin schimmelte, kam ihnen entgegen. Zwanzig Jahre alt, dünn und auch dann im Tarnanzug, wenn die Hitze dich umbringen will. Vor zwei Jahren hatte er es drauf angelegt und war mit dem Auto gegen die Blumenkübel auf der Piazza Dante gekracht. Durch die Windschutzscheibe war er gegen das Chanel-Werbeplakat geflogen. Und seitdem sabberte er, hatte komische Ticks und redete nie mit irgendwem, schaute alle nur feindselig an.

Ihr Vater ließ die Scheibe runter, und Mattia richtete eine Taschenlampe in sein Gesicht.

»Runter mit dem Ding, du Schwachkopf«, bellte ihre Mutter. »Willst du, dass wir blind werden?«

»Vasta«, sagte ihr Vater freundlich. »Marco, Maria und Teresa. Von der 14 F.«

»Wozu brauchst du die Taschenlampe überhaupt, wo doch noch die Sonne scheint?«, bellte ihre Mutter weiter.

Ganz ernst ließ der junge Mann sie durch, ohne ein Wort zu sagen.

Teresa öffnete die Fensterscheibe, steckte den Kopf raus und schnupperte in vollen Zügen.

Gegrillter Fisch, frisch gemähtes Gras, welke Blumen wie auf dem Friedhof.

Butterfly Village, ein scheußliches, kleines Schwarzes Loch, das jeden Sommer die unbedeutenderen Sterne der elendsten Galaxien einsog. Ein Häuserkomplex am Meer, wohin die Vastas sich jedes Jahr im Juli und August verkrochen.

Zu den Seiten taschentuchgroße Grasrechtecke mit sonnenversengten braunen Flecken, die Plastikliegestühle, schlaffe, aufblasbare Planschbecken und Wäscheständer voller Badesachen, Handtücher und Hemden beherbergten. Dahinter die abblätternden Häuschen. Niedrig, klobig, gelblich von Schimmel und Unwettern. Verandas mit ausfransenden Rattanmöbeln, halb durchgelegene Hängematten und Traumfänger aus Muscheln. Die engen

Sträßchen voller Schlaglöcher wimmelten von Männern mit nacktem Oberkörper, Frauen in Pareos und Kindern auf Fahrrädern.

Mit dem Kopf aus dem Fenster und etwas zerzausten Haaren winkte Teresa den Urlaubern, die sie seit ihrer Kindheit kannte; sie nannte sie »die Veteranen«. Aber niemand ließ sich dazu herab, ihren Gruß zu erwidern.

Am Ziel angekommen, liefen die Vastas, benommen von dem Tag im Auto, den Kiesweg entlang und betraten das Haus, aber Teresa schaute die Wohnung gar nicht erst an. Sie hatte nur wenige Minuten Zeit, bevor ihre Mutter ihr zurufen würde, sie solle ihnen mit dem Gepäck helfen, und sie hatte einen eigenen Ritus zu befolgen. Schon als kleines Kind hatte sie damit angefangen, als ihre Mutter sie einmal rausgeschickt hatte, um ihren Vater so richtig runterzuputzen. Seitdem hatte sie nicht mehr damit aufgehört.

Jedes Jahr, wenn ihre Eltern die toten Mäuse in den im Haus verstreuten Fallen zählten, rannte Teresa an den Strand und ließ sich vom Sonnenuntergang willkommen heißen. Ihr gefiel der Gedanke, dass das ihr erstes Bild vom Sommer war.

So lief sie durch das Ferienhaus, öffnete die Glastür und wirbelte an den Strand.

Der Leuchtturm hatte seine Wache noch nicht begonnen und stand traurig auf der felsigen Kuppe, die ihn beherbergte. Die Sonne im Meer schaute sie an, als wollte sie sagen: »Willkommen zurück, ciao, schön, dich zu sehen, gut siehst du aus dieses Jahr.« Und sie beantwortete den Gruß mit einem breiten Lächeln. Aber kurz darauf runzelte sie die Stirn und wurde wieder ernst.

Diese Sonne da war nicht dieselbe wie in den vorigen Jahren. Sie wirkte wie der Stern eines weit entfernten

Planeten, aus einer anderen Galaxie. Ein bisschen wie in den Science-Fiction-Filmen, die sie hin und wieder mit Elena, ihrer besten Freundin, guckte. Teresa wusste, dass das nicht möglich war, na klar war dieses schimmernde Dingsda dasselbe wie immer. Und doch konnte sie jetzt, wo sie es anstarrte, nicht anders, als zu denken, dass diese Ansammlung aus Flammen und unerfüllten außerirdischen Wünschen der Welt, ihrer Welt, fremd war.

In den letzten Monaten passierte ihr das häufig: Dinge, Orte, Personen, die ihr immer vertraut und nah gewesen waren, erschienen ihr nun Lichtjahre entfernt.

Sie wollte gerade zu ihren Eltern zurückgehen, als sie ganz in ihrer Nähe ein paar Jungs entdeckte.

Sie waren zu dritt. Gestalten im Gegenlicht, eingetaucht ins Meer, das rötlich glitzerte, sie kämpften, schrien und lachten. Muskulöse, kühle, raubtierartige Körper. Prompte, starke, schnelle Bewegungen. Sie wirkten wie die Wilden eines der brasilianischen Völker, von denen Tosto, ihr Geografielehrer, erzählt hatte. Sie umarmten sich, warfen einander ins Wasser, stießen sich lachend und johlend.

Sie beobachtete sie verträumt. Nervös ihre Finger knetend, den Kopf geneigt, die Augen zusammengekniffen, um besser zu sehen. Plötzlich drehte sich einer der Wilden um, blieb stehen und erwiderte ihren Blick, klebte mit den Augen an ihr.

Der Sonnenuntergang setzte das Meer in Brand, die Brandung taktete die Stille.

Aufrecht, das Wasser bis zur Taille, wandte er den anderen beiden den Rücken zu und fixierte sie, Teresa. Aus dem Nichts dehnten seine Lippen sich zu einem breiten Lächeln, ein Lächeln, das die Augen hart ließ. Und irgendetwas in diesem Ausdruck machte ihn für sie unheimlich.

Diesem gänzlich von den Flammen auf dem Meer umgebenen Grinsen gegenüber fühlte sie sich in Gefahr. In Gefahr, als wäre jener Wilde der Jäger, dazu bestimmt, das Ende ihrer Geschichte zu schreiben, in die Feriensiedlung gekommen, um sie aufzuspüren und zu töten.

Und, von sich selbst überrascht, merkte sie, wie sie ebenfalls lächelte.

PALOMA, WINTER 2019

In den Ohren von Niccolò Giordano war die Welt ein gedämpftes Summen.

Sie war da, das hätte er nicht leugnen können. Eine Menschheit außerhalb seiner selbst existierte, aber sie war nichts als ein leises Hintergrundrauschen. Kümmerlich, im Niedergang auf ein trostloses Ende zu. Und er, im Zentrum von allem, war der Schrei, der sie übertönte.

Die Augen geschlossen, der Kopf nach hinten geworfen, die Beine gespreizt. Es war Sonntagmorgen und Niccolò, nackt im Bett, war im Begriff zu kommen. Er überlegte, ob er den Blondschopf, der gerade an seinem Schwanz lutschte, darauf hinweisen sollte, beschloss aber, dass das nicht nötig wäre. Dann zog er seinen Unterleib zusammen, kräuselte die Zehen und kam in ihrem Mund. Der Kopf zuckte nicht mal, sondern beendete seine Arbeit, löste sich von ihm und legte sich neben ihn.

»Du benutzt deine Zähne zu sehr«, kommentierte er, dann schaute er auf den Wecker, fluchte und stand aus dem Bett auf. »Meine Mutter kommt gleich zurück, wir müssen raus.«

Der Blondschopf sprang auf und wurde zu einem dünnen Körper mit Knackarsch und langen Beinen, der mit wiegenden Hüften ins Bad trippelte. Niccolò streckte sich, kratzte sich mit den türkis lackierten Fingernägeln am Kopf und stellte sich nackt ans Fenster. Er hatte einen wahnsinnigen Kater, nur wenige Stunden geschlafen und sollte mit seinem Vater zu Mittag essen; auch wenn er es vorgezogen hätte, sich auf der Piazza auspeitschen zu lassen. Er hatte ihm am Vortag allerdings eine Nachricht geschrieben, und Niccolò hatte nicht ablehnen können.

Aus dem fünften Stock sah die Straße aus wie ein gemusterter Teppich.

Elegant wie eine verarmte Adlige verlor sich Paloma am Horizont. Es zählte eine Million Ameisen und war eine reiche Stadt, er wusste allerdings nicht, warum. Riesig und sauber, roch die Stadt immer nur nach Jasmin. Es schien, als hätten alle einen Fimmel für diese beschissene Pflanze, Balkone, Terrassen und Straßen waren voll davon. Breite und ordentliche Straßen, gesäumt von Linden und Hainbuchen. Die Gebäude, alles Glas und Beton, waren hoch und kantig. Es war ein belangloser Ort, er hatte nichts, was ihn auszeichnete. Paloma war eine x-beliebige Stadt auf der Welt. Und Niccolò hasste sie.

Jetzt waren die Bürgersteige randvoll mit Zombies, die ihre morgendlichen Angelegenheiten erledigten. Schon tot geborene Leute, die von einer gemeinen Trägheit mitgeschleppt wurden. Und auch wenn sich in der Ferne fette, wütende und zugleich traurige Riesenwolken auftaten, war der Novemberhimmel so klar, dass es ihn anödete.

Niccolò setzte sich wieder aufs Bett und massierte sich die Schläfen.

Am Abend vorher war er mit den Jungs im Victory gewesen, einer Disko, in die er jede Woche ging und wo er die Hälfte der Zeit auf der Toilette verbrachte, um sich die Nase zu pudern und ihn dem ersten hübschen

Po reinzustecken, der ihm unterkam. Betrunken und mit Ständer hatte er Rita getroffen, die Besitzerin des Blondschopfs. Kindheitsfreunde, angetörnt kam es vor, dass ein Fick heraussprang; er hatte schon Besseres gesehen und schon schlechter gefickt, aber für Abende, an denen keine neue Beute in Sicht war, passte Rita perfekt und erfüllte ihre Pflichten auf achtsame, tadellose Art. Niccolò hatte bis spät in die Nacht getrunken und gekokst. Zusammen mit den Jungs, die teils auf die Straße kotzten, teils darauf bestanden, noch in den Puff zu gehen, hatte er bei der Bäckerei ein Nutellacroissant frisch aus der Backstube verdrückt. Und war mit Rita nach Hause gegangen. Sie hatten alkoholischen, groben Sex gehabt, sich als Absacker einen Joint reingezogen und waren mit dem Rücken zueinander eingeschlafen.

Der Gutenmorgen-Blowjob war ein idealer Weckruf gewesen.

Rita kam aus dem Bad, und er schlüpfte rein.

Er duschte, schluckte eine Aspirin und richtete den Fön auf seine dichten pechschwarzen Locken, wobei er seine aufgepumpten Brustmuskeln bewunderte, den Waschbrettbauch, die starken Schultern. Er war achtzehn Jahre alt, groß und muskulös: Jeden Tag stemmte er Gewichte, jeden Samstag spielte er Fußball und sonntags Padel-Tennis. Er rasierte sich, putzte sich die schneeweißen und schnurgeraden Zähne und zog Hemd und Jeans an, Armani und Calvin Klein. Er verteilte die Feuchtigkeitscreme auf seiner glatten Gesichtshaut. Besprühte sich mit Parfum, Paco Rabanne für hundert Riesen. Und er träufelte Augentropfen in seine vom Koks gereizten blauen Augen. Nachdem er seinem eigenen Spiegelbild ein kleines Lächeln zugeworfen hatte,

Bin ich zum Anbeißen oder nicht?

Ja, verdammt!

ging er schließlich ins Zimmer zurück und hörte sofort, wie die Wohnungstür auf- und wieder zuging.

»Deine Mutter«, flüsterte Rita unruhig.

»Keine Sorge, sie wird sich nicht schocken lassen.«

»Das ist mir völlig egal«, meinte sie. »Ich kenne sie seit dem Kindergarten, wir stehen beschissen da, wenn sie uns so findet«, sagte sie abschließend und schlüpfte in einen Hello-Kitty-Pullover.

»Ist das nicht meiner?«, fragte Niccolò.

»Ich gebe ihn dir morgen in der Schule zurück«, antwortete sie und gab ihm einen Kuss auf den Mund.

Das Wohnzimmer war vom kalten Licht der Herbstsonne durchflutet. Blank polierte Möbel mit ordentlich gebügelten Häkeldeckchen, Potpourrischalen und Schnickschnack überall.

Er fand seine Mutter in der Küche, wo sie gerade die Einkäufe wegräumte.

Die weichen Locken auf den Schultern, die Sonnenbrille noch auf der Nase. Hände, Handgelenke, Hals und Ohren waren mit Schmuck behängt. Sie trug ein leichtes Kleid mit Milliarden Marienkäfern darauf und eine gerade noch zurückgehaltene Stinkwut in sich.

Niccolò sagte ihr Guten Morgen.

»Ich habe *den da* getroffen«, sagte sie, und das Zimmer gefror. »Er wartet unten auf dich.«

Verfickte Scheiße, jetzt geht der übliche Stunk los.

Zu Hause gab es eine einzige Regel: Riccardo, sein Vater, existierte nicht. Sie beide durften sich zwar treffen, aber Teresa, seine Mutter, wollte davon nichts wissen. Daher musste er, wenn *der da* kam, um ihn abzuholen, schon unten auf ihn warten, sonst wurde Teresa Weltmeisterin im Nervtöten.

Niccolò ignorierte seine Mutter und brachte Rita zur Tür. Er ging zurück in sein Zimmer, zog die Nike-Daunenjacke an, die er gerade erst gekauft hatte, und verstärkte sein Portemonnaie mit 300 Lappen. Er rauchte eine, schnappte sein Handy und steckte sich die Wunderkiste in die Tasche: eine alte Pillendose seiner Mutter mit Padre Pio drauf, in der er Gras, LSD und Koks aufbewahrte. Nach dem Mittagessen mit seinem Vater würde er für einen *Spielenachmittag* zu Mirko gehen, und dafür brauchte er Padre Pio. Sie pfiffen sich jeder ein Acid rein plus einen Wodka für die Gesundheit, dann zogen sie sich einen Thriller voller Kugeln und Titten rein und landeten am Ende immer pünktlich auf Pornhub; da hatten sie einen Premiumaccount.

»Ich geh dann jetzt, Ma'«, sagte er, als er wieder durch den Flur lief.

In der Küche traf er nun auch Fabrizio, den Mann seiner Mutter.

Ein Chirurg mit Geheimratsecken, mager, groß und blass. Er lachte sich bei Weihnachtsfilmen schlapp, sammelte Feen- und Zwergenfiguren und empfand eine authentische Verehrung für seine Frau. Idiotisches Zeug, für widerlich Devote. Sie kommandierte ihn herum, wie es ein Löwendompteur mit einem Kätzchen täte, und er himmelte sie ganz glücklich an. Unterm Strich dachte Niccolò aber, dass es den beiden gut ging. Sie waren glücklich. Glücklich auf die traurige Art, in der Erwachsene es sein können.

Fabrizio hatte als Vater fungiert. Er war in dessen Kleider geschlüpft, aber sie waren ihm immer etwas zu weit gewesen. Daher hatte er ihm, teils, um dem Stiefsohn entgegenzukommen, teils, weil er nicht wusste, wie er mit ihm umgehen sollte, immer absurde Geschenke gemacht. Einen Porsche zum achtzehnten Geburtstag. Ein Motorrad zum sechzehnten. Einen Cockerspaniel zum dreizehnten, der einen schlimmen Tod fand; mit der Leine am Laternenpfahl vor dem Tabakladen angebunden, hatte Niccolò ihn vergessen, und der Hund hatte es, wer weiß wie, geschafft, sich zu befreien und sich von einem vorbeifahrenden Lastwagen auf dem Asphalt plattbügeln zu lassen.

Niccolò ging zur Arbeitsplatte in der Küche und holte sich ein Glas Evian.

»Weißt du, diese Art von Beziehung kann gefährlich sein«, sagte seine Mutter.

Ach, so. Du bist also nicht nur wegen Papa wütend.

Gründe für ihre Wut an diesem Morgen gab es gleich zwei: seinen Vater und Rita.

Eine feste Beziehung hatte Niccolò noch nie gehabt; da hatte es nur Clara gegeben, die im Bett ein Trampel und mit der er sechs Monate gegangen war. Aber Mädchen, die mit in die Wohnung kamen, gab es schon; sie betraten sie nachts, schamlos vom Alkohol und schwanzgeil, um am nächsten Tag mit brennendem Arsch und null Selbstachtung wieder zu gehen. Seine Mutter tat so, als sähe sie dieses Kommen und Gehen nicht, aber er wusste, dass sie es nur schwer ertrug. Sie hatten allerdings noch nie darüber gesprochen. Sie war zu prüde, und er nutzte ihre Verklemmtheit aus, um einfach sein Ding zu machen. Aber irgendwas hatte sich in den letzten Monaten verändert. Seine Mutter war streitlustig geworden, es kam vor, dass sie irgendwie auf Sex anspielte oder ihn fragte, warum er keine Freundin habe. Bis vor Kurzem noch undenkbar. Alles hatte angefangen, als er achtzehn geworden war. Seitdem behandelte sie ihn, als hegte sie gegen ihren Sohn einen glühenden Zorn. Niccolò hatte sich gefragt, warum, und alles, was ihm dazu einfiel, war, dass es mit dem zu tun haben musste, was zwischen ihr und seinem Vater vorgefallen war.

Als die beiden sich vor achtzehn Jahren kennengelernt hatten und zwischen ihnen das passiert war, was Teresa noch heute dazu brachte, Riccardo zu hassen, war sein Vater so alt gewesen wie er jetzt. Niccolò wusste nicht genau, was geschehen war, doch hatte er, als er größer wurde, irgendwann aufgehört, Fragen zu stellen, und das Ereignis als eins der kleinen, abgeschmackten Geheimnisse seiner Eltern eingestuft. Aber eins war sicher: Worum es sich auch immer handelte, Teresa war noch nicht darüber hinweg.

Seitdem standen Mutter und Sohn miteinander auf Kriegsfuß. Wie auch jetzt – jetzt, wo Teresa ihren »ich bin die Beste und perfekt und ihr müsst mir alle gehorchen«-Ausdruck aufgesetzt hatte, spürte Niccolò schon, wie ihm die Wut zu Kopf stieg.

»Ich hab sie ja nicht gezwungen«, sagte er. »Soll heißen, sie wollte genau das.«

»Das ist ein furchtbarer Spruch«, warf ihm seine Mutter vor. »Furchtbar.«

Fabrizio, der das Unwetter witterte, verließ die Küche.

»Mag sein«, antwortete Niccolò, »aber es stimmt trotzdem.«

»Weißt du, wir sollten mal über dein Verhältnis zu Frauen reden.«

»Ach, komm schon … du übertreibst ja wohl, oder?«

Seine Mutter schnaubte, theatralisch bis zum Abwinken.

Was für eine blöde Kuh. »Kannst du mir mal sagen, was du heute Morgen für ein Problem hast?«

Ohne zu antworten, knallte sie eine Tüte Tomaten auf den Tisch.

»Ich meine es ernst. Sag mir, was dein Problem ist, und wir räumen es aus dem Weg.«

»Lass gut sein, Nico. Ist besser so«, meinte sie und nahm sich die Tomaten vor.

»Ich versteh dich einfach nicht, wenn du so drauf bist, ich schwör's.« Rasend schnell stieg eine Mordswut in ihm auf.

»Wie bin ich denn drauf? Ich habe dir nur gesagt, was ich denke. Aber du reagierst wie üblich …«

»Du bist passiv-aggressiv, das bist du, und unerträglich, Herrgott.«

»Pass auf, was du sagst!«

Herrgottjesusmaria. »Dann sag mir doch einfach, was dein Problem ist, oder? Wenn du es mir nicht …«

»Das Problem ist, dass du mich an *den da* erinnerst, wenn du so redest. Okay?«

Bitch. Du alte Bitch.

Es war nicht das erste Mal, dass seine Mutter versuchte, ihn mit solchen Kommentaren zu treffen. Mit seinem Vater verglichen zu werden, war eine verfickt heftige Beleidigung. Sei es, weil Niccolò keinerlei Achtung vor ihm hatte, sei es, weil Riccardo für seine Mutter nichts als ein riesiger Müllsack war, der durch einen misslungenen Zauberspruch reden und laufen konnte. Also ja, theoretisch war das eine ordentliche Beleidigung, aber es war nicht der Vergleich an sich, der ihn auf die Palme brachte. Was ihn so fuchsteufelswild machte, war das Wissen, dass seine Mutter ihn, in ihrer idiotischen Sprache, auf die für sie schlimmstmögliche Art beschimpfte. Und seit Niccolò das kapiert hatte, vor Monaten, schoss ihm jedes Mal, wenn Teresa ihm sagte, er ähnele seinem

Vater, das Blut ins Hirn, seine Hände wurden unruhig und die Flüche begierig darauf, aus seinem Mund zu entweichen.

Niccolò verstummte und ballte die Fäuste.

Er hasste sie, diese blöde Besserwisserin. Heilige Scheiße, und wie er sie hasste. Eine geistlose Frau, die von einem Sockel, den sie sich selbst errichtet hatte, aus glaubte, sie sei die Beste, immer und sowieso. Niccolò ertrug sie nicht. Und je länger er sie jetzt ansah, desto mehr Lust bekam er, ihr eine reinzuhauen. Ihr eine ordentliche Tracht Prügel zu versetzen, ihren Kopf gegen die Wand zu schlagen, sie schreien zu hören. Es war ihm scheißegal, dass sie seine Mutter war – manchmal wollte er sie nur leiden sehen.

Es wäre aber, als würde man sich über einen Stuhl aufregen. Und das wusste er genau.

Also beschränkte er sich darauf, mit einem ausfallenden Lächeln den Kopf zu schütteln und den Raum zu verlassen, wobei er die Tür zuschlug und mit den Füßen aufstampfte. Er verfluchte Gott und lief die Treppe runter. Ein Fausthieb gegen die Wand. Noch einer. Und noch einer. Er fluchte erneut, laut, damit seine Mutter ihn hörte. Er trat gegen den Schirmständer der Torros, das vertrottelte alte Ehepaar aus dem ersten Stock. Und er boxte so heftig gegen die Reihe Briefkästen, dass er sich wehtat.

Er kam in den Innenhof des Gebäudes, ging raus und sah seinen Vater auf der gegenüberliegenden Straßenseite.

An seinen Ford Fiesta gelehnt, mit krummem Rücken und auf den Boden geheftetem Blick.

Er überlegte, ob er vielleicht im Raum unter der Treppe noch eine Line ziehen sollte, dann wäre das Mittagessen mit ihm weniger quälend, aber bevor er einen

Entschluss fassen konnte, machte ihm der da schon ein Zeichen. Also überquerte Niccolò die Straße und ging ihm entgegen.

Vater und Sohn begrüßten einander, jetzt ganz nah, und der Junge dachte, dass seine Eltern beide wandelnde Tote waren.

CAMPOROTONDO, SOMMER 2000

Teresa erwachte mit einem seltsamen Unwohlsein.

Sie fühlte sich, wie wenn die Rizzi sie in Mathe abfragte und sie sich sowohl ein Ungenügend als auch die Schelte dieser alten Grantlerin abholen musste. Das passierte ihr derzeit häufiger: Sie versank wie ein unerfahrener Taucher in ihrem Unterbewusstsein und kam mit Teilen von sich wieder hoch, die zu ihr gehörten, die sie aber nicht als zugehörig empfand, nicht beherrschte.

Sie massierte die leicht feuchten Härchen in ihrem Nacken, weich und dicht. Sie rieb sich den Schlaf aus den Augen, löste die verklebten Augenlider und stellte ihr Zimmer scharf.

In ihrem Versuch, die Rollläden aufzusprengen, streute die Sonne Konfetti auf die nackten Wände und die schlichten Möbel. Den zerkratzten Schrank, den Plastiktisch, den sie als Schreibtisch nutzte, das Bett mit dem Laken voller Röschen und Veilchen.

Teresa rieb sich erneut die Augen, und für einen Moment sah sie nur eine psychedelische Rauferei unter Glühwürmchen. Dann stand sie auf, ging ins Bad und wusch sich das Gesicht.

Nach zwei Wochen im Feriendorf hatte der Sommer sie bereits verändert. Ausgetrocknete Pickel, rote Wangen, blonde Strähnen in ihrem braunen Haar. So war es jedes Jahr, und jedes Jahr verbrachte sie im Feriendorf viel Zeit vor dem Spiegel. Sie pflanzte sich vor ihrem Spiegelbild auf, Schultern und Hüften entblößt, und strich sich über die getönten Hautstreifen. Sie gefiel sich trotzdem nicht. Dick, krumm, alle Konturen irgendwie falsch. Aber der Gedanke, dass unter diesen labilen Versionen von ihr doch stets sie selbst war, faszinierte sie.

Sie zog ihr Schlafanzugoberteil mit den Powerpuff Girls aus, das sie für zwei Lire auf dem Markt gekauft hatte. Langsam näherte sie sich dem Spiegel. Und in der Pose eines beinahe überquellenden Kartoffelsacks fing sie an, sich zwischen Brüsten und Achselhöhlen zu streicheln.

»Was machst du da?«

Vom Flur aus starrte ihre Mutter sie an, aufrecht, steif und reglos, als hätte sie einen Stock im Arsch.

Sie war ein Achtzig-Kilo-Trumm. Auf dem Kopf ein rötliches Vogelnest, das ihr die Tochter alle vier Wochen nachfärben musste. Ewiger Damenbart, kleine Augen und eine breite runde Clownsnase. Sie hinkte, die Ärzte hatten ihr geraten, am Stock zu gehen, oder besser noch mit Krücken, aber sie wollte davon nichts wissen. Sie sei ja wohl nicht behindert, sagte sie, genauer gesagt: schrie sie den Ärzten ins Gesicht.

Ihre Eltern hatten in Paloma einen Unfall gehabt, als Teresa noch nicht geboren war.

Sie wusste nicht viel darüber. Ihre Eltern sprachen nicht gerne davon, und im Grunde hielt Teresa das für normal: Es musste sich um ein sehr trauriges, vielleicht sogar schauriges Ereignis handeln. Alles, was sie ihr davon erzählt hatten – vor allem ihr Vater hatte sich geöffnet – war, dass sie von einem Arztbesuch zurückfuhren. Genauer gesagt von der Frauenarztpraxis: Ihre Mutter war im ersten Monat schwanger mit ihr. Ein Mann, von dem sich herausstellte, dass er betrunken war, war auf ihre Seite der Fahrbahn geraten und sie waren frontal zusammengestoßen. Zerstörte Autos, Krankenwagen und Polizei überall. Ihr Vater war gefahren, hatte es aber unversehrt überstanden. Ihre Mutter dagegen hätte Teresa fast verloren und hatte sich beide Beine gebrochen. Das rechte bestand heute mehr aus Eisen als aus Knochen. Sie dröhnte sich mit Medikamenten und Alkohol zu. Teils gegen den Schmerz, teils gegen die Wut. Aber letzten Endes blieben beide Gefühle immer da, waren Teil der Vastas. Und Schmerz ist das Strengste unter den Familienoberhäuptern.

Als wäre sie beim Klauen erwischt worden, fasste Teresa sich wieder.

»Lass gut sein, ich will es gar nicht wissen«, sagte ihre Mutter. »Bei dir läuft was verkehrt, Terri. So was machen nur welche, die verkehrt sind«, und sie verschwand im Flur.

Teresa schnaubte und wandte sich wieder ihrem Spiegelbild zu, aber jetzt ekelte sie sich vor sich selbst. Daher hielt sie sich eine Haarsträhne unter die Nase und roch lange daran, und als der Aprikosenduft des Shampoos sie beruhigt hatte, ging sie ins Wohnzimmer.

Groß und schmucklos, auf einer Seite die Glastür, die zum Meer führte, undurchsichtig vom Salz, der Rest vollständig von Jesusbildchen besetzt. Der Fernseher, ein riesiges Ding, das drei Sender empfing, stand auf dem Boden. Die Sofas in ihren verwaschenen Farben umringten ein Tischchen, das sich nur noch mit Spucke auf den Beinen hielt. Ihre Mutter hatte sich vor Jahren bei einem ihrer Momente mit Fußtritten daran ausgelassen.

Teresa betrat den Raum, der durch einen Schnurvorhang abgetrennt war, und setzte sich an den Tisch.

In der Küche brannte die Sonne auf das vermoderte Parkett und die zerkratzten Wände. Ihr Vater las. Er trug ein fades Polohemd und Bermudashorts, in denen seine dürren, von dicken Venen durchzogenen Beine zu schwimmen schienen. Groß, schlaksig, bucklig, ein belangloser Mann, eher ein Pappkamerad als ein Mensch. Durchschnittlichkeit, von der seine Tochter überzeugt war, dass er sie ihr wie eine beeinträchtigende Erbkrankheit vermacht hatte.

Teresa nahm eine Handvoll Kekse und goss Milch in eine Diddl-Tasse.

»Hast du Lust, heute beim Buchladen vorbeizuschauen?«, fragte ihr Vater. »Das hier«, er zeigte auf sein Buch, »habe ich ausgelesen. Also, wenn du magst, können wir da hin und …«

Sie antwortete Nein, ohne den Blick von ihrer Pampe aus Macine-Keksen und Milch zu heben.

»Ich weiß, dass sie da nicht viel Auswahl haben, aber vielleicht findest du ja was, was dir gefällt.«

»Keine Lust«, antwortete Teresa kurz angebunden.

»Ich muss sowieso in den Ort fahren«, blieb er hartnäckig und zuckte mit den Schultern.

Was willst du eigentlich? Lass mich in Ruhe.

Ihr Vater lebte verbarrikadiert in einer kleinen und abstrusen Welt, die er sich gebaut hatte, um sich nicht die Last der Außenwelt aufzuhalsen. Und wenn er, ohne offensichtlichen Grund, die Mauern seiner Wahrheiten überschritt, kam es Teresa immer vor, als hätte sie mit einem zu aufdringlichen Fremden zu tun. Bei solchen Gelegenheiten traf er alle Entscheidungen. Wenn er traurig war, sollte das ganze Universum es auch sein, wenn er glücklich war, sollten sogar die afrikanischen Kleinkinder mit ihren aufgeblähten Bäuchen lachen.

Heute hat er wohl einen guten Tag.

Aber du bist schließlich nicht seine beknackte Barbie.

Teresa stand auf und trank schnell die Milch aus, die aufgeweichten Keksbröckchen blieben an der Tasse kleben. Sie wollte gerade durch die Tür huschen, aber ihre Mutter – mit einem Gesicht, das an eine angekettete Dogge erinnerte, in ihren muskulösen Armen einen Eimer mit Schmutzwasser – versperrte ihr den Weg, ließ sie zurücktreten und hinkte in die Küche. Sie ging zum Waschbecken, leerte den Eimer aus und füllte ihn wieder auf, wobei sie sich eine Merit anzündete und durchs Fenster das Meer betrachtete. Unterm Arm ihr tragbares Transistorradio.

Wenn sie das Haus putzte, ob nun in Paloma oder im Feriendorf, schleppte sie das immer mit rum. Und sie hörte immer Radio Maria. So hallten zwischen den Wänden der Vastas häufig das *Vaterunser*, das *Ave-Maria* oder eine Predigt wider. Teresa hatte sich mittlerweile daran gewöhnt, aber Elena hatte ihr im Wohnzimmer der Wohnung in Paloma einmal gesagt, dass das ziemlich beängstigend sei. Und sie hatte sich geschämt.

Gerade hörte ihre Mutter Kirchenlieder.

»Wir fahren in den Ort«, informierte ihr Vater sie.

Kurzes Schweigen, dann hörte Teresa sich sagen: »Okay, fahren wir zum Buchladen.«

An den Streifzügen ihres Vaters durch die Realität gefiel ihr nur eines: das Bündnis gegen ihre Mutter. Sie waren kleine Ameisen, die einander beistanden.

»Wir brauchen noch was vom Supermarkt, ich geb euch den Einkaufszettel mit. Kauft keinen Mist, ihr wisst ja, wie es das letzte Mal ausgegangen ist«, antwortete ihre Mutter. »Ich will dann den Kassenbon sehen. Und du«, sie zeigte auf ihre Tochter, »kein Eis und sonstigen Schweinkram.«

Teresa und ihr Vater nickten, und sie verschwand.

Der Mist, den sie letztes Mal gekauft hatten, war eine Popcornmaschine. Vater und Tochter hatten sie voriges Jahr im Conad aufgestöbert. Schön, glänzend und aus einem Ferrari-roten Plastik, das *Neuheit* schrie. Kompliziert, voller seltsamer großer und kleiner Knöpfe, sah sie aus wie ein Miniatur-Raumschiff. Sie kostete fünfzigtausend Lire, was nicht übertrieben war, daher hatten Vater und Tochter sie gekauft und sie zum Bezahlen auf das Laufband an der Kasse gelegt, als handelte es sich um einen Diamanten. Im Panda verstauten sie sie auf dem Rücksitz, schnallten sie sogar mit dem Gurt an und transportierten sie so nach Hause. Und dort packten sie sie im Wohnzimmer aus, holten sie aus der Schachtel wie Sprengmeister eine Bombe. Schließlich bauten sie sie gemeinsam auf, nebeneinander auf dem Sofa im Wohnzimmer sitzend. Aufmerksam lasen sie die Anleitung, stupsten sich mit dem Ellbogen an und kommentierten die Teile, die dem Gerät nach und nach eine Form gaben. Es war ein Farbsplitter, der in das Alltagsgrau der Familie eindrang. Vater und Tochter waren ganz begeistert davon, glücklich. Ihre Mutter hatte sie machen lassen. Sie hatte ihnen alle Zeit gegeben, das Ding so richtig ins Herz zu schließen. Reglos und schweigend stand sie in der Wohnzimmertür, starrte sie an und rauchte für eine gute halbe Stunde eine Zigarette nach der anderen. Erst als sie fertig waren und die Popcornmaschine einsatzbereit auf dem Tischchen stand, handelte sie. Wie eine Kobra schnellte sie vor, packte breitbeinig das Ding an den Metallgriffen und schleuderte es mit einer halbrunden Bewegung der Arme auf den Boden. Ein dumpfer Schlag, klirrendes Glas, und die Popcornmaschine war zersplittert. Eine zähe Stille senkte sich auf das Häuschen herab.

Vater und Tochter starrten nur stumm die Scherben auf dem Boden an, als hätten sie vor sich Leichenteile eines Ermordeten. Unterdessen steckte sich ihre Mutter eine neue Zigarette an, trug ihnen auf, sauber zu machen, und ging aus dem Zimmer.

Tage später hatte Teresa eine rote Plastikscherbe unter dem Sofa gefunden, klein und spitz. Sie hatte sie in ihren Händen hin- und hergedreht, sie zwischen die Fingerkuppen gepresst und gespürt, wie die Spitzen sich in ihre Haut bohrten. Da war sie schnell, atemlos und entschlossen ins Zimmer ihrer Eltern gerannt und hatte sie in einen Hausschuh ihrer Mutter gesteckt. Und als die eine halbe Stunde später aufschrie, war eine schöne Wärme durch ihren Bauch geströmt.

Teresa machte sich einen Pferdeschwanz, zog ein Trägerhemd und kurze Hosen an und putzte sich die Zähne. Als sie wieder in die Küche kam, sagte sie zu ihrem Vater, sie sei fertig.

»Oh«, sagte der überrascht, es schien, als hätte er keine Ahnung, wer das Mädchen da vor ihm war, »ja, hier bin ich, ich zieh mich an und … und bin gleich da, ja.«

Sie beschloss, draußen auf den Schwachkopf zu warten.

Sie öffnete die Glastür, schwer und schwergängig auf den verkrusteten Schienen, ging raus und setzte sich in den Schaukelstuhl auf der Terrasse. Der Strand war noch leer. Die in den Sand gesteckten, noch geschlossenen Sonnenschirme glichen bunten Regenwürmern, die in der Sonne dörrten. Das Meer war ruhig und glitzerte unter dem klaren Himmel. Teresa rutschte auf den fadenscheinigen Kissen zurecht und bemerkte, wenig überrascht, dass sie weinen musste.

Es war jene unbewegliche Schönheit, die Rotz und Wasser in Gang setzte. Sie wirkte wie ein Kontrast, alles, was gut gemacht war, erinnerte sie daran, wie scheußlich sie selbst war. Sie war hässlich, mangelhaft und sonderbar zur Welt gekommen. Und sie akzeptierte das. Aber warum bekam sie nicht ein bisschen von der Schönheit ab, die sie umringte? Wenn es Mutter Natur gewesen war, die böse, die ihr verweigert hatte, was alle anderen besaßen, warum schloss die Welt sie dann jetzt so hartnäckig von ihrer Party aus?

Das Gesicht ihres Vaters schaute durch die Tür. »Gehen wir?«

Im Auto hätten sie hören können, was sie wollten, ihre Mutter war nicht dabei, aber das Radio blieb aus, und sie fuhren schweigend. Die Straße war eine schlecht asphaltierte, gerade Strecke. Zu den Seiten undurchsichtige Gewächshäuser, von Bränden verwüstete Felder und alte Straßenhändler mit Tischen voll schäbigem Gemüse.

Dieser Ort, Camporotondo und seine Umgebung, machte Teresa traurig.

Bei einem seiner üblichen Überfälle hatte ihr Vater ihr erzählt, dass der Ort vor vielen Jahren noch aus allen Nähten geplatzt sei. Er sei tatsächlich fast mal eine Stadt gewesen. Bis der Bürgermeister ungefähr in den Siebzigern den Bau irgendeiner Fabrik erlaubt hätte und es ein paar Jahre später eine Explosion gegeben habe. Die Zeitungen hätten von einer gelblichen Wolke und einem dichten sauren Nieselregen berichtet, der wochenlang angehalten habe. Und sofort sei die Erde krank geworden, und viele Menschen seien abgehauen.

Mama hat recht: Besser man bleibt schön an seinem Platz.

Ihre Mutter sagte, dass Gott für jeden einen eigenen Bau erschaffen habe, jedem seine kleine Höhle, und wer versuche, dem zu entfliehen, setze sein Glück aufs Spiel. Diese Dummköpfe hatten versucht, *mehr* zu sein. Mit dem Bau der Fabrik hatten sie versucht aufzusteigen, in dem Wunsch, etwas anderes zu sein. Und es war schlecht ausgegangen.

Während sie ihren Vater am Steuer betrachtete, dachte Teresa, dass er diesen Leuten sehr ähnelte. Und sie fragte sich, ob das das Leben war, das er sich immer gewünscht hatte, das er sich immer für sich vorgestellt hatte, oder ob er früher mal ein anderer hatte sein wollen. Ob er je davon geträumt hatte, darüber hinauszugehen, seinem Bau zu entfliehen, nur, um sich dann geschlagen zu geben. Nicht mehr zu existieren und in den Formen zu überleben, in denen er jetzt hauste.

Zehn Minuten und sie waren in Camporotondo.

Der Ort sperrte wenige Tausend Seelen in seinen Käfig, und Teresa erinnerte er an eine Witwe: Er war sauber und gepflegt, aber zum Sterben bereit. Ein kleiner Tabakladen, ein Zeitungskiosk, der Conad-Supermarkt, zwei Bäcker, eine Pizzeria, eine verdreckte Rosticceria, ein paar Läden, drei Cafés, das Pub Miami. Kleine Straßen, mit Geranien gefütterte kleine Balkone, lackierte Türchen mit vergoldeten Türklopfern in Form von Löwen- oder grimmigen Hundeköpfen. Enge Gehsteige, winzige Schaufenster voller verstaubter und verblichener Waren.

Alles war dort in der Schwebe. Das Leben und die Zeit schafften es nicht, einzutreten.

Vater und Tochter stiegen aus und betraten den Conad.

Sie brauchten eine ganze Weile, bis sie alles beisammenhatten. Der Einkaufszettel war sehr lang und Teresas Vater furchtbar langsam, er bewegte sich immer nervtötend phlegmatisch. Und nun fühlte sie an diesem Ort voller Menschen eine Leere im Magen, von der ihr die Beine und die Arme weich wurden und der Kopf schwirrte.

Von Kopf bis Fuß durchfuhr sie der Eindruck, dass gleich irgendetwas Schreckliches passieren würde, ein Gefühl, das schon immer in ihrer Brust wohnte, um dann in gänzlich zufälligen Momenten hervorzubrechen. Und wie aus dem Nichts besetzte das Bild einer Räuberbande, die in den Conad stürmt, ihre Gedanken. Und Teresa wollte am liebsten rausgehen, rennen, zurück nach Hause. Sie stellte sie sich mit Sturmmasken vor. In der Hand hielten sie riesige Pistolen, wie Hollenbaugh in *Cry in the Wild*, auf die Kassierer gerichtet, denen sie befahlen, ihnen alles Geld zu geben, das sie hatten. Sie waren aber nicht deshalb da, sondern ihretwegen, wegen Teresa – das Geld war nur ein Vorwand. Sie wuchteten sie hoch, genau wie es Peggy Ann im Film passierte, während sie schrie und ihren Vater rief, der aber stotternd und Haare raufend an seinem Platz stehen blieb. Sie schleiften sie raus, die Arme hinter dem Rücken, ihre Füße harkten den Boden. Und sie steckten sie in ein Auto, um sie wegzuschaffen und für immer verschwinden zu lassen.

»Na«, redete ihr Vater ihr gut zu, als sie dem zigsten Zombie auswich, der durch den Conad stromerte, »wir haben es fast geschafft. Dann gehen wir in den Buchladen und …«

»Ich will nicht in den Buchladen.«

»Wie, du willst nicht?«

»Keine Lust. Außerdem haben sie da eh nie was.«

»Aber …«, setzte er an.

»Hör zu, können wir uns einfach beeilen und gut ist?«, brach es aus ihr heraus, wobei sie lauter wurde.

Stumm und steif packten sie alles ein und verließen den Supermarkt.

»Ach, Schatz, tust du mir einen Gefallen?«, fragte ihr Vater sie, als er den Kofferraum des Pandas aufmachte.

»Ich hab die Sammelmarken vergessen, die für die Sonderangebote. Du weißt ja, wie wichtig die deiner Mutter sind und dass …«, aber er beendete den Satz nicht.

Ohne zu antworten, ließ Teresa sich den Kassenzettel geben und ging noch mal rein.

Sie war noch nicht bis zur Kasse gekommen, als sie von einer kleinen Menschenansammlung direkt hinter dem Eingang eingesogen wurde. Alle starrten auf den Sicherheitsmann des Conad, einen kleinen Mann in eng anliegender, blauer Uniform, der einen Jungen am Arm festhielt. Weniger von der Neugier getrieben, was sie da vor sich hatte, als von der Langeweile und dem Grau dessen, was sie hinter sich hatte, bewegte sich Teresa wie ein Roboter, drängelte sich durch und näherte sich dem Sicherheitsmann.

Da erkannte sie den Jungen, den der Wachmann am Arm hielt.

Der, den sie gesehen hatte, als sie vor einigen Wochen gerade beim Feriendorf angekommen waren. Der mit seinen Freunden im rot glitzernden Meer gekämpft hatte. Der ihr für einen Moment in die Augen geschaut hatte und sie, dessen war sie sich sicher, *gesehen* hatte.

Mokassins, beige Bermudashorts und ein aufgeknöpftes Leinenhemd, das seinen Waschbrettbauch und die akzentuierten Brustmuskeln rausgucken ließ. Braun gebrannt auf eine Art, die ihn wild erscheinen ließ, hatte er blaue Augen wie Schlitze, pechschwarze Locken und ordentliche weiße Zähne hinter sanften Lippen.

Er war so schön, dass es ihr wehtat. Körperlich wehtat.

Der Wilde drehte sich für den Bruchteil einer Sekunde um und kreuzte Teresas Blick. Und da, in einem belanglosen, dummen Conad an einem belanglosen, dummen Tag, fühlte sie, wie in ihr etwas ausgelöst wurde.

Es war, als hätte sie in ihrem Körper, in der Brust und im Bauch, eine kleine, dünne, schwache Kordel. Ein Seil, zerfasert von den zu vielen Malen, an denen von einer und von der anderen Seite an ihm gerissen wurde, als würden die beiden Parteien, die ständig mit verzweifelter Energie daran zogen, sich um dessen Mitte streiten. Und es war, als ob diese Szene ihrer Kordel den Gnadenstoß gegeben hätte. Diese Szene mit dem unbekannten, wunderschönen Jungen, der sie anstarrte. Und als ihre Kordel zerriss, mit einem plötzlichen Knall, den Teresa in sich dröhnen hörte, schrie sie.

Das Seil riss, endgültig. Der Knall strahlte in Windeseile vom Magen in die Brust und bis zum Hals aus. Und als er ihren Mund erreichte, verwandelte er sich in Teresas Stimme, die, fast als wäre sie selbst nur eine Zuschauerin der Szene und nicht deren Protagonistin, sich kreischen hörte: »Lass ihn los!«

Es wurde mucksmäuschenstill. Alle schauten sie an, aber sie sah nur ihn, der in diesem Höllengraben den Ozean auf sie richtete, der aus seinen Augen schwappte.

Teresa. Was. Machst. Du. Da.

Stille. Stille, die immer dichter wurde, sich vollsog und drängte.

»Was hast du, Kleine?«, fragte ein alter Mann neben ihr. »Wo ist deine Mama?«

Die Welt wirkte verschwommen, sie musste mal, sie konnte nicht denken.

Sag was, Mensch, SAG WAS.

»Wir ...«, murmelte sie, nervös mit den Fingern spielend. »Wir gehören zusammen.«

Wieder Stille. Teresa bemerkte erst jetzt, dass über die Lautsprecher des Conad *Macarena* lief. Unterdessen starrten sie alle weiter an.

»Er wollte was klauen«, kläffte sie der Wachmann an und zeigte dabei auf den Jungen.

Ja, dachte Teresa, das hatte sie schon kapiert. Es war offensichtlich, dass sie ihn beim Klauen erwischt hatten. Aber gleichzeitig dachte sie, nein, das war nicht möglich. Er war nicht der Typ; dessen war sie sich sicher, auch wenn sie nicht wusste, warum. Und während ihr Hirn noch damit beschäftigt war, die vertrackte Lage auszuwerten, in die sie sich gebracht hatte, bemerkte sie, dass der Junge ihr zulächelte.

Dieses Lächeln mit halbem Mund, voller Komplizenschaft und etwas anderem, das sie nicht zuordnen konnte, überzeugte sie, mit ihrem Schauspiel weiterzumachen.

»Er wollte nichts klauen«, sagte sie und wirkte, als wäre sie davon tief überzeugt. »Mein Bruder ist manchmal zerstreut und … vielleicht hat er …«

»Aber wenn er die Flasche da doch in seiner Tasche hatte!«, warf der Mann ein.

»Na ja, er wird sie vergessen haben«, übertönte sie ihn hochrot.

Was mache ich da?

Ich weiß es nicht. ICH WEISS ES NICHT.

Einige Augenblicke Stille, dann stürzte sich der kleine Mann auf sie.

»Ja, klar, und das soll ich glauben! Jetzt komm du auch mal schön her …«, und er riss an ihr.

Ihr Herz setzte ein, zwei, drei Schläge aus, ihre Knie wurden weich, sie hob eine Hand und wedelte mit dem Kassenbon, den ihr Vater ihr gegeben hatte.

Der Wachmann riss ihn ihr aus der Hand und musterte ihn. »Der Wodka steht hier nicht mit drauf.«

Teresa nahm zwanzigtausend Lire aus ihrer Hosentasche, ihr einziges Geld, drückte sie ihm in die Hand und sagte: »Ich habe ihnen doch gesagt, dass mein Bruder zerstreut ist.« Ihre Stimme zitterte, sie spürte den kalten Schweiß in ihren Achselhöhlen.

Mit einer knappen Geste bedeutete der Mann ihr, rauszugehen, und ohne sich das zweimal sagen zu lassen, gehorchte sie, wobei ihre Oberschenkel aneinanderrieben.

Das Herz kurz vorm Platzen, die Hände verschwitzt, wildes Wirbeln im Kopf.

Sie bog um die Ecke, lehnte den Rücken an eine Wand und keuchte. Sie holte Luft und atmete geräuschvoll aus. Und noch mal und noch mal und noch mal. Sie schüttelte den Kopf, trocknete sich die feuchten Härchen auf der Oberlippe und schnüffelte lange an einer Haarsträhne. Sie atmete mit dem Mund aus, stampfte mit den Füßen und rieb sich die Augen, die zitternden Hände zur Faust geballt.

Was war nur in sie gefahren? Sie hatte geschrien. Sie hatte gelogen. Sie hatte

Gestohlen. Du hast gestohlen!

jemandem beim Stehlen geholfen. Und wozu? Um einem Unbekannten zu helfen.

»Warum hast du das gemacht?«

Sie nahm die Hände von ihren Augen.

Der Junge stand vor ihr. Und er lächelte sie an. Wieder.

Die Autos fuhren langsam vorbei, ein Hund bellte, Teresa atmete stockend.

»Also?«, versuchte er es noch einmal.

Teresa hätte sich am liebsten in Luft aufgelöst. Wäre gern geschmolzen und in einem der Risse im Asphalt unter ihren Füßen verschwunden. Die Welt drehte sich zu schnell. Ihr Herz schlug, als wollte es aus ihrer Brust springen. Ihr Hirn, von verrücktem Blut durchströmt, war umnachtet.

»Was ist, bist du taub?«, fragte er. »Warum hast du das gemacht?«

Rede. Sag was. Irgendwas!

Aber ich weiß doch nicht, warum.

Klar weißt du das.

Nein, weiß ich nicht.

Doch. Denk nach.

Ich weiß es nicht, ich weiß es nicht, ich weiß es nicht.

Denk nach!

Der Grund ist, dass, wenn die Welt uns die Schönheit nicht gibt, wir sie uns holen müssen.

Dieser handfeste Gedanke materialisierte sich in ihrem Kopf, als wäre er ihr eingeflüstert worden. Aber es gelang ihr nicht, ihn in Worte zu fassen. Ihre Zunge war aus Beton.

Er fuhr sich durchs Haar und setzte die Sonnenbrille auf. »Hör zu, hast du …«

»Mein Papa wartet auf mich«, kam sie ihm zuvor, die Worte ausspuckend.

Der Junge nickte und musterte sie. »Du bist im Butterfly, oder? Im Feriendorf.«

Teresa nickte.

»Soll ich dich morgen auf einen Drink einladen? Dann erklär ich dir das …«, er zeigte auf den Conad.

Nein. Du musst Nein sagen.

Warum denn?

Darum.

»Wunderbar«, sagte er, als hätte sie zugestimmt. »Um zwölf Uhr mittags. An der Strandbar.« Er zwinkerte ihr zu und verschwand zwischen den Autos.

Teresa blieb reglos und verwirrt stehen, wie lange hätte sie nicht sagen können. Sie konnte einfach nicht fassen, was sie gesagt und getan hatte. Und jetzt, wo sie darüber nachdachte, waren ihre Erinnerungen verzerrt. Als wäre sie an diesen Szenen gar nicht beteiligt gewesen. Als hätte eine Version von ihr gehandelt, die unter einer ihrer sonnengebräunten Stellen versteckt war.

Sie überquerte die Straße und stieg ins Auto. Ihr Vater, in seine Welt versunken, ließ den Motor an und fuhr los. Und in dem Moment wurden Teresa zwei Dinge klar.

Sie wusste nicht, wie der Junge hieß. Und sie hatte keine Rabattmarken geholt. Aber zum ersten Mal war ihr ihre Mutter egal.

PALOMA, WINTER 2019

Paloma wirkte noch grauer und heruntergekommener. Vom Fiesta seines Vaters aus gesehen, war die Welt noch schlechter, wie Niccolò feststellte.

Seit ein paar Minuten waren sie im Auto und hatten noch nicht viel geredet. Das Auto stand still, immer noch geparkt, und sie darin, reglos.

Niccolò setzte sich bequemer auf den Sitz, zündete sich eine Zigarette an und aschte auf die Matte.

»Sieht das für dich etwa aus wie ein Aschenbecher, das Auto hier?«, blaffte sein Vater.

Werbeflyer vom Eurospin, Altpapier, leere Bier- und Cola-Flaschen. McDonalds-Tüten, aufgerissene Tramezzini- und Keks-Packungen, zusammengeknüllte Klamotten. Abgenutzte Polster. Gestank nach abgestandenem Rauch.

Kurz dachte er, dass sein Vater vielleicht in dieser widerlichen Blechkiste lebte.

Niccolò ließ seine Scheibe runter und aschte auf die Straße. »Zufrieden?«

»Und wie«, antwortete der, dann zündete er sich selbst eine an, nahm einen Zug und ließ die Asche auf das Armaturenbrett fallen, wobei er seinen Sohn angrinste.

Arschloch.

Sein Vater bestand zu neunundneunzig Prozent aus Widersprüchen, der Rest war Scheiße. Von den kleinsten, wie die Sache mit der Zigarette gerade, zu den größeren. Von diesen hätte Niccolò eine lange Liste machen können. Es hatte eine Zeit gegeben, da hatte er sich bemüht, seinen Vater zu verstehen. Aber dann, wer weiß, wann und warum, hatte er beschlossen, dass *der da* seine ganze Mühe nicht wert war und dass es besser war, ihn zu ignorieren und ihn hinzunehmen, wie man es mit einer entstellenden Narbe macht.

»Also«, setzte Niccolò an, der es gar nicht abwarten konnte, dass dieses Mittagessen endlich zu Ende wäre, auch wenn es noch gar nicht angefangen hatte, »gehen wir zum Oddog?«

»Ich habe eine andere Idee.«

»Was für eine Idee?«

»Das ist eine Überraschung.«

»Ich hasse Überraschungen.«

»Du bist so festgelegt«, sagte sein Vater, er sah ihm in die Augen und nickte, als antwortete er jemandem, der nicht anwesend war. »Lässt du dich eigentlich geschehen?«

Was hat der denn heute? Und was soll das jetzt bedeuten?

»Können wir einfach zum Oddog fahren und gut ist?«, bat Niccolò ihn.

Beim Oddog, einem schmutzstarrenden Imbisswagen, spezialisiert auf Panini, in denen alle erdenklichen Scheußlichkeiten steckten, strandeten Vater und Sohn die wenigen Male im Jahr, an denen sie sich trafen. Der Besitzer war ein fetter, immer dreckiger Typ, der irgendwas zwischen dreißig und siebzig sein konnte und beim Belegen der Brötchen ständig in einen Eimer neben dem Tresen rotzte. Seine Spezialität war »Der Superlativ«. Stracchino, Burratina, Scamorza, Salami, Schinken und Mortadella. Ein außerordentlicher Scheiß. Der Oddog stand im Gramsci-Park, einem von Junkies und Nutten besuchten Ort, auf der einen Seite nur Beton, Graffitis und besessene Skater, auf der anderen ein Gestrüpp aus Brombeersträuchern, Kondomen wie Schlangen und vergilbten Spritzen.

Niccolò hatte nichts dagegen. Es war so anspruchslos wie ihre Treffen.

»Wenn du nachgibst, sind wir schneller«, verkündete sein Vater.

Er hatte recht. Wenn er sich auf den Oddog versteifte, würde er eine halbe Stunde damit verbringen, mit diesem Klumpen aus Nichts und Unrast ohne Hand und Fuß, den sein Vater darstellte, zu streiten. Und nur, um dann am Ende doch klein beizugeben.

»Okay. Wie du willst.«

Sein Vater manövrierte den Fiesta aus der Lücke, in die er ihn mehr schlecht als recht eingefädelt hatte, die Reifen auf dem Gehsteig, und fuhr los. Er lenkte mit einer Hand, die andere hielt er aus dem Fenster und holte sie ab und zu rein, um an seiner Zigarette zu ziehen. Niccolò sah ihn dabei verstohlen an.

Seit sechs Monaten hatte er ihn nicht gesehen. Normalerweise tauchte er alle drei Monate auf, aber es kam auch vor, dass er sich nur einmal im Jahr meldete. Das letzte Mal war im Mai gewesen, zum Achtzehnten seines Sohns. Bei diesen Gelegenheiten schien ihm sein Vater, trotz der längeren Abstände, nie auch nur eine Sekunde gealtert.

Aber diesmal ist es anders.

Lange buschige Locken, fettig, als hätte er sie in Öl getränkt. Eingefallenes Gesicht, graue Haut wie jemand, der nicht mal aus Versehen Sonne tankt, rissige Lippen. Er trug ein verblichenes Hemd, eine fleckige Winterjacke, ausgewaschene Jeans. Pennerzeugs. Aber was ihn frappierte, waren seine Augen. Sie waren immer dunkelblau und tiefgründig gewesen, während sie heute farblos, leblos und abwesend wirkten.

Er sieht aus wie ein verdammt armer Schlucker. Das Elend auf zwei Beinen.

Sie durchquerten Paloma Richtung Süden. Überall Zombies, die zwischen Cafés und Läden herumlungerten. Eine billige, kleine Show, diese zweitklassige Menschheit.

Ein verkrümmter, zitternder Alter schleppte mit einer Hand einen Hackenporsche und mit der anderen eine Leine hinter sich her, an der ein Malteser hing, genauso alt und heruntergekommen. Ihm kam ein Junge voller Nieten und Tattoos entgegen, der einen muskulösen und stinkwütenden Pitbull bei sich hatte und über die Freisprechfunktion telefonierte; er sagte ständig *Bro*: *Nein, Bro, das kannst du nicht verstehn, Bro, abgefahrn, Bro*. Die Wege der beiden kreuzten sich auf dem Gehsteig, und alles geschah innerhalb einer Sekunde. Der Pitbull hechtete kläffend los, und der Malteser landete quiekend mit dem Bauch nach oben. Ein Ball aus Fell und Klagelauten, der sich herumwälzte. Der Alte hob die Hände zum Himmel und fing zu schreien an, wobei er Gott und Lillo anrief, was das Hündchen sein musste. Der Gossenpunk, den Blick wie verzaubert auf die Rauferei gerichtet, berichtete dem *Bro* am Telefon in allen Einzelheiten von dem Kampf.

Niccolò lachte herzhaft.

»Also …«, sagte sein Vater; er trommelte auf dem Lenkrad herum, bewegte seinen Kopf hin und her, im Rhythmus einer inexistenten Musik. »Wie läuft's?«

»Gut.«

»In der Schule?«

»Gut.«

»Und danach?«

»Gut.«

»Ach ja?«

»Was hast du gesagt?«

»Ich meine, was willst du danach machen?«

»Wonach?«

»Nach dem Abi.«

»Hm, wasweißich.«

»Aber du gehst doch an die Uni wie dein Papa, oder?«

»Hast du etwa einen Uniabschluss?«

»Nein, aber an der Uni war ich. Jura. Ich musste allerdings vor dem Abschluss aufhören. Verdammt, mir haben nur noch zwei Jahre gefehlt ... na ja, mittlerweile ... jetzt ist es eh zu spät«, antwortete er und spie dabei die Wörter aus. »Also? Willst du an die Uni?«

»Nein, ich geh alten Mütterchen die Handtasche klauen.«

Was Niccolò tatsächlich manchmal tat.

Nicht wegen des Geldes, klar, einfach, um ein bisschen Spaß zu haben: Irgendwas am Gekreische der Alten ließ ihn platzen vor Lachen.

Vor einigen Wochen, als er einen drögen Nachmittag auf den Bänken der Piazza Tolstoj mit Mirko und Luca verbrachte, den Getreuen, seinen besten Freunden, hatte Niccolò beschlossen, dass die Olle, die da um den Brunnen herumspazierte, ihm überhaupt nicht gefiel. Bequeme Schuhe, Wollrock und roter Pulli mit der Aufschrift »50% SINGLE«; Letzteres hatte ihn so richtig auf die Palme gebracht. Niccolò hatte sie genauestens gemustert und festgestellt, dass er sie verabscheute, und seine Getreuen hatten sich einverstanden erklärt: Diese gealterte Nutte verdiente all ihren Hass. Klein, schlaff und abgeschmackt – sie war zum Kotzen, diese alte Fotze, und Kotzbrocken mussten sie bestrafen: Als höhere Wesen war das ihre Aufgabe. Also waren sie von der Bank aufgestanden und hatten sich ihr flink und auf leisen Sohlen genähert. Nachdem sie die Beute umzingelt hatten, hatten sie gehandelt. Einer drehte ihr den Arm um, einer zog ihr die Handtasche weg, und einfach, um etwas zu lachen zu haben, schubste Niccolò sie in den Brunnen, wo sie wie eine behinderte Kaulquappe im kalten, stinkigen Wasser planschte. Die Handtasche hatten sie kurz darauf in den Müll geschmissen, ohne sie überhaupt zu öffnen.

»Medizin würde gut zu dir passen, ja … als Chirurg vielleicht«, meinte sein Vater.

»Ich hab's dir doch gerade gesagt. Ich gehe alten Mütterchen die Handtasche klauen.«

»Du müsstest langsam anfangen, darüber nachzudenken, weißt du? Über einen Berufsweg, eine Arbeit.«

»Klar. Morgen fange ich damit an. Danke.«

»Und deine Freundin?«

»Welche Freundin denn?«

»Die von eben. Das Mädchen, das kurz vor dir aus der Haustür kam.«

»Woher weißt du, dass die bei mir war?«

»Ich habe sie auf Fotos von dir bei Instagram gesehen.«

Gegen seinen Willen musste Niccolò lachen. »Seit wann hast du Instagram?«

»Hab ich gar nicht. Masha, eine Freundin, hat mir deine Fotos gezeigt.«

»Du hast eine Freundin, die Masha heißt?«

Sein Vater zuckte mit den Schultern. »Sie arbeitet als Prostituierte auf dem Ring.«

»Treibst du's mit Nutten?«

»Du nicht?«

Tatsächlich tat Niccolò das, aber an eine Masha konnte er sich nicht erinnern. Dass er eine Frau mit seinem Vater geteilt haben könnte, war ihm erst zuwider, dann amüsierte es ihn.

»Und sie hat dir die Fotos in meinem Instagram-Profil gezeigt?«

»Ja.«

»Warum?«

»Weil ich sie darum gebeten habe«, antwortete sein Vater, schlicht.

»Das meinte ich nicht …«, *warum hast du sie darum gebeten*, dachte er, schaffte es aber nicht, ihn das zu fragen, also schnaubte er und sagte kurz angebunden: »Na gut, konzentrier dich aufs Fahren.«

»Deine Art und Weise gefällt mir nicht, weißt du?«

Niccolò wandte sich um und starrte ihn überrascht an.

Die rituellen Fragen stellte sein Vater ihm immer. So verbrachten sie eben ihre gemeinsame Zeit. Ein Versuch seines Elternteils, sich das Gewissen reinzuwaschen. Und Niccolò, der solche Almosen nicht wollte, antwortete ihm trotzig, schickte ihn jedes Mal zum Teufel. Aber heute war etwas anders in seinem Tonfall. Er schien ihm diese Fragen nicht aus Pflichtgefühl zu stellen, sondern es wirkte fast so, als ob er, auf sonderbare und teils pathetische Weise, eine Verbindung zu ihm suchte.

Seit zwanzig Minuten waren sie im Auto.

Die Außenbezirke von Paloma, schauderhafte Hochhäuser, zermartert von der Nachlässigkeit der Trottel, die dort wohnten, alles voller Graffiti und Pisse streunender Hunde, zogen an den Fensterscheiben vorbei.

Ein scheußliches Panorama, dachte Niccolò. In den kaputten Gebäuden stapelten sich die schwachsinnigen, unterbelichteten Kinder eines tatenlosen Gottes. Leute, die das Leben nicht kannten, so gewohnt waren sie an das läppischste Überleben. Und für diese von Natur aus

Unglückseligen, diese Tiere, empfand er nichts als Abscheu und Überdruss.

Er träumte oft davon, eine *selektive Bombe* zu haben. Ein Sprengkörper, der mit seiner Explosion nur diejenigen hinwegfegen würde, die ihm zuwider waren. Er träumte davon, sie hochgehen zu lassen, eine schlichte Bewegung mit dem Daumen, um allen *Abschaum* von der Erdoberfläche verschwinden zu lassen, zu töten. Diese Geistlosen, ohne jeglichen Lebenssinn.

Plötzlich verließ sein Vater langsam und verträumt den verrotteten Betondschungel und nahm die Autobahnauffahrt.

»Wohin fahren wir?«, fragte Niccolò, aufgeschreckt.

Keine Antwort.

»Papa, ich hab die Scheiße satt. Sag mir, wo wir hinfahren.«

Nichts.

Sie ließen die Zahlstation hinter sich, jetzt waren sie auf der Autobahn. Unterwegs zu den riesigen Regenwolken schien ihr Ziel das Zentrum des Gewitters zu sein.

»Papa?«

Aber das Arschgesicht antwortete nicht.

Niccolò hätte gerne bei voller Fahrt die Handbremse gezogen. Wäre gerne über seinen Vater hergefallen, um auf ihn einzuprügeln und ihm die Fresse zu polieren, bis ihm sein beschissener Kopf platzte. »Halt das Auto an«, befahl er. »Halt an!«

Sein Vater warf das Steuer herum und fuhr den Fiesta auf den Standstreifen, dann machte er den Motor aus und sagte wieder: »Wie ich schon sagte, gefällt mir deine Art und Weise nicht.«

Niccolò stieg aus, schlug die Tür zu und fluchte der Autobahn ins Gesicht.

Sein Vater kam zu ihm. »Was machst du da?«

»Ich ruf Mirko an. Er soll mich abholen.«

»Wer ist das?«

»Das kann dir doch scheißegal sein, verdammt.«

»Darf man erfahren, warum du dich so aufführst?« Es wirkte, als hätte er ihn nach der Uhrzeit gefragt. »Ich will nur was Schönes mit dir zusammen machen, das ist alles.«

Verfickte Scheiße, am liebsten würde ich dich umbringen.

»Und das ist dir ganz plötzlich gekommen, diese Lust, *was Schönes mit mir zusammen* zu machen?«

Sein Vater sagte nichts, aber dem Asphalt, so grau wie der Himmel über ihren Köpfen, warf er einen Blick zu, der wie eine lange Rede wirkte. Und dieser Blick, die erste menschliche Geste, die er ihn je hatte machen sehen, überzeugte Niccolò endgültig, dass in seinem Vater heute etwas Seltsames vorging. Es war, als ob die Gummiwand, die er immer um sich gehabt hatte, einen Riss bekommen hätte. Und durch diesen Spalt würde Niccolò erspähen können, was dahinter ist.

Er hatte seinen Vater nie verstanden. Er hatte sich immer darauf beschränkt, ihn zu ertragen. Aber das Unverständliche vorbehaltlos zu akzeptieren, stiftet Unruhe im Himmel eines jeden. Und Niccolò wollte Ordnung haben in seinem Paradies. Nur er sollte dort machen können, was er wollte. Die anderen sollten schön brav sein.

»Sagst du mir, wo du hinzufahren gedenkst?«, fragte er.

Ein Auto fuhr vorbei, zerriss die Luft, dann kehrte die Leere zurück.

»Nach Camporotondo, das ist im Süden«, antwortete sein Vater.

»Und was zum Teufel sollen wir da, in *Camporotondo*?« Niccolò wusste nicht, wo das war; Sizilien, Apulien oder weiß der Geier wo, diese vollgeschissenen Klos waren alle gleich, alt und voller süditalienischer Hinterwäldler, die das Alphabet nur zur Hälfte kannten.

»Da gibt es einen Ort …«, murmelte sein Vater. »Einen wichtigen Ort.«

»Es reicht jetzt mit dem Blödsinn, ich meine es ernst. Lass uns zurück nach Hause fahren, komm schon.«

»Ich habe an alles gedacht. Wir fahren mit dem Auto runter und …«

»Auf gar keinen Fall. Dafür brauchen wir bestimmt eine Woche oder so.«

»Fünf Tage«, korrigierte sein Vater ihn. »Ich hab das gecheckt.«

»Ich habe Nein gesagt, ich komme nicht mit.« Niccolò war so verwirrt, dass er nicht wusste, wie er ihm das verständlich machen sollte, diese Geschichte war doch nur eine spinnerte Idee, geboren aus Langeweile, Schuldgefühlen oder Gott weiß was.

»Ich habe dich nie um irgendwas gebeten. Nie. Wenn ich dich einmal …«

»Was willst du, verdammt? Du warst ja nie da, soweit ich mich erinnere«, sagte Niccolò.

»Ich will nur, dass du mitkommst. Dass du mir diese Tage … *schenkst.*«

»Aber wozu denn? Was soll das Ganze?«

»Das ist nicht so einfach zu erklären.«

»Das ist mir egal. Entweder sagst du mir, was du vorhast, oder du kannst es vergessen.«

»Kannst du mir nicht vertrauen?«, fragte sein Vater und faltete dabei die Hände wie zum Gebet.

Er lachte. »Glaubst du, du kannst jeden Scheiß machen, der dir in den Sinn kommt? Glaubst du …«

»Niccolò, ich sterbe bald.«

»So ein Mist!«, rief er reflexhaft. »Du stirbst überhaupt nicht bald, du Arschloch. Diesen Scheiß hast du mir schon aufgeschwätzt, als ich fünfzehn war.«

»Okay, vielleicht sterbe ich nicht *wirklich*.«

»Hörst du dir eigentlich selbst zu?«, schrie er und stampfte mit den Füßen auf. »Wer erfindet denn so was? Welcher Vater erzählt seinem Sohn, dass er bald stirbt?«

»Einer, der das Bedürfnis hat, Zeit mit seinem Sohn zu verbringen«, antwortete der ganz ernst.

Stille.

Niccolò erforschte die Augen seines Vaters, er war auf der Suche nach etwas Lebendigem, Nahem. Aber es war, als schaute man eine nackte Schaufensterpuppe an.

Es fing an zu regnen. Große Tränen, die auf dem Asphalt aufschlugen und das Unkraut hinter der Leitplanke tränkten. Und ohne ein Wort zu sagen, stiegen sie wieder in den Fiesta. Der Vater zündete sich eine Zigarette an und bot seinem Sohn eine an, beschlagene Fensterscheiben und kübelweise Wasser auf der Windschutzscheibe, der Rauch erfüllte den ganzen Fahrerraum.

Vielleicht sollte ich da hin, mit ihm.

Niccolò hatte keine Lust, sich auf diese Reise zu begeben. Aber der Instinkt sagte ihm, dass sein Vater, auch wenn er nicht wirklich im Sterben lag, doch einen Grund hatte, ihn mit in dieses beschissene Kaff zu nehmen.

Und mein Instinkt trügt nie. Der ist unfehlbar. Wie ich.

Okay, nehmen wir mal an, es ist so. Was juckt mich das?

Gar nicht, es war ihm scheißegal. Für Niccolò war dieser Mann ein Unbekannter, mit dem er zufällig ein paar versprengte Gene teilte. Aber vielleicht, sagte er sich, sind diese Gemeinsamkeiten doch stärker, als ich dachte. Und vielleicht waren die Zweifel, die ihn befielen, nichts als die Rufe jener Splitter. Sie waren zwei Fremde, aber doch durch eine unbestechliche Natur verbunden. Und die Verwandtschaft zweier von Anbeginn an miteinander verketteter Männer war genauso unbegreiflich wie unauslöschbar.

Er machte den Mund auf, ohne zu wissen, was er sagen sollte, als sein Vater den Fiesta anließ. Er löste die Handbremse, ein Henker, der das Beil fallen lässt, um ihr Schicksal zu bestimmen. Er schaltete schnell und harsch in den ersten Gang und fuhr das Auto wieder auf die Fahrbahn.

Er schaltete in den Zweiten.

Das Auto dröhnte, die Drehzahl war hoch. Der Regen prasselte, der Himmel war nicht mehr grau, sondern schwarz, pechschwarz. Auf der leeren Straße niemand zu sehen, das Unwetter heftig. Wie betäubt hatte Niccolò sich auf den Sitz gefläzt.

Er schaltete in den Dritten.

»Lässt du dich geschehen?«, fragte sein Vater; schon zum zweiten Mal heute. »Deshalb will ich dich mitnehmen. Weil ich das wissen muss.«

Was soll das denn heißen? Was redet er da, verdammt?

Regenfluten, Motorengeheul, Umnachtungsschwarz.

Er schaltete in den Vierten.

Sie fuhren hundertdreißig. Wasser und Wind schlugen auf den Fiesta ein, als wollten sie ihn zur Strecke bringen. Sie waren die Einzigen auf der Straße.

Sein Vater schaltete in den Fünften.

Hundertvierzig. Hundertfünfzig. Hundertsechzig. Hundertsiebzig.

Der verzweifelte, verrückt gewordene, auf hundertachtzig Stundenkilometer hochgezogene Fiesta versuchte den Punkt zu erreichen, an dem das Unwetter am heftigsten wütete.

»Papa …«, setzte Niccolò an.

»Sag es mir. Lässt du dich geschehen?«, wiederholte der; mit einer Ruhe, dass er Angst bekam.

»Papa, hör auf damit!«

»Du musst mitkommen, Niccolò. Du musst mit mir mitkommen und es mir sagen.«

Was denn? Was soll ich dir denn sagen, du beschissener Psychopath?

»Papa, halt den Wagen an. Halt an und …«

»Hör mir zu, verdammt. Hör zu.«

»Du fährst zu schnell!«, schrie Niccolò.

»Ich habe dem Leben nie die Macht gegeben«, faselte der; er schien ihn nicht zu hören. »Ich habe es immer zum Teufel geschickt, und das … das war mein Fehler. Und ich muss es jetzt wissen. Ich muss wissen, ob du das auch machst, ob … ob du so bist wie ich.«

Aufgerissene Augen, aufgeblähte Nasenlöcher, die Hände starr auf dem Lenkrad.

Jesuschristus, er ist verrückt.

»Papa. Halt den Wagen an«, wiederholte Niccolò. »Halt an, und wir reden …«

»Verdammt, hörst du mir jetzt mal zu?«, schrie der; er fuhr sich mit der Hand durchs Haar und schlug aufs Lenkrad. »Das Leben hat immer versucht, mich in seine Formen zu pressen. Und weißt du, was ich immer gemacht habe? Ich habe sie kaputt gemacht, seine Formen. Ich habe sie gesprengt.« Er atmete geräuschvoll und lange ein. »Und wenn die Formen zerstört waren, habe ich mich geschehen lassen.«

Sein Vater nahm die Hände vom Lenkrad, schloss die Augen und legte den Kopf nach hinten.

»Papa, NEIIIIN!«

Niccolò warf sich auf das Lenkrad, hielt es fest und

versuchte, den Fiesta auf der Straße zu halten. Die Fensterscheiben zitterten, die Reifen quietschten, die Windschutzscheibe war aus Wasser.

Der Regen löschte alles aus, das Auto raste, die Welt entfernte sich.

»Ich komm mit!«, schrie Niccolò. »Ich komm mit. Ich komm mit. ICH KOMM MIT!«

CAMPOROTONDO, SOMMER 2000

Teresa beschloss, aus dem Bett aufzustehen, schließlich war sie schon zwei Stunden wach. Seit dem Morgengrauen hatte sie mit offenen Augen und ins Laken gehüllten Schenkeln die schimmelfleckige Zimmerdecke angestarrt, eine Last auf der Brust, dass sie kaum Luft bekam.

Das sind Schuldgefühle, Terri. Astreine Schuldgefühle.

Seit sie mit ihrem Vater aus dem Supermarkt zurückgekommen war, quälte sie, was sie getan hatte: Die Bilder davon, was im Conad passiert war, gingen ihr wieder und wieder durch den Kopf, in einer Sequenz wie aus einem dieser alten Filme, die sie mit der Galliani, der Geschichtslehrerin, im Unterricht anschauten.

Was habe ich da getan?

Hm.

Und warum habe ich das eigentlich gemacht?

Ich weiß es wirklich nicht.

Sie verstand nicht, warum sie sich am Vortag im Conad so aufgeführt hatte. Warum sie den Sicherheitsmann des Supermarkts angelogen und angeschrien hatte. Aber die Frage, die jetzt wirklich auf ihr lastete und allen Raum in ihrem Kopf einnahm, war: Sollte sie den Jungen aus dem Conad wiedersehen? Sollte sie wirklich zu dieser Verabredung an der Strandbar gehen?

Einerseits dachte sie, wenn die Gefühle vom Vortag sie anzogen und sie den Wunsch verspürte, den Jungen wiederzusehen, um sie noch mal zu fühlen, war das nur, weil mit ihr, wie ihre Mutter sagte, wirklich *etwas verkehrt* war. Andererseits kam sie nicht umhin, sich zu sagen, dass die Mädchen in der Schule ständig solche Sachen machten. Sie stibitzten was im Café gegenüber dem Gymnasium, logen die Lehrer an und fummelten bei Partys mit Jungs rum, die sie gar nicht kannten.

Im Klo eingeschlossen hatte sie einmal drei von ihnen gehört, die sich im Vorraum unterhielten, und hatte nur den Satz aufgeschnappt: »Er ist in meinem Mund gekommen.« Sich nur halb bewusst, was das bedeuten sollte, hatte Teresa mucksmäuschenstill auf dem Klo gekauert, um nicht gesehen zu werden. Bis die anderen, die eine Zigarette nach der anderen rauchten, schließlich aufgehört hatten, von Sachen zu plappern wie »weich, aber auch hart«, Haaren zwischen den Zähnen und »ihn mit der Zunge kitzeln«. Sie war erst rausgegangen, als die anderen weg waren. Verschwitzt und mit einer Frage, die ihr das Hirn wurmstichig machte: War das die Normalität?

Wenn ihre Mutter ihr ständig vorwarf, dass sie *verkehrt* war, tat sie das nicht, weil die Jungs *nicht in ihrem Mund kamen*. Sie meinte offensichtlich etwas anderes. Aber was genau das war, hatte sie bisher noch nicht verstanden. Also tastete Teresa sich blindlings voran und versuchte, mal zu interpretieren, was für ihre Mutter richtig war, mal, was für die anderen Mädchen. Allerdings ohne wirklich irgendetwas zu kapieren.

Jetzt stand sie an einem Scheideweg und hatte Angst, sich falsch zu entscheiden. Und in solchen Fällen entschied sie sich am liebsten gar nicht und wollte, dass die Welt sie vergaß. Bei diesem Gedanken raste ihr Kopf jedoch zu dem unnützen Wesen, das sie zum Vater hatte.

Ein bei jedem Erdrutsch untätiger Mensch, der sich regelmäßig Ohrfeigen von seiner Frau einfing und sich vor Monaten hatte bespucken lassen, ohne zu reagieren, nämlich von zwei Jungs, die er auf dem Gymnasium, an dem er Italienisch und Latein unterrichtete, hatte durchfallen lassen; sie hatte alles aus dem Küchenfenster ihrer Wohnung in Paloma gesehen, gedemütigt.

So will ich nicht sein. Ich will nicht.

Also?

Also können mich alle mal.

Wie eine Furie schob sie die Bettdecke beiseite, stand auf und rannte ins Bad. Sie zog ihren Schlafanzug mit den Powerpuff Girls aus, stellte sich vor den Spiegel und starrte auf ihren Körper, der sie zu hassen schien. Fett, klein, schlaff. Kurven an den falschen Stellen, schmale Schultern, Pickel überall. Sie fasste sich an die Hüfte und kniff in den Speck: schlaff wie ihr Vater und heimtückisch wie ihre Mutter; dieser Körper war ihr Fluch. Sie quetschte ihn feste aus, zog daran, als wollte sie ihn sich vom Leib reißen. Und sie schlug darauf.

Die Teresa im Spiegel war obszön. Eine Ansammlung von Fehlern, die sie nicht begangen hatte, diese Fehlentwicklungen waren das Werk ihrer Eltern, aber sie musste sie wie Schandflecke immer mit sich herumschleppen.

Hin und wieder fragte sie sich allerdings, ob sie in Wirklichkeit nicht anders wäre. Ob die Gestalt, die sie im Spiegel sah, nicht nur der böse und deformierte Widerschein ihres eigenen Blicks war. Ob sie nicht im Grunde wie die meisten anderen war: zwar nicht schön, aber zumindest *normal.*

Diese Idee war vor wenigen Monaten in ihren Gedanken aufgetaucht. Es war gerade Pause, sie war in der Klasse und verschlang ein Panino mit gekochtem Schinken und Scheibletten. Ihre Mitschüler waren alle im Hof, sie gingen jeden Tag runter, um ihre Freunde aus den anderen Klassen zu treffen, während sie im Klassenzimmer blieb und darauf wartete, dass der Gong den Beginn der nächsten Stunde ankündigte. Sie war also allein und mit ihrer Aufmerksamkeit bei ihrem Brötchen, als ihr Blick auf einen Zettel auf dem Tisch von Martino Riva fiel. Das ging sie eigentlich nichts an, aber ihr Name stand drauf, also war sie aufgestanden und hatte den Zettel genommen, wobei ihre Finger etwas zitterten und sie fast an ihrem Brötchen erstickt wäre. Es war eine Liste, ganz oben prangte die Überschrift »fickbar« und an dritter Stelle stand ihr Name; vielmehr ihr Nachname: Vasta. Teresa hatte den Zettel da gelassen, wo sie ihn gefunden hatte, hatte das Brötchen in den Müll geschmissen und war zur Toilette gerannt. Es war, als hätte das Stück Papier ihr die Fingerkuppen verbrannt, als wollte das Panino die Speiseröhre wieder hochkommen, als wären Hände in ihren Bauch eingedrungen, um ihre Eingeweide auszuwringen. Im Klo eingeschlossen, mit nervös spielenden Fingern, empfand sie all diese schrecklichen Dinge. Und dabei lächelte sie. Ein Lächeln, das von einem Ohr zum anderen reichte und die Augen angesteckt hatte. Es dauerte aber nur kurz: Schlagartig wurde sie wieder dumm und hässlich, eine Schlampe, die sich von etwas geschmeichelt fühlte, das sie – das wusste sie, verstand aber nicht so richtig warum – als eine astreine Beleidigung betrachten sollte. Sie war *fickbar*. Dieses Wörtchen hatte wochenlang in ihrem Hirn seine Kreise gedreht und auch in wirklich ungeeigneten Momenten einen Platz zwischen ihren Gedanken gefunden. Vierzehn Tage später, es war Sonntagmorgen und sie war mit ihren Eltern in der Kirche, dachte sie plötzlich wieder an jenen Zettel. Und an jenes Wort. Zwischen ihren Eltern auf ihrer Bank in San Marco sitzend, die Hände gefaltet und die Augen auf den Altar gerichtet, wo Padre Paolo gerade die Predigt hielt, war ihr Kopf zu diesem Blatt Papier zurückgekehrt. Als sie für die Kommunion aufstand, hatte sie sich wieder gefragt, ob sie das wirklich wäre, *fickbar*. Als die Hostie ihre Zunge berührte, hatte sie sich gefragt, ob ihre Mitschüler wirklich das mit ihr machen würden, was das Wort beinhaltete. Und als sie sich, zurück in der Bank, hingekniet hatte, während sich Jesu Leib in ihrem Mund auflöste, den Kopf gesenkt und die Hände gefaltet, hatte sie sich dabei ertappt, wie sie dachte: Ja, vielleicht würde es ihr gefallen, wenn sie das täten. So ging es ganze Tage, bis der Gedanke langsam verblasst war, aber der Zweifel war geblieben.

Vielleicht bin ich nicht so hässlich, wie ich denke.

Doch, klar bist du das, Terri. Die sind nur mit Hormonen vollgedröhnt.

Das sagte Dessì, die Religionslehrerin.

Jedenfalls, Hormone hin oder her, hatte sich dieser Stachel in ihrem Kopf festgesetzt. Und seitdem kam sie nicht mehr umhin, sich zu fragen, ob diese Hässlichkeit, die sie mit dem Kopf am Boden hielt und ihr nicht erlaubte, den Blick auf die Welt zu erheben, derentwegen sie sich ausgeschlossen fühlte, in Wirklichkeit nicht nur Einbildung und ihr Körper einer wie viele andere auch wäre, entstellt nur von ihrem Blick.

Atemlos und schnell bückte sie sich jetzt und durchwühlte die Schubladen.

Bürsten, Haarspangen, Lotionen, regenerierende Feuchtigkeitscremes und Peelings, Nagellack, Nagelfeilen, Pinzetten, Nagelscheren, Enthaarungswachs. Lauter Zeug von ihrer Mutter, das die aber nie benutzte. Jedenfalls hatte sie noch nie gesehen, wie sie diese Produkte verwendete, und sie trug auch keinerlei Spur von ihnen an sich. Wie gebrochene Versprechen ruhten sie in den Schubladen im Bad: im Winter in Paloma, im Sommer in Camporotondo. Wenn das Verfallsdatum ablief, kaufte sie sogar neue und las im Supermarkt sehr aufmerksam die Beipackzettel. Aber die Schachteln der alten Cremes, Lotionen und wasnochalles warf sie unangebrochen weg, sodass Teresa manchmal zwei oder drei noch gut versiegelt zu Hause im Abfalleimer fand. Den Grund für diesen Reigen hatte sie nie verstanden. Was für einen Sinn ergab es, hatte sie sich oft gefragt, all das Zeug zu kaufen und es dann gar nicht zu benutzen? Was für einen Sinn ergab es, es von Paloma nach Camporotondo mitzunehmen? Was für einen Sinn ergab es, diese Kosmetika in den Schubladen anzuhäufen und sie vergammeln zu lassen? Auf diese Fragen hatte sie nie Antworten gefunden. Aber heute würde das Zeug ihr nützlich sein.

Sie zog sich wieder an, nahm die Kosmetika und brachte sie in ihr Zimmer. Sie versteckte sie unter ihrem Bett, ging wieder ins Bad und machte Ordnung. Der Gedanke, ihre Mutter könnte bemerken, dass sie das Zeug geklaut hatte, streifte sie, aber die schaute nie in die Schubladen.

Ihre Eltern frühstückten gerade. Die Mutter rührte mit gesenktem Kopf in einer Tasse mit Milch und Keksen herum. Ihr Vater trank am Fenster einen Kaffee und hatte seiner Frau den Rücken zugewandt. Das Schweigen war eine dritte Person, die aller Aufmerksamkeit einforderte.

Teresa sagte Guten Morgen und bekam Gebrumm zur Antwort. Sie schüttete sich eine Tasse Milch ein, nahm die Kekse, hielt aber inne, das Päckchen Macine noch in der Luft. Sie hatte Hunger, aber wenn sie sich ihre übliche Pampe reinzog, würde ihr Bauch dick sein. Und es war wesentlich, dass dem an diesem Morgen nicht so war. Also stellte sie die Packung wieder zurück.

»Keine Kekse?«, fragte ihre Mutter, sie hatte den Kopf gehoben und starrte sie an.

»Ich hab keinen Hunger.«

»Die Jungfrau hat mich erhört«, sagte sie. »Halleluja!«, und sie lachte laut. »Das wurde auch Zeit. Ein paar Kilo mehr und du wirst so dick, dass du als alte Jungfer stirbst und so absonderlich wirst wie deine Tante Concetta.«

Den Blick auf ihre Tasse gerichtet, schnüffelte Teresa an einer Haarsträhne und trank ihre Milch. Dann stand sie auf, stellte ihr Geschirr ins Spülbecken und ging zurück in ihr Zimmer. Sie nahm die Kosmetika und musterte sie, als wären es Granaten. Aufs Geratewohl öffnete sie eine Lotion und schnupperte daran. Es war derselbe Duft wie bei den Mädchen in der Schule: Erwachsensein und Schönheit.

Ich tue es.

Sie wartete, bis ihre Mutter in die Kirche des Feriendorfs ging, das tat sie jeden Tag. Sie ließe nicht mal dann einen Gottesdienst ausfallen, wenn die Welt unter ihren Füßen zerbröckeln würde. In der Gewissheit, dass sie mindestens eine Stunde wegbleiben würde, studierte Teresa im Schneidersitz auf dem Bett die Beipackzettel jeder dieser geheimnisvollen Schachteln.

Wenn du zu viel Creme nimmst und deine Haut abschuppt? Wenn du die Wachsstreifen nicht richtig benutzt und man die Spuren sieht? Wenn du es bei den Augenbrauen mit der Pinzette übertreibst?

Sie brachte das Stimmchen zum Schweigen und ging ins Bad.

Sie träufelte sich Kokoscreme in die Haare, beschmierte ihr Gesicht mit einer Reinigungsmaske, feilte ihre Nägel.

Sie modellierte ihre Augenbrauen mit der Pinzette, rupfte die Härchen an ihrer Oberlippe mit Kaltwachsstreifen aus, überzog ihr Gesicht mit einer weiteren Maske. Sie hockte sich über die Kloschüssel und rasierte Beine, Achseln und Arme. Nackt vor dem Spiegel starrte sie schließlich auf das Haarbüschel zwischen ihren Beinen. Der befremdlichste, erschreckendste und widrigste Teil.

Auch das wegzumachen, wäre ein bisschen viel.

Es war ein braunes, lockiges, verworrenes Büschchen. Sich allmählich lichtend, reichte es hoch bis zum Bauch, wo es zu zartem Flaum wurde. Sie berührte es. Mit der Handfläche drückte sie auf das Haarbüschel. Dabei presste sie erst leicht, dann etwas fester. Es war weich, im ersten Augenblick erschien es ihr sogar ganz knuffig: ein kleines Tierchen, ein lockiges Chinchilla. Aber gleichzeitig kam es ihr auch gefährlich vor. Als habe sich etwas Tückisches darunter versteckt.

Tu es, Terri. Tu es, tu es, tu es.

Sie musste alles wegmachen, klar. Sich stumm verändern. Sich töten und nach ihrem Ebenbild wieder ins Leben zurückkehren. In der Hand hatte sie eine Waffe. Der Rasierer, in einem schön hellen Rosa, war eine Klinge, mit der man töten konnte. Und Teresa musste es voll und ganz durchziehen. Also hob sie die Waffe – und schlug zu.

Die Schamhaare gaben nach, ohne Widerstand zu leisten.

Die kindliche Teresa starb, ohne Widerstand zu leisten.

Sie duschte lange kalt, rieb sich mit Aloe-Creme ein und betrachtete sich im Spiegel. Sie war zwar nicht schön, jetzt aber wenigstens annehmbar, erwachsen, normal. Sie dachte darüber nach, wie sie diese Veränderungen vor ihren Eltern verbergen sollte, beschloss aber, dass die es ohnehin nicht merken würden. Also ging sie in ihr Zimmer zurück und zog sich an. Sie schlüpfte in ihren üblichen Badeanzug, in einem schrecklichen Blau mit Rüschen und Schleifchen an den Seiten. Die halb kaputten lila Flipflops mit Schmetterlingen und Marienkäfern auf den Riemen. Den abgetragenen lila-blau gestreiften Pareo. Den Fischerhut, den sie immer tragen musste, um den Sonnenstich zu vermeiden, von dem ihre Mutter raunzte. Sie war fertig.

Ich sehe aus, als wäre ich Sailor Moon entstiegen. Sailor Dummesding.

Aufgeregt und verschreckt, als wäre sie kurz davor, eine Todsünde zu begehen, öffnete sie den Schrank und holte anderes Badezeug, andere Sandalen und einen anderen Pareo heraus. Sie steckte sie in ihren Rucksack, ganz nach unten, unter das Strandtuch. Und verließ das Zimmer.

Ihre Mutter war noch draußen, ihr Vater las im Wohnzimmer den *Corriere*.

»Ich geh an den Strand«, sagte Teresa. »Zum Mittagessen bin ich zurück, wie üblich.«

Er richtete seine Augen auf sie, sah komplett durch sie hindurch und nickte.

Teresa betrachtete ihn noch ein paar Sekunden, die Hände zu Fäusten geballt und mit den Füßen auf das zerkratzte Parkett tretend. Und sie merkte, dass sie ihn am liebsten anschreien würde. Ihm direkt ins Gesicht brüllen, nur um eine Reaktion hervorzurufen. Herauszufinden, ob er noch lebte. Aber alles, wozu sie fähig war, war, den Kopf zu schütteln und das Haus zu verlassen.

Sie setzte ihre Füße auf den Strand und beschnupperte die Welt.

Schnatternde Kinder, Jugendliche, die einem Ball hinterherrannten oder Beachball spielten, dösende Alte auf halb durchgebrochenen Spaghetti-Liegestühlen. Hochstehende Sonne, klarer Himmel, das Meer von einer schwachen Brise leicht bewegt.

Nach einem kurzen Strandabschnitt war Teresa schon bei den Umkleiden.

Es war ein Bau aus Rohbeton. Ein gräulicher, mit Salz verkrusteter Kasten, den ein Riese mitten auf dem Küstenstreifen liegen gelassen hatte, weil er keine Lust mehr hatte, damit zu spielen. Drinnen kalte Duschen, dreckige Klos, Umkleidekabinen. Teresa betrat eine davon und zog sich aus; weg mit Hut, Pareo, Badeanzug und Flipflops. Sie schlüpfte in die im Rucksack versteckten Sachen. Sich an der Betonwand abstützend, hüpfte sie erst auf einem, dann auf dem anderen Fuß, um den verdreckten Boden nicht zu berühren, und wäre dabei mehrmals fast hingefallen. Dann verließ sie den Kasten und lief Richtung Strandbar.

Nun spürte sie die Blicke aller auf sich.

Sie starrten sie an. Bewunderten sie. Und murmelten, dass das aber eine heiße Braut sei. In ihrem blendendweißen Bikini mit kleinen Muscheln an den Rändern. Ihrem eleganten und leichten, hellblauen Pareo. In ihrer neuen Gestalt fühlte sich Teresa erwachsen und wunderschön.

Die Klamotten hatte sie vor Monaten im Iris gekauft, dem Einkaufszentrum.

Im März. Elena, ihre beste Freundin, hatte sie gebeten, sie beim Shoppen zu begleiten und mit der Karte ihres Papis ohne Ende Geld ausgegeben. Sie hatte alles Mögliche gekauft. Elegante Kleider, Bikinis, Lederstiefel. Sie betrat die Läden und durchstöberte die Kleiderbügel wie eine plündernde Vandalin, sicher und schnell. Sie nahm einen Haufen, ging in die Kabinen und probierte alles an, wobei sie vor den Spiegeln auf und ab spazierte. Still und brav schaute Teresa ihr schweigend zu; hin und wieder gab sie ihr einen Rat, den sie gar nicht hörte. Als Elena keine Finger mehr übrig hatte, an die sie noch Päckchen und Tüten hängen konnte, und sah, dass Teresa nichts gekauft hatte, hatte sie sie in einen protzigen, sehr teuren Laden geschleppt. Und dort, unter den bösartigen LEDs, die, wie es Teresa schien, jeden ihrer Makel beleuchten wollten, die Pickel im Gesicht, das Fett am Bauch, hatte sie sie Shirts, Tops, kurze Kleider, Kaftans, Bikinis, Pareos und Schuhe anprobieren lassen. Sie gefielen Teresa alle. Diese Kleider waren schön und anders als alles, was sie sonst trug. Aber sobald sie hineinschlüpfte, wurden sie schrecklich. Sie betonten ihre fetten Oberschenkel, ihre breiten Hüften, ihr ausladendes Gesäß; bei einem Shirt hatte sie bei sich gedacht, dass sie darin aussah wie ein schlecht auf den Spieß gesteckter Braten. Nach einer Stunde hatten die Verkäuferinnen, alle superhübsch, schlank, groß und blond, extra dort, damit man sich beschissen fühlte, angefangen sie genervt anzuschauen. Also hatte Teresa, einfach nur, um da wegzukommen, beschlossen, aufs Geratewohl einen Bikini und einen Pareo zu kaufen. An der Kasse hatte Elena dann noch Flipflops dazugestellt. »Eine kleine Aufmerksamkeit«, hatte sie gekichert. Und Teresa hatte sich wie ein dummes Mädchen gefühlt, das sogar beim Anziehen Hilfe braucht; mit einem hysterischen Weinen, das sich von innen nach außen drängen wollte, hatte sie den Laden verlassen. Als sie nach Hause gekommen war, hatte sie alles ganz hinten im Schrank versteckt, zusammen mit den Puppen aus ihrer Kindheit, und hatte die Tüten vergessen. Erst viele Monate später, als sie ihre Reisetasche für das Feriendorf packte, hatte sie sie gefunden: auf der einen Seite die Puppen, auf der anderen die Klamotten. Und da hatte sie zwei Dinge begriffen. Dass das nicht Vergangenheit und Zukunft waren, sondern Teile von ihr, die nebeneinander bestanden; auch wenn einer davon im Koma zu liegen schien. Und dass wir alle Schränke sind. Schränke voller Kleidungsstücke, *Klamotten und Puppen*, aus denen wir jeden Tag herausholen, was wir brauchen: Bevor wir raus in die Welt gehen, öffnen wir unseren Schrank und ziehen das Kostüm hervor, wer wir sein sollen oder wollen. So läuft das, und Teresa hatte es verstanden, als sie ihre Puppen von früher und ihre geheimen Klamotten anstarrte; das waren die einzigen möglichen Wege, auch wenn sie den Eindruck hatte, dass die anderen deutlich mehr Auswahl hatten. Das Problem war, hatte sie sich schließlich gesagt, dass es einzig und allein die anderen waren, die aus Teresas Schrank die Sachen herausfischten.

Vielleicht musst du endlich selbst entscheiden, wie du dich anziehst. Meinst du nicht?

Dieser Gedanke, verworren, aber unmöglich zu ignorieren, hatte sie überzeugt, die neuen Sachen mit ins Feriendorf zu nehmen.

Sie ließ einen schnellen, prüfenden Blick schweifen, von der Brust zur Taille und bis zu den Füßen, wobei sie an Elena dachte. Hätte die ihr gesagt, dass sie schön sei, so aufgetakelt? Ja, bestimmt: Sie war schließlich ihre beste Freundin.

In ein paar Tagen würde sie ins Feriendorf kommen, und sie würden etwas Zeit zusammen verbringen. Wenn Teresa nur daran dachte, schlug ihr Herz ein bisschen schneller.

Jetzt lief sie weiter über den Strand und stellte ihr neues Ich zur Schau.

Die Sonne brannte, von der Hitze rann der Schweiß aus ihren Achselhöhlen und innen an den Schenkeln entlang.

Nahe am Wasser verfallene Sandburgen. Unter Sonnenschirmen und Pavillons knäulten sich Menschen, die nach Schatten lechzten. Die Stimmen vermischten sich, amüsiertes Gekreische, Gelächter. Sie kreuzte einen Dickwanst, der Kokosnuss verkaufte. Eine Asiatin, die Hennatattoos anfertigte. Und eine Bande durchtrainierter Jungs mit eng sitzenden Neonbadehosen, die jedem Mädchen zuzwinkerten, pfiffen und ihr etwas zuriefen.

»Hey du, schönes Lächeln«, trillerte einer von ihnen und blähte seine Bizepse auf eine Art und Weise auf, die aus seiner Sicht vielleicht lässig sein sollte.

»Du … du da ganz in blau, duuu!«

»Weißt du, dass ich dir aus meiner Spucke am liebsten einen hübschen Pyjama machen würde.«

»Hey, du Schöne!! Dein ganzer Körper ist so geil, dass man gar nicht weiß, wo bei dir das Pipi rauskommt!«, rief ein Dritter.

Als Teresa begriff, dass sie mit ihr sprachen,

Also bin ich wirklich schön. Bin ich … fickbar?

spürte sie, wie ein Kribbeln von ihrem Bauch aufstieg und wie ihr das Blut in den Kopf schoss. Sie erstarrte, blieb aber nicht stehen. Und so entfernte sich die Gruppe, die in die entgegengesetzte Richtung lief und weiter herumkrakeelte.

Die Bistro-Bar war auf dem Strand. Aus weißem und blauem Holz. Leichte Vorhänge anstelle von Wänden, hier und da Nippes angeklebt, abgeschliffene Stämme statt Stühle. In der Mitte die Küche und der Selbstbedienungstresen. Rund herum Tischchen. Aus den Boxen dröhnten dumpfe Elektro-Beats. Es gab sogar einen DJ, der sich abgehackt bewegte, während wunderschöne Mädchen um ihn herumtanzten.

Noch dicht am Wasser betrachtete Teresa diesen Hexenkessel von Weitem. Die Hände auf der Brust, nervös spielende Finger, den Kopf ein wenig geneigt. Sie hatte es nicht bemerkt, aber sie verlagerte das Gewicht von einem Bein aufs andere, ganz allein da mitten auf der Strandlinie.

Die Strandbar war voller junger Leute. Kaum Erwachsene, und die wenigen etwas abseits, als ob das Lokal für sie verboten wäre. Die Jungs waren muskulös, Bauchmuskeln, auf denen man Parmesan hätte reiben können, und aufgepumpte Arme. Die Hemden offen, Badehosen bis zum Knie. Die Mädchen in knappen Bikinis, braun gebrannt und mit von Sonnenöl glänzender Haut, waren mager, aber mit Knackarsch und tänzelnden Brüsten.

Sie waren alle so hinreißend, göttlich, wild, wie ihr der Typ im Conad erschienen war. Sie tranken Bier aus Flaschen, liefen barfuß, schnatterten und tanzten und schmiegten sich, voller Salz und Sand, aneinander.

Wer hatte sich da in den Kopf gesetzt, heiß, schön und erwachsen zu sein, *sie* etwa? Wie sehr sie auch vom Fliegen träumen mochte, würde die Welt sie doch immer wieder nach unten ziehen, auf diese trübe, öde Erde, auf die sie gehörte. Und jetzt sagte die Welt ihr mit einem hübschen Lächeln auf ihrem bösartigen Gesicht, dass das hier kein Ort für sie war. Sie hätte in ihrer Höhle bleiben sollen. Mit den *Harmony*-Bänden, den Powerpuff Girls und den Sommerhit-CDs.

Ihr Schicksal war es, sich das Leben nur vorzustellen. Nicht, es zu leben. Teresa konnte allerhöchstens hoffen, das Leben zu überleben. Mehr nicht.

Aber wenn ich jetzt wieder heimgehe, wozu dann die ganze Mühe?

Wie in Trance lief sie über den Steg, der zur Strandbar führte.

Am Eingang blieb sie stehen, schaute sich um, und etwas Glühendes legte sich auf ihre Schulter. Sie zuckte zusammen, drehte sich um und sah den Jungen vom Conad.

Er trug ein weißes Leinenhemd, aufgeknöpft wie bei den anderen Jungs. Barfuß, in blauen Badeshorts und vergoldeter Sonnenbrille im braun gebrannten Gesicht. In der Hand einen halb leeren Cocktail, Eis und Minze. Am linken Ohrläppchen eine türkise Perle; dieselbe Farbe wie ihr Pareo.

»Bist du das?«, fragte er.

Wieso, wer bin ich denn?, dachte sie. »Ja«, sagte sie.

»Ah, dachte ich mir.« Er lachte. »Nicht, dass ich dich nicht erkannt hätte.« Als er das sagte, nahm er seine Hand von ihrer Schulter, trat einen Schritt zurück und musterte sie, als wäre sie ein Möbelstück in einem Laden und als wäge er ab, ob er es kaufen sollte. »Du bist irgendwie anders.«

Teresa zuckte mit den Schultern.

Der Junge streckte ihr die Hand hin. »Riccardo, wie King Richard.«

Sie reckte ihre vor, drückte seine, schwach und unsicher, und sprach ihren Namen aus. Teresa. Einfach nur Teresa. Teresa wie niemand. Teresa wie nichts.

»Also …«, sagte er und schaute sich zerstreut um. »Mojito?«

Sie hatte noch nie einen getrunken, wusste aber, was das war. Und auch wenn erst Mittag war und ihr das nicht die richtige Uhrzeit dafür schien, nickte sie.

Riccardo bahnte sich einen Weg durchs Gedränge, zwängte sich durch die Körper, als gehörten sie zu ihm, und gelangte zum Tresen. Er bestellte zwei Mojito, trank seinen alten aus und warf den Becher auf den Boden. Als der Barkeeper ihm die neuen hinstellte, bedeutete

Riccardo ihm, dass er sie später bezahlen würde. Teresa nahm ihren und roch daran: Terpentin. Er führte seinen Drink zum Mund, steckte sich den Strohhalm zwischen die Lippen, die Zunge schnellte heraus, um den Halm zu schnappen,

Madonna, ist er schön!

und trank. Teresa machte es ihm nach, aber als sie schluckte, erstickte sie fast.

»Komm, wir drehen eine kleine Runde«, sagte er, die Musik übertönend.

Sie erreichten das Wasser und begannen ziellos herumzulaufen.

Ihr Herz platzte fast vor Aufregung, ihre Achseln trieften vor Beklemmung, Teresa konnte weder sprechen noch denken. Je länger sie diesen Jungen ansah, umso mehr fühlte sie sich wie ein pickliges Moppelchen mit krummem Rücken und strohigem Haar. Aber je länger sie ihn ansah, desto mehr fühlte sie auch etwas in sich wachsen. Etwas, das die Welt bunt machte und ihren Schädel weitete und sie eine neue Luft atmen ließ.

Zwei Feuer, die gegeneinander kämpften, hatte sie in sich. Zwei Versionen ihrer selbst, die vor dem Schrank voller Zeug stritten und einander ohrfeigten und an den Haaren zogen, um zu entscheiden, was sie anziehen sollte.

Teresa sog noch mal an ihrem Strohhalm. Ein Schluck, noch einer und noch einer.

»Also«, fing er an. »Du bist auch aus Paloma, was?«

»Woran erkennt man das?«, antwortete Teresa.

»Instinkt«, kicherte er. »Und diesen Sommer verbringst du im Feriendorf?«

»Ja, wie jedes Jahr. Das da ist mein Haus«, sagte sie und zeigte darauf. »Und du?«

»Ich bin zum ersten Mal hier. Meine Eltern haben

dieses Landhaus seit wer weiß wann, aber ich fand es immer scheiße und bin nie mitgekommen. Mein Vater hat es letztes Jahr renovieren lassen, jetzt bin ich mit zwei Freunden hier, meine Eltern sind in Paloma geblieben, weil sie keinen Bock aufs Meer haben, das Haus haben sie nur, weil es ihnen gefällt, es zu besitzen.«

Teresa trank noch mehr Mojito und spürte ein angenehmes Schwirren im Kopf.

»Mein Vater besitzt auch den Supermarkt«, fuhr er fort. »Weißt du, ich meine den Conad in diesem beschissenen Loch von einem Ort. Der gehört wirklich ihm.«

»Ach ja? Der in Camporotondo?«

»Er besitzt viele. Um die hundert, was weiß ich.« Er lachte. »Und weißt du, wenn der meinem Vater gehört und ich mir was nehme, als sein Sohn, dann klaue ich doch nicht, oder?«

Vielleicht war es der Alkohol. Oder die Sonne. Vielleicht war er es, der sie blendete, mit diesem Lächeln, das nicht von seinem Gesicht wich, seinen Muskeln, die er ständig anspannte, und seiner Redegewandtheit, mit der er in Alaska Kühlschränke verkaufen könnte. Teresa wusste nicht, woran es lag, aber diese absurden Ausführungen schienen ihr schlüssig.

»Hm, da hast du wohl recht, ja.«

»Ja, aber erklär das mal diesem bekloppten Sicherheitsmann.« Er lachte wieder, diesmal lauter. »Den ja außerdem auch mein Vater bezahlt, oder? Also ist er auch meiner, stimmt's? Auch er gehört mir. Sozusagen.«

»Ja«, antwortete Teresa mechanisch, »vielleicht stimmt das.«

Riccardo schob seine Sonnenbrille hoch und offenbarte den Ozean, der sie am Vortag verschluckt hatte. »Wir verstehen uns, wir beide.«

Sie senkte den Kopf, spielte nervös an ihrem Becher herum und kippte noch mehr Mojito runter.

»Und du?«, fragte Riccardo. »Bist du mit deinen Freundinnen hier oder was?«

»Mit den Eltern, wir kommen schon immer her und …«

»Was'n Scheiß, wie nervig, mit deinen Alten! Wie alt bist du denn?«

»Sechzehn. Siebzehn werde ich im …«

»Dann bist du ja noch ein *Küken*«, trillerte er. »Ich bin achtzehn, im ersten Jahr Jura. Ich werde mal Richter.« Er nickte ernst. »Will sagen, ist doch klar, oder? Es ist doch nur natürlich, dass die Gerechten Recht sprechen, oder?« Er trank, warf einen flüchtigen Blick aufs Meer und schüttelte den Kopf.

Teresa lachte unsicher und trank noch einen Schluck. Sie fühlte, wie ihre Knie weich wurden.

»Du bist anders als gestern«, wiederholte Riccardo.

Sie nahm noch einen Schluck Mojito, noch einen und noch einen, dann ein Lächeln.

Bin ich betrunken?

»Du hast so eine Art Leuchten«, sagte er.

Teresas Lächeln wurde breiter.

»Das solltest du jedenfalls öfter tun.«

»Was?«, fragte sie.

»Lächeln. Du bist schön, wenn du lächelst.«

Teresa ging in Flammen auf. Noch nie hatte ihr jemand gesagt, dass sie schön sei.

»Na ja, vielleicht ist es dieses neue Coke, was weiß ich«, kommentierte Riccardo mit leiser Stimme.

Coke? Er trinkt doch auch Mojito, was hat Cola damit zu tun?

»Gefällt dir der?«, er zeigte ihr seinen Ohrring. »Dieses Türkis ist cool, oder?«

»Warum trägst du Ohrringe?«, rutschte ihr raus. Dann, im selben Atemzug: »Er ist schön, ja.«

»Was weiß ich … ich trage welche, weil sie mir gefallen, oder?«

»Hast du keine Angst, dass du deswegen Mädchen genannt wirst?«

»Scheiß drauf.« Er schnaubte. »Wenn ich Lust auf etwas habe, dann mache ich es und Punkt, okay?« Er nickte. »Weißt du, meine Eltern betrügen sich gegenseitig«, sagte er; Teresa, verwirrt und sicher, dass das kein Geständnis für eine erste Verabredung war, trank und schwieg. »Trotzdem sind sie glücklich und zufrieden, weil ihnen Treue scheißegal ist. Sie wollen sich selbst treu sein, das reicht. Also geben sie ihrer Lust nach, oder? Tja, und so bin ich auch. Wenn ich Lust auf etwas habe, dann mache ich es, die anderen existieren sowieso nicht. Deshalb habe ich den Ohrring.« Er hielt inne und fasste sich ans Ohrläppchen. »Macht das für dich Sinn? Heilige Madonna, dieses Coke macht mich fertig.«

Sie nickte. Er lächelte. Und beide prusteten los.

Teresa kam es wie eine Szene in einem Liebesfilm vor. Es war alles so romantisch. So natürlich. So süß. Und er. Er war so schön, selbstsicher, frei.

»Hör zu, ich muss zu Hause was holen«, sagte Riccardo. Er trank seinen Mojito aus und warf den leeren Becher auf ein Strandtuch in ihrer Nähe. »Kommst du mit?«

Sie liefen an ihrem Ferienhaus vorbei, überquerten den Strand und erreichten ein Haus am Meer.

Teresa war dieser Ort bisher nie aufgefallen. Den Sommer verbrachte sie jedes Jahr auf dem Stückchen Strand vor ihrem Haus und war über dieses kleine Viereck nie hinausgelangt. Dieses Haus, zweihundert Meter von ihrem entfernt, hatte sie noch nie gesehen.

Doppelt so breit wie die anderen und dreistöckig, alle Wände aus Glas.

Riccardo öffnete das leuchtend rote Eisentor und ging rein. Sie folgte ihm und fand sich auf einem Grasteppich wieder.

Zur Linken ein rechteckiger Pool mit kristallklarem Wasser, rund herum eine Reihe Rattanliegestühle, Tischchen und Blumentöpfe voller Geranien. An einer Seite ein Trampolin, an der anderen ein Whirlpool mit Springbrunnen, die Bögen in die Luft zeichneten. Ein armloses Engelchen beobachtete die Szene. Die Terrasse war hinten, mit einem Tisch in der Mitte, einem gemauerten Grill an einer Seite und Tischkicker und Tischtennisplatte an der anderen.

Mit aufgerissenen Augen und halb offenem Mund dachte Teresa, dass dieses Haus, so schön und neu und modern und sauber und gut gepflegt, aussah wie die Villa von Kelly Taylor in *Beverly Hills 90210*. Und schlagartig fühlte sie sich ziemlich unwohl. Wie eine Kanalratte, die dabei erwischt wird, wie sie zwischen den Möbeln einer Luxusvilla herumscharwenzelt. Sie fürchtete, dass sie mit ihren dreckigen Beinchen diesen wunderbaren Ort beschmutzte.

»*Das* ist dein Haus?«, entfuhr es ihr.

»Mein Vater hat es, wie gesagt, renovieren lassen. Bis vor einem Jahr war es genauso beschissen wie die anderen hier«, sagte er abschließend, ging ins Haus und ließ Teresa zurück.

Sie blieb stehen, sah sich um und saugte an ihrem Strohhalm. Sie trank den Mojito aus. Jetzt war sie wirklich betrunken und sich dessen sicher, aber es war ihr egal. Sie stellte den Becher vorsichtig auf den Tisch und lächelte dem Garten zu.

Dieser Ort schien gar nicht zum Feriendorf zu gehören, sondern wirkte wie ein Luxushotel in Paris oder New York. Überall Spiegel. Eine gigantische Glyzinie fungierte an einer Seite der Veranda als Vorhang. Zwei schwarze Pumastatuen, einer sitzend, der andere auf zwei Beinen, überwachten den Eingang. Ein unten kugelförmiges und vergilbtes Glasfläschchen stand neben einem Tütchen voll mit …

Herrje, ist das Marihuana?

»Hey, was machst du da draußen? Komm rein!«, rief sie von drinnen eine Stimme.

Teresa gehorchte.

Zur Rechten die Küche. Glänzende Haushaltsgeräte, kantige Möbel. Zur Linken das Wohnzimmer. Mit noch einem Whirlpool, in dem das Wasser brodelte, drei Sofas und einem Tischchen mit schmutzigen Gläsern und leeren Flaschen drauf.

»Sieht aus wie Sau hier, sorry, aber diese Scheißphilippinen kommen erst morgen.«

Mit gespreizten Beinen und ausgebreiteten Armen lümmelte Riccardo halb liegend auf dem Sofa.

Was macht er denn da? Wieso liegt er so komisch da?

»Setz dich her, komm schon.«

Teresa rührte sich nicht.

Das Stimmchen in ihrem Kopf flüsterte ihr zu, dass an dieser Geschichte irgendetwas seltsam war. Irgendwas war faul, vielleicht gefährlich. Und es riet ihr, sie solle lieber nicht zu ihm gehen. Es war gefährlich, ja. Wirklich gefährlich. Dessen war sie sich sicher, auch wenn sie nicht verstand, warum. Noch einer Sache war sie sich aber genauso sicher: Wenn sie es nicht tun würde, wenn sie sich nicht zu ihm setzte, würde sie rüberkommen wie ein kleines Kind.

Hast du gehört, was er vorhin gesagt hat? Du bist ein K-ü-k-e-n.

Wäre ein anderes Mädchen aus ihrer Schule an ihrer Stelle hier gewesen, sie wäre hingegangen, zu ihm. Und wenn es bisher nicht geklappt hatte, so zu sein, wie ihre Mutter es wollte, sollte sie vielleicht andere Wege einschlagen. Sich anders verhalten. Zumal ja keinesfalls so richtig klar war, wie ihre Mutter sie eigentlich haben wollte. Sie wusste lediglich, dass alles, was sie tat, verkehrt war. Welche Entscheidung sie auch traf, für ihre Mutter war es ein Fehler.

Also?

Also ging sie, ein Schrittchen nach dem anderen, in diese neue Richtung.

Sie durchquerte das Wohnzimmer, die Hände nervös über der Brust, und setzte sich aufs Sofa. Die Beine gesittet übergeschlagen, den Blick zum Boden gerichtet, hatte sie sich ganz vorne aufs Kissen gesetzt. Sie atmete nur mit Mühe, ihr Herz schlug so heftig, dass sie fürchtete, man könnte es von außen hören.

Der Grund für diese Aufregung entglitt ihr, wie Sand zwischen den Fingern.

Teresa hob den Blick und richtete ihn direkt auf Riccardo, der ihr lächelnd, hingefläzt und alle viere von sich gestreckt, ein Loch in die Stirn grub.

Bitte, tu mir so weh, wie du kannst.

Sie wollte, dass er ihr wehtat, ja. Dass er sie in die Welt einweihte, die sie bisher nur in *Beverly Hills 90210*, *Dawson's Creek* und *Incantesimo* gesehen hatte. Und wenn sie erst leiden musste, um sie zu bewohnen, na gut, dann sollte er sie ruhig foltern: Teresa war bereit. Bereit dazu, weil sie diese Welt brauchte. Sie brauchte diese Welt mit sonntagsmorgens Schmusen im Bett, langen Küssen im Regen, von lächelnden Kurieren überbrachten Rosensträußen, »Signorina, auf dem Kärtchen steht nur ›von einem heimlichen Verehrer‹«. Teresa wollte, dass Riccardo sie in diese Welt einführte, dass er ihre Pforten für sie auftat, dass er sie zu deren Bewohnerin machte. Dieser so schöne und selbstsichere Junge erinnerte sie stark, auf teilweise sogar schmerzliche Art, an die Figuren aus den *Harmony*-Bändchen. Und je ausgeprägter diese Ähnlichkeit wurde, desto mehr sagte sie sich, dass Riccardo sie zu einem der Mädchen aus diesen Büchern machen konnte. Mit ihm würde sie zur Heldin einer dieser pastellrosa Geschichten voller Küsse, bei denen einem die Knie weich wurden. Und nichts auf der Welt wünschte sie sich mehr. Schließlich fühlten sich in *Beverly Hills 90210* sowohl Brenda als auch Kelly wegen Dylan schlecht, aber aus diesem Schmerz, aus den Weinkrämpfen, die sie dann in ihren kleinen Zimmern bekamen, entstand anschließend etwas Schönes.

Tu mir weh. Tu mir weh. Tu mir weh.

Sie sahen einander an. Er lächelte sie an, ihr gelang das nicht, aber sie schaffte es, seinem Blick standzuhalten.

»Ach, komm doch näher«, sagte er zu ihr und klopfte mit seiner Hand – lange Finger, von Adern durchzogener Handrücken – leicht auf das Kissen neben sich.

»Was ist? Hast du Angst?« Er lachte.

Nein. Angst hatte Teresa nicht. Sie war eine Erwachsene.

Sie hievte ihren schweren Körper hoch, setzte sich neben ihn und sah ihn direkt an.

Er rührte sich nicht. Mit angespannten Bauchmuskeln und aufgepumpten Brustmuskeln hielt er seine Beine gespreizt und sein Becken leicht angehoben.

Es wirkte, als erwartete er irgendetwas.

»Er ist in meinem Mund gekommen …«

Riccardo legte eine Hand auf ihren Schenkel. Sie war heiß, hart, sicher. Und Teresa spürte ihn überall. Oben und unten und hinten und vorne. Er überragte sie, ein Riese, bereit, sie zu verschlingen. Er starrte sie an, er sah sie. Und derweil streichelte er sie. Mit einem Mal löste er seine Hand von ihr und nahm ihre, sanft, aber gebieterisch. Er hob ihre beiden Hände an und führte sie ganz langsam zu seiner Badehose. In die Mitte, wo eine seltsame Erhebung war. Eine Schwellung. Etwas.

Was machst du da?

Als ihre Hände, eine auf der anderen, kurz davor waren, seine Badehose zu berühren,

TERESA!

zog sie sich zurück.

Sie kam wieder zu sich, sprang auf und verließ den Raum, rannte Richtung Rasen.

Die Sonne. Die Luft. Die Stimmen. Schlagartig kam alles zurück.

Sie tat einen tiefen Atemzug, dann noch einen und noch einen. Ihr war übel, ihr Kopf schwirrte, die Beine waren so wackelig, dass sie dachte, sie falle gleich in Ohnmacht.

Ist dir klar, was da gerade los war?

Es war los, dass du fast normal warst. Aber nein, Dummchen für immer.

»Hey!« Riccardo holte sie mit großen Schritten ein. »Was ist denn mit dir los?«

Sie wollte antworten, konnte aber nicht. Sie schämte sich, als wäre sie nackt auf dem Klo erwischt worden. Dieser Junge hatte etwas von ihr erwartet, und sie hatte ihn betrogen, hatte ihn nicht befriedigt. Sie, die nie genug war.

Sie schwiegen einige Sekunden, gedehnte Augenblicke in der Zeit, dann redete Riccardo: »Hör zu, entschuldige, ich … ich glaube, ich habe es übertrieben.«

Er entschuldigte sich? Sie hatte wie eine Verrückte, wie eine Idiotin auf etwas ganz Normales reagiert, etwas, das alle machten; ständig

»Er ist in meinem Mund gekommen …«

machten das alle Mädchen aus der Schule, und er entschuldigte sich? Sie fühlte sich noch schlechter. Nicht nur, dass sie nicht normal war. Nicht nur, dass sie für alle und alles verkehrt war. Noch dazu lud sie ihre Fehlentwicklungen, ihre Fehler auf anderen ab.

»Komm schon, ich will das wiedergutmachen«, sagte Riccardo. »Wenn ich dich zum Abendessen einlade?«

Sie musste es wiedergutmachen, er bestimmt nicht, also musste sie diese Einladung annehmen. Sie hatte ihn schon enttäuscht, den armen Kerl. Da konnte sie jetzt wohl kaum ablehnen.

»Warum?«, hörte sie sich sagen; ihr Mund hatte alles von allein gemacht.

»Was denn?«, fragte er verwirrt.

»Warum willst du *mich* sehen?« Es war ein verworrener, aber standhafter Gedanke.

Riccardo zuckte mit den Schultern und zündete sich eine Zigarette an. »Wenn ich Lust auf etwas habe, dann mache ich es und Punkt, okay? Das habe ich dir doch schon gesagt.«

Sie war sich nicht sicher, ob sie das verstanden hatte, stimmte aber trotzdem zu.

Riccardo lächelte. »Morgen habe ich schon was vor. Übermorgen habe ich eine Party, weißt du, und …« Er dachte kurz nach. »Wasweißich, nächste Woche … Freitag?«

Freitag. Sie musste eine ganze Woche warten, um ihn wiederzusehen und zu versuchen, es wiedergutzumachen, ihm klarzumachen, dass sie kein dummes Kindchen war.

»Okay, aber lass uns halb elf sagen«, antwortete sie mit hauchdünner Stimme. »So …« *warte ich, bis Mama im Bett ist*, beendete sie den Satz für sich.

Riccardo nickte. Dann verabschiedete er sie mit einem Klaps auf die Schulter, drehte sich um und ging zurück ins Haus. Teresa sah ihm nach, schließlich drehte auch sie sich um und verließ die Villa.

Mit kleinen, schnellen Schritten trippelte sie über den Strand.

Sie wollte nach Hause. Den Duft nach Coccolino-Weichspüler riechen, mit dem ihre Mutter ihr Bettzeug wusch. Ihrem Vater beim Lesen zuschauen. Eine riesige Tasse Milch mit Macine-Keksen löffeln und sich dabei ein bisschen vollkleckern.

Auf dem Sand lief sie zunächst schnell, ohne irgendetwas oder irgendwen anzuschauen, außer die Veranda ihres näherkommenden Hauses. Dann rannte sie, ohne es zu merken, los. Aneinanderreibende Oberschenkel, auf dem Rücken herumflatternde Haare.

Sie stolperte, machte ein Plié und landete fast mit dem Gesicht auf dem Boden. Eine Handvoll Sekunden, die ihr wie Stunden erschienen. Und sie erreichte ihr Ziel. Sie stieg die Stufen hoch, öffnete die Schiebetür und trat ein. Sie lehnte ihren Rücken an die Scheibe, schloss die Augen und japste.

Sie fühlte sich außerhalb der Realität, die Welt war nur ein Gedanke.

Sie wollte gerade die Augen wieder öffnen, als sie einen Schlag abbekam. Heftig, direkt ins Gesicht. Und alles stürzte zusammen. Teresa fiel. Sie donnerte gegen die

Wand, ihre Arme fuchtelten in der Luft wie die Flügel eines Vögelchens. Dann krachte sie auf den Boden.

Sie riss die Augen auf. Ihre Mutter türmte sich über ihr auf.

»Wo warst du?«, zischte sie. »Was hast du da an?«

Der Bikini. Der Pareo. Die Flipflops. Sie hatte sie noch an.

In diesem Moment, als sie merkte, dass sie sich nicht umgezogen hatte, dass sie pinkeln musste, dachte Teresa, dass sie gleich viel Schmerz fühlen würde.

Okay, bleib ruhig. Jetzt schlägt sie dich, sie tobt sich aus, und dann ist alles vorbei. Wie üblich.

Aber sie wird mir wehtun. Ich will nicht, dass sie mir wehtut. Ich bitte dich, ich bitte dich, ich …

»Wo warst du?«, wiederholte die da, jetzt schreiend.

Teresa hätte gerne etwas gesagt, versucht zu lügen, aber sie war wie versteinert.

Ihre Mutter bückte sich, packte sie an den Haaren und stellte sie wieder auf die Beine, als hebe sie einen Müllsack auf. Teresa fühlte, wie ihr ganzer Kopf brannte. Sie ließ einen schwachen, spitzen Schrei los, strampelte und versuchte, sich zu befreien. Ihre Finger abzuschütteln. Aber nichts da: Es wirkte, als wären sie zusammengeschweißt. Da schüttelte ihre Mutter sie durch, als wäre sie eine Piñata. Rechts und links und rechts und links. Und während sie noch stärker an ihren Haaren zog, fing sie an, sie zu ohrfeigen.

Eins, zwei, drei gewaltige und präzise Schläge trafen genau auf ihre Wange.

Teresa wand sich, brüllte, schluchzte. Sie versuchte erneut, sich zu befreien, aber die da war zu stark. Und während sie wie ein Fisch am Haken zappelte, gab die andere ihr noch mehr Ohrfeigen. Mit einem Mal riss die

Mutter ihr den Rucksack vom Leib und warf ihn auf den Boden. Sie versetzte ihrer Tochter zwei Faustschläge auf die Oberschenkel, und ohne sie loszulassen, schleifte sie sie Richtung Küche.

»Du Schlampe!«, bellte sie, während sie sie im Neunziggradwinkel und mit gesenktem Kopf durchs Zimmer bugsierte. »Wo warst du? SAG MIR, WO DU WARST.«

Kläglich ließ sich Teresa hinkend mitschleifen.

Sie erreichten die Küche.

Mit weit ausladenden Armen warf die Mutter sie in eine Ecke, und Teresa fiel gegen den Vorratsschrank, schlug sich Kopf und Rücken an. Sie wäre gerne abgehauen, aber ihre Mutter versperrte ihr den Weg. Also bedeckte sie ihr Gesicht, kauerte sich zusammen und machte sich gefasst.

»Wo warst du?«, schrie die Mutter. »Antworte. Antworte!«

Sie versetzte ihr einen Tritt in den Hintern, so stark, dass Teresa Angst bekam, sie hätte ihr einen Knochen gebrochen. Dann noch einen, diesmal gegen den Oberschenkel. Noch einen. Und noch einen. Dann drehte sie sich um, haute auf den Tisch und brüllte die Wand an. Teresa nahm ihre Hände vom Gesicht, in der Hoffnung, ihr Mitleid zu erregen, und schluchzte ihr ins Gesicht.

»Rede!« Noch ein Faustschlag auf den Tisch. »Rede!« Noch ein Tritt gegen die Oberschenkel.

»Mama …«, winselte sie, sich krümmend. »Entschuldigung … ich bitte dich, ich …«

Da kam ihr Vater.

Die Arme baumelten neben dem Körper, auf dem blassen Gesicht keinerlei Ausdruck. Er blieb an der Tür stehen, machte den Mund auf und starrte sie an, besorgt, aber nicht überrascht.

»Raus!«, brüllte seine Frau. »RAUS!«

Er drehte sich um und ging, ohne seine Tochter wenigstens anzuschauen.

Teresa rief ihn laut. »Papa … ich bitte dich, Papa! Papa!«, aber er kam nicht zurück. Und während sie sich wieder zusammenkauerte, sich kleinmachte, schluchzte sie noch heftiger.

Ihre Mutter kam näher und starrte sie an. »Ich gebe dir eine letzte Chance, Terri. Wo warst du?«, fragte sie in plötzlich ruhigem Tonfall.

»Mama …«, winselte sie. »Ich …« Sie schaffte es nicht, etwas zu sagen; sie war zu verwirrt, zu leidend, zu verängstigt. »Entschuldigung, Mama, ich …«

Die Mutter holte einmal tief Luft und befahl ihrer Tochter, sich auszuziehen.

Teresa dachte nicht einmal daran zu protestieren. Sie schlüpfte aus dem Pareo und dem Bikini und drückte zitternd und weinend die Oberschenkel aneinander, um ihr Geschlecht zu verbergen.

Ihre Mutter betrachtete sie von oben herab, die Hände in den Hüften. »Mach die Beine auf.«

Sie schluchzte lauter.

»Mach die Beine auseinander, hab ich gesagt, du Schlampe.«

Von oben bis unten durchgeschüttelt, gehorchte Teresa. Und offenbarte ihrer Mutter ihr unbehaartes Geschlecht.

»Mein Gott, was hast du getan …«, röchelte die entsetzt.

Einen Augenblick passierte nichts, dann ergriff die Raserei wieder Besitz von ihr. Und die Prügel fingen von vorne an, heftiger als vorher.

Faustschläge, Ohrfeigen, Tritte. Gegen den Kopf, ins Gesicht, auf die Oberschenkel.

Klatscher und Gebrüll vermischten sich mit Schluchzern und schwachen Schreien, sie erfüllten den Raum. In der Ecke gefangen, versuchte Teresa die Schläge abzuwehren, an die Möbel gekauert, über sich selbst geduckt.

Mit einem Mal richtete ihre Mutter sich auf und sah sie angewidert an. Sie rückte ab, nahm Pareo und Bikini, die sie sie hatte ausziehen lassen, sowie eine Schere aus einer Schublade. Und sie schnitt alles in Fetzen. Die Stoffe ließen sich in Streifen schneiden, die leblos aufs Parkett fielen. Und während ihre dumme, haltlose, zerfaserte Revolution sich auflöste, schluchzte Teresa, noch in der Ecke, ein Lebewohl. Zu ihren Füßen wirkten Bikini und Pareo jetzt kümmerlich. So banal und schwach wie sie selbst.

Als sie fertig war, warf ihre Mutter die Fetzen in den Müll und nahm die Merit-Packung und ein Fläschchen Feuchtigkeitscreme aus einer Schublade. Sie zündete sich die Zigarette an, steckte sie zwischen ihre Lippen und sog lange mit geschlossenen Augen ein. Sie ging zu ihrer Tochter zurück und warf ihr die Creme hin. »Schmier die auf deine fetten Schenkel, und dann geh dich anziehen. Wir gehen in die Kirche. Dann erzählst du Gott, was du gemacht hast«, und sie verschwand.

Teresa, nackt, in ihrer Ecke zusammengebrochen und tränenüberströmt, schaffte es nicht einmal, ihre Augen zu öffnen. Alles tat ihr weh. Kopf, Gesicht, Oberschenkel.

Sie zwang sich dazu, aufzustehen und ins Bad zu gehen. Hinkend, weinend, murrend. Ganz nach vorne gebeugt, baumelten ihre Brüste bei jedem Schrittchen. Eine Hand bedeckte ihren Hintern, die andere ihr ausgestelltes Geschlecht. Die Haare zerzaust vor dem Gesicht, das voller Tränen und Schweiß und Kratzer und Rötungen war.

Was auch immer sie tat, es war verkehrt. Wer auch immer sie war, sie war verkehrt.

Sie ging ins Bad, setzte sich auf den Klodeckel und heulte los, noch nackt, über sich selbst gebeugt, das Gesicht zwischen den Händen, während ihr die Haare auf ihre Knie fielen. Lange blieb sie so, schluchzend, sich die Beine mit der Creme einreibend. Alles brannte: ihr Hintern, ihre Hüften, ihre Oberschenkel, sogar der Kopf, wo sie ihr an den Haaren gezogen hatte. Nach ein paar Minuten hörte sie es an der Tür klopfen.

Drei sanfte Klopfer, die mit den Faustschlägen ihrer Mutter gegen geschlossene Türen nichts zu tun hatten: Das musste ihr Vater sein. Das mussten ihr Vater und das schlechte Gewissen sein, das ihn erfüllte, wenn seine Frau seine Tochter schlug und er es nicht schaffte, etwas dagegen zu unternehmen.

Teresa sagte nichts, sie cremte sich weiter ein.

Er klopfte noch mal, diesmal etwas lauter. Dann: »Terri?« Er machte eine Pause, die Stimme ihres Vaters zitterte leicht. »Terri, brauchst du … brauchst …«, aber er beendete den Satz nicht.

Von der Tür kam kein Geräusch mehr: Ihr Vater hatte aufgegeben. Typisch.

Teresa stand auf, wusch sich das Gesicht und verließ das Bad, um in ihr Zimmer zu gehen. Sie zog sich an, ihre Brust wurde immer noch von Schluchzern durchgeschüttelt, aber es kamen keine Tränen mehr raus. Sie band die Locken zu einem Pferdeschwanz, ihr Kopf tat weh, sie konnte ihn nicht allzu fest binden. Dann ging sie langsam ins Wohnzimmer.

Dort war ihre Mutter. Sie stand neben dem Sofa und wartete auf sie.

Ihr Vater dagegen war auf der Veranda, er saß da und starrte aufs Meer, still und reglos.

Ohne ein Wort zu sagen, verließen die beiden das Haus.

Sie liefen über den Kiesweg. Durch das Spinnennetz aus Sträßchen, die das Feriendorf einritzten. Und Seite an Seite, aber eher wie Gefängniswärterin und Gefangene als wie Mutter und Tochter, stiegen sie die kurze, enge Freitreppe hoch, die zur Kirche führte.

Sie war winzig. Kniend, auf Bänkchen sitzend, passten mit Mühe und Not um die dreißig Gläubige hinein. Aber es ging sowieso nie jemand hin. Ihre Mutter und weitere fünf oder sechs Frauen, alle älter als sie, waren die Einzigen, die sie besuchten. Jetzt war sie verlassen und im Halbdunkel. Nur Padre Renato war da, der nicht auf ihr Kommen achtete und wer weiß was hinter dem Altar polierte.

Sie traten ein, verneigten und bekreuzigten sich. Sie näherten sich dem Weihwasserbecken, tauchten ihre Finger ein und zeichneten sich noch ein Kreuz, allerdings etwas kleiner, auf die Stirn. Sie liefen durch das Hauptschiff, ein enger, mit einem bordeauxfarbenen, verstaubten Teppich ausgelegter Gang, und steuerten die erste Reihe an. Sie nahmen auf der Bank vor dem Altar Platz, wo Padre Renato sich, selig, aber unwillig, weiter um seine eigenen Angelegenheiten kümmerte. Und sie knieten nieder.

Die Mutter schaute ihr durchdringend in die Augen und formte mit den Lippen einen zwar stillen, aber trotzdem überdeutlichen Befehl: »Jetzt bete.« Sie wartete, bis die Tochter ihren Kopf neigte, und starrte sie so lange weiter an, als wollte sie sie in Asche verwandeln. Dann tat sie es ihr vermutlich nach, aber Teresa sah sie nicht: Als sie die Augen geschlossen hatte, hatte sich eine dichte Finsternis über ihre Welt herabgesenkt. Die Stille der Kirche dröhnte derweil von überall her.

Muss ich denn beten? Soll ich es wirklich tun?

Es war nicht das erste Mal, dass ihre Mutter sie zum Beten zwang, nachdem sie ein Vergehen, ein Missgeschick, einen Patzer der Tochter entdeckt hatte. Allerdings war es das erste Mal, dass sie sie dafür in die Kirche schleppte. Sollte sie das vielleicht erschrecken, ihr Sorgen machen? War die Lage so ernst? Hatte sie etwas so Schlimmes getan?

Offensichtlich schon, Terri.

Trotz allem konnte Teresa vor dem blutenden, leidenden Jesus am Kreuz an nichts anderes denken als an Riccardo. An ihn, und an den Augenblick, als er ihre Hand auf seine Badehose legen wollte. In der Kirche, vor dem Altar mit seinem schneeweißen Tischtuch, den Geruch von Weihrauch und Weihwasser in der Nase, hatte sie nur Riccardos Gesicht im Kopf. Sein schönes, lächelndes Gesicht, die Szene in seinem Haus, die sich wieder und wieder abspielte, und wieder und …

Hör auf. Hör auf, hör auf, hör auf!

Und wenn ich weitergemacht hätte?

Hör auf.

Und wenn ich meine Hand wirklich auf seine Badehose gelegt hätte?

Hör auf, Teresa. Hör auf.

Wenn ich meine Hand auf seine Badehose gelegt und er sie sich ausgezogen hätte?

HÖR AUF, TERESA!

Mit einer auch körperlichen Anstrengung gelang es ihr, ihren Kopf leerzuräumen.

Und sie fing an zu beten.

Nach einer Zeitspanne, die sie nicht hätte beziffern können, hob sie den Blick. Bis jetzt hatte sie die Augen geschlossen gehalten und die Stirn auf ihre ineinander verschlungenen Finger gestützt. Und da geschah etwas,

etwas Seltsames, das in ihr ein aus Wut und Verlegenheit gemischtes Gefühl hervorrief.

Ihre Mutter erwiderte ihren Blick und lächelte ihr dabei zu, wie man es bei einem neugeborenen Baby täte. Und ohne ein Wort zu sagen, streichelte sie ihr liebevoll über die Wange. Da erst merkte Teresa, dass sie weinte.

PALOMA, WINTER 2019

Das Unwetter war im Nichts erstorben. Gerade hatte es noch aus allen Eimern geschüttet, einen Moment später sangen die Spatzen wie in einem beschissenen Disneyfilm. Die Raststätte war leer. An den Fiesta gelehnt, rauchte Niccolò eine Zigarette und drehte und wendete die Wunderkiste in seiner Tasche.

Einen Bump. Nur einen. Einen und Schluss. Ach, komm schon.

Er brauchte ein bisschen Koks. Um wieder hochzukommen, herauszufinden, was er tun sollte.

Nach dem Theater auf der Autobahn hatte sein Vater die Kontrolle über das Auto wieder übernommen und war weitergefahren, als wäre nichts gewesen. Erst hatte Niccolò ihn beschimpft, hatte geflucht und geschrien, aber als er merkte, dass er ihn nicht einmal zu hören schien, hatte er sich auf den Sitz gefläzt. Kurz darauf hatte sein Vater jemanden angerufen und sich auf einer Raststätte mit ihm verabredet. Er hatte die Abfahrt zum Rasthof genommen, war ausgestiegen und stand jetzt wie festgenagelt: zwanzig Meter von ihm entfernt, mitten auf dem Platz, reglos, den Blick ins Leere.

»Lässt du dich geschehen?«

Niccolò wusste nicht, was das bedeuten sollte.

Was seinen Vater da umtrieb, schien aber nicht der Wahn eines Tobsüchtigen zu sein, sondern der Versuch, komplexe Gedanken und Gefühle auszudrücken, von einem Mann, der vergessen hatte, wie man redet. Deshalb war Niccolò unentschlossen, was diese Reise anging.

Nimm einen Bump, komm schon … das merkt der doch gar nicht.

Er dachte, dass es besser wäre, seine Mutter anzurufen und sie zu bitten, ihn abzuholen; er hätte auch Mirko anklingeln können, aber ihm seinen Vater vorstellen zu müssen, wäre der Super-GAU. Gründe, mit ihm loszufahren, hatte er keine. Und doch hielt ihn noch irgendetwas da bei ihm fest.

Wenn du eine Line ziehen würdest, NUR EINE, müssten wir hier jetzt nicht lang rumdiskutieren.

Er griff nach der Wunderkiste, sah zu seinem Vater hinten auf dem Platz, und als er sich wieder seinen Händen zuwandte, fand er sie im Begriff, die Pillendose zu öffnen. Er holte das Tütchen mit dem Schnee raus, legte sich eine spärliche Bahn auf den Handrücken, hielt sich ein Nasenloch zu, und

Flieg, flieg, fliiieg.

sein Schädel dehnte sich aus, das Hirn wurde leichter und der Nebel lichtete sich.

Er ließ seinen Hals knacken, verrenkte seinen Kiefer und fing an, neben dem Fiesta auf und ab zu laufen. Er hatte Lust bekommen zu rasen, wieder auf die Autobahn zu fahren und loszudüsen. Er verrenkte seinen Kiefer noch stärker. Er kratzte sich am Kopf, im Gesicht, am Hals. Die türkis angemalten Fingernägel gruben sich in die Haut. Dann lehnte er sich schlagartig wieder ans Auto, holte sein Telefon raus und rief seine Mutter an.

»Wie läuft's?«, antwortete sie. »Wo seid ihr?« Sie wirkte ruhig, aber vielleicht tat sie nur so.

»An einer Raststätte«, sagte Niccolò.

»An einer Raststätte?«

»An einer Raststätte.«

»Warum seid ihr an einer …«

»Er will mich in den Süden bringen, Ma'«, unterbrach er sie.

Stille, dann: »Was sagst du da? Ihr seid gar nicht in Paloma? Was heißt, dass …«

»Ich weiß genauso wenig wie du«, schnitt er ihr erneut das Wort ab.

Rede ich zu schnell?

»Du weißt nicht genauso wenig wie ich. Ich bin hier, du da bei ihm.«

»Tja, aber er hat mir nicht viel verraten.«

Ja, ich rede zu schnell.

Was für eine beschissene Idee, sich die Line vor dem Telefonat mit seiner Mutter reinzuziehen.

»Erklär's mir«, befahl sie energisch. »Nein, gib ihn mir mal.«

Er erinnerte sich nicht, wann seine Eltern das letzte Mal überhaupt miteinander gesprochen hätten.

»Das halte ich für keine gute Idee, Ma' … oder?«

Sie seufzte. »Niccolò, hör zu, sag mir, wo du bist, und ich komme dich …«

»Mama, hör auf damit!«, rief er im Flüsterton; das war die Rolle seiner Mutter, die er hasste, so ängstlich und beängstigend, emotional und dumm.

»Ich hab's dir schon erklärt, er will mich an einen Ort im Süden bringen … nach Apulien«, erfand er. »Und ich denke, ich sollte da hin«, hörte er sich sagen; dabei merkte er, selbst erstaunt darüber, dass es stimmte.

»Was redest du denn da?«

»Ich weiß es nicht …«, brummelte er und starrte dabei seinen Vater an, eine Gestalt im Gegenlicht. »Aber ich habe wirklich den Eindruck, dass ich mit ihm mitgehen sollte.«

»Aber warum? Hat er dir was gesagt?«

»Ich weiß nicht, ich habe diesen Eindruck und … diesen Eindruck, ja.«

Ich bin zu high.

»Wie lange wärst du denn weg?«

»Er hat was von fünf Tagen gesagt.«

»FÜNF TAGE?«

»Beruhig dich, Ma'.«

»Nico … hör zu, du kennst den da nicht. Du weißt nicht, was er alles …«

»Tja, vielleicht sollte ich ihn mal kennenlernen. Schließlich ist er immer noch mein Vater.«

Warum versuchst du sie zu überzeugen?

Vielleicht ist es das Koks. Das hat mein Hirn zersetzt. Ich bin drauf hängen geblieben.

Nein, da war noch etwas anderes, aber er verstand nicht, was.

»Du willst mit ihm mitgehen?«, fragte seine Mutter, wieder stinkwütend.

»Beruhigst du dich mal? Ich denke nur, ich sollte ihn vielleicht …«

»Kennenlernen. Das hast du schon gesagt«, knurrte sie. »Das kommt mir aber komisch vor. Du hast dich bisher nie für ihn interessiert …« Sie seufzte, das Mikro rauschte. »Hör zu, ich will diese Diskussion mit dir nicht führen. Sag mir einfach ja oder nein: Willst du mit ihm mitfahren?«

Sie sprach nicht einmal den Namen seines Vaters aus. Er war *der da*. Und ihrem Sohn hatte sie nie etwas von ihm erzählt. Wie sie sich kennengelernt hatten, warum sie Schluss gemacht hatten, was für ein Mensch er war:

nichts. Sein Vater existierte, war aber nicht da. Sie konnte allerdings wohl kaum glauben, ihn gänzlich aus der Welt geschafft zu haben, *der da* war sein Vater. Und *die da* hatte über ihre Beziehung keinen Scheißdreck zu sagen.

»Vielleicht sind wir gleich, er und ich, das hast du selbst gesagt«, zischte Niccolò. »Und wenn dem so ist, will ich wissen, wie er ist, um zu sehen, wie ich mal sein werde.«

Das machte zwar Sinn, aber er merkte, dass es trotzdem vollkommen falsch war.

»Wenn es daran liegt, was ich mal gesagt habe, dann ...«

»Vielleicht liegt es daran. Vielleicht auch nicht. Ist das wichtig?«

»Nico, ich bitte dich, komm zurück nach Hause«, sie war wieder weicher geworden.

Er war aber noch wütend, und das lag nicht am Koks. »Ich fahre da hin, ich habe mich entschieden.«

»Warum? Warum tust du mir das an?«, jammerte seine Mutter.

»Was hast du denn damit zu tun? Könntest du mal damit aufhören, dass sich immer alles nur um dich dreht?«

»Du kennst den da nicht!«

»Dann lass mich ihn kennenlernen!«, schrie Niccolò.

»Nein.«

»Dein Nein kannst du dir in den Arsch stecken, es ist ...«

»Keine Schimpfwörter!«

»... mein Recht. Außerdem bin ich jetzt achtzehn, du kannst gar nicht ...«

»Du übertreibst. Lass das! Ich bin deine Mutter, ich will, dass du zurückkommst und ...«

»Nein. Ich mach das jetzt.« Wenn er vorher noch nicht

überzeugt war, dann jetzt: Selbst bei einer Reise ins tiefste Afrika zu den Zulus wäre er mitgefahren.

»Nico, es reicht. Komm zurück. Ich gebe dir eine letzte …«

»Ich hab gesagt, ich mach das. Punkt.«

Schweigen.

Das Telefon fest ans Ohr gedrückt, starrte Niccolò auf einen Punkt im Asphalt und ballte die Faust. Geweitete Nasenlöcher, zusammengepresste Zähne, Herzrasen.

»Du tust mir sehr weh damit«, heulte seine Mutter. »Ruf mich nicht an.« Sie zog die Nase hoch. »Du wirst herausfinden, was ich schon weiß und was du nicht sehen willst. Wenn du dann fertig bist … ich weiß nicht. Ich weiß es wirklich nicht, Niccolò.« Ein Schluchzen, ein Seufzer. »Es stimmt. Ihr seid gleich, ihr zwei. Und das bricht mir das Herz.« Sie legte auf.

Ein paar Sekunden lang rührte sich Niccolò nicht. Dann nahm er das Telefon vom Gesicht, starrte es böse an und trat wütend gegen den Fiesta. Einen, zwei, drei Tritte gegen die Seite. Er schimpfte, schrie, trat wieder und wieder aus, ein scheuendes Pferd.

»Hey!«, rief sein Vater ihm von hinten zu. »Hey, was machst du denn da, verdammt?«

Niccolò sah ihn an, machte sich aber keine Mühe zu antworten. Er zündete sich noch eine Zigarette an, entfernte sich vom Auto und setzte sich auf die andere Seite des Rastplatzes.

Ich hasse sie. Ich hasse sie, hasse sie, hasse sie. Dummeselbstgerechtebitch.

Er wollte gerade wieder die Wunderkiste rausholen und sich noch was reinziehen, als ein Porsche mit abgedunkelten Scheiben, lauter Musik und so glänzend, dass man sich darin spiegeln konnte, auf den Parkplatz fuhr.

Sein Vater ging hin. Die Scheibe wurde runtergelassen, und aus dem Auto kamen eine Rauchwolke und ein schmalzig-süßliches Lied.

Sein Vater und der Typ im Auto redeten kurz miteinander. Sein Vater ereiferte sich, fuchtelte mit den Armen, dann beruhigte er sich wieder und lachte.

Er lachte laut und herzhaft.

Der Mann im Auto gab ihm einen Rucksack. Groß und schwarz. Sein Vater lachte noch mal. Dann wurde die Scheibe des Porsche wieder hochgefahren, das Auto heulte auf und fuhr los, röhrend verschwand es auf der Autobahn.

Daraufhin überquerte der Vater den Parkplatz, und hüpfend wie ein vom Teufel besessener Zwerg näherte er sich seinem Sohn; der auf seinen Rücken geschnallte Rucksack tänzelte.

»Wer war das?«, fragte Niccolò und warf den Zigarettenstummel weit weg, der funkensprühend landete. »Und was hört der für Musik?«

»Machst du Witze? Das war Tiziano Ferro.«

»Und warum hat er dir den Rucksack gegeben? Was ist da drin?«

»Aber nein, Tiziano Ferro ist der Sänger. Von dem Lied, meine ich. Der Song war von ihm.«

»Was auch immer«, blaffte Niccolò. »Und was hast du jetzt da drin?«, versuchte er es erneut und zeigte auf den Rucksack.

»Kennst du Tiziano Ferro wirklich nicht? So alt ist der doch gar nicht. Und berühmt. Der hat auch dieses Lied gemacht, das …«

»Scheiß drauf! Das interessiert mich nicht. Sag mir, was du da drin hast!«

Kurze Stille, dann: »Geld.«

»Geld?«

»Geld.«

»Und warum hat dir Tiziano Ferro Geld gegeben?«, fragte Niccolò interessiert nach.

»Er hat mir einen Gefallen getan. Nicht viel, für die Reise. Wir müssen ja noch was für unterwegs einkaufen, oder?« Er zeigte auf die Raststätte. »Essen, Wasser und … so weiter, oder?«

Er machte eine Pause, neigte leicht den Kopf und sah seinen Sohn durchdringender an. »Kennst du Tiziano Ferro wirklich nicht?«

Niccolò schnaubte und machte eine Geste mit den Armen, um ihn zum Teufel zu schicken.

Eigentlich stimmte das nicht. Er kannte Tiziano Ferro nicht nur, er gefiel ihm sogar ziemlich gut. Einige Songs hatte er in bestimmten Phasen wieder und wieder gehört, bis sein Trommelfell platzte. Diese Wahrheit würde er seinem Vater aber nicht unter die Nase reiben. Er hatte das Gefühl, dass sein Elternteil sich freuen würde, wenn er erführe, dass er etwas mit ihm gemein hätte; auch wenn er sich selbst nicht sicher war, ob er den Grund für diesen Gedanken verstand. Aber auf gar keinen Fall wollte er, dass der da sich seinetwegen freute.

»Apropos«, setzte sein Vater wieder an und riss ihn aus seinen Gedanken. »Hast du irgendwelche Allergien, Unverträglichkeiten?«

Er schüttelte den Kopf, hörte ihm aber kaum zu.

Er würde es also tun, sagte sich Niccolò. Er würde mit seinem Vater aufbrechen. Es kam ihm surreal vor, aber es passierte gerade; nach dem Theater mit seiner Mutter konnte er keinen Rückzieher mehr machen. Er würde ein paar Tage in der Schule fehlen, aber er hatte sowieso überall Bestnoten, obwohl er kein bisschen lernte. Er hatte seinen Freunden nicht Bescheid gesagt, aber er würde ihnen von einer unglaublichen Reise erzählen, verrückt und voller wahnsinniger Gelegenheiten, ein irres Abenteuer.

Die Konstruktion seines Selbst war für ihn wesentlich. Indem er Dinge schilderte, die nie passiert waren, erzählte Niccolò nicht, wer er war, sondern, wer er hätte sein sollen, wenn die Natur, oder der Herrgott, konsequent gewesen wären. Deswegen war er Instagram süchtig: Dort lag die Erzählung seiner Welt, seines Selbst allein in seiner Hand. Und sie war akkurat, ehrlich.

Er verbrachte dort ziemlich viel Zeit, ganze Nachmittage. Und er hatte siebentausend Schäfchen, die ihm sogar für das Foto eines beschissenen Hunds auf der Straße ein *Gefällt mir* dalassen würden. Bei seinen Fotos oben ohne, mit gut sichtbarem Waschbrettbauch, schrieben die Mädchen ihm in Bruchteilen von Sekunden Direktnachrichten. Entwürdigendes Zeug: Die meisten wollten bloß eine großzügige Dosis Schwanz. Und als barmherziger Gott erfüllte er ihre Wünsche. Wenn er Fotos oder Storys von den Reisen mit seinen Getreuen postete, schrieben ihm die Jungs. Sie wollten so sein wie er. Mehr noch, sie wollten *er sein*. Skiurlaube, Wochenendtrips in europäische Hauptstädte, Wellnesstage – er orderte das Geld bei Fabrizio und ließ es sich gut gehen.

Unterm Strich erzählte Niccolò nichts als die Wahrheit: Er war schön und reich. Auf Instagram erzählte er keinen Mist. Alles, was er tat, war, die Wirklichkeit zu steigern. Sie greifbarer und klarer zu machen. Eine Welt aufzubauen, in der es keine alternativen Wahrheiten zu seiner eigenen gab, der einzig möglichen.

Wenn er nach dieser Reise mit seinem Vater nach Paloma zurückkäme, würde er dasselbe machen: sich in den

Augen der anderen rekonstruieren und die Welt auf die richtige Art und Weise bewohnen.

Aber warum eigentlich? Warum machst du diese bescheuerte Reise?

Es gab eine Antwort, er erspähte sie ansatzweise in einem Gedankengestrüpp, so verworren wie Brombeersträucher, konnte sie aber noch nicht fassen.

»Hast du Teresa Bescheid gesagt, dass du ein paar Tage weg bist?«, fragte ihn sein Vater.

Er nickte. »Sie war ganz elektrisiert bei dem Gedanken, dass wir Zeit miteinander verbringen.«

Er lachte, dann wurde er ernst. »Hat sie dir je von dem Sommer erzählt, in dem wir uns kennengelernt haben? Ich meine, sie und ich. Ich und deine Mutter. Das war im Jahr Zweitausend, weißt du?«

»Was spielt das jetzt für eine Rolle?«

»Ich war neugierig.«

»Und diese Neugier ist dir ganz plötzlich gekommen?«, fragte Niccolò.

»Ja, ich glaube schon.«

»Wie du meinst.«

»Wir waren in einem Supermarkt. Komisch, oder?«

»Hm.«

»In einem Conad.«

»Hm.«

»Und es war Sommer.«

»Hm.«

Stille trat ein, eine spannungsgeladene Geräuschlosigkeit, die mit etwas zu tun hatte, was Niccolò nicht einordnen konnte. Er dachte, dass sein Vater vielleicht zu verstehen versuchte, was er über ihre Vergangenheit wusste, die von ihm und seiner Mutter. Und er dachte, dass er es auf armselige Art tat. Er wusste allerdings nichts darüber, was vor neunzehn Jahren passiert war, und eigentlich auch nichts über die Zeit danach. Als kleiner Junge und später als Teenager, bis in die Anfangsjahre des Gymnasiums hinein, hatte er seine Mutter manchmal gefragt, warum sie seinen Vater so selten sahen. Warum sie nicht zusammen waren, warum sie sich getrennt hatten, warum sie einen Sohn bekommen hatten. Aber sie hatte sich jedes Mal auf sehr vage Antworten beschränkt, schnell das Thema gewechselt. Darum hatte Niccolò nicht mehr nachgefragt, sich mit dem Gedanken abgefunden, dass manche Dinge unverständlich blieben und man sie einfach akzeptieren musste. Eine grundlegende Regel, wie er später verstand.

Er wusste, dass sie nie geheiratet hatten, daher hatte er immer angenommen, dass es ein One-Night-Stand war; auch wenn seine Mutter nicht der Typ dafür schien. Dass sie nie ein Gericht betreten hatten und keiner der beiden das alleinige Sorgerecht besaß, weshalb er immer gezwungen war, Zeit mit Riccardo zu verbringen, wenn der gerade mal Lust hatte, den *Papa* zu spielen. Und dass Teresa einen wilden Hass gegen ihn hegte, ihm aber nie gesagt hatte, warum.

Als Jugendlicher, noch bis vor ein paar Jahren, hatte er sich oft als eine *Folgeerscheinung* seiner Eltern empfunden. Daher hatte er beschlossen, dass sie ihn beide mal konnten. Er, Niccolò, war niemandes Folgeerscheinung. Wenn überhaupt, dann war er das Ziel oder der Zweck.

Schließlich hatte er all diese Fakten, von denen er nichts wusste außer den gegenwärtigen Stand der Dinge, in die unterste Schublade des kaputtesten Schranks in seinem Kopf gestopft. Und drauf geschissen.

Das Einzige, was ihm ab und zu wieder in den Kopf kam, wo er sich nach dem Grund fragte, war der Hass, den seine Mutter gegen Riccardo hegte.

Wenn sie ihn so sehr verachtete, wieso ließ sie dann zu, dass er seinen Vater sah? Teresa war mit diesen überraschenden Überfällen auf das Leben ihres Sohnes alles andere als glücklich, und Niccolò hatte nie den Wunsch geäußert, seinen Vater zu treffen. Warum also gab sie Riccardos Ansprüchen nach? Das hatte Niccolò sich gefragt, und die einzige Antwort, die ihm einfiel, war, dass Teresa hin- und hergerissen war zwischen dem Zweifel, dass ihr Sohn eine Vaterfigur haben sollte, und dem sicheren Wissen, dass Riccardo als Vater nichts anderes als ein Übel sein konnte. Und in ihrer Unentschlossenheit bezog sie letztlich nicht wirklich Stellung. Zwar ließ sie ihn seinen Vater sehen, verpasste aber keine Gelegenheit, ihm zu zeigen, wie sehr sie diesen verachtete. Ausgesprochen konsequent.

Hin und her geworfen wie ein Paket hatte Niccolò schließlich beide Elternteile gehasst. Und sich an die Lage gewöhnt. Man gewöhnt sich an alles: an Schönheit und an Scheußlichkeit. Damit das passiert, bringt es nichts, die zu hassen oder zu vergessen, die uns Gutes getan haben und dann weggegangen sind, wie es nichts bringt, denen zu vergeben oder die umzubringen, die uns Böses angetan haben und geblieben sind. Man wird gleichgültig, die Sicht trübt sich. Und ein kleines Stück von uns stirbt. Der Vergangenheit seiner Eltern gegenüber war Niccolò gleichgültig. Besser gesagt, sie war ihm so was von scheißegal.

Deshalb beschränkte er sich bei den Fragen seines Vaters jetzt darauf, nicht zu antworten.

Wieder einige Augenblicke Stille, dann regte sein Vater sich. »Fangen wir an?«

Die Raststätte war ein grauer Raum. Müde Neonleuchten voller toter Fliegen, angezogen von dem, was sie umgebracht hatte; *so ist das Schicksal von allen*, dachte Niccolò. Halb leere Regale, auf dem Boden verkrustete gleichförmig der Staub. Eine zerschlissene Frau machte die Kaffeemaschine sauber, an der Kasse saß ein von Schuppenflechte zerfressener Mann.

Sein Vater nahm einen Korb von dem Stapel am Eingang und stieß in den Laden vor.

Drei Päckchen Kinder Brioss, drei Kekspackungen Gocciole und drei Pan di stelle. Sechs Tüten San-Carlo-Chips: klassisch, rustikal sowie Paprika und Mango. Toastbrot und Kaugummi. Nutella, Milch, zwei Kisten Ferrarelle-Mineralwasser. Drei mit Wodka, Gin, Tonic. Zahnbürsten, Zahnpasta, Unterhosen und Socken, Shirts mit den Simpsons, Freddie Mercury und Pac-Man drauf.

»Du übertreibst«, sagte Niccolò, der sich zu ihm schleppte.

»Wir sind fünf Tage weg. Wir müssen ja wohl was essen, trinken, anziehen, oder?«

»Und deiner Meinung nach schlagen wir uns mit Pan di stelle und Wodka durch?«

»Ich gehe davon aus, dass wir auswärts essen, oder?«, sagte er; und Niccolò bemerkte, dass viele Sätze seines Vaters Fragen waren: *oder?* »Das hier ist für die Chemie.«

»Die *Chemie*?«

»Ja, die *Chemie*. Für den Hungerflash, wenn du high oder betrunken bist.«

Niccolò wusste, wovon er sprach. Er verbrachte die Hälfte seiner Tage zugedröhnt, mit Hungerflashs oder high, den Rest der Zeit verbrachte er mit Ficken, Muskeltraining oder Schlafen. Er hätte aber nicht gedacht, dass dieses Wrack von einem Mann sich mit so was auskannte.

Außerdem, warum ist er sich so sicher, dass ich auch Drogen nehme?

»Such noch zwei CDs für die Fahrt aus«, sagte sein Vater. »Ich suche auch zwei aus.«

Gleichgültig nahm er eine, die »die schönsten Pop-Songs 2018« versprach und eine von Kendrick Lamar. Sein Vater fischte nach aufmerksamer Analyse eine von Tiziano Ferro raus und eine mit Dance-Musik aus den Nullerjahren.

An der Kasse legte sein Vater alles vor den dort amtierenden Dickwanst.

»Was habt ihr denn vor, seid ihr auf der Flucht?«, lachte der schuppenflechtenscheckige Fettsack.

»Wir kümmern uns um unseren eigenen Scheiß«, antwortete sein Vater.

Der andere tippte ernst die Waren ein und steckte sie in die Tüten. Sein Vater holte ein Bündel von drei, viertausend Euro aus seinem Rucksack und bezahlte. Der Kassierer wünschte ihnen mit flüssigem Stimmchen und wackligem Grinsen einen guten Tag. Und als Antwort schickte sein strahlender Vater ihn zum Teufel, trat gegen den Papp-Hulk und verließ den Raum.

»Woher kommt das Geld?«, fragte Niccolò auf dem Parkplatz.

»Das hat mir Tiziano Ferro gegeben, oder?«

Sie stiegen ins Auto und fuhren los.

Sein Vater sagte, dass er sich die Strecke genau angeschaut habe, sie würden nicht die Autobahn, sondern Nebenstrecken nehmen. Das dauere zwar länger, aber er wolle da entlangfahren, wo *das Leben sei*, erklärte er. Also verließen sie die Autobahn, nahmen eine Straße zwischen lauter Lagerhallen, Feldern und Baracken hindurch und fuhren gen Süden.

»Du findest also, dass hier *das Leben ist*, wie du sagst?«, fragte Niccolò angewidert.

»Man muss in der Tiefe schürfen, an der Oberfläche überlebt man nur. Und hier tun alle nichts anderes, als mit ihren Fingernägeln ganz unten zu graben.«

Mit zwischen den weichen Lippen hängender Zigarette fühlte sich Niccolò von diesen hingerotzten Klumpen aus Hohlblocksteinen und schlecht gemischtem Beton gleichzeitig angezogen und abgestoßen.

Hätte er in eine dieser Familien hineingeboren werden können, die sich sogar für Klopapier verausgaben mussten, um sich den Arsch abzuwischen? Hätte er der Junge sein können, der sich mit kaputtem Invicta-Rucksack am Straßenrand entlangschleppte? Der mittelalte Mann mit verdrecktem Gesicht, der die Felder jätete? Das Mädchen mit dem Bauch im neunten Monat und den von Ohrfeigen angeschwollenen Augen, das die über die Felder laufenden Kinder beaufsichtigte?

Wie Affen im Zoo konnten diese Leute in ihrer dürftigen Existenz nur das sein, was abzulehnen ihnen die Kraft fehlte. Niccolò dagegen hatte die Wahl und wählte ständig. Aber wovon hing seine Freiheit ab? Auf diese Frage konnte er nur antworten, dass er anders war. Sogar zu überlegen, um sich vorzustellen, dass das, was in ihm wohnte, einen anderen Körper ausfüllen könnte. Darum erschien es ihm eben unmöglich, dass er, ausgerechnet er, das Schicksal eines dieser Lasttiere da draußen vor den Fenstern auf den Feldern teilen könnte. Außerdem widerten Niccolò diese Leute an, und zwar so sehr, dass er, um die ganze Welt daran zu erinnern, mit seinen Getreuen zweimal im Monat eine *Bürgerwehr* bildete.

Sturmmaske auf dem Kopf und Stange in der Hand,

ballerten sie sich alle mit Schnee zu, stürzten einen Belvedere runter, und wenn die Nacht hart war, gingen sie runter ins Stadtzentrum.

Sie waren eine Art bewaffnete Wache des Göttlichen.

Vor Monaten hatten sie einen Schwarzen erwischt, der am Handy herumlachte, ein nigelnagelneues iPhone. Auf dem Kopf eine Kappe mit der Aufschrift »I'm the BOSS«, um den Hals dicke Goldketten, die bei jedem Meter klimperten. Der Typ spazierte herum und quasselte in seiner beschissenen afrikanischen Sprache am Telefon. Und sie hatten beschlossen, ihn sich vorzuknöpfen. Sie hatten ihre Sturmhauben runtergelassen, hatten die Eisenrohre aus Lucas Mercedes gepackt und waren ihrer Beute bis in ein verlassenes Gässchen gefolgt, wo sie ihn massakriert hatten. Erst hatten sie ihm mit den Stangen die Beine gebrochen, die wie Grissini durchgeknackt waren. Dann die Rippen, mit Tritten. Und als dieses verfickte afrikanische Arschloch halb tot war, Blut überall, hatten sie ihm alle drei gleichzeitig ins Gesicht gepisst und ihn bewusstlos in der leeren Gasse liegen lassen. Nach erteilter Lektion waren sie mit strammstehenden Schwänzen zu den Nutten gegangen.

»Du blutest«, sagte Niccolò, der mit seinen Gedanken wieder ins Auto zurückkehrte.

Sein Vater schaute auf seinen purpurbeschmierten rechten Daumen und steckte ihn sich in den Mund. Er lutschte dran, zog ihn spuckenass wieder raus und trocknete ihn an seiner Jeans ab. Dann grub er mit dem Nagel des Zeigefingers rabiat da weiter, wo er schon blutete.

»Was machst du denn da?«, fragte Niccolò.

»Was meinst du?«

»Du zermalmst dir deinen Daumen. Das ist eklig.«

»Ich mach nur die Haut am Nagel weg«, sagte der. »Entspann dich mal, oder?«

»Die Haut hast du dir schon weggemacht. Jetzt hackst du dir ins rohe Fleisch.«

»Hast du nie Lust, dir ein Häutchen abzuziehen, so viel du kannst, und immer weiter zu machen, bis du dich lebendig häutest, um zu sehen, wie es sich anfühlt, nichts zu sein? Irgendetwas Formloses, das zwar existiert, aber nicht da ist.«

Ja. Vielleicht ja.

Schwachsinn, natürlich hast du so was nicht, so eine geisteskranke Lust.

Niccolò wusste nicht, was er hätte sagen sollen, also schwieg er, konnte den Blick aber trotzdem nicht von seinem Vater abwenden. Der sah müde aus für sein Alter, dachte er, dann fiel ihm auf, dass er gar nicht wusste, wie alt er war. Er fragte ihn danach.

»Du weißt nicht, wie alt dein Vater ist?«

»Mein Vater meldet sich alle zwei oder drei Monate mal, wenn's gut läuft.«

»*Touché.*« Er lachte. »Ich bin sechsunddreißig. Ich habe dich gezeugt, als ich achtzehn war. Ich war ein kleiner Junge, ein Grünfink, ein Spermaspritzer.«

»Herrgottnochmal, Papa!«

Er lachte; scheiße, er lachte ständig. »An solche Ausdrücke bist du nicht gewöhnt, was? Redet deine Mutter immer noch wie die Jungfrau Maria?«

»Sie redet wie eine Mutter, wenn es das ist, was du wissen willst.«

»Weißt du, genau das ist das Problem«, fuhr er fort. »Alle sind so auf diese Rollen fixiert. Die Rollen, die Rollen, die Rollen … Scheiße. Verstehst du, was ich meine?«

»Nein, aber es interessiert mich nicht. Wirklich. Fahr einfach und sei brav.«

»Du willst, dass ich wie ein Vater rede und sonst nichts. Kein Sex, kein Sperma …«

»Kannst du jetzt mal aufhören?«

»Ich sage ja nur, dass alle so auf diese Rollen fixiert sind, und sobald mal jemand aus diesen verdammten Käfigen ausbricht, halten sie ihn für verrückt, dabei ist er *darüber hinaus*. So wie ich, oder?«

»So wie du?« Er lachte; sein Vater hatte eine hohe Meinung von sich selbst, das wurde Niccolò immer klarer. »Du bist bloß ein Schwachkopf, glaub mir.«

»Nein, ich lasse mich geschehen. Ich folge dem Instinkt. Ich gehorche dem Begehren. Und Schluss. Ihr dagegen … ihr seid dazu nicht in der Lage. Aber … vielleicht hab ich alles falsch gemacht, frage ich mich. Vielleicht bin ich derjenige, der es falsch macht. Schon immer.«

»Du *lässt dich geschehen*. Was soll das heißen?«

»Dass, wenn du aus der Rolle fällst, du dich nicht darum kümmerst, was du machst, wie du wirkst, sondern du dich gehen lassen und so geschehen lassen kannst, wie du wirklich bist.«

Das machte für Niccolò tatsächlich Sinn. Hatte er nicht im Grunde gerade eben genau das auch gedacht? Als er zwischen diesen Bruchbuden und diesen so gar nicht menschlichen Wesen durchgefahren war, hatte er sich da nicht fast dasselbe gesagt?

»Es ist, dass …«, setzte sein Vater erneut an. »Es ist, dass sich niemand sich selbst versagen kann, oder? Und wenn du dich nicht geschehen lässt, wirst du immer jemand sein, der du nicht hättest sein sollen.«

Niccolò, bei dem sich irgendetwas in der Brust regte, antwortete nicht.

Anschließend redeten sie nur noch, um die weidenden Ziegen, die mit den Hüften wackelnden Nutten, ein Resort mit Schwimmbad und Tennisplätzen zu kommentieren.

»Lass uns hierbleiben«, sagte Niccolò und zeigte auf das Hotel; vergoldet, hoch, schön und luxuriös. »Du hast doch gesagt, dass wir die Nächte im Hotel schlafen, oder?«

»Nein, ich habe *Motel* gesagt«, antwortete sein Vater. »Was ist, glaubst du, ich bin reich?« Er lachte. »Du vielleicht, seit Teresa mit diesem im Geld schwimmenden Fuzzi zusammen ist, könnt ihr welches zum Fenster rausschmeißen – ich nicht.«

Es war sieben Uhr abends, als sein Vater vorschlug, für die Nacht anzuhalten. Er bat seinen Sohn, aus dem Handschuhfach eine Landkarte rauszuholen; er gehorchte

Wer zum Teufel benutzt denn noch Landkarten?

und sah, dass die Straßen mit rotem Stift markiert und beschriftet waren.

Er hat sich den Weg wirklich genau angeschaut.

Es war offensichtlich, dass er diese Reise schon seit Tagen vorbereitet hatte, vielleicht sogar seit Wochen, und jetzt, wo er sie ausführte, empfand Niccolò eine zärtliche Regung für ihn.

Sie folgten den Ausschilderungen zu einem Motel, das der Karte zufolge nur wenige Kilometer entfernt sein sollte. Sein Vater hatte es rot eingekringelt und »erste Nacht« daneben geschrieben.

Es war hufeisenförmig, ein höherer Teil in der Mitte und an den Seiten, wie Flügel, zwei Reihen nummerierter Türen. In einem obszönen Violett, rissig und abblätternd. Auf dem Parkplatz ein Panda, drei Lastwagen und ein Traktor.

»Jesus, willst du mich wirklich hier absteigen lassen?«, brach es aus Niccolò heraus.

»Wo ist das Problem?«, antwortete sein Vater und fuhr auf den Parkplatz.

»Verfickte Scheiße, da steht sogar ein Traktor. Soll heißen, hier sind Bauern!«

»Du bist ein Nörgler.«

»Und du ein armer Schlucker«, was für Niccolò die schlimmste Beleidigung der Welt war.

Er lachte. »Dann bist du das für die nächsten fünf Tage auch.«

»Mo-el Satt-ri«, stand auf dem verbeulten Schild. Ein Eingang, ein randvoller Aschenbecher, ein überquellender Mülleimer und ein kaputter Alkoholteströhrchen-Spender; es sah aus, als hätte jemand dagegengetreten. Sie gingen zur Rezeption. Dahinter eine kleine Frau, dünn wie ein Besenstiel und schrumpelig wie eine sonnengetrocknete Tomate. Auf der von Äderchen durchzogenen Nase eine strassbesetzte Cat-Eye-Sonnenbrille.

»Wir bräuchten ein Zimmer für heute Nacht«, sagte sein Vater.

»Ein Doppelzimmer?«

»Siehst du hier sonst noch jemanden bei uns?«

Sie sah ihn feindselig an. »W-Lan gibt es keins, das Ding ist durchgebrannt. Ihr müsst morgen um zehn raus sein, sonst zahlt ihr einen Aufschlag. Die Bar ist bis eins geöffnet und die Küche bis um elf. Der *Ssshnack*-Automat«, fuhr sie mit feuchter Aussprache fort, »ist bei der Eins. Bezahlt wird jetzt. Ich brauche die Ausweise von beiden«, sagte sie und streckte eine Hand aus. »Ach ja, keine Prostituierten. Klar?«

»Was für eine scheiß Gastfreundschaft«, kommentierte Riccardo.

»Willst du lieber auf der Straße schlafen?«

Sie reichten ihr die Ausweise, und sie gab ihnen einen Schlüssel; die Metallkugel, die daran hing, verriet ihnen, dass sie in der Sieben waren. Sie gingen zum Parkplatz zurück und holten die Einkaufstüten von der Raststätte aus dem Fiesta.

»Kannst du mir mal sagen, warum du zu allen so bissig bist?«

»Weil die anderen nicht existieren«, verkündete sein Vater, logikfrei.

Das Zimmer war klein. Ehebett, türloser Schrank, Röhrenfernseher; das Zeug musste älter sein als Niccolò. Im Bad ein schmutziges Waschbecken, eine kaputte Kloschüssel und eine Dusche mit verkrusteter Dreckschicht.

»Auf, ich hab Hunger.« Sein Vater öffnete die Tüten von der Raststätte, leerte sie auf der Matratze aus und gab seinem Sohn Zahnbürste, Zahnpasta, Unterhose, Socken, Shirt und ein Badetuch. »Geh duschen.«

»Dieses widerliche Zeug zieh ich nicht an«, sagte Niccolò mit einem Blick auf das Shirt mit dem Freddie-Mercury-Aufdruck. »Das ist zum Kotzen.«

»Magst du Queen etwa auch nicht?«

»Das ist nicht der Punkt. Hättest du nicht wenigstens was Anständiges kaufen können?«

»Wir waren in einer Raststätte, Niccolò. Nicht in einer verdammten Boutique.«

Er stampfte auf und stürmte ins Bad.

Er putzte sich die Zähne und ging unter die Dusche. Aus dem verkrusteten Duschkopf kam langsam das nur lauwarme Wasser heraus, und er musste sich so gut es eben ging mit einer ekligen Seife waschen, die nach Bleichmittel stank. Er verließ das Bad, und sein Vater schlüpfte rein. Als auch der fertig war, zog er das Pac-Man-Shirt an, sie gingen aus dem Zimmer, bogen nach links ab und waren im Essensraum. Leer, Papiertischdecken, und die an der Decke aufgehängten Lampen schafften es nicht, den gesamten Raum zu erleuchten.

Sie setzten sich und vertieften sich in die laminierte Karte.

»Ihr braucht das nicht zu lesen«, sagte ein Dickwanst mit einem Bauch wie eine Wassermelone und widerlich fettigen Haaren, der zu ihnen kam. »Ich muss euch aufzählen, was da ist.«

Es gab nicht viel Auswahl. Sein Vater bestellte Farfalle mit Sahne und Pancetta, Niccolò, mit angewidertem Blick auf die speckigen, dreckigen Hände des Kochs, Hähnchenbrust vom Grill, auf der Karte als »nach dem berühmten Rezept von Elisabetta Canalis« angepriesen, und Ofenkartoffeln.

»Warum denn Hähnchen? Das schmeckt nach Pappe«, sagte sein Vater, als sie allein waren.

»Ich bin auf Diät.«

»Auf *Diät*?«

»Auf *Diät*.«

»Warum das denn? Du bist schlank. Und hast Muskeln.«

»Ich bin schlank und habe Muskeln, weil ich auf Diät bin«, erwiderte Niccolò. »Das ist eine Protein-Diät«, ergänzte er ernst und zeigte dabei auf seine geschwollene Brust und den Waschbrettbauch. »*Die da* kommen nicht von alleine raus.«

»Ich erinnere mich, dass du als kleiner Junge geschwommen bist.«

Er lachte. »Mama war besessen davon, sie meinte, dass ich davon breite Schultern bekäme.«

»Na, breite Schultern hast du ja wirklich, oder?«

»Lass gut sein«, sagte Niccolò; er riss kleine Stücke von der Tischdecke ab, formte Kügelchen daraus und ließ sie auf den Boden fallen. »Verrätst du mir den Grund für diese Reise?«, fragte er in der Hoffnung, dass die Stille und das Halbdunkel des Essenssaals ihn offener machen würden.

Sein Vater nuschelte. »Ich will, dass du von selbst draufkommst.«

»Ich versteh dich nicht. Aber ich glaube, du bist ein Arschloch.«

»Unverschämt. Das gefällt mir.«

Diesmal lachte Niccolò. »Mama sagt, dass du und ich gleich sind.«

»Teresa …«, schnaubte er, dann schüttelte er den Kopf. »Und was denkst du?«

»Ich kenn dich ja gar nicht.« Er hielt inne und seine Miene verfinsterte sich. »Und wenn ich es bin, so wie du?«

»Du sagst das so, als würde es dich beunruhigen.« Sein Vater lachte nicht mehr. »Aber keine Sorge, wenn es so wäre, würde ich dafür sorgen, dass du es bald nicht mehr bist.« Er seufzte. »Du wolltest also wissen, wozu diese Reise gut sein soll? Genau dafür.«

Niccolò machte den Mund auf, um etwas zu sagen, machte ihn aber sofort wieder zu.

Sie aßen schweigend und begossen es mit einem sehr sauren Tetrapak-Wein. Sie bezahlten den Dickwanst und schauten bei der Bar vorbei. Klein und eng, von einem zerkratzten Tresen gesäumt. An der Wand Alkoholika: Smirnoff, Lord Andrew, Carciò; minderwertige Billigmarken, wo man genauso gut Pisse mit Benzin vermischt trinken könnte.

»Nehmen wir einen Schluck?«, schlug sein Vater vor.

Sie setzten sich auf die wackeligen Barhocker, der Tresen war schmierig, die Lichter gedimmt.

Mit krummen Rücken kauerten da drei Wracks. Ungepflegte Bärte, schütteres Haar, sich auftürmende Falten. Schweine auf zwei Beinen, das waren sie in Niccolòs Augen. Kanalratten, Schimpansen, Widerlinge – das waren Widerlinge. Ja.

Der Barkeeper kam zu ihnen. Sie bestellten zwei Negroni, und er entfernte sich wieder.

Niccolò schaute ihm nach und starrte auf seinen Hintern.

Er musste in seinem Alter sein. Groß, gut gebaut, Arm- und Brustmuskeln, die sein schwarzes Hemd spannen ließen, und die blausten Augen, die er je gesehen hatte. Sehr kurz geschnittenes, blondiertes Haar, dunkle Augenbrauen, am linken Ohrläppchen ein Ohrring.

»Auf uns«, sagte sein Vater, als die Cocktails kamen.

»Wie du meinst.«

Niccolò trank, und schon nach einem Schluck wusste er, dass er furchtbar war. Purer Alkohol, widerlicher Geschmack. Er drehte sich um und sah, wie sein Vater ihn eilig runterkippte. Drei gierige Schlucke, und der Negroni war weg. Er gab dem Barkeeper, der mit den Typen neben ihnen plauderte, ein Zeichen, und der nickte.

»Wie hast du das geschafft?«, fragte Niccolò; eher überrascht als angewidert.

»Was denn, bist du etwa eine Memme?«

»Ich bin keine Memme, dieser Alkohol ist einfach grottig.« *Und ich trinke eben nur Zeug ab fünfzig Riesen aufwärts, du Arschgesicht.*

»Ach, komm schon, geh mir nicht auf den Sack«, sagte sein Vater. »Trink. Trink aus.«

Niccolò dachte einen Moment nach, dann machte er den Mund auf und kippte alles runter.

»Gut gemacht, mein Sohn!«

»Mein Sohn.«

Der Barkeeper brachte noch zwei Negroni. »Wird heute gefeiert?«

Und sein Vater schickte ihn in angepisstem Tonfall zum Teufel.

Sie schütteten sie runter und bestellten noch eine Runde. Bei der dritten fing die Welt um Niccolò an, sich zu drehen.

»Habt ihr Feuer?«, fragte sein Vater die Berserker neben ihnen.

Aber wir haben doch beide selbst ein Feuerzeug.

Der am nächsten sitzende Typ, dick, Speichelfaden im Mundwinkel, wandte sich auf seinem Barhocker um und reichte ihnen ein schwarzes Bic.

»Euch habe ich hier noch nie gesehen.«

»Wir sind auf der Durchreise. Ich heiße Riccardo. Das ist Niccolò, mein Sohn.«

»Wir sind hier jede beschissene Woche seit …« Er drehte sich um, gab einem der Seinen einen Klaps auf die krumme Schulter und fragte: »Seit wann, Giampiero?«

»Hm, kommt mir ewig vor.« Er schüttelte den Kopf. »Vielleicht sind wir schon hier geboren.«

Und sie brachen in Gelächter aus, tobende Hyänen.

Sie waren LKW-Fahrer, alle drei: Maurizio, Giampiero und Adan; Letzterer, der mit dem Kopf auf den Armen schnarchte, war Albaner, fügten sie hinzu, und seit ein paar Monaten bei ihnen. Niccolò, schon angetrunken und beschämt, trank schweigend weiter. Der Barkeeper kam zu ihm, er schien ihm sogar noch schöner, sah ihm mit seinen blauen Augen direkt ins Gesicht und murmelte: »Die sind harmlos, keine Sorge.«

Ich mache mir nicht ihretwegen Sorgen.

Sein Vater, der mit den LKW-Fahrern lachte, legte einen Arm um seinen Hals. »Mein Sohn, ja. In allem gut, wisst ihr? Er wird Medizin studieren, wisst ihr?«

Himmel, kannst du nicht mal aufhören, Bullshit zu erzählen?

»Ja, ja«, sagte Maurizio; oder war es Giampiero? »Als Doktor scheffelt man verdammt viel Geld, und glaub einem, der älter ist als du: Aufs Geld kommt's an. Der Rest sind entweder Sauereien ohne Wert, oder du kannst sie dir mit Geld kaufen.«

Wieder Gelächter.

Maurizio schlug vor, zusammen zu picheln, und sie nahmen um eins der Tischchen an der Wand Platz. Niedrig, voller ungelenk eingeritzter Namen, klebrig und zerkratzt, wackelte auch das. Sie bestellten Rum, Wodka und Gin, noch mehr Negroni und Scassatesta, eine »kopfzerbrechende« Spezialität des Hauses.

Wenn mir heute Morgen jemand gesagt hätte, dass ich den Abend mit beschissenen LKW-Fahrern verbringen würde, hätte ich mich vermutlich erhängt. Mein Gott, wie peinlich.

»Weißt du, ich habe auch eine Narbe«, sagte Maurizio und zeigte dabei auf die von Riccardo: ein paar Zentimeter zerfurchte sie die rechte Schläfe. Er zog einen Zipfel seines ausgeleierten, gescheckten Hemdes hoch und enthüllte eine schartige Narbe, die von einer Brustwarze bis zum Bauch reichte. »Zweihundert Stiche«, fügte er stolz hinzu. »Ich bin in dieser Bar in Rom. Er«, er zeigte auf seinen Freund, »kotzt sich draußen aus, und ich trinke für mich allein, als diese zum Anbeißen aussehende Maus ankommt und mir Fragen stellt wie ›Bei deiner Arbeit schleppst du doch bestimmt viele Lasten, kannst du auch ein Auto hochheben?‹, und klar sage ich der nicht einfach, sie kann mich mal, also spüre ich nach einer Weile, wo die Maus und ich uns so gut verstehen, schon den Geschmack des köstlichen Törchens, das sie zwischen ihren Schenkeln haben muss, auf der Zunge, als dieser Typ ankommt und sagt, das wäre sein Weib und dass ich sie in Ruhe lassen soll, sonst verkloppt er mich, und ich sage zu ihm, dass sie zu mir gekommen ist, als ich für mich allein getrunken habe, und dass, wenn er seine Frau nicht befriedigen kann, es normal ist, wenn sie bei echten Männern auf die Suche nach einem Schwanz geht, und weißt du, was dieser Hurensohn macht, hey, weißt du, dass der rumbrüllt wie ein Wahnsinniger und Gott verflucht, was mir nicht gefällt, weil man für alle Respekt haben sollte, und erst haut er der Maus eine rein, dass die wie ein oller Schmetterling durch die Gegend fliegt, dann schnappt er sich einen Bierkrug und lässt ihn auf meinem Kopf zerschellen, während ich, als Gentleman, der ich nun mal bin, gerade der Maus helfe, und wenn du mich von hinten angreifst, bist du eine feige Sau, und ich bin also ganz belämmert von dem Schlag mit dem Bierkrug, und das nutzt der aus und schlitzt hier alles mit einem Jagdmesser auf.« Er zeigte auf seine Flanke. »Ich hab es gerade noch so ins Krankenhaus geschafft. Aber ich habe ein dickes Fell.« Er nickte feierlich; ein paar Sekunden hielt er die Klappe. »Und du?«, fragte er Riccardo dann. »Wo hast du dir deine Narbe geholt?«

Sein Vater lächelte, aber nur mit dem Mund; die Augen waren gefährlich ernst. Er nahm sich etwas Zeit, trank seinen Negroni, bestellte noch einen und sagte dann leise: »Als junger Kerl bin ich in die Löwengrube im Zoo gefallen. Ich war achtzehn. Als der Löwe mich gesehen hat, hat er mich angegriffen.« Er machte einen Prankenhieb nach und brüllte. »Aber ich habe mich gewehrt, oder? Einen Fausthieb gegen die Schnauze, einen Sprung und … *bye bye*, Miezekatze!«

Bewundernd beglückwünschten Maurizio und Giampiero ihn und klatschten sogar Beifall. Niccolò, der nicht so ein Trottel war wie sie, schüttelte den Kopf und trank seinen Negroni aus.

Der zigste Bullshit. Er ist so was wie ein irrer, krankhafter Lügner.

Aber das machst du auch so. Haargenau gleich.

Sie soffen weiter, betranken sich wie blöde Hornochsen. Sein Vater plauderte mit seinen neuen Freunden, Niccolò ließ sich aus Gewohnheit volllaufen. Plötzlich ebbten die Geräusche ab, Stille erhob sich, und Giampiero kündigte an, dass er kotzen müsse.

»Du weißt, wie es läuft«, sagte der Barkeeper, der hinter dem Tresen herumhantierte. »Rein damit in der Bar, raus damit auf dem Parkplatz. Auf, los. Zisch ab.«

Giampiero stand auf, machte eine alkoholgeschwängerte Verbeugung und ging raus. Ein paar Huster, und es wirkte, als würde jemand eimerweise Wasser auf den Platz schütten.

»Ich helfe ihm, denn wenn er an seiner Kotze erstickt, ist das kein schönes Ende«, lachte Maurizio. »Ihr seid schöne Seelen, ihr zwei«, sagte er zu Vater und Sohn; dann drehte er sich um, weckte Adan, befahl ihm, in sein Zimmer zu gehen, und verschwand.

Vater und Sohn blieben folglich allein am Tisch zurück.

Einige Augenblicke Schweigen, dann murmelte sein Vater: »*Schöne Seelen* …«

Niccolò sah ihn angewidert an, dieser abgeschmackte Hampelmann; Speichelfaden auf den Lippen, geschlossene Augen, Kopf auf die Brust gefallen: Er sah aus, als würde er gleich sterben. Und er fragte sich, warum er das nicht einfach wirklich tat.

»Gehen wir schlafen«, sagte er schließlich.

Als er aufstand, streckte ihn ein Schwindelanfall fast zu Boden; er war ebenfalls betrunken. Er legte sich einen Arm seines Vaters um den Hals und wuchtete ihn hoch. Dann stellte er ihn auf seine Beine, stützte aber sein gesamtes Gewicht, und schwankend wollten sie die Bar verlassen.

»Gezahlt wird hier. Euer Zeug und das von den anderen«, sagte der Barkeeper.

»Die haben uns gefickt, was?«, sagte Niccolò und bezog sich dabei auf die LKW-Fahrer.

Der Barkeeper lächelte; er hatte ein schönes Lächeln, selbstsicher und freundlich.

»Ich stecke ihn ins Bett und bringe es dir dann. Okay?«

»Komm zum Pool. Der ist auf der anderen Seite.«

Niccolò und sein Vater liefen über den Platz und durch den Flur zu den Zimmern. Nachdem er mit dem Schlüssel gekämpft hatte, der nicht ins Schloss wollte, so betrunken war er, betrat er mit seinem Vater im Schlepptau das Zimmer. Er lud ihn auf der Matratze ab, kontrollierte, ob er richtig atmete und zog ihm Jacke und Schuhe aus. Er deckte ihn mit der Daunenjacke zu, richtete sein Kissen und wischte sein vollgesabbertes Gesicht sauber. Er füllte ihm ein Glas mit Wasser und stellte es auf den Nachttisch, nahm den Mülleimer aus dem Bad und stellte ihn neben ihn. Dann kontrollierte er noch mal, ob er richtig atmete.

Der riesige Mond hinter der Fensterscheibe tauchte ihn in ein unheilvolles Weiß.

Die Welt drehte sich wild. Die Wände zitterten. Die Klänge waren gedämpft.

Mutter Gottes, ist mir schlecht.

Vielleicht sollte ich besser kotzen.

Ich kotze nie, verdammt.

Er holte die Wunderkiste aus der Daunenjacke, machte sie auf und legte sich auf dem Nachttisch eine Spur, neben seinem schlafenden Vater. Dann bückte er sich, wobei er seine wackligen Beine einknickte, schob den Schnee zurecht, nahm das Röhrchen, das er für ernsthafte Sessions verwendete, und

Flieg, flieg, fliiieg.

schniefte, kniff die Augen zu, und als er sie wieder öffnete, war er nur wenige Zentimeter vor dem Gesicht seines Vaters. Ihm entwischte ein Lächeln. Er entfernte die Reste vom Nachttisch, zog die Nase hoch und spazierte leise lachend durchs Zimmer. Er sah sich im Badezimmerspiegel an, näherte sich ihm und spürte ein Kribbeln in der Leiste.

Die rabenschwarzen Locken. Die blauen Augen. Die hohen Wangenknochen. Die perfekten Muskeln unter der Glanznylonjacke. Die fest auf dem Boden platzierten Beine in den megateuren Jeans.

Er betrachtete sich eine Weile und hatte plötzlich seine Hand am Schwanz: Er war hart.

Er lächelte seinem eigenen Spiegelbild zu, drehte sich um und ging den Rucksack seines Vaters suchen. Er fand ihn und machte ihn auf, um das Geld zu holen. Als er seine Hand reinsteckte, war das Erste, was er fühlte, nicht das Bündel Geldscheine.

Er zog eine schwere, kalte Pistole hervor und starrte sie an.

Was will der denn mit einer Pistole, verdammt?

Mit vom Alkohol schwirrendem Kopf und vor Angst trockenem Mund steckte er die Waffe wieder in den Rucksack. Das war nicht der richtige Moment, darüber nachzudenken: Er war zu betrunken. Also nahm er die Scheine, warf seinem Vater einen Blick zu

Ich könnte dich töten. Jetzt. Hier. Ich könnte dich ernsthaft aus der Welt schaffen.

und verließ das Zimmer. Die kalte Luft versuchte, seine Nebel zu lichten, aber er war zu zugedröhnt.

Er ging an der Rezeption und am Restaurant vorbei, trat durch die Tür und befand sich schließlich in einem kleinen Hof. Zur Rechten ein mickriger Garten. Zur Linken ein leeres Schwimmbecken. Rund herum eine Betonmauer. Der Barkeeper war da, auf einem Liegestuhl neben dem Becken.

Er setzte sich neben ihn. »Wie viel schulde ich dir?«, fragte er und zündete sich eine Zigarette an.

»Hundertfünfzig.«

Er holte die Scheine aus der Tasche und gab sie ihm.

»Du hast mir zu viel gegeben«, sagte der Junge und gab ihm ein paar zurück.

»Behalt sie«, antwortete er, »der alte Sack lädt ein.«

Der Hof war dunkel, es stank nach Chlor und Katzenpisse.

Niccolò nahm einen Mund voll Finsternis und sprach seinen Namen aus.

»Hendrik«, antwortete der Körper neben ihm. Darin hatte ihn die Dunkelheit verwandelt: in einen Körper, Fleisch und Muskeln, derer er sich bedienen konnte. »Das ist ein deutscher Name, obwohl ich Italiener bin«, fügte er hinzu; aber es war irrelevant: In der Dunkelheit hatte nichts eine Form, geschweige denn einen Ursprung.

»Und was machst du in diesem Drecksloch?«

»Ich sitze hier fest«, erklärte er, ohne weitere Erklärung.

»Für immer?«

»Scheiße, das hoffe ich nicht.«

»Was soll das denn heißen, dass du hier festsitzt?«

»Ist das wichtig?«

»Nein … ich glaube nicht.«

Hendrik verscheuchte eine Rauchwolke und fixierte ihn. »Du fährst morgen wieder ab?«

Niccolò bejahte, erwiderte den Blick und dachte, dass er diese Augen und dieses Gesicht am nächsten Tag schon wieder vergessen haben würde. Und er wollte weinen. Und er wollte lachen.

Dieser Junge war ein Moment wie viele andere, und weil sie in der Leere in Niccolò keinen Halt fände, würde sich die Erinnerung an ihn verlieren. Was ihn berührte, war nie stark genug, um eine Spur zu hinterlassen. Ja, Niccolò und sein Vater waren gleich: Sie füllten sich nicht, und sie geschahen. Doch er wusste, wie man über der Leere schwebte, während sein Vater im freien Fall war.

»Lässt du dich geschehen?«

Ja, und ich weiß, wie man das macht, ohne durchzuknallen.

»Sollen wir uns bei mir was reinziehen?«, schlug Hendrik vor.

Sie durchquerten den Hof und den Essensraum, liefen durch den Flur, der zu den Zimmern führte, und erreichten das letzte. Hendrik schloss die Tür auf, und sie gingen rein. Es sah genauso aus wie seins. Bett, Schrank, Fernseher und Nachttisch an denselben Stellen. Auch der Schimmelgeruch war ziemlich ähnlich, aber es mischte sich noch etwas anderes darunter. Ein scharfer Duft, der

Niccolò an jemand wichtigen erinnerte, der aber kein Gesicht hatte. Und genau als dieser Geruch ihn am Kopf traf, regte er sich.

Er schloss die Tür mit seinem Absatz, schlüpfte aus der Jacke und packte Hendrik von hinten. Er drehte ihn um, zog auch ihm den Mantel aus und warf ihn aufs Bett. Er stieg auf ihn, riss ihm das Hemd vom Leib, perfekte Bauchmuskeln, und fiel über seinen Hals her. Brodelndes Fleisch, das Blut in seiner Halsader pochte wild. Er biss ihm in dieses Stückchen Haut, im Verlangen, es ihm mit den Eckzähnen wegzureißen.

»Ich könnte dich töten, verdammt.«

Hendrik legte ihn unter sich, zog ihn aus, zog sich aus und gab seinen nackten Körper in seine Hände. Ohne Fremdheitsgefühl, nichts anderes als sie selbst, klammerten sie sich stöhnend und ziehend und drängend und zustoßend aneinander.

Es sah aus wie ein wilder Kampf. Schnelle, heftige Bewegungen.

Niccolò steckte ihm die Zunge in den Mund und traf auf seine, die ihn warm empfing. Hendrik nahm seinen Schwanz in die Hand und fing an, ihm einen runterzuholen. Er tat dasselbe.

Ihre Körper waren vollkommen. Muskulös, schlank, stark. Und von dieser Schönheit war Niccolò angezogen. Nicht die des Jungen, mit dem er gerade Sex hatte, sondern die, die sie gemeinsam erschaffen konnten. Es war der Gedanke, dass sie beide so unglaublich waren, makellose Halbgötter, der ihn wirklich erregte.

Er packte Hendrik an den Ohren, seine kurzen, blondierten Haare glänzten. Er versenkte sich in seine tiefen, blauen, schrecklichen Augen. Und er drückte ihn sich zwischen die Beine. Er nahm seinen Schwanz in die

Hand, steckte ihn ihm in den Mund, und der fing an, ihn zu bearbeiten.

Mit ausgebreiteten Armen ließ Niccolò sich gehen. Und er hob den Blick. Was er da sah, war aber nicht die scheußliche Tapete, sondern ein Sternenhimmel.

Jeder dieser leuchtenden Körper war eine Identität, die Niccolò bewohnt hatte. Darunter auch die Männer und Frauen, mit denen er Sex gehabt hatte; Menschen, die er dazu benutzt hatte, um ein anderer zu sein, um der zu sein, der er nur durch ihre Augen sein konnte. Mitten unter ihnen würde am nächsten Tag auch der Junge landen, der sich gerade an seinem Schwanz zu schaffen machte und an den er sich jetzt am liebsten für immer klammern würde, bei dem er gerade schwören könnte, dass er ihn liebte.

Gerade, jetzt, jedoch nur jetzt, wo er sich geschehen ließ für das, was er nie mehr würde sein können. Am nächsten Tag würde Niccolò wieder ein Niemand.

CAMPOROTONDO, SOMMER 2000

Die Nacht war so plötzlich hereingebrochen, als hätte jemand auf der ganzen Welt das Licht ausgemacht.

Überall herrschte eine steinerne Dunkelheit.

Vom Fenster ihres Zimmers aus erforschte Teresa, die kurz davor war, sich in diese Finsternis zu stürzen, das Nichts. Es graute sie allerdings nicht, eher erregte es sie: Irgendetwas dort draußen rief ihren Namen.

Seit ihrem letzten Treffen mit Riccardo war eine ganze Woche vergangen. Die Zeit war langsam dahingeflossen und mit einer Spannung beladen, deren Gewicht auf ihrer Brust gelastet, ihr den Magen abgeschnürt und ihr das Hirn vernebelt hatte. Sie hatte nichts zustande gebracht, außer allein an den Strand zu gehen. Sie hatte versucht, eins der Büchlein zu lesen, die sie an der Raststätte gekauft hatte, aber selbst den *Harmony*-Bändchen gelang es nicht, sich Platz in ihrem Kopf zu verschaffen. Die Angst vor dem Abendessen mit Riccardo war ein Knetgummiblock, der ihren Schädel verstopfte, und Platz für anderes gab es nicht mal ansatzweise.

Der Knetgummi hatte dieser Tage ständig andere Formen angenommen, wurde immer wieder neu geknetet. Sie war wie Pingu: Die weiche, dichte Masse bewegte, oder besser verbog sich gänzlich, um mal die Gestalt ihrer Mutter anzunehmen, mal die von Riccardo. Und wenn die Figuren in all ihren Zügen vollständig waren, kam es Teresa so vor, als wäre sie Teil eines Trickfilms, nur dass er nicht so lustig war wie Pingu. Wenn sich die Knete in ihre Mutter verwandelte, wurde Teresa grün und blau geschlagen. Wenn sie dagegen Riccardos Formen annahm, machte sie seltsame Dinge, die Teresa nicht benennen konnte, die sie aber kannte.

Mehrmals hatte sie wieder an die Tränen ihrer Mutter in der Kirche gedacht, die diese vergossen hatte, direkt nachdem sie ihre Tochter geschlagen hatte. Warum hatte sie geweint? Wollte sie ihr etwas damit sagen? Teresa hatte jedoch keine Antwort darauf gefunden und sich schließlich nur über ihre Mutter geärgert.

Sie konnte es gar nicht abwarten, dass Elena endlich ins Feriendorf kam, sie würde ihr helfen, die Knetmasse aus ihrem Kopf rauszubekommen. Aber es war erst in ein paar Tagen so weit, einstweilen musste sie allein klarkommen.

Sie sah auf die Uhr, die an ihrem Handgelenk drückte: halb elf.

Sie schloss die Augen, atmete ein und aus. In der Stille des Häuschens kam ihr das eigene Atmen wie Lärm vor. Sie drehte sich um, ging mit leichten Schritten durch den Raum, um keinen Krach zu machen, und knipste die Nachttischlampe an. Die Glühbirne, die unter dem ausgefransten Lampenschirm dahinstarb, projizierte verschachtelte Schattenmonster auf die Wände. Sie nahm den kleinen Spiegel, der ein paar Sprünge hatte, setzte sich aufs Bett und betrachtete sich.

Sie hatte sich geschminkt. Lipgloss, Lidschatten, Grundierung, alles in der Schublade im Bad gefunden. Beim Schminken hatte sie versucht, sich an die Gesichter der Mädchen in der Schule zu erinnern, und das Ergebnis war ihr anfänglich nicht schlecht vorgekommen. Jetzt im Spiegel wirkte sie auf sich aber wie ein Clown.

Sie trug eine der weißen Blusen, die sie anzog, wenn sie zur Kirche ging. Es kam ihr vor, als röche sie nach Weihrauch und Weihwasser. Darunter eine schwarze kurze Hose und Ballerinas mit kaputter Spitze. Erstere hatte einen kleinen Fleck auf dem Hintern, den sie nicht rausbekommen hatte, weshalb sie sich vornahm, den ganzen Abend die Pobacken zu bedecken. Die Schuhe wiederum waren ihr zu eng und am eingequetschten Fußrücken bildeten sich Hautknubbel.

Sie setzte sich auf, den Blick auf die nackte Wand gerichtet, und versuchte sich zu beruhigen – wenn sie jetzt noch anfing zu schwitzen, wäre das das Ende. Sie näherte sich dem Flur: Ihre Eltern schnarchten. Also ging sie zum Fenster, kletterte, ein Bein nach dem anderen, raus und landete auf dem kühlen Sand. Sie schaute hoch, auf der Suche nach Sternen, kleinen Lichtern, die sie durch die fremde Nacht leiten mochten, aber das Firmament war eine schwarze Glocke, die schwer auf ihrer Welt lag. Sie drehte sich um, sah zum Fenster, aus dem sie geflohen war, und ein Frösteln lief ihr über den Rücken.

Sie stellte sich vor, wie ihre Mutter ins Zimmer kam und das Bett leer vorfand. Sie stellte sich vor, wie sie auf sie wartete, mit Petrus-Magenbitter im Sessel. Und sie stellte sich vor, wie sie sie verprügelte, sie anschrie, dass sie eine Schlampe und eine Enttäuschung sei, und sie zum Beten verpflichtete.

Ich kann das nicht machen. Das geht schlecht aus. Ich habe Angst.

Dann stellte sie sich vor, wie sie zurück ins Haus ging, wieder in ihren Schlafanzug mit den Powerpuff Girls schlüpfte und sich nach einer Tasse Milch mit Macine ins Bett legte. Das weiche, süße Dunkel ihres Zimmerchens war anders als das hier draußen, es würde sie aufnehmen. Aber, sagte sie sich, sie musste endlich unter ihrem kleinen Laken hervorkriechen. Diese Bettdecke, die sie immer liebkost und beschützt hatte, schien sie jetzt ersticken zu wollen, wenn sie sich über ihr schloss. Die Finsternis, die an der Küste hauste, war tückisch, hart, unbekannt, aber auch weitläufig, geschwängert mit neuer Luft. Sie drehte sich wieder um und entfernte sich langsam von ihren kleinen Dingen.

Der Strand leer und still. Zu einer Seite das ruhige Meer, zur anderen die abblätternden Häuschen. Tiefe Trostlosigkeit. Und doch hatte Teresa, als sie über den Strand lief und mit ihren Hacken Sand aufwirbelte, das Gefühl, aller Augen auf sich zu haben. An der Wasseroberfläche aufgetauchte kleine Fische, Haie, Muränen. Hinter den Fenstern versteckte Alte, Erwachsene, Kinder. Alle schauten sie an, alle.

Sie kam zu dem roten Tor vor Riccardos Villa und hielt genau auf halbem Weg zwischen Strandlinie und Umzäunung inne. Die Hände auf dem Bauch, aneinanderklebende Oberschenkel und den Kopf leicht geneigt, beäugte sie die Höhle des Löwen.

»Komm schon, sei nicht so albern«, machte sie sich selbst Mut.

Tief durchatmend sog sie die Dunkelheit in sich ein und sah, wie ihre Füße sie zum Eingang der Villa trugen. Wie ihre Hand das Tor öffnete. Und wie ihr nichtsnutziger, peinlicher Körper eintrat. Schließlich sah sie, wie sie einen Arm hob und den Jungs auf der Veranda damit zuwedelte.

Sie waren zu dritt, saßen auf den Rattanstühlen um den Tisch.

Riccardo, am Kopfende, bedeutete ihr, näher zu kommen. Und sie gehorchte.

»Oh, sieh mal!«, er empfing sie mit einem breiten Lächeln. »Fast hätte ich vergessen, dass wir verabredet sind.« Er lachte, dann zeigte er auf die anderen: »Alessandro. Michele.«

Sie trat vor, gab ihnen die Hand und stellte sich vor, indem sie ihren Namen flüsterte.

Die Veranda war ein Flaschenfriedhof, Wodka, Gin und Rum, schmutzige Gläser und Kippen. Das unten geschwärzte, kugelige Glasfläschchen und das Tütchen voll Marihuana waren auf dem Tisch, zusammen mit halb leeren Alkoholflaschen und einem weiteren Tütchen mit …

Gips? Vielleicht ist das Zucker. Oder Mehl. Für die Kekse.

Du weißt, was das ist. Du weißt es nur zu gut. Warum musst du das Dummchen spielen?

Sie wusste es, ja. Leugnen war zwecklos. Es konnte aber nicht von ihm sein. Riccardo schien nicht der Typ, er war so perfekt, dass er so eine Droge bestimmt nie nehmen würde. Für Teresa war das sonnenklar.

Riccardo war oberkörperfrei. Aufgepumpte Brustmuskeln, herkulische Arme, Waschbrettbauch. Barfuß, in Badehose. Gebräuntes Gesicht, auf der Nase, obwohl es Abend war, eine Sonnenbrille. Er stand auf und streckte sich. »Ich dusche kurz, dann gehen wir«, sagte er, betrat das Haus mit wiegenden Hüften

Er hat einen hübschen Hintern. Sieht aus wie ein Pfirsich.

und verschwand hinter der Glastür. »Gebt ihr was zu trinken!«, rief er seinen Freunden zu.

Alessandro deutete auf einen Stuhl für sie. »Magst du Wodka Tonic?«

Sie bejahte und nahm dabei Platz.

Mit geradem Rücken und aneinanderklebenden Oberschenkeln setzte sie sich zwischen sie. Sie fuhr sich mit den Fingern durchs Haar, sodass es ihr Gesicht umrahmte. Und sie gab sich Mühe zu lächeln. Sie nahm den Drink, den Alessandro ihr hinhielt, führte ihn an die Lippen und zwang ihn sich rein. Er war scharf und sehr sauer. Sie musste ihren Widerwillen unterdrücken.

Die beiden schauten sie desinteressiert an, es wirkte, als hätten sie eine glatte, weiße Wand vor sich. Aber sie fühlte sich unter diesen Blicken wehrlos und nackt.

Beide ohne Shirt, braun gebrannt und gut gebaut. Michele war schlank, wie am Computer gezeichnete, definierte Muskeln, blonder Bubikopf, Stupsnase, grüne Augen. Alessandro war sehr muskulös, der kräftigste, Piercings in den Brustwarzen, unbehaarte Brust, weiche Lippen und braune Augen.

»Bist du auch aus Paloma?«, fragte Michele.

Sie nickte.

»Du bist aber noch jung, oder?«, fragte Alessandro. »Wie alt bist du, sechzehn?«

Sie nickte wieder.

»Dachte ich mir«, sagte er.

»Ja, genau«, echote der andere.

Dann wurde es still.

Teresa wäre gerne abgehauen, zurück nach Hause. Die beiden musterten sie die ganze Zeit mit komischen Blicken, lauernd und gelangweilt zugleich. Dabei wechselten sie zwischen Zigarette und Drinks, nickten hin und wieder und lächelten ihr grundlos zu.

Dann rief Michele, als wäre er gerade aufgewacht: »Hey, du könntest uns bei was helfen!« Er schnippte mit den Fingern und zeigte auf seinen Freund.

»Aber ja doch!«, brach der andere hervor und leerte seinen Drink in einem Zug. »Wir brauchen eine weibliche Meinung. Du musst aber ehrlich sein, okay?«

Teresa nickte zum zigsten Mal, während ihr Herz schlug wie bei einem Kaninchen, das eine Schlange am Eingang seines Baus sieht.

»Stört es dich, was mit einem zu haben, der auch mit anderen Mädchen was hat?«, fragte Michele und war dabei ganz ernst. »Ich habe diese Freundin, Romina. Wir sind seit sechs, sieben Monaten zusammen, ich weiß es nicht genau, und als wir angefangen haben, uns zu lecken, habe ich ihr klar gesagt, dass mich niemand festbindet, dass ich auch mit anderen zusammen sein will, und ihr war das erst recht, aber dann hat sie es sich anders überlegt und zu mir gesagt, dass sie dann auch mit anderen Jungs zusammen sein will, aber das passt mir natürlich nicht, denn wenn ich mit einer zusammen bin, die auch mit anderen Jungs was hat, fühlt sich das so komisch an, wie wenn du dein Auto fährst, nachdem dein Freund damit gefahren ist und es dir unbequem vorkommt, weil der die Spiegel und den Sitz und den ganzen Rest verstellt hat, aber für Frauen ist das doch anders, oder? Euch sind solche Sachen doch egal, oder? Das möchte ich gern wissen.«

So benommen, als hätten sie sie zweimal geohrfeigt, wusste Teresa nicht, was sie sagen sollte. Sie wusste ehrlich gesagt nicht einmal, was sie denken sollte. Von der Geschichte hatte sie nicht so richtig viel verstanden. Und jetzt hatte sie Angst, die falsche Antwort zu geben.

Sie machte den Mund auf und hörte sich sagen: »Aber ich fahre doch gar kein Auto.«

Kurzes Schweigen, dann brachen die beiden in hyänenartiges Gelächter aus.

Riccardo kam zurück. In einem schneeweißen Leinenhemd und gut gebügelten Bermudashorts. Er nahm den Wodka, setzte die Flasche an und trank; seine Lippen, die den Flaschenhals umschlossen, glänzten vom Alkohol; sein Adamsapfel ging hoch und runter. Er stellte den Wodka wieder auf den Tisch, zündete sich eine Zigarette an und sagte, er sei so weit. Sie winkte Alessandro und Michele, dann folgte sie ihm durch die Villa. Sie liefen durch den Flur, gingen raus und waren auf dem Zufahrtsweg.

Da war ein Auto geparkt. Auf der Motorhaube die Buchstaben BMW. Tiefliegend, glänzend, schwarz. Teresa, die sich auf den steifen Ledersitz gehockt hatte, roch einen männlichen, abstumpfenden Duft, der ihr mit einem Kribbeln in den Bauch fuhr. Sie wollte sich gerade anschnallen, als sie bemerkte, dass er keinen Gurt trug. Also ließ sie es auch bleiben. Diese Nacht würde sie sich jeder Gefahr ausliefern.

Eine Hand am Lenkrad, die andere auf dem Schaltknüppel, fuhr Riccardo durch die öden Gassen des Feriendorfs. Das Auto, das die schwachen Lichter der Straßenlaternen widerspiegelte, war ein Raumschiff, das durchs Weltall flog. Er nahm das Sträßchen zum Ort, drehte das Radio lauter, und eine kantige, elektronische Musik erfüllte den Wagen. Reglos und ergeben starrte Teresa in die Dunkelheit zwischen den Zweigen, wobei sie kurze Blicke auf den so gut wie Unbekannten warf, der sie auf die Revolution vorbereitete, ohne sich dessen bewusst zu sein. Sie fuhren schweigend. Als sie den Ort erreicht hatten, parkte Riccardo auf einem Vorplatz. Dann stiegen sie beide aus und spazierten gemeinsam durch Camporotondo.

Die Straßenlaternen beleuchteten den Asphalt mit einem gelblichen Licht, Rollläden und Fenster waren geschlossen, die Geranien in den Blumentöpfen schliefen. Auf dem Hauptplatz war sehr viel los. Paare schoben

Buggys, aus denen Pokemon- oder Barbie-Luftballons aufstiegen. Kinder rannten kreischend herum. Haufenweise alte Leute auf den Bänken. Ein Wagen verkaufte Eis, verschiedene Stände Armreifen und Halsketten.

Teresa sah sich um und spürte, wie ein Lächeln sich auf ihrem Gesicht ausbreitete.

Es war, als ob die Welt, die ihr immer feindlich und aggressiv erschienen war, vor Leben nur so platzte. Alles war bunt und hochtönend und duftend und einladend. Das hier gehörte zur Party der Welt. Und Teresa war dabei, sich da *reinzuschmuggeln*, wie es die anderen in der Schule ausdrückten.

Einmal hatte sie das gemacht. Sie hatte sich von Elena überreden lassen, zu einer von Lucio Marasco organisierten Party zu gehen, in seiner riesigen, wunderschönen Villa. Sie hatte den Abend damit verbracht, in einer Ecke des Wohnzimmers Fanta zu trinken. Jetzt aber, bei der Party der Welt, oder jenem Zipfelchen davon, das sich vor ihr auftat, hatte sie das Gefühl, wirklich teilnehmen zu können, tanzen zu können wie alle anderen.

»Ich kenne da so ein Lokal. Da machen sie ein Pfeffersteak, das ist zum Umfallen gut. Wollen wir dort hingehen?«, schlug Riccardo vor.

Sie überquerten den Platz, liefen durch ein von matten Laternen über den Türen der Häuser erhelltes Gässchen und waren an der Strandpromenade. Auf einer Seite Läden, Restaurants und Bars. Auf der anderen ein rostiges Geländer voller wütender Graffitis und Vorhängeschlösser vergessener Lieben. Das Meer war ruhig, der Himmel versteckte hartnäckig die Sterne.

Als Teresa neben diesem so gut angezogenen, so hübschen, so selbstsicheren Jungen herlief, spürte sie, wie das Gewicht ihres eigenen Körpers schwand.

Wenn sie Riccardo ansah, konnte sie nicht anders, als sich zu fragen, wie seine Haut wohl schmeckte, wie es wäre, ihn an den Stellen anzufassen, wo die Mädchen aus der Schule die Jungs anfassten. Aber wenn sie jetzt hier war, dann war es nicht nur deshalb. Was ihr besonders gefiel, war die Art, wie er sie beobachtete. Mit seinen Blicken entlastete Riccardo sie vom Gewicht dieses Körpers, den sie nicht zu bewohnen wusste.

Als sie den kleinen Hafen mit seinem instabilen, verrotteten Steg und den daran befestigten Booten hinter sich gelassen hatten, stoppten sie an einer kleinen Tür, die nach Wohnhaus aussah. Er trat zielsicher ein, und gemeinsam stiegen sie eine Marmortreppe hoch, bis sie schließlich in einem Innenhof landeten.

Die Tische mit dicken, weißen Stoffdecken waren fast alle besetzt und standen auf einem Grasteppich. In der Mitte stand ein riesiger Baum, dessen schirmförmige Krone als eine Art Dach fungierte. Um ihn schlang sich Efeu, blättrige Lianen hingen hier und da herunter, die rund um den Hof als Wand dienten. Besteckgeklimper, Geplapper, sich aufschwingendes Gelächter.

Ein Kellner begleitete sie zu einem Tisch, aber als sie sich gerade setzen wollten, sagte sie, sie müsse zur Toilette. Sie lief wieder durch den Hof und trat in einen Flur. Schnellen Schrittes huschte sie ins Bad, schloss die Tür ab, lehnte sich mit Kopf, Rücken und Hintern an die Wand und machte laut ausatmend die Augen zu. Sie zitterte, knetete ihre Finger, presste die Oberschenkel aneinander, als wollte sie etwas Wichtiges zurückhalten. Sie hob den Blick, die Decke hatte Blumenmuster, und weinte. Kein großes Geheul, nur ein paar kleine Tränen kullerten ihre Wangen herab wie Felsbrocken, die ins Tal rollen und drohen, alles zu zerstören. Sie fing sie mit den

Fingern auf, nahm eine Haarsträhne und schnüffelte daran. Aber sie fand sie widerlich, sie stank. Also ließ sie sie los, führte ihre Hände zum Kopf und fing an zu lachen.

Sie lachte und lachte und lachte.

Als sie es schaffte, damit aufzuhören, trocknete sie sich die verbliebenen Tränen und stellte sich ans Waschbecken. Über das Becken gebeugt, den Bauch gegen das Porzellan gedrückt, betrachtete sie ihr Spiegelbild und brachte ihren Lidschatten wieder in Ordnung.

Die Finger in der Luft, ans Waschbecken gelehnt und nahe am Spiegel hielt sie inne.

Wie viele Mädchen hatte sie schon in dieser Pose gesehen? Über ein Waschbecken gebeugt, um sich nachzuschminken? In Filmen, in der Schule, in Bars. So eingenommen von der Wiederherstellung jener Maske, dass sie die ganze Welt vergaßen. Jetzt war Teresa eine von ihnen. Jetzt war sie wie die anderen.

Dieser Gedanke verlieh ihr neuen Schwung.

Als sie sich gefasst hatte, ging sie wieder in den Hof, wobei sie mit den Hüften wackelte, mit den Fingern über die Wand strich und mit ihren kaputten Ballerinas auf den Boden stampfte, als hätte die Welt nichts anderes verdient als ihre Sohlen. Sie lief zum Tisch und nahm Platz.

Riccardo rauchte eine Zigarette, den Blick in die Karte vertieft.

»Ich glaube, ich nehme das Steak, von dem ich dir erzählt habe«, sagte er. »Das ist fantastisch, zergeht auf der Zunge. Das Rind bekommt sein ganzes Leben lang nur Bohnen und Wasser, weißt du, so bleibt das Fleisch zarter«, erklärte er ihr. »Du nimmst auch eins, oder?«

Teresas erster Gedanke war, dass es gemein ist, einem armen Tier sein ganzes Leben lang immer dasselbe zu essen zu geben, damit sein Fleisch zart und gut wird. Der zweite, der sie wie eine Ohrfeige traf, war, dass Freitag war. Und freitags durfte sie gar kein Fleisch essen.

»Also?«, hakte er nach und schnippte schon nach dem Kellner.

Das kannst du nicht machen, Teresa. Das ist zu viel.

Zu viel für wen denn?

Während ihrer inneren Verwicklungen hatte Riccardo schon sein Steak bestellt. Er wolle es blutig, hatte er zum Kellner gesagt, sonst, hatte er hinzugefügt, lasse er es zurückgehen. Und jetzt bestellte er gerade eine Flasche Rotwein.

»Und für Sie, Signorina?«, fragte der Kellner sie.

Teresa sah hoch und starrte ihn etwas zu lange an. »Ein Steak auch für mich«, sagte sie schließlich und spürte, wie diese Worte, die wieder einmal von allein herausgekommen waren, als ob sie keinerlei Kontrolle über ihren eigenen Körper hätte, ihr Hals, Gaumen und Zunge zerkratzt hatten.

Der Kellner nahm die Karte und ging. Jetzt waren sie allein.

»Also, also«, setzte Riccardo an. »Gefällt es dir hier?«

Teresa bejahte. »Warst du schon mal hier?«

»Einmal am Anfang des Sommers.« Er zündete seine zweite Zigarette an. »In diesem verschissenen Kaff gibt es ja nicht viele coole Locations, oder?«

»Keine Ahnung«, antwortete Teresa. »Ich komme nicht so oft her.«

»Nicht?«

»Ich bleibe die ganze Zeit im Feriendorf«, antwortete sie und kam sich dumm vor.

»Na ja, das ist allerdings auch extrem trist«, urteilte Riccardo und lachte.

Er lacht echt viel.

Im Zweifel lachte sie ebenfalls.

»Du hast gesagt, dass du noch aufs Gymnasium gehst, oder?«

»Ja, im September komme ich in die Zwölfte. Ich bin auf dem Dante Alighieri.«

»Aha. Du siehst auch nach Klassischem aus, ehrlich gesagt.«

»Und das wäre?«

»Hm, was weiß ich. Ihr vom Klassischen ähnelt euch einfach irgendwie.«

»…«

»Das war doch keine Beleidigung.«

Teresa machte eine Geste, als wollte sie eine Fliege verscheuchen.

Er sah sie an, dann: »Aber abends habe ich dich noch nie gesehen, oder?«

»*Abends*?«

»Abends, ja. Oben in Paloma. Ich meine, du gehst nicht tanzen oder so?«

»Ich … Also, ich gehe da nicht so gern hin, zu so was.«

»Nicht?«

Nicht?

Ich weiß es nicht, Terri.

»Nein«, sagte sie schließlich und zuckte mit den Schultern. »Und du … du schon?«

Riccardo lachte. »Verdammt, ist doch klar! Bis zum Umfallen.« Er drückte seine Zigarette auf der Tischdecke aus und schnippte den Stummel auf den Rasen.

»Eine Line, einen Wodka, und dann geht's ab.«

Teresa hatte keine Ahnung, wovon er redete, also nickte sie.

Einige Augenblicke Stille, dann fragte er: »Hast du einen Freund?«

»Nein. Ich … nein. Du?«, sagte sie und spürte, wie das Blut aus ihrem ganzen Körper wich.

»Ich? Ob ich eine Freundin habe?«

»Ja …« *Hab ich was Falsches gesagt?* »Ja, du.«

»Naaa. Weißt du, ich bin eher so der Löwentyp. Und Löwen kannst du nicht einsperren, das ist gegen ihre Natur. Ich muss frei sein. Ich muss jagen.«

»Du gehst zur Jagd?«, erkundigte sich Teresa. »Mein Opa hat Hasen gejagt.«

Riccardo lachte so laut wie noch nie. »Himmel, du bist verdammt lustig!«

Teresa wurde rot. Sie wollte gerade etwas sagen, als das Fleisch kam und sie rettete.

Dicke Stücke, überzogen mit einer weißen Creme und schwarzen Körnchen, dazu ein Berg Gemüse und Bratkartoffeln. Riccardo bewaffnete sich mit Besteck und ging zum Angriff über. Große Bissen, er rieb sie über den Teller, um sie mit der Creme zu beschmieren, und steckte sie sich in den Mund. Teresa betrachtete benommen das Essen.

Sie hatte freitags noch nie Fleisch gegessen. Nie in ihrem ganzen Leben. Kein einziges Stückchen, nicht mal aus Versehen. Und jetzt schien ihr dieses Gericht, das köstlich aussah und roch, ein riesiger Schritt. Etwas, von wo es kein Zurück mehr geben würde. Ein Verrat, eine Bosheit, eine Sünde.

»Hey, worauf wartest du?«, fragte Riccardo und spießte zwei Kartoffeln auf. »Es wird kalt.«

Mit zitternden Fingern schnitt Teresa ein Stück Fleisch durch und hob die Gabel hoch; sie war tonnenschwer. Sie sah den Bissen an, von dem eine dickflüssige Mischung aus Blut und Sahne triefte. Und sie ließ ihn zwischen ihren Lippen verschwinden.

Die Geschmacksknospen gerieten in Entzückung. Sie spürte, wie ihr Mund mit Speichel überflutet wurde, Blut in ihr Hirn schoss und die Beine weich wurden. Sie spürte, wie ausgerechnet beim Kauen ein breites, ehrliches Lächeln sich auszubreiten versuchte.

Sie holte tief Luft und schluckte ihre Revolution hinunter.

Sie aßen schnell, wechselten nur wenige Worte. Sie tranken die Weinflasche aus, er bestellte noch eine, und unterdessen leerte sich das Restaurant. Um Mitternacht waren nur noch sie und die Kellner übrig. Teresas Kopf fühlte sich leicht an. Seine Schuld, weil er ihr ständig nachschenkte, ihre Schuld, weil sie ständig weitertrank, Schuld auch von diesem Innenhof, der, leer und still, jedes Gefühl verstärkte.

Die zweite Flasche Wein kam. Und sie tranken weiter und weiter und weiter. Dabei plauderten sie. Oder besser gesagt, Riccardo redete, während sie ihm entzückt zuhörte.

Es reicht. Ich muss aufhören. Ich bin betrunken. Sturzbetrunken.

Nein, ach was. Trink ruhig weiter. Das ist ein schönes Gefühl. Weiter so.

Und sie leerte ihr Weinglas in einem Zug.

Riccardo tat dasselbe. Dann füllte er beide wieder auf, lehnte sich zurück und widmete ihr ein breites Lächeln.

»Was ist?«, entfuhr es ihr.

»Du verwirrst mich«, sagte er. »Und mich verwirrt sonst nie jemand.«

Teresa lachte leise, unsicher, ob das ein Kompliment war.

»Das meine ich ernst«, sagte er. »Die anderen, oder? Die anderen Mädchen sind irgendwie starr. Das heißt, dass du mich nicht falsch verstehst, ich geh sowieso nur mit den Scharfen. Aber auch wenn sie echt heiß sind, sind sie doch immer vorhersehbar, sagen wir mal.«

Teresa hielt den Atem an.

»Du schillerst, irgendwie«, fuhr er fort. »Als wir uns in diesem beschissenen Conad getroffen haben, warst du knallhart. Als wir am Strand zusammen Mojito getrunken haben, wirktest du wie ein Kaninchen, das am ganzen Leib zittert. Und jetzt, wo du dieses Lächeln hast und trinkst … was weiß ich.« Er schüttelte den Kopf. »Jetzt bist du irgendwie echt 'ne heiße Braut, oder?«

Wenn er nur wüsste, wie du wirklich bist.

Wieso, wie bin ich denn? Vielleicht hat er recht: Ich schillere. Darum verstehe ich mich auch selbst nicht, ich bin wirklich alle Sachen im Schrank auf einmal.

»Hör zu, sollen wir los?«, schlug Riccardo vor. »Ich hab noch Wodka zu Hause, vielleicht können wir uns den am Strand reinziehen. Was meinst du?«

Sie standen auf und liefen durch den Hof.

Sie waren schon fast draußen, als Teresa sagte: »Sollten wir nicht nach der Rechnung fragen?«

Ohne stehen zu bleiben, hakte Riccardo sich bei ihr unter. »Verhalt dich normal.«

Ganz steif, als hielte ihr jemand eine Pistole an den Kopf, gehorchte sie. Und vielleicht, weil sie gute Schauspieler waren, oder vielleicht, weil letztlich nie jemand irgendwen wirklich anschaute, auch wenn sie immer aller Augen auf sich spürte, sprachen die Kellner, an denen sie auf dem Weg zum Ausgang vorbeikamen, sie nicht an.

Sie gingen die Marmortreppe runter und erreichten die Strandpromenade.

»Warum haben wir denn nicht bezahlt?«, rief sie flüsternd aus.

Dieser Junge hatte sie zum zweiten Mal zum Stehlen überredet.

»So ist es viel lustiger. Außerdem, wenn ich Lust auf etwas habe, dann mache ich es, oder?« Er zündete sich eine Zigarette an. »Das habe ich dir, glaube ich, schon gesagt, oder? Soll heißen, wenn du etwas haben willst, dann gehört es dir auch, weil du innerlich irgendwie fühlst, dass es zu dir gehört, oder?«

Warum verstehe ich ihn bloß nie, wenn er redet?

Sie machten sich auf den Weg zum Auto.

Die Strandpromenade war verlassen, die Läden und Restaurants geschlossen. Auch die Piazza war leer. Auf der Hauptstraße hallten ihre Schritte zwischen den Bruchbuden wider. Sie waren die einzigen Lebewesen.

Sie stiegen ins Auto, und Riccardo fuhr Richtung Feriendorf.

Er fuhr schnell, hundertachtzig Stundenkilometer. Die Straße war dunkel, man sah nur den erleuchteten Teil des BMW. Der Motor dröhnte, die Reifen triezten den Asphalt. Ringsum wurde die Welt von einer dichten Finsternis verschlungen.

In diesem mit irrsinniger Geschwindigkeit rasenden Auto spürte Teresa, wie sie rot wurde. Ein Feuer, das ihr vom Bauch in den Kopf stieg. Das alles auf der Straße in Brand setzte. Und das die Asche, ein Häufchen Staub, das der Körper eines dicken Mädchens gewesen war, frei fliegen ließ. Teresa war, und doch war sie nicht da.

Sie drehte sich um und sah Riccardo an.

Vor Muskeln spannendes Hemd, langer Hals, volle, glänzende Lippen. Halb geschlossene Augen, auf den schwarzen Horizont gerichtet, kräftige Hände am Lenkrad, entspannte Haltung.

Ich will ihn, dachte sie, ohne zu wissen, was das bedeuten sollte. Und es waren diese drei Wörter, trocken und schmerzhaft, die ihr klarmachten, dass sie stockbesoffen war.

Sie erreichten das Feriendorf. Eine Geisterstadt.

Die Sträßchen der Anlage, die Allee, Riccardos Villa. Sie, wie sie ihm schwankend folgte. Im Halbdunkel des Wohnzimmers lümmelten Alessandro und Michele auf dem Sofa rum, umgeben von halb leeren Alkoholflaschen. Auf dem Tischchen das Tütchen Marihuana, der Glaskolben. Rund herum sah es so aus, als hätte jemand Mehl

Vielleicht haben sie Pizza gebacken. Oder Kekse. Die hätte ich jetzt gern.

Willst du wohl aufhören, das Dummchen zu spielen?

Kokain. Das ist Kokain.

verstreut. Im Fernsehen drei splitternackte Blondinen, Riesenbrüste, stark geschminkt, die sich küssten, aneinanderrieben und sich überall ableckten. Im Gesicht, am Hals, an den Brüsten. Halb liegend auf einem Bett streichelten sie sich gegenseitig, berührten einander zwischen den Beinen, klammerten sich aneinander. Und dabei stöhnten sie, stießen Wimmern und spitze Schreie aus. Alessandro und Michele, in Unterhosen auf dem Sofa, schliefen.

Aber die da im Fernsehen machen …

Riccardo zeigte auf die Tür zum Garten, und sie ging raus.

Teresa war nicht in der Lage zu denken. Die Welt wirbelte schneller. Ein Schwindel streckte sie beinahe zu Boden. Sie musste kotzen. Alles drehte sich. Sie spürte, wie ihr Herz heftig schlug, heftigst. Sie wollte weinen. Sie lächelte.

»Entschuldige«, sagte Riccardo, der wie aus dem Nichts neben ihr auftauchte. »Es kommt vor, dass wir uns abends was reinziehen und uns einen runterholen«, erklärte er ihr. »Strand?«, fragte er und wedelte mit einer Flasche Pfirsichwodka.

»*Was reinziehen und ...*«, versuchte sie unsicher zu wiederholen und prustete sofort los.

»Du bist blau, was?«

Teresa lachte noch lauter.

»Bestens«, kommentierte er, »dann wird es leichter«, und er lächelte ihr zu.

Riccardo nahm sie an der Hand, die Haut heiß, kalt, ledrig, weich, und führte sie durch den Garten. Die Strahler im Schwimmbecken glänzten im klaren Wasser, Sternschnuppen, wunschgeschwängert, untergegangen in diesem falschen Ozean.

Mit verschränkten Fingern verließen sie die Villa.

Sie liefen über den Strand, kurz vor dem Wasser hielten sie an und setzten sich auf den kalten Sand; ihre Schultern berührten sich. Teresa starrte auf den flimmernden Horizont und dachte, dass sie sich gern hinlegen würde. Dann spürte sie, dass er ihr den Wodka in die Hand gab, und trank mechanisch. Ein Schluck, noch einer und noch einer.

Sie drehte sich um und sah Riccardo in die Augen. Er war ganz nah. Hautnah.

Sie merkte, dass sie ihn spüren wollte. Auf ihr, unter ihr, in ihr. Sie wollte ihn in sich. Sie betrachtete die Art, wie die schwarzen Locken über seinem Kopf schwebten, wie er seine fleischigen Lippen befeuchtete.

Sie näherte sich ihm und lehnte ihren Kopf in die Beuge zwischen Schulter und Hals, sodass sie seine Wärme, seinen Duft, seine Härte spürte. Sie sah, wie Riccardo einen letzten Schluck Wodka trank, er ihr die Flasche zwischen die Lippen schob, und schaute sich von außen beim Trinken zu. Sie sah, wie er die Flasche abstellte, ihr näherkam und sie in seine Arme schloss. Dort, in dieser gefährlichen und beruhigenden Zange, fühlte Teresa sich lebendig.

Zum ersten Mal lebendig.

Sie spürte, wie ihr das Blut durch Arterien und Venen floss, wie ihr Herz in der Brust schlug, wie die Luft ihre Lungen füllte. Teresa spürte alles. Und sie dachte, was auch immer sie von jetzt an tun oder fühlen würde, es würde nur eine Nachahmung sein, ein abgeschmackter Versuch der Neuauslegung jener Nacht.

Da nahm Riccardo ihre Hand, sanft aber gebieterisch, führte sie auf seine Bermudashorts und drückte sie dagegen. Mit der Handfläche spürte sie etwas Hartes, das auf sie zu warten schien. Riccardo erhöhte den Druck, und es kam ihr so vor, als ob das Harte pulsierte und noch größer würde. Sie folgte der Bewegung, und er stöhnte.

Bei diesem rauen und tiefen Klang erschütterte ein Frösteln ihren Körper.

Riccardo zog sich Hose und Unterhose runter, und das harte Ding kam raus. Lang, dick und rosig, die Spitze berührte sein Hemd. Zielsicher nahm er wieder ihre Hand und ließ sie das harte Ding anfassen. Er schloss ihre Finger um dieses Stück Fleisch, und mit seiner Hand über ihrer ließ er ihre sich öffnen und schließen.

Hoch und runter. Hoch und runter. Hoch und runter.

Es schien, als würde er sie unterweisen. Und Teresa führte aus.

Er nahm seine Hand weg, und sie masturbierte ihn allein. Rhythmisch, stark.

Riccardo stützte die Ellbogen auf den Sand, halb auf dem Strand liegend, zog sein Hemd etwas hoch, sodass er seine Bauchmuskeln zeigte, und neigte den Kopf nach hinten. Er stöhnte, keuchte, stöhnte wieder; gutturale, aus den Eingeweiden kommende Klänge. Als Teresa sein von der Lust verwandeltes Gesicht betrachtete, verstand sie, dass dieser Junge, ein Halbgott, den sie sich nicht einmal hätte erträumen können, in diesem Moment ihr gehörte, ihr und sonst niemandem, ihr allein. Jetzt, auf diesem Strand, in dieser Nacht, gehörte Riccardo ihr.

Dieser Gedanke berauschte sie, es war, als wäre der ganze Alkohol in ihr verdunstet. Sie war jetzt nicht mehr betrunken, aber irgendetwas, eine mächtige Droge, durchfloss ihre Adern. Eine namenlose Substanz, freigesetzt von dem, was er zwischen den Beinen hatte.

Während es in ihrem Bauch wie verrückt kribbelte, masturbierte sie ihn mit noch mehr Eifer.

Hoch und runter. Hoch und runter. Hoch und runter.

Den Kopf nach hinten genoss Riccardo es mit kleinen Zuckungen in seinem angespannten Unterleib. Die schwarzen Locken hingen weich herab, die Augen hielt er geschlossen, den Mund nur leicht geöffnet. Von einer unsichtbaren, unaufhaltsamen Macht angezogen, näherte sich Teresa seinem Mund. Sie wollte ihn küssen, ihn schmecken. Aber mit einer schnellen Bewegung rückte Riccardo ab. Sie versuchte es erneut. Als sie kurz davor war, ihn zu berühren, entfernte er sich wieder.

Er will mich nicht küssen. Aber warum, wenn er sich … das hier machen lässt?

Sie beschloss, es ein letztes Mal zu versuchen. Sie beugte sich über seinen Mund, aber er rückte wieder ab und schob mit einer Hand ihre Wange weg. »Nein«, sagte er.

Verwirrt und mit überkreuzten Beinen neben ihm sitzend, fuhr Teresa fort.

Hoch und runter. Hoch und runter. Hoch und runter.

Plötzlich winkelte Riccardo die Beine an, seine Knie hoben sich und die Füße gruben Löcher in den Sand. Er wölbte seinen Rücken, warf den Kopf nach hinten, kniff die Augen zusammen, riss den Mund auf, rollte die Finger zusammen, stöhnte laut, und eine heiße, sämige, weiße Flüssigkeit schoss aus dem harten Ding heraus.

Teils landete sie im Sand, teils auf ihrer Hand, die sich, nicht sicher, ob sie fertig war, stur weiter hoch und runter bewegte.

Schnaubend zog Riccardo ihre Hand weg und ließ sich auf den Sand fallen.

Teresa besah sich ihre vollgespritzten Finger. Und es schauderte sie.

Was hab ich getan? Gott, was hab ich getan? WAS?

Mit Mühe unterdrückte sie einen Brechreiz. Sie drehte sich um und säuberte sich hektisch ihre Hand im Sand. Sie steckte die Finger hinein und wühlte wild mit ihnen darin herum. Sie wollte heulen, schreien. Sie holte tief Luft, schloss die Augen und versuchte, sich zu beruhigen. Sie hätte Riccardo gern angeschaut, um zu verstehen, ob das, was sie getan hatte, in Ordnung war, aber sie schaffte es nicht.

Ich muss duschen.

Hinter ihr ein Rascheln. Und sie verstand, dass er sich wieder anzog.

»Gut gemacht«, hörte sie in ihrem Rücken. »Du warst gut.«

Ihr Herz setzte einen Schlag aus.

Sie war gut. Sie hatte es gut gemacht. Diesmal hatte sie ihn nicht enttäuscht.

Langsam wandte sie sich um und sah ihn an.

Riccardo war aufgestanden. Dicht neben ihr türmte er sich vor ihr auf. Um seinen Kopf zeichnete der Mond, der hinter ihm versteckt war, einen Glorienschein aus weißem Licht. Er hielt ihr eine Hand hin, um ihr hochzuhelfen, und sie streckte ihm die rechte hin.

»Die nicht«, sagte er. »Die ist dreckig.«

Teresa gab ihm die linke, und er zog sie hoch.

»Madonna, bin ich müde«, sagte Riccardo gähnend. »Gehen wir nach Hause?«

Schweigend gingen sie denselben Weg zurück. Aus dem Nichts hatte er eine Zigarette hergezaubert und rauchte sie, wobei er silbrige Wölkchen ausstieß. Vor dem roten Tor blieben sie stehen und sahen einander an. Sie wusste nicht, was sie sagen sollte, aber müde und unfähig wie sie war, ihre Gedanken zu ordnen, versuchte sie es gar nicht erst, Worte zu finden.

Sie starrten sich ein Weilchen an, er rauchend und sie, ohne zu atmen. Dann lächelte Riccardo, legte eine Hand auf ihre Schulter und streichelte sie. Anschließend nickte er, langsam, öffnete das rote Tor und verschwand. Allein wurde Teresa Teil der Dunkelheit.

Sie lief über den Strand, gelangte zu ihrem Haus und kletterte durchs Fenster rein.

Sie war wieder in ihrem Zimmer, ihrem kleinen und aus kleinen Dingen gemachten Zimmer. Es war so, wie sie es drei Stunden zuvor zurückgelassen hatte, aber auch auf tiefgreifende Weise anders. Sie erkannte es nicht wieder, fremd wie ein nie gesehener Ort. Mit leerem Kopf, von allem entrümpelt, Wein und Wodka, die drohten, wieder hochzukommen, beschloss sie, ins Bett zu gehen und ihr Hirn in dieser unbekannten Verwüstung zu lassen.

Sie schlüpfte aus Ballerinas, Bermudas und Bluse und zog sich langsam ihren Powerpuff-Girls-Schlafanzug an. Der Stoff kratzte auf ihrem Körper, aber sie versuchte, nicht darauf zu achten. Sie lief durch den Flur, sie wollte ein Glas Wasser, aber im Wohnzimmer hielt sie inne.

Im Sessel, bei angeschalteter Schirmlampe, las ihr Vater ein Buch. Langsam hob er den Blick und schaute sie an. Vater und Tochter starrten einander einige lange Augenblicke an, dann nickte er bedächtig, führte den Zeigefinger an die Lippen und nickte lächelnd noch einmal.

Mit hämmerndem Herzen wich Teresa zurück, wieder durch den Flur. Sie ging ins Bad, stützte die Hände aufs Waschbecken und sah in den Spiegel.

Wer dieses Mädchen mit verschmierter Schminke und kreidebleichem Gesicht sein sollte, wusste sie nicht.

Teresa starrte die Fremde an, und die lächelte ihr zu.

Ein breites, sehr breites Lächeln, das ihre Züge verzerrte und das unbekannte Gesicht in eine böse Maske verwandelte. Ein Lächeln aus Plastik, die Haut auf unnatürliche Art verzogen. Ein freudloses Lächeln, bleich wie von einer Leiche, starr wie der letzte Ausdruck bei einem gewaltsamen Tod.

Nachdem sie sich lange Hände, Arme und Gesicht mit eiskaltem Wasser gewaschen hatte, ging sie in ihr Zimmer zurück. Sie legte sich ins Bett, knäulte das Laken mit den Röschen am Fußende der Matratze zusammen und starrte wer weiß wie lange an die Zimmerdecke.

Schließlich glitt sie in einen traumlosen Schlaf und vergaß, ihr Abendgebet aufzusagen.

PALOMA, WINTER 2019

Mit nackten Händen. Aufgeschürften, blutigen Fingern. Niccolò grub in der harten Erde. Ringsum eine unendliche Wüste. Der Sand, weiche Dünen, reflektierte das violette Licht, das die Welt sättigte. Stille wie unter Wasser, tief unten; da war nur sein rasendes Keuchen und das Kratzen der Fingernägel. Er war müde, konnte aber nicht aufhören und grub deshalb wütend weiter; mit Herzrasen und Atemnot. Er wusste nicht, was er da unten finden würde, aber er musste es unbedingt bergen, dessen war er sich sicher. Also grub er, grub und grub. Plötzlich stießen seine Finger auf etwas Hartes, die Fingernägel brachen beinahe ab. Schnell wischte er mit den Handflächen die letzte Erdschicht weg. Er packte den Schatz, hielt ihn fest, als wollte er ihn daran hindern, zu fliehen. Mit aller Kraft zog er ihn raus. Es war eine Kiste, eine Piratenschatztruhe, ein magischer Schrein. Darin das, was er so sehr brauchte. Auf Knien musterte er die Kiste und lächelte. Kurze Augenblicke blieb er so, die ganze Jahre dauerten. Schließlich öffnete er sie. Aus dem Inneren der Kiste starrte ihn Niccolò an. Am Boden war ein Spiegel eingefasst, und dessen Oberfläche warf ihm sein Bild zurück. Was er da sah, waren seine Züge, sein Gesicht: Der Niccolò im Spiegel sah genauso aus wie er. Und doch war er auf tiefgründige Art anders. Der in der Wüste kniende Niccolò lächelte, während der andere, der im Spiegelbild, ohne jegliches Geräusch schluchzte. Er weinte und weinte und weinte. Verzweifelt raufte er sich die Haare und schrie lautlos. Niccolò merkte, dass er plötzlich einen Finger hob. Aufgeschürft, blutend, erdig. Er führte ihn an den Spiegel heran. Und als er dessen Oberfläche berührte, schrie der andere Niccolò, dieses gefangene, im Spiegelbild eingeschlossene Selbst. Entsetzliche Schmerzensschreie, rau, animalisch. Und die Wüste explodierte.

Niccolò schlug im Fiesta seines Vaters die Augen auf.

Sein Nacken war steif. Er musste auf dem Autositz unbequem geschlafen haben.

Er richtete sich auf, rieb sich die Augen und stellte die Welt scharf. Sie fuhren über eine Straße, die

Die Wüste.

verlassene Felder durchschnitt. Absterbende Bäume, niedriges Gestrüpp. In der Ferne das glitzernde Meer. Niccolò sah auf die Uhr im Armaturenbrett: drei Uhr nachmittags.

Verdammt, wie lange hab ich denn geschlafen?

Als würde er seine Gedanken lesen, sagte sein Vater: »Du hast drei Stunden gepennt.«

Sie waren seit elf unterwegs.

Sie hätten Stunden früher aufbrechen sollen, aber Niccolò war nach dem Fick in Hendriks Zimmer zusammengebrochen und spät aufgewacht. Der Barkeeper war nicht da, verschwunden, als hätte er nie existiert; sodass Niccolò Zweifel kamen, ob er nur von ihm geträumt hatte, aber er kniff sich kurz in den Schwanz und ihm war klar, dass er gefickt hatte. In ihrem Zimmer hatte er seinen Vater im ungemachten Bett vorgefunden. Den Fernseher angeschaltet, ein Film mit diesen Losern, Boldi und de Sica, schaufelte er sich Nutellabrote rein und las dabei; *Einer flog übers Kuckucksnest*, Ken Kesey. Niccolò hatte geduscht und ein paar Kekse gegessen, hatte, um wieder auf die Beine zu kommen, im Bad eine kleine Bahn genommen

Flieg, flieg, fliiieg.

und war zurück ins Zimmer gegangen. Sein Vater hatte die Alte an der Rezeption bezahlt, die ihm einen weiteren Tag aufgebrummt hatte, dann waren sie zusammen ins Auto gestiegen und losgefahren.

Das erste Stück Weg hatten sie schweigend hinter sich gebracht, aus den Boxen die Musik von einer der CDs, die sein Vater ausgesucht hatte, irgendein Scheiß von vor zwanzig Jahren, und mit dem Geschaukel des Wagens auf der Straße war Niccolò beinahe sofort eingeschlafen.

»Wo sind wir?«, fragte er ihn jetzt.

Sein Vater hob die Schultern. »Irgendwo«, sagte er. »Du kannst wieder einschlafen, wenn du willst. Wenn wir am Ziel sind, wecke ich dich.«

»Welches Ziel?«

»Ein Dorf, San Paolo a Mare. Wir sollten in einer Stunde da sein.«

»Ich hab Hunger.«

»Wir haben ja auch nichts zu Mittag gegessen«, stellte sein Vater fest. »Panino?«

Niccolò wand sich nach hinten um, griff in die Tüten vom Rasthof auf dem Rücksitz und fischte Toastbrot und Aufschnitt raus. Er steckte die Packungen zwischen seine Beine, öffnete sie und warf den Schinken zwischen die Brotscheiben. Sie aßen. Zwischen den Bissen gähnte Niccolò mehrmals, das Hirn Matsch vom miesen Alkohol und vom Zweifel, dass er mit Hendrik kein Kondom benutzt hatte.

»Wenig geschlafen heute Nacht?«, fragte sein Vater.

Niccolò antwortete nicht.

Erneutes Schweigen, dann wieder sein Vater: »Ich hoffe, du hast ein Kondom benutzt.«

»Himmelherrgott, Papa!«, schrie er zuerst; *wie zum Teufel weiß er immer, was ich denke?*, fragte er sich dann. »Warum musst du immer so peinlichen Mist raushauen? Gestern die Geschichte mit dem« *Jesuschristus, siehst du, jetzt muss ich es aussprechen* »Sperma. Jetzt das!« Er schnaubte und stampfte. »Kannst du dich nicht normal verhalten?«

»Hey, ist ja nicht so, dass ich mit dem Typen da gefickt hätte. Das warst du. Und wenn dir das peinlich ist, ist das dein Problem. Das musst du nicht an mir auslassen, okay?«

»Erstens«, regte sich Niccolò auf, »ist mir das überhaupt nicht peinlich. Zweitens, darf man mal erfahren, woher du weißt, dass ich mit ihm gefickt habe?«

»Ich hab den Blondie gefragt, ob er dich gesehen hat. Ich habe ihn an der Bar getroffen.«

Niccolò stampfte noch stärker auf.

»Was hätte ich denn machen sollen?«, fragte sein Vater. »Ich bin aufgewacht, und du warst nicht da. Ich habe dich gesucht und nicht gefunden. Ich hab mir Sorgen gemacht, oder?«

»Wenn du dich gestern nicht wie ein Trottel hättest volllaufen lassen, hättest du vielleicht gewusst, wo …«

»Oh, geh mir nicht auf den Sack, das hat nichts damit zu tun.«

Niccolò hätte ihn sehr gern beschimpft, sagte aber lieber nichts mehr.

Hab ich gestern Nacht eigentlich auch gekokst?

Ich erinnere mich nicht. Aber meiner Meinung nach hast du kein Kondom benutzt.

Er versuchte, gedanklich in das Bett zurückzukehren, mit diesem Jungen, dessen Züge schon verschwammen, immer mehr zum leeren Gesicht wurden, aber es schien, als hätte jemand mit dem Schwamm drüber gewischt. Weg. Alles gelöscht. Er erinnerte sich an die Gefühle. Hendriks Körper auf seinem.

Hübscher Arsch. Hübsche Stange. Gute Zungen-Aktion. Eine volle Acht.

Er erinnerte sich an einen metallischen Geschmack, einen schweren Duft. Er erinnerte sich an eine …

Pistole. Papa hat eine Pistole.

Den Blick auf die Straße gerichtet, die Hände auf den Knien hielt Niccolò inne.

Warum hat dieser Irre eine Pistole?

Instinktiv drehte er sich um und starrte ihn an.

Sein Vater trug dieselbe Heiterkeit mit sich herum, die in Filmen herrscht, wenn gleich eine Bombe explodiert. Und das gefiel Niccolò überhaupt nicht. Es war nicht die Waffe, die ihn erschreckte; für sich genommen, konnte die niemandem etwas tun. Es brauchte einen Wahnsinnigen oder ein Arschloch, damit sie ihre Pflichten erfüllte. Und sein Vater war beides.

Niccolò hatte schon mehrmals geschossen. Der Vater von Luca, einer aus dem Trio der Getreuen, war besessen davon und hatte alles Mögliche; sogar eine Kalaschnikow, sagte Luca, aber Niccolò hatte sie noch nie zu Gesicht bekommen. Ab und zu klauten sie ein paar Waffen und zielten in öden Nächten auf Straßenschilder, Bäume oder streunende Köter. Die Idee, es auch mit Menschen zu versuchen, hatte sie zwar gestreift, aber sie hatten sich immer gesagt, dass es besser wäre, sie bloß zu verprügeln, die Bimbos und die Penner. Und so war es bis vor sechs Monaten geblieben. Mai. Nachdem sie neues Koks gekauft hatten, nach Aussage von »Relax«, dem Dealer ihres Vertrauens, hochwertiges iranisches, hatten sie sich in der Nacht eines glanzlosen Samstags zwei Gramm pro Kopf reingeballert, bei Luca zu Hause drei Pistolen geklaut und waren auf der Suche nach einem Köter, dem sie einen Gefallen tun wollten, über die Bundesstraße losgezogen. Da war ihnen das Roma-Camp aufgefallen. Obszön, widerwärtig: eine Müllhalde voll menschlichen Abfalls. Leise hatten sie nicht weit davon geparkt, sich durch die Landschaft geschlichen, sich auf einem Hügel aus verrosteten und ausgeweideten Autowracks eingerichtet und, gut versteckt hinter der Karkasse eines VW-Käfers, angefangen herumzuballern. Aus den Zelten hatten die Kanalratten angefangen zu schreien und blindlings drauf loszurennen, überall herumschwirrend wie Nachtfalter in der Falle. Ihre Schreie, die Schüsse und eine immerwährende Zerstörung berstender Gegenstände, umkippender Möbel. Es hatte nur ein paar Sekunden gedauert. Als die Munition aufgebraucht war, waren die drei mit Geheul in der Dunkelheit verschwunden. Am nächsten Morgen waren sie im Nebengebäude von Mirkos Villa aufgewacht, mit einer kleinen osteuropäischen Nutte, der sie tausend Euro schuldeten und die sie, ihrer Aussage nach, alle drei bis zum Morgengrauen bestiegen hatten. Nachdem sie das Mädel, das kaum noch laufen konnte, bezahlt hatten, wurde in den Fernsehnachrichten von einem Fall von Antiziganismus berichtet. Keine Verdächtigen.

Immer noch duselig auf seinen Vater starrend, dachte er darüber nach, Erklärungen von ihm zu verlangen, aber dann beschloss er, es sein zu lassen: Eine ehrliche Antwort, warum der eine Waffe besaß, würde Niccolò nicht bekommen. Vielleicht, dachte er, könnte er sie einfach an sich nehmen. Schließlich war sie im Rucksack: Er brauchte nur reinzugreifen, wenn sein Vater abgelenkt war. Er hatte aber nichts, wo er sie hintun konnte. Sein Vater und er waren den ganzen Tag zusammen im Auto, und irgendwelche Verstecke gab es hier im Fiesta nicht.

»Weißt du«, brach sein Vater plötzlich das Schweigen und riss ihn aus seinen Gedanken, »es wäre kein Problem für mich, wenn du schwul wärst. Ich meine, ich weiß, dass deine Mutter streng ist und …«

»Ich bin nicht schwul.«

Der da nickte, bewegte bedächtig und ausgreifend Kopf, Hals und Brustkorb. Dann, wieder ohne ihn anzusehen: »Ich sage ja nur, dass es für mich in Ordnung wäre.«

»Meinst du, dein Urteil interessiert mich?«

»Natürlich nicht.«

»Dann konzentrier dich aufs Fahren und lass mich in Ruhe.«

»Ich kann fahren und gleichzeitig reden.«

Gib ihm irgendwas, sonst hört das nie auf. Du weißt, wie er ist.

Niccolò seufzte und sagte: »Ich gehe sowohl mit Frauen als auch mit Männern. Und ich weiß, für euch Ältere ist das schwer zu verstehen. Aber so ist es.« Er hielt kurz inne. »Mama weiß es allerdings nicht. Also aufgepasst.«

»Wieso, schämst du dich?«

»Bestimmt nicht. Die Hälfte meiner Freunde macht das so, wir treiben es so ungefähr alle mit allen. Nur dass die da mich schnurstracks zum Exorzisten schickt, wenn sie davon erfährt.«

Sein Vater lachte. »Jedenfalls ist es für mich nicht schwer zu verstehen, weißt du?«

»Nicht?«, entfuhr es Niccolò.

»Nein«, sagte er schlicht. »Darüber haben wir gestern geredet.«

»Worüber?«

»Darüber, sich geschehen zu lassen, zu sein, wie man sich gerade fühlt, im Moment stattzufinden, sich durchdringen zu lassen, nicht in die Formen gezwängt zu bleiben, nicht …«

»Merkst du eigentlich, was für wirres Zeug du redest?«, unterbrach Niccolò ihn.

»Ich meine, dass du dich vielleicht manchmal so fühlst, dass du mit Männern Sex haben willst. Und manchmal fühlst du dich anders und gehst mit Frauen ins Bett. Du bist alles, weil du nichts bist, oder? Sagen wir, wie eine Flüssigkeit, die die Form des Behälters annimmt. Und der Behälter ist der Augenblick … Oder besser. Es ist … die Gelegenheit.«

Diese Worte schnürten Niccolò die Kehle zu. »Ich glaube, so … ist es.« Und zum ersten Mal in seinem Leben lächelte er seinen Vater an. »Das heißt, meiner Meinung nach muss einer nicht zwangsläufig immer dieser oder jener sein. Wir sind keine Fertigsoßen aus dem Supermarktregal.« Er hielt inne und musterte seinen Vater. »Aber du …«

»Nein, mir ist das nie passiert. Nur mit Frauen. Auch wenn mittlerweile …«

»*Mittlerweile* was?«

»*Mittlerweile* war ich schon seit … was weiß ich, Jahren, mit keiner Frau mehr zusammen. Nutten ausgenommen.«

»Warst du nach Mama mit anderen zusammen?«

»Sagen wir mal ja. Und sagen wir mal, dass Teresa und ich nicht zusammen waren.«

»Was soll das heißen?«

Sein Vater grunzte, als wollte er das Gespräch beenden.

»Aber ihr kennt euch seit eurer Jugend, oder?«, fragte Niccolò, allerdings ohne zu wissen, warum: Er verstand den Grund für sein Interesse selbst nicht.

»Niemand kennt je irgendwen. Wenigstens nicht auf die Art, die du meinst. Menschen lernst du jedes Mal, wenn du sie triffst, neu kennen.«

»Du verwickelst dich saugern in Scheißdreck.«

Sein Vater lachte.

»...«

»...«

»Und wie war sie?«, fragte Niccolò, wieder ohne zu wissen, warum ihn das so interessierte, auch wenn er den Grund dafür allmählich erahnen konnte.

»Teresa?« Sein Vater machte eine Pause. »Als ich sie das erste Mal gesehen habe, im Sommer vor neunzehn Jahren, war sie nicht so ein Biest. Offener, würde ich sagen.«

»Ein bisschen biestig ist sie schon«, antwortete er. »Was hat sich geändert?«

»Sie. Sie hat sich verändert, oder?«

»Danke für nichts«, sagte Niccolò. »Ich meine, was hat sie so verändert?«

Jetzt sah er den Grund, warum er ihm all diese Fragen stellte: Der Drang, zu verstehen, warum seine Mutter seinen Vater so sehr hasste, den er seit seiner Kindheit nicht mehr verspürt hatte, war zurückgekommen. Und wo er sich schon mit seinem Vater zusammen auf diese Reise begeben hatte, konnte er das auch nutzen, es etwas besser zu verstehen.

Sein Vater schien sich zu versteifen. Er klammerte die Finger ums Lenkrad, wirkte wie von einem Frösteln erfasst, fast von einem Krampf. Dann kehrte er in seine ungerührte Haltung zurück. Und antwortete nicht.

Niccolò stellte fest, dass er enttäuscht war. Das wäre eine schöne Gelegenheit gewesen, etwas mehr herauszufinden.

Alles in allem wusste Niccolò auch relativ wenig über seine Mutter. Nur dass ihre Eltern, seine Großeltern, gestorben waren, als er noch klein war, und dass sie mit ihrer Tochter kaum sprachen. Sie, Maria, hatte ein Tumor hinweggerafft, vielleicht in der Lunge. Er, Marco, hatte einen Herzinfarkt oder einen Schlaganfall oder wasweißich gehabt. Über seine Mutter wusste er, dass sie, seit sie sechsundzwanzig war, auf ein und demselben Gymnasium Italienisch und Latein unterrichtete; Fabrizio hatte sie kennengelernt, weil er ein Studienkollege von Elena war, eine ihrer Freundinnen; und dass sie eine Katholikin erster Klasse war, eine von denen, die einem so richtig auf den Sack gehen. Er wusste, dass sie Mina hasste, dass sie viele Romane las und Mojito hasste; das hatte er vor Kurzem zufällig herausgefunden. Er wusste, dass ihre Lieblingsfarbe türkis war, dass sie das Meer hasste und die Berge liebte und sehr auf ihre Linie achtete; sie aß wenig, machte Yoga, Pilates und anderen Scheiß, wo du dafür bezahlst, die Luft aus deinen Lungen rauszuholen. Das war alles, was Niccolò über seine Mutter wusste: nur wenige, unnütze und nichtssagende Dinge. Für ihn war Teresa bloß eine Schaufensterpuppe, die auf eine Verkäuferin wartet, um angekleidet zu werden. Genauso wie sein Vater, ja; auch wenn er gerade seine Meinung über ihn zu ändern begann. Ein unbelebtes Wesen, das war Teresa. Ein unbelebtes Wesen mit einer billigen Geschichte und absolut gewöhnlichen Leidenschaften, Hobbys und Freuden. Und doch war sie ihm immer glücklich vorgekommen. Sie lachte, diese Schaufensterpuppe. Es war zwar ein Plastiklächeln, aber doch immer noch ein Lächeln. Teresa hatte ihre Ruhe gefunden, in der sie leben konnte, und schien mit ihrem Leben ziemlich zufrieden. Glücklich, aber vor allem heiter. Sie ging einem auf Schritt und Tritt auf die Eier, ja, aber Niccolò war überzeugt, dass das nur eine Pose war.

»Und du?«, blieb Niccolò hartnäckig.

»*Ich* was?«

»Hast du dich verändert?«

»Im Vergleich zu mir als Jugendlichem?«, fragte er und lachte. »Hörst du mir eigentlich zu, wenn ich dir was erzähle? Klar habe ich mich verändert. Ein Haufen Male. Ständig. Oder?«

»Und wie warst du?«

»So ähnlich wie du, glaube ich. Damit hat Teresa vielleicht recht.« Er kaute eine Weile auf den Worten herum, dann zündete er sich eine Zigarette an. »Ich fühlte mich … stark, würde ich sagen. So stark, dass ich dachte, ich könnte für immer das Leben führen, das ich damals führte, dass ich für immer derjenige von damals bleiben würde. Allein der. Aber ich lag offensichtlich falsch. Ich liege oft falsch, oder?«

»Ein Anwalt, der *oft* falsch liegt, muss ein beschissener Anwalt sein.«

»Ich bin doch gar kein Anwalt«, sagte sein Vater.

»Du hast mir doch gesagt, dass du einen Abschluss in Jura hast.«

»Nein, ich habe gesagt, dass ich mich dafür eingeschrieben hatte und dann abgebrochen habe.«

»Und wie schlägst du dich durch?«

»Schlecht.«

»Hast du eine Wohnung?«

»Ich wohne zur Miete. Ein Loch über dem Ring.«

»Aha«, sagte Niccolò, der plötzlich peinlich berührt war.

Es war, als hätte er seinen Vater nackt gesehen. Ein Moment, der ihm als Sohn hätte erspart bleiben sollen. Er zündete sich eine Zigarette an und öffnete einen Spaltbreit das Fenster. Er drehte das Radio lauter, Tiziano Ferro klagte weiter vor sich hin. Und Schweigen trat ein.

Eine Stunde später erreichten sie die kleine Ortschaft, in der sie die Nacht verbringen sollten.

Es war noch Nachmittag, aber es gab nur wenig Licht. Am Himmel eine graue Decke, die nur mit Mühe einen gigantischen Eimer Dreckwasser zurückzuhalten schien.

San Paolo a Mare war winzig. Ein Spielzeugdorf.

Aneinandergeklebte niedrige, enge Häuser, die aussahen, als hätte ein Blinder sie angemalt; stahlblau und kanarienvogelgelb, feuerrot und blaugrün. Lackierte Türchen, üppige Blumenkästen, Bildchen mit Booten und Fischern an den Wänden. Es waren ordentlich Leute auf der Straße unterwegs. Alle gut gekleidet, aber es war die Eleganz von Proleten.

Männer in bis über die Brust aufgeknöpften lila Hemden, Büschel grauer Haare und vergoldete Rosenkränze, hautenge Jeans, glänzende Schuhe. Die Frauen waren stark geschminkt, ordentlich geglättete Haare, knappe Schlauchkleider, Absätze, auf denen sie kaum das Gleichgewicht halten konnten. Alle gingen in dieselbe Richtung, als würden sie von einer geheimnisvollen Kraft angezogen.

Niccolò schaute hoch und sah ein klapperndes Spruchband, umgeben von goldener Festbeleuchtung, in Schnörkelschrift ›VIVA SAN PAOLO‹.

»Verdammt, wir haben das Fest des Stadtpatrons erwischt«, sagte er zu seinem Vater.

Sie fuhren über die Hauptstraße und durchquerten dabei langsam das Magma aus Körpern. Der Karte folgend, bog Riccardo plötzlich rechts ab in eine so enge Gasse, dass der Fiesta nur mit Mühe durchpasste, und sie landeten auf einem kleinen Platz mit Kopfsteinpflaster. Zu den Seiten niedrige Mauern voller Wandgemälde; Engelchen, die über einem üppigen Tal herumschwirrten, und Heilige im Gebet. Vor ihnen eine Reihe sauberer, blütengeschmückter Häuschen.

Vater und Sohn stiegen aus dem Auto, reckten sich und tigerten auf dem Platz herum. Die Kälte war tückisch, sie biss bösartig in die Haut. Der kleine Platz wirkte künstlich – wie eigentlich auch der Rest des Dorfs. Die Wände zu bunt, die Fenster zu sauber, die Kletterpflanzen zu blühend.

Je mehr sie sich umsahen, desto mehr hatte Niccolò den Eindruck, sich in einer Weihnachtskrippe zu befinden. Die Wände der Häuser aus Papier, das Meerwasser aus Alufolie, die Felsen aus aufgehäuftem Kork. Sein Vater und er waren zwei heilige Könige auf der Reise zu einem fernen und beinahe unbekannten Ziel: nur dass sie keinen Stern hatten, der sie leitete.

Ein kleiner Mann, der aus einer der Wohnungen kam, eilte ihnen entgegen. Klein und dick, ohne Hals. Vom Nikotin vergilbter Schnurrbart, eingesunkene Augen, auf dem Gesicht ein schwachsinniges, aber ehrliches Lächeln.

Er stellte sich als der Betreiber des Bed & Breakfast La piazzetta vor. Immer noch übers ganze Gesicht lächelnd und mit süßlicher Stimme führte er sie zur Anmeldung und gab ihnen die Zimmerschlüssel. Vater und Sohn holten die Tüten von der Raststätte aus dem Auto und betraten das Zimmer. Lang und schmal, in der Mitte ein Ehebett, bezogen mit einer groben Wolldecke, auf die ein Schiff im stürmischen Meer gestickt war. Auf einer

Seite ein Fenster zum Strand, auf der anderen die nackte Wand. Es roch seltsam, abgestanden. Ein Geruch, von dem Niccolò übel wurde, er erinnerte ihn an das Haus der Lateinlehrerin, mit der er letztes Jahr eine Affäre hatte; er hatte furchtbar schlechte Noten, daher hatte er sie in den zwei Wochen vor den Zeugniskonferenzen drei oder vier Mal hart gefickt. Letztlich mit sehr gut versetzt; ausgezeichnet hatte er sich wohl nicht verdient, weil er sich geweigert hatte, die Alte zu lecken.

Sie wuschen sich, zogen sich um und gingen wieder raus.

Sie ließen das Auto auf dem kleinen Platz stehen, liefen durch das Gässchen und kehrten auf die Hauptstraße zurück. Die Leute waren plötzlich verschwunden, die Festbeleuchtung glänzte in einem farblosen Gelb.

Der Hauptplatz war groß, voller Menschen. Am Ende eine Reihe Stände mit Crêpe, Spielzeug und Nippes. Zur Rechten, da wo die Piazza in die Strandpromenade überging, die Statue des Stadtpatrons. Groß, mit Schmuck behängt von der Krone bis zu seinen goldenen Füßen, auf denen die Gläubigen bedächtig Geldscheine, Blumen und Gebete niederlegten.

Aufrecht am Rand der Menge stehend, beobachteten Vater und Sohn die Szenerie. Ein ranziges Leben beherrschte diesen Ort, die Leute. Frauen, die mit bloßen Händen Würstchen in Stücke rissen, um sie ihren Kindern zu geben, und Pommes dazu; fettige Finger, verschmierte Münder. Männer, die Bier aus Plastikbechern runterkippten, sich dabei vollkleckerten und lachten. Eingemummelte, bucklige Alte, die aussahen, als würden sie gleich die Flatter machen.

Angeekelt von diesen armen Schweinen, wünschte sich Niccolò wieder ein Maschinengewehr, eine Flinte, eine Granate. Diese Höhlenmenschen verbrauchten Luft, Wasser, Essen. Sie nahmen Raum ein, verschmutzten den Planeten. Es waren Affen, die ihn umringten und von denen der Ekel, mit dem sie geschwängert waren, auf ihn triefte. Und er ertrug das nicht.

»Können wir hier weg?«, fragte er seinen Vater. »Das ist mir hier echt zu viel.«

Aber ohne auf ihn zu hören, beschleunigte der nur und strebte auf die gegenüberliegende Seite der Piazza zu. Leise fluchend und sich zwischen den Berserkern durchdrängelnd folgte Niccolò ihm. Bei einem Stand, der alles verkaufte, Kappen und Schals, Armbänder und Plüschtiere, Spiele und Porzellanfiguren, hielt sein Vater an.

»Such dir einen aus«, befahl er seinem Sohn und zeigte auf die Heliumballons; an einer Seite des Stands festgebunden, schwebten sie in der Luft: Superman, Elsa aus *Frozen*, Iron Man, alle schon etwas schlaff und verblasst.

Niccolò, der sicher war, sich verhört zu haben, sah seinen Vater nur an.

»Vielleicht den Spiderman-Ballon, was hältst du davon?«

»Was redest du denn für einen Mist, Papa?«

»Na los, such schon einen aus!«, ermutigte der ihn und stupste ihn lächelnd mit dem Ellbogen an.

»Hör auf mit dem Scheiß!«

»Nerv nicht rum. Such einen aus, oder?«

»Ich will nicht«, sagte er verwirrt. »Glaubst du, ich bin erst sechs?«

Sein Vater zuckte mit den Schultern und lächelte den Ballons zu.

»Im Ernst, können wir weg von dieser Piazza hier«, versuchte es Niccolò noch einmal.

»Such dir einen Ballon aus, dann gehen wir.«

»Warum denn?«

»Hm, weil …«, brabbelte der. »Weil eben, oder?«

»Das ist keine Antwort«, sagte Niccolò und breitete die Arme aus. »Das ist nicht einmal ein Satz, verdammt.« Er schnaubte. »Lass uns hier weggehen, komm schon.«

»Ich will dir nur einen Ballon schenken!«, setzte sein Vater noch eins drauf.

»Aber das ist doch Schwachsinn!«

»Würdest du dir bitte einen aussuchen?«

»Nein.«

»Bitte. Ich bitte dich um einen Gefallen.«

»Ich will keinen Papa, das habe ich dir schon gesagt! Komm schon, gehen wir«, sagte Niccolò; verstohlen betrachtete er die Widerlinge neben sich; einer berührte ihn an der Schulter und er, der immer weiter abrückte, spürte Übelkeit und Wut in sich aufsteigen.

Gleich boxe ich wild drauf los, und wen ich treffe, den treff ich halt.

»Wieso kannst du dir nicht einfach einen aussuchen?«, jammerte sein Vater; mit seltsam dünnflüssiger Stimme.

»Ich hab einfach keine Lust, mit so einem Ballon rumzulaufen, Himmelherrgott.«

»Niccolò, bitte, ich bitte dich bloß …«

»Ich habe Nein gesagt. Punkt.«

»Ich will ihn dir so gerne schenken. Das macht mich glücklich. Etwas Kleines von mir für …«

»Oh, Herr im Himmel, hör auf damit!«

Sein Vater sah ihn an. Dann führte er sich, zappelnd wie ein Fisch am Haken, die Hände an die Augen und rieb sie sich; mit einem Fuß trat er leicht aus und stampfte auf die Steinplatten. Er wirkte wie ein bockiger kleiner

Junge, dem irgendetwas verweigert wurde. Lippen nach unten geschürzt, Finger im Gesicht vergraben, trampelnde Füße.

Niccolò schüttelte den Kopf, starrte auf diesen Haufen Ausschussmaterial, der gegen sich selbst aufbegehrte, und wandte sich ab, um ihn nicht anzuschauen; die Obszönität mitzuerleben, die sein Vater darstellte, war zu peinlich. Da bemerkte er, dass rings um ihn herum auf dem Platz viele der Kinder im Alter von fünf, sechs, sieben Jahren einen Ballon ans Handgelenk gebunden hatten. Einer pichelte Papis Bier. Einer kicherte, stieß auf Papis Arm spitze Schreie aus. Einer schoss seinem Paps mit einer Spielzeugpistole ins Gesicht.

Niccolò drehte sich wieder zu seinem eigenen Vater um und fluchte zwischen den Zähnen hindurch. Dann zeigte er kopfschüttelnd auf den Batman-Ballon.

»Der da. Den will ich.«

Sein Vater nahm die Hände vom Gesicht und stellte ein breites Lächeln zur Schau. Er bezahlte die Frau hinter dem Stand, und sie gab ihn ihm. Dann drehte er sich blitzschnell um, packte den Arm seines Sohns und band ihm Batman ans Handgelenk.

Niccolòs Körper war ganz der Szene überlassen, er brachte kein Wort heraus, regte sich nicht. Erst als sein Vater fertig war, fragte er: »Zufrieden?«

Der lächelte noch breiter. »Auf, lass uns auf den Klippen einen Wodka trinken.«

Mit Batman, der über ihren Köpfen schwebte, überquerten Vater und Sohn die Piazza und waren auf der Küstenstraße. Sie stiegen über das verrostete Eisengeländer, das die Straße von den Klippen trennte, und liefen dem Meer entgegen. Wenige Schritte vor dem Wasser setzten sie sich auf die glattesten und flachsten Felsen, die sie ausmachen konnten; vor den Passanten verborgen, die Rücken gegen die Steine gelehnt.

Niccolò schaute hoch und starrte Batman an, der über ihm schwebte.

Von der Küstenstraße aus, sagte er sich, sah man sicher nur den Ballon. Sie waren zwischen den Klippen eingekeilt, die Felsen verdeckten sie bis zu den Haaren, aber Batman flatterte in zwei Metern Höhe. Und wer die Straße entlanglief, sähe jetzt nur eine Kindheit, die es nicht gab: eine Illusion, eine fiktive Konstruktion.

Der Vater öffnete seinen Rucksack und holte den Wodka heraus. Dabei fiel ein Buch raus und landete zwischen den Felsen. Niccolò beugte sich vor und hob es auf.

»*Ein Kind Gottes*, Cormac McCarthy«, las er. »Heute morgen war es noch ein anderes.«

»Das habe ich ausgelesen, während du unter der Dusche warst. Und ich habe das da angefangen«, antwortete sein Vater, nahm es ihm aus der Hand und steckte es wieder in den Rucksack.

»Du liest ganz schön viel.«

»Ich würde sagen, ja.«

»Wie viel ungefähr?«, fragte Niccolò.

»Wie viel ich lese, meinst du? Hm, keine Ahnung. Ich habe spät damit angefangen, da war ich schon auf der Uni. Seit damals habe ich nie mehr aufgehört. Du gar nicht?«

»Ich kann lesen, falls du das wissen willst.«

»Das ist ein Jammer«, kommentierte sein Vater. Er machte den Wodka auf, trank einen Schluck, dann noch einen und noch einen, und reichte ihn seinem Sohn. Niccolò kippte ein bisschen Alkohol runter. »Sag bloß, *ein Jammer*.«

»Na, schon. Bücher sind … wie Brücken. Damit fühlst du dich weniger einsam.«

Wäre da nicht dieser feierliche Tonfall gewesen, hätte Niccolò gelacht.

»Ich habe einen Haufen Bücher im Kofferraum. Ich kaufe sie auf dem Flohmarkt in der Innenstadt«, fuhr sein Vater fort. »Wenn du magst, kann ich dir eins leihen.«

»Neee, das ist nichts für mich.«

»Woher willst du das wissen?«

»Na, würdest du gern von einem Laster überfahren werden?«

»Ich glaube nicht, dass man das miteinander vergleichen kann«, sagte sein Vater, nahm ihm den Wodka aus der Hand und trank ein paar Schlucke. »Außerdem sind mir schon einige seltsame Sachen passiert. Wer sagt dir, dass ich nicht schon mal von einem Laster überfahren wurde?«

Wenn das wirklich passiert ist, erklärt das einiges.

»Apropos Unfälle«, sagte Niccolò; sein Vater hatte ihm den Alkohol zurückgegeben, also trank er. »Woher hast du eigentlich diese Narbe? Die Geschichte mit dem Löwen, die du gestern diesen Ärschen an der Bar erzählt hast, ist Bullshit. Die glaube ich nicht.«

Sein Vater lächelte, dann lachte er. »Ich wurde von einem Laster überfahren und habe mir dabei den Schädel angeschlagen.«

»Ach, leck mich doch«, platzte Niccolò heraus. »Du haust nur Blödsinn raus.«

Sein Vater lachte lauter. »Was ist, bist du plötzlich neugierig, *deinen Papa* kennenzulernen?«

»Nein«, sagte er trocken, schluckte den Wodka und reichte ihn weiter. Schweigen. Schweigen. Schweigen. Dann fing sein Vater an zu reden: »Jura, das habe ich dir schon erzählt, aber ich habe nie einen Abschluss gemacht. Ich war nie Anwalt, geschweige denn Richter.

Gärtner, Verkäufer, Straßenkehrer, das schon. Dann, mal sehen … Meine Eltern reden seit zehn Jahren nicht mehr mit mir, sie haben mir gerade noch die Uni bezahlt, um das Schuldgefühl loszuwerden, mich in die Welt gesetzt zu haben. Ich hatte schon *zu lange* keinen Sex. Ich habe schon *zu lange* keine Arbeit. Mein Schwanz tut mir beim Pinkeln *zu weh*. Und … ich würde sagen, das ist alles, oder?«

Himmel, er ist ja einer von den Kotzbrocken.

»Ich verstehe aber nicht … Also, du hättest doch Anwalt werden können oder … was weiß ich, Richter. Warum hast du mit der Uni nicht weitergemacht?«

»Ich konnte nicht.«

»Du konntest nicht?«

»Ich konnte nicht.«

»Und wer hat dich davon abgehalten?«

»Ich selbst.«

»Du selbst?«

»Kannst du mal damit aufhören, den Papagei zu spielen?«, sagte sein Vater kichernd.

»Wenn du nur sinnlosen Mist raushaust, es ist nicht so, dass …«

»Ich habe es nicht geschafft«, unterbrach er ihn. »Das ist alles. Ende der Geschichte.«

Niccolò nickte; er hätte nicht gewusst, was er sagen soll.

Und für lange Augenblicke umhüllte sie ein sehr lärmendes Schweigen.

»Die Fehler …«, versuchte es sein Vater erneut. »Die Fehler, die wir machen, oder? Die Fehler, die wir machen, bleiben nicht in den Jahren eingeschlossen, in denen wir sie begangen haben, wie Statuen, wie so Skulpturen, die die Zeit anfrisst und schließlich zerbröselt. Die Fehler, die wir machen, sind … wie eine Infektion, meiner Meinung nach. Eine Krankheit, die sich nach und nach alles nimmt, sie beginnt an dem Punkt, wo du sie dir geholt hast, und bringt dich um.« Er hielt inne, schloss und öffnete die Augen. »Und ich … ich habe das spät kapiert, glaube ich.«

Wieder Schweigen.

Obwohl er nicht sicher war, ob er das verstanden hatte, verspürte Niccolò zum ersten Mal den Wunsch, ihn zu umarmen, aber er verscheuchte den Gedanken.

Sie reichten einander weiter bedächtig die Wodkaflasche und tranken. Über ihnen schwebte Batman. Erst als die Flasche halb leer war, der Himmel eine schwarze Decke ohne Sterne, beschlossen sie, irgendwo etwas essen zu gehen.

Als sie über die Küstenstraße liefen, fiel ihnen ein Restaurant auf, dass weniger schäbig als die anderen wirkte, »La cambusa del capitano«. Sie entschieden sich also für die Kapitänskombüse. Vor dem Eingang löste Niccolò den Ballon von seinem Handgelenk und sah seinen Vater an. Der nickte, und er ließ ihn fliegen. Mit der inexistenten Kindheit von Niccolò, einer Fantasie seines Vaters, wurde Batman von der Dunkelheit verschluckt, und sie überquerten die Mole und waren im Restaurant. Das Lokal war weitläufig und warm, dank der Wärmepumpen, mit komplett verglasten Wänden, umgeben vom Meer. Ein Kellner in schneeweißem Anzug führte sie ans Ende des Raums. Und Vater und Sohn setzten sich an ihren Tisch.

Niccolò sah sich um und fühlte sich in seinem Milieu. Elegante Leute, diesmal wirklich gut gekleidet. Die Kronleuchter aus Kristall, von einer Decke aus dunklem Holz hängend, warfen warme Lichtstreifen in den gesamten Raum. Saubere Fensterscheiben, gut gebügelte Tischdecken. Der Saal war über dem Meer, er ruhte auf einer Plattform, die vom Festland aus etwa zwanzig Meter ins Wasser ragte.

Beide waren schon angetrunken, bestellten aber trotzdem zwei Flaschen Weißwein und dann, ohne Luft zu holen: Linguine mit Meeresfrüchten, Makkaroni mit Hummer, Spaghetti mit Seeigeln, Languste, Thunfischtartar, gegrillte Riesengarnelen.

Sie aßen, bis sie platzten. Das Essen war lecker, gut gewürzt, gut gekocht, hübsch angerichtet. Sie tranken beide Weinflaschen leer, bestellten eine dritte und schoben sich auch noch ein Stück Nusskuchen rein. Nachdem er die Rechnung bestellt hatte, zog der Vater das Bündel Scheine aus dem Rucksack, rollte es vor den Augen des Kellners auf und gab ihm nach dem Bezahlen noch dreißig Euro Trinkgeld. »Für die Brustimplantate deiner Frau.«

Sie verließen das Lokal, setzten sich auf das Geländer hinten an den Klippen und tranken den Wodka aus.

Nach einer Weile bemerkten sie eine Kirmesbude auf der anderen Seite der Straße mit zwei menschlichen Speckhaufen, die Crêpes, Waffeln und Pancakes zubereiteten. Bunt, lang gestreckt und mit Lichterketten, wie solche, die sich an Weihnachtsbäume klammern und überall hochklettern. »Dai fratelli belli«, stand auf dem etwas verbeulten Schild. Eine traurige Szenerie, fand Niccolò. Kunden hatten sie keine, und die »schönen Brüder«, hässlich wie eine Hungersnot, schienen damit beschäftigt, den Sinn ihres so offensichtlich leeren Lebens infrage zu stellen. Wie vorauszusehen gewesen war, wurde sein Vater von diesem Schandfleck angezogen, und bevor Niccolò protestieren konnte, ging er auf den Wagen zu.

Wasnscheiß.

Er lief ihm hinterher. Sein Vater fragte ihn, was er wolle, und weil er sicher war, dass es nichts bringen würde, zu sagen, er wolle dieses widerliche süße Teigzeug überhaupt nicht, entschied er sich für eine Waffel. Sie nahmen zwei, beide überzogen mit geschmolzener Schokolade, Smarties und Splittern von etwas, das nach zu trockenem, altem Kokos aussah. Sie gingen zurück und setzten sich wieder auf das Geländer neben dem Restaurant. Und dort verspachtelten sie, mit Plastikgabeln bewaffnet, ihren Nachtisch.

»Lecker, oder?«, brummte sein Vater mit vollem Mund.

»Mhmm«, murmelte Niccolò, es war wirklich lecker, aber er wollte ihm nicht recht geben. »Zu viel Schokolade.«

»Von Schokolade kann man gar nicht zu viel haben, mein Sohn.«

Mein Sohn.

»So hast du mich noch nie genannt.«

»Wie?«

»*Mein Sohn.*«

»Aber du *bist* mein Sohn«, widersprach sein Vater mit bockiger Selbstverständlichkeit.

»Ich weiß das. Du bist derjenige, der das hin und wieder vergisst.«

»Du bist ungerecht.«

»Meinst du das ernst?«

Arschloch.

Sein Vater zuckte mit den Schultern.

Der Ort war so still, als hätte sich die gesamte Bevölkerung versteckt, um diesen beiden Fremden mit ihrer bizarren Art, durchs Leben zu gehen, zuzuhören. Das Meer brauste nicht mehr, es lag wie eine Steinplatte in ihrem Rücken. Der Himmel war eine schwere, schwarze Decke.

»Jedenfalls«, sagte sein Vater plötzlich, schob sich dabei den letzten Bissen zwischen die Lippen und stellte den leeren Teller auf dem Mäuerchen ab, »vergesse ich das nicht, dass du mein Sohn bist.«

Niccolò starrte ihn an, dann stach er in seine Waffel und aß weiter. Er hatte keine Lust, sich in eine seiner unnützen, vertrackten Gedankenverwicklungen verheddern zu lassen. Er fühlte, dass sein Hirn schwer wie ein fremder Anhang auf ihm lastete. Das mussten die Gedanken sein, mit denen sein Elternteil ihn in diesen Tagen gespickt hatte: Sein Körper schien sie wieder abstoßen zu wollen.

»Wenn du das denkst …«, setzte er wieder an. »Wenn du denkst, dass ich das vergesse, sagen wir mal, nicht …«

»Können wir das aussparen, bitte?«, unterbrach Niccolò ihn.

»Was *aussparen*?«

Er stellte den Teller mit dem letzten Stückchen Waffel ab, breitete die Arme aus und sagte: »Das hier.« Er schüttelte den Kopf, säuberte seine verschmierten Lippen mit dem Finger. »Du verkomplizierst dir ständig dein Leben. Dauernd plagst du dich mit diesen Gedanken rum, die du einfach loslassen solltest, und gut ist.«

»Machst du das so? Lässt einfach alles los, und gut ist?«, fragte ihn sein Vater.

»Ja«, hörte er sich antworten.

»Die Antwort hattest du parat.«

»Das war ja auch eine einfache Frage. Und noch ziemlich beschissen dazu.«

Sein Vater nickte, aber eher für sich als an seinen Sohn gerichtet.

Warum verhältst du dich nicht einfach wie ein Papa, und gut ist? Warum kannst du nicht normal sein?

Manchmal dachte Niccolò, dass er wirklich gerne jemanden gehabt hätte, den er hätte »Papa« nennen können. Jemanden, an den er sich als kleiner Junge bei Zweifeln hätte wenden können, zu dem er für eine Umarmung hätte gehen können, für einen Nachmittag vor dem Fernseher. Manchmal fühlte Niccolò, wie ihm all das, was er nicht gehabt hatte, fehlte, als hätte er es mal besessen, und dann wäre es ihm geraubt, plötzlich aus den Händen gerissen worden. Daher wurde er wütend.

Er stand auf, strich die Hände an seinen Jeans ab und zündete sich eine Zigarette an, in der Hoffnung, sein Vater würde vorschlagen, zum Bed & Breakfast zurückzugehen, aber der machte keine Anstalten, sich zu rühren.

»Weißt du, ich glaube, so funktioniert das nicht wirklich«, sagte er stattdessen.

Niccolò schnaubte. »Wovon redest du?«

»Du stopfst dich voll und machst dich wieder leer. *Lässt los.* Aber nur, weil du in dem Alter bist, in dem du gerade bist. Verstehst du?« Er zündete sich ebenfalls eine Zigarette an und blies eine Rauchwolke gen Himmel. »Ich meine, irgendwann kommt der Moment, wo du das nicht mehr machen kannst, oder? Es kommt ein Moment, wo du nicht mehr loslassen kannst, wo du dich nicht mehr leer machen kannst: Was du bist, ist, was du für immer sein wirst. Das ist ganz natürlich, und es ist besser, wenn du vorher weißt, dass du das ab einem bestimmten Punkt nicht mehr so machen kannst.«

Niccolò antwortete nicht. Er verspürte eine gewisse Lust, ihm eine in die Fresse zu hauen. Und er war mehr darauf konzentriert, diesen Wunsch zu unterdrücken, als auf die Worte seines Vaters.

»Verstehst du, was ich meine?«, hakte sein Vater nach.

»Es ist spät. Komm, lass uns schlafen gehen. Du hast noch die ganze Fahrt morgen, um deine beschissene Philosophie auszubreiten, an der du so hängst.«

Der da lachte. »Ich sage ja nur, dass man aufpassen muss.«

»Worauf *aufpassen*?«, rutschte ihm raus.

»Hör zu, ich will nur nicht, dass du dieselben Fehler machst wie ich, okay?« Sein Vater sprang vom Geländer und ging ihm entgegen. »Dass du das jetzt schon siehst.«

»Was *das*?«

»Dass du etwas von dem, was du gewesen bist, für immer sein wirst, und dass für alle ein Moment kommt, wo man erstarrt und es unmöglich wird, sich zu ändern.«

»Darf man fragen, warum du dir das Leben so verfickt kompliziert machst?«

Sein Vater kam näher, sie waren nur noch eine Handbreit auseinander. Aufrecht, einer vor dem anderen, die Blicke ineinander verschränkt. »Das wirst du noch verstehen«, sagte er, dann lächelte er, hob langsam eine Hand und streichelte zum ersten Mal in seinem Leben die Wange seines Sohns.

So nah bei ihm, dass er seinen Atem spürte, nahm Niccolò in diesem Lächeln etwas wahr, was ihn beinahe in Tränen ausbrechen ließ. Sein Vater sah ihn nur fest an und lächelte. Und er fühlte, wie seine Augen brannten.

Es war, als würde dieses Gerede irgendwie mit einer tieferen Schicht in ihm kommunizieren. Vielleicht auch mit einer Oberflächenschicht, die er aber noch nicht kennengelernt hatte. Er verstand nicht, mit wem oder was er das Gespräch führte, aber sicher hatte er Zugang zu einer Art Blackbox in ihm. Und wenn er von diesem Mist faselte, kam es Niccolò vor, als höre er einem Lied in einer fremden Sprache zu. Ein Lied, dessen Text er nicht verstand, und bei dem ihm Bauch, Brust und alles dahinschmolzen.

Er machte den Mund auf, um etwas zu sagen, aber sein Vater kam ihm zuvor.

»Jedenfalls vergesse ich nie, dass du mein Sohn bist.«

CAMPOROTONDO, SOMMER 2000

Hoch und runter. Hoch und runter. Hoch und runter.

Fünf Tage nach dem Abend mit Riccardo konnte Teresa immer noch nicht ihre eigene Hand anschauen, ohne dass Übelkeit in ihr aufstieg.

Die Erinnerung an jene Nacht war eine Art Betäubungsmittel. Wie mechanisch lief Teresa herum, atmete, machte die alltäglichen Dinge und beobachtete sich dabei von außen. Die ganze Woche über hatte sie nur ein Hinundherpendeln zustande gebracht: vom Bett ins Bad, lange, eiskalte Duschen, vom Bad in die Küche, Milch und Kekse zu allen Tageszeiten, und von der Küche ans Meer, wo sie sich dösend hinlümmelte.

Die Welt schien chaotischer, enger, fauliger.

Trägershirts, Badeanzug und das Röschenlaken erstickten sie, erzeugten Juckreiz und gaben ihr das Gefühl, dreckig zu sein, als hätte sich in den Fugen ihres Körpers ein unsichtbarer Schmutz angesammelt. Wenn sie bis zu dem Punkt, an dem sie jeden Morgen strandete, über den Sand lief, spürte sie aller Blicke auf sich. Sie starrten sie an, brummelten, sie sei doch diejenige, die diese Sauereien am Strand gemacht habe. Und Teresa wünschte sich nur, aus ihrer eigenen Haut zu schlüpfen, sich lebend zu häuten und zu zerfließen. Dabei war der Einzige, der wusste, dass sie an jenem Abend das Haus verlassen hatte, ihr Vater. Sicher konnte der sich nicht vorstellen, was

Hoch und runter. Hoch und runter. Hoch und runter.

passiert war, aber dass sie aus dem Ferienhaus abgehauen war, wusste er. Ihr Vater hatte sie jedoch nichts gefragt. Und sie hatte erleichtert aufgeseufzt.

Nur ein Mensch wusste in allen Einzelheiten, was in der Nacht vor fünf Tagen passiert war, aber der schien wie vom Erdboden verschluckt. Im Grunde ihres Herzens hatte Teresa gehofft, dass Riccardo sie aufsuchen würde. Dass er vor ihrer Tür auftauchen und ihr einen Kuss geben würde; jenen Kuss, den er ihr nicht zugestanden hatte und der noch immer auf ihren Lippen brannte.

Wieder und wieder hatte sie sich die Szene vorgestellt.

Er, wie er an die Glastür klopft, sie, wie sie ihm öffnet. Er, wie er ihr sagt, dass er sie liebe, sie, wie sie ihm nach den üblichen paar Tränen antwortet, dass sie ihn auch liebe. Er, wie er sie um die Hüfte fasst und sie küsst, sie, wie sie, ganz erwachsen, den Kuss erwidert.

Das war ein Film, ihr Film. Eine billige Gefühlsduselei für kleine Mädchen. Das wusste sie. Gleich nach ihren Träumereien fühlte sie sich dumm, und die Scham über das,

Hoch und runter. Hoch und runter. Hoch und runter.

was passiert war, kehrte zurück.

Wenn sie niemandem erzählte, was ihr passiert war, würde das Gewicht, das sie auf sich spürte, sie noch zerbrechen, durchknallen lassen, umbringen. Aber genau heute würde sie es endlich tun können. Sich befreien, erzählen, was passiert war und

Hör auf, das so auszudrücken, es ist nicht »passiert«, du hast es getan.

Du hast es gewollt. Es ist deine Schuld. Allein deine.

die Frage stellen, die ihr den Kopf zermarterte: War

das, was ihr zugestoßen war, normal, oder hatte sie etwas *Verkehrtes* getan?

Heute nämlich kam Elena.

Die Freundin der geheimen Kleider, ihre einzige Freundin. Die Einzige der ganzen Schule, die Teresa ertrug, obwohl sie sonderbar, anders, kindisch war. Sie waren schon seit der Mittelstufe befreundet, als sie beide wirklich noch klein gewesen waren. Elena war dann größer geworden, wie die anderen, während sie ein Kind geblieben war. Sie verstand nicht, warum sich Elena noch mit ihr abgab. Abende, an denen sie Jugendzeitschriften wie *Ragazza moderna*, *Top Girl* und *Cioè* durchblätterten, sich mit Chips vollstopften und von den Jungs redeten, mit denen Elena Sachen machte. Sie war schön, intelligent, beliebt. Und doch hatte sie sich Teresa ausgesucht.

Jedes Jahr kam Elena hier runter, in den Süden, und verbrachte zwei Nächte bei Teresa im Feriendorf. Es war nur ein Zwischenstopp, von hier fuhr sie weiter zu Onkel und Tante, zwei Stunden Busfahrt von Camporotondo, wo sie einen Monat mit ihren älteren Cousinen und Cousins verbrachte, mit denen sie auf Partys ging und einen Haufen anderer Sachen machte. Mit angehaltenem Atem und unterdrücktem Brechreiz hatte Teresa auf diesen Tag gewartet.

Elena würde ihr helfen, sie würde ihr sagen, was zu tun war, sie würde ihr alles erklären. Und die Welt würde wieder ihre übliche Farbe annehmen, diese Grau- und Schwarztöne, die sie hasste, an die sie sich aber hartnäckig klammerte.

Sie stand auf, befreite sich aus dem Laken, das sich um ihre Beine gewickelt hatte und sie jetzt dort festhalten wollte, in ihrer Wiege. Sie ging in die Küche, deren Wände in Sonnenaufgangsorange gestrichen waren, und machte sich Milch mit Keksen. Langsam und vorsichtig, damit die Milch nicht aus der Tasse schwappte, lief sie durch die Küche, öffnete die Glastür, zu der Riccardo nie gekommen war, und setzte sich in den Schaukelstuhl auf der Terrasse.

Zerfließend und zitternd stieg die Sonne gerade aus dem Meer auf. Der Strand war noch leer, das Wasser aus Granit, salziger Geruch verpestete alles. Teresa sah sich um, die Tasse in ihren Händen, und fühlte sich sehr einsam. Als sie hinter sich Geschirr klappern hörte, stand sie auf und ging wieder rein.

Sie traf ihre Eltern in der Küche an, noch schlaftrunken.

Ihr Vater las die *Repubblica* und nippte dabei an seinem Caffè lungo, ihre Mutter stand am Waschbecken und war ganz davon eingenommen, ihren Rosenkranz runterzubeten. Als sie sah, dass sie schon wach war, warf sie ihr einen fragenden Blick zu.

»Heute kommt Elena, ich freue mich so und … konnte nicht mehr schlafen«, log sie.

»Um wie viel Uhr?«, fragte ihr Vater.

»Der Bus kommt um zehn in der Via Polo an, wie in den letzten Jahren.«

»Wenn ihr schon da seid, geht gleich noch was einkaufen«, sagte ihre Mutter. »Brot, Minipizzen und Kekse.« Sie sah Teresa durchdringend an. »Irgendjemand hat in den letzten Tagen drei Päckchen davon gegessen. Aber Geld wächst ja bekanntlich auf Bäumen, nicht?«

Teresa senkte den Blick.

»Dann mach dich fertig«, sagte ihr Vater. »Wir fahren um neun los.«

»Ich kann auch allein in den Ort«, antwortete sie; sie hatte keine Lust, die fünfzehn Minuten bis Camporotondo mit ihm zu verbringen, sie hatte Angst, dass er Erklärungen zu *jener* Nacht verlangen würde. »Ich nehme den Shuttle-Bus.«

»Nein«, mischte sich ihre Mutter sofort ein, »ihr fahrt zusammen. Ich sehe keinen Grund, warum wir auch noch Geld für diesen widerlichen Shuttle-Bus ausgeben sollten. Ich käme ja auch mit, aber heute bin ich dran, in der Kirche die Kollekte einzusammeln, und Rita Lini wartet nur darauf, dass ich wegbleibe, um sich meinen Platz zu schnappen und …« Sie hielt inne und schüttelte mit gekräuselten Lippen den Kopf.

»Um neun«, wiederholte er, an seine Tochter gewandt, und zwinkerte ihr dabei zu.

Teresa zwang sich zu einem Lächeln und verließ die Küche.

Sie huschte unter die Dusche, zum zigsten Mal in diesen Tagen, und als sie den Duft des Mandelkokosduschgels an sich roch, fühlte sie sich etwas sauberer; ein Gefühl, das nur kurz anhalten würde, das wusste sie. Sie zog die am wenigsten bescheuerten Sachen an, die sie hatte, und nach dem Haarekämmen und Zähneputzen war sie fertig.

Sie und ihr Vater brachen fünf Minuten zu früh auf.

Schweigend fuhren sie über das Sträßchen, das die Felder durchschnitt. Die Hände über dem Bauch gefaltet, die Achseln feucht, starrte Teresa auf die Straße und warf ihrem Vater nur kurze Blicke zu.

Jetzt fragt er mich, was passiert ist. Jetzt fragt er mich danach, und dann erzählt er alles Mama, und ich bin geliefert.

Beim Verlassen des Feriendorfs und auf dem ersten Stück Weg hatte Teresa den Eindruck, als wäre die Welt schlagartig grauer geworden. Alle Farben weg, als wären sie von einem riesigen Staubsauger über Camporotondo eingesaugt worden. Das Herz hüpfte wie wild in ihrer Brust. Ihre Handflächen schwitzten so sehr, dass sie sie ständig an ihrem Trägerhemd abwischen musste. Spucke hatte sie keine mehr im Mund und musste ständig mit der Zunge hin- und herfahren. Sie war sich sicher, dass ihr Vater sie ausfragen, sie in die Ecke drängen würde, damit sie auspackte, was sie in jener Nacht gemacht hatte, um es hinterher ihrer Mutter zu berichten. Und sie atmete kaum.

In ihren Gedanken blitzte der Verhörraum aus *Starsky & Hutch* auf. Sie mochte das nicht, zu viele Pistolen und zu viele kreischende Menschen, aber ihre Mutter schon, und die zwang Tochter und Ehemann oft dazu, es zu gucken. Jetzt im Auto mit ihrem Vater stellte Teresa sich vor, in diesem grauen, kalten Raum zu sitzen, den die beiden Polizisten dazu nutzten, Mörder, Diebe und Sonst wen auszuquetschen. An deren Stelle waren da allerdings ihre Eltern. Sie, tränenüberströmt auf einem eisigen Metallstuhl, die Hände in Handschellen auf dem Tisch. Ihre Eltern liefen vor ihr auf und ab und stellten einen Haufen Fragen, wohin sie gegangen sei, mit wem, was sie gemacht habe. Ihr Vater war der Good Cop, der ihr ins Ohr flüsterte, dass sie aus dieser Situation nicht rauskäme, dass es besser wäre, die Wahrheit zu sagen. Ihre Mutter war der Bad Cop, der schrie und auf den Tisch haute und drohte, sie ins Internat der Ursulinenschwestern zu schicken.

Sie wandte sich um und schaute ihren Vater an. Sie war kurz davor, alles zu gestehen, aber plötzlich blockierte etwas in ihr. Still sah sie wieder auf die Straße.

Er machte nicht nur keinerlei Anspielung auf das, was passiert war, sondern sprach den ganzen Weg über nicht. Und als sie angekommen waren, stellte Teresa fest, dass sie ihn hasste.

Es war ein so unvermittelter wie merkwürdiger Sinneswandel. Sie wechselte von der Angst, entdeckt zu werden, zu dem Wunsch, dass die Last jenes Geheimnisses von ihr genommen würde. Zu der Hoffnung, dass er sich ausnahmsweise mal für ihr Leben interessierte und versuchte, ihre Welt zu betreten. Sie wollte seine Nähe spüren, auch wenn es hier um etwas ging, das sie höchstwahrscheinlich geradewegs dem Gekreische und Gepolter ihrer Mutter ausliefern würde. Aber nein, nichts. Und dafür hasste Teresa ihn.

Welcher Vater sieht seine Tochter nachts verwirrt und verängstigt heimkommen und sagt nichts? Welcher Vater findet seine Tochter nicht im Bett vor und forscht nicht nach, erkundigt sich nicht, stellt keine Fragen, ermittelt nicht? Welcher Vater brüllt nicht, bestraft nicht?

Ein toter Vater.

Ja, ihr Vater war tot. Auch wenn er an jenem Abend überlebt hatte, auch wenn die Sanitäter ihn gerettet hatten, war er trotzdem gestorben.

Im Dezember vor zweieinhalb Jahren.

Als sie mit der U-Bahn zurück von der Chemienachhilfestunde fuhr, konnte Teresa es gar nicht erwarten, sich aufs Sofa zu lümmeln, eine Minipizza mit gekochtem Schinken und Würstchen vom Bäcker unten im Haus zu futtern und *Beverly Hills 90210* zu gucken. Ihre Mutter war bei der Arbeit und würde zum Abendessen aus dem Büro zurückkommen, in dem sie als Sekretärin tätig war. Zu Hause würde sie nur ihren Vater antreffen. Nachdem sie den Rucksack in ihrem Zimmer abgestellt hatte, war sie in die Küche gegangen, um sich die Pizza im Ofen warm zu machen, und dann ins Wohnzimmer, aber von ihrem Vater keine Spur. Das Licht aus, die Luft in der Schwebe. Als sie wieder in die Küche gegangen war, wo die Pizza zu duften anfing, hatte sie einen Zettel auf dem Tisch gesehen. Es war ein etwas zerknittertes Stück Papier; darauf wenige Worte in der eleganten Handschrift ihres Vaters: »Es war alles zu viel.« Teresa hatte den Satz mehrmals gelesen, mit einem seltsamen Gefühl in der Brust, und hatte beschlossen, Erklärungen von ihm zu verlangen. Sie war ins Zimmer ihrer Eltern gegangen: niemand da. Auf den Balkon: leer. Ins Arbeitszimmer: nichts. Da hatte die Stille der Wohnung, so dicht, als hätte sie einen Körper, angefangen zu ihr zu sprechen, ihr Dinge zuzuflüstern, die sie nicht verstand, aber spürte. Da hatte ihr Herz angefangen zu hämmern. Und doch hatte sie nichts im Kopf, der war so leer wie die Wohnung; und in den Tagen darauf hatte Teresa sich gesagt: Ihr Körper hatte vor ihrem Hirn verstanden, dass an jenem Nachmittag ein obszöner Akt vollzogen worden war. Mit dem Zettel zwischen ihren zitternden Fingern, die Beine schwach, der Mund trocken, war sie zu dem einzigen Raum gegangen, den sie noch nicht betreten hatte. Das Bad. Auf Zehenspitzen war sie durch den Flur gehuscht, um mit der Stille zu verschmelzen, die sie umgab, und hatte geklopft. Drei leichte Klopfer mit ihren blutleeren Fingerknöcheln, die in der verschlingenden Stille der Wohnung einen Heidenlärm verursachten. Aber nichts, keine Antwort. Sie hatte noch mal geklopft, lauter: nichts. Noch mal und noch mal und noch mal: Es schien, als wäre auf der anderen Seite nur Leere. Und doch war jemand im Bad. Das spürte Teresa, sie war sich sicher. Also hatte sie ganz langsam, mit Beinen, die zu versagen drohten, wirbelndem Kopf und einem Brustkorb, der nur mit Mühe Luft einsog, die Klinke runtergedrückt. Sachte hatte sie der Tür einen Schubs gegeben, die mit einem langen, halblauten Quietschen aufgejault hatte. Und die Welt war eingestürzt, im freien Fall in einen dunklen, ewigen Abgrund. Für den Bruchteil einer Sekunde hatte Teresa nur Schwarz gesehen. Luft bekam sie keine mehr, die Brust von einer grauenhaften Last zerquetscht. Ein Schwindel, der sie fast zu Boden streckte. Aber sie hatte nicht geschrien, sich nicht bewegt: Reglos war sie in der Tür stehen geblieben und hatte ihren Vater angestarrt, der in der Badewanne starb. Die Augen geschlossen, die Lippen kreidebleich, die Arme purpurrot; die Ärmel seines karierten Hemds bis zu den Ellbogen hochgezogen. Der Kopf in unnatürlicher Haltung auf dem Wannenrand aus Porzellan. Die Gesichtshaut straff, glänzend, gelblich unter dem Licht der Glühbirne, die den Körper anstrahlte, dachte sie, wie die kleinen Scheinwerfer im Schultheater. Neben der Wanne, auf den weißen Fliesen, eine dickflüssige, purpurne Pfütze, die das Bad überfluten zu wollen schien, das Haus, die Welt; sie umzüngelte schon den mintfarbenen Badvorleger vor dem Waschbecken und befleckte ihn mit Braun. Auf der Schwelle stehend hatte Teresa gar nicht gespürt, dass sie sich übergeben musste. Der saure und heiße Schwall war ganz plötzlich aus ihrem Mund gekommen. Sie hatte sich vorgebeugt, sich erbrochen und dabei Schuhe und Haare vollgespritzt. Dann hatte sie wieder ihren Vater angeschaut und einen Schmerz in der Brust gespürt. Es vergingen Sekunden, Minuten, Stunden, Tage, Wochen, Monate, Jahre, bis sie sich in Bewegung setzte, als hätte sie jemand aus einem tiefen Schlaf geweckt. Sie war aus der Wohnung gelaufen, die Treppe hochgerannt und hatte bei den Risis geklopft. Als der sechsjährige Sohn ihr die Tür aufmachte, hatte sie nichts gesagt, sich wieder nicht bewegt. Sie hatte ihn nur vollgekotzt angestarrt, und der Kleine hatte ein verängstigtes »Mama«

ausgerufen. Die Frau kam angerannt, und Teresa hatte sie ohne ein Wort runtergebracht, wo ihr Vater dabei war, diese Welt zu verlassen. Sie war es, die losschrie, sie war es, die den Rettungswagen rief. Teresa hatte sich still aufs Sofa gesetzt, die Beine gesittet übereinandergeschlagen, wie ihre Mutter es ihr beigebracht hatte, und hatte ihren Blick auf die gegenüberliegende Wand gerichtet, wo sich ein schwarzes Loch aufgetan hatte, das sie und ihre Familie gleich verschlingen würde. Unterdessen hatte die Nachbarin ununterbrochen weitergeschrien und war herumgerannt, bis der Rettungsdienst kam. Während alles in die Luft flog, hatte Teresa sich nicht gerührt. Der Geruch der Minipizza, die im Ofen verbrannte, fing an, zusammen mit einem starken Geruch nach Schweiß und Kotze und Krankenhaus alle Winkel der Wohnung zu verpesten. Er war sogar in ihre Nase eingedrungen, abstumpfend, ekelhaft. Und um sich nicht mit diesem Gestank vollzusaugen, hatte sie eine Haarsträhne genommen und ihr Gesicht darin versenkt; und Garnier Wahre Schätze Aprikose hatte ihre Welt erfüllt. Dann hatte das Dunkel sie verschlungen.

Ihr Vater war nicht gestorben, hatte es aber trotzdem geschafft, sich umzubringen und seine ganze Familie auszurotten.

Die Vastas waren Kranke im Endstadium. Seit Teresa sich erinnern konnte, infizierten sie sich gegenseitig, jeder nährte die Krankheit der anderen. Das war allen dreien klar. Aber an jenem Nachmittag im Dezember hatte ihr Vater den Prozess beschleunigt. Und jetzt bestand ihre Familie in Teresas Augen aus Toten auf zwei Beinen.

Im Ort kauften sie, immer noch schweigend, was Maria ihnen aufgetragen hatte. Brot, Kekse, Minipizzen. Milch, Wasser, Waschmittel. Als sie den Supermarkt verlassen und die Einkaufstüten im Kofferraum des Pandas verstaut hatten, wollte Teresa gerade wieder einsteigen und sich auf ihren Platz setzen, als ihr Vater leise sagte, sie solle mitkommen. Leicht schnaubend folgte sie ihm. Sie ließen den schräg vor dem Conad abgestellten Panda hinter sich, überquerten die Straße, es war die Hauptstraße, und liefen bis zur Piazza. Dort blieb ihr Vater stehen und zeigte auf ein Kosmetikgeschäft. Es war winzig. Die Waren, undurchsichtige, von der Sonne vergilbte Schachteln, überzogen von einer dicken, traurigen Staubschicht.

Teresa verstand nicht und bat ihren Vater mit Blicken um eine Erklärung.

Als Antwort streckte er ihr Geld hin. »Kauf dir was.«

»Wie meinst du das?«

Er zuckte mit den Schultern.

Teresa drehte sich um und betrachtete das Schaufenster. »Ich verstehe nicht.«

»Ich dachte nur, dass du vielleicht gern was zum Schminken hättest. Einen Lippenstift, ein ...«

»*Einen Lippenstift*?«

»Na, ja. Oder vielleicht ein ... ein ... keine Ahnung, einen Nagellack?«

»Warum sollte ich denn Schminksachen wollen?«

Er hob die Schultern hoch und ließ sie wieder fallen.

Teresa wusste nicht, was sie sagen sollte, was sie denken sollte. Ihr Vater hatte noch nie so was gemacht. Und warum er ihr jetzt was zum Schminken kaufen wollte, verstand sie einfach nicht. Es musste etwas mit dem Abend zu tun haben, als er sie spät und heimlich hatte zurückkommen sehen – andere mögliche Erklärungen gab es nicht. Sollte das eine Drohung sein? Eine Strafe? Wollte er, dass sie sich schuldig fühlte? Wollte er damit sagen:

›Okay, wenn du meinst, du bist schon groß, erwachsen, dann kauf dir einen Lippenstift, und wir sehen mal, ob du es wirklich bist‹? Nein, das passte nicht zu ihm. Und wenn er sie stattdessen durchschaut, verstanden hatte? Wenn er ahnte, dass seine Tochter so was brauchte, um aus der immer und nur von seiner Ehefrau, ihrer Mutter, erzählten Welt herauszukommen?

Wenn das ein Friedensangebot war?

Sie musterte erneut das Schaufenster, dann wieder ihren Vater: Er lächelte sie an. Ein Lächeln, das ihr, warum auch immer, ehrlich vorkam, schön. Teresa merkte, wie sie zurücklächelte, ihre Zähne hatten sich von allein gezeigt, als hätte sie das nicht selbst entschieden. Und als würde sich der Körper immer noch ihrer Kontrolle entziehen, sah sie, wie ihre Hände das Geld aus denen ihres Vaters entgegennahmen und ihre Füße sie in den Laden trugen und ihre Finger irgendeinen Lippenstift auswählten und bezahlten und ihn in ihre Tasche steckten.

Wieder draußen auf dem Bürgersteig bei ihrem Vater spürte sie ihr Herz in einem langsamen und unbeschwerten Rhythmus schlagen. Ihr Lächeln war immer noch da, wie auch das ihres Elternteils.

Sie gingen in die Via Polo. Ein paar Minuten später kam der Bus und spuckte seine Passagiere aus. Ein dicker Mann im weißen Unterhemd, der ein Mortadellabrötchen verdrückte, ein älteres Ehepaar, das alle angewidert anstarrte, einige Jugendliche voller Tattoos und Piercings, die Birra Moretti tranken. Elena, mit einem rosa Rollkoffer, auf den überall die Buchstaben LV gestempelt waren, stieg aus, kam ihnen entgegen und stürzte sich auf Teresa, hüllte sie in eine Umarmung mit Vanillearoma.

»Hattest du eine gute Reise?«, fragte sie Teresas Vater.

Sie zuckte mit den Schultern. »Wie jedes Jahr. Hier verändert sich nie was.«

»Na«, sagte er, »auch du veränderst dich nie. Schön wie eh und je.«

»Nimm den Koffer und lass uns gehen, Papa«, mischte Teresa sich ein.

Ihr Vater hatte recht, Elena war wunderschön, aber er sollte ihr das nicht sagen.

Ein glatter, kastanienbrauner Schwall Haare, zu einem weichen Zopf gebunden, große Augen, Stupsnase. Perfekte Haut, dank all der Mixturen, die sie verwendete, weiße Zähne, so gerade, wie es die Zahnspange befohlen hatte. Elena war groß, straff und schlank; nicht übertrieben dünn, wie diejenigen, die die Jungs in der Schule als »Hundeknochen« bezeichneten: Sie war auf die richtige Art dünn. Seit Kurzem modelte sie, bei Dorffesten, in Einkaufszentren, aber ihr Traum war das Fernsehen. Oft zwang sie Teresa, die Spielshow *Passaparola* zu gucken, und wenn sich die Letterine, die leicht bekleideten Showgirls, zur Schau stellten, machte sie sie ganz ernst nach, wackelte mit den Hüften und zwinkerte einem imaginären Publikum zu.

Als sie, zu Hause angekommen, am Eingang des Ferienhauses stehen blieben, bemerkte Teresa, dass sie sich irgendwie unwohl fühlte, und zwang sich, wie immer, es zu ignorieren.

Elenas Vater war Schönheitschirurg, ihre Mutter hatte einige Gebäude im Stadtzentrum geerbt, und ihre Familie konnte mit Geld nur so um sich schmeißen. Sie lebten in einer dreistöckigen Villa. Garten, Swimmingpool und Nebengebäude mit kleinem Kinosaal. Markenklamotten, Sportwagen. Im Sommer auf die Malediven und im Winter Skiurlaub in einer Schweizer Berghütte. Sie waren die Gesundheit und die Frische selbst.

Die Vastas lebten in einer Wohnung über einem chinesischen Restaurant, von dem rund um die Uhr der Gestank nach Frittiertem aufstieg. Der für sie höchste Luxus war das Haus dort im Feriendorf, gekauft mit dem Geld, das die Großeltern väterlicherseits hinterlassen hatten. Aber auch das war nichts im Vergleich zu den teuren Kleidern, coolen Schlitten, Reisen.

Daher fühlte sich Teresa, wenn Elena im Sommer ins Ferienhaus, im Winter in die Wohnung in Paloma kam, ärmlich. Wie ein niedrigeres Wesen, das schlechtzumachen Gott und die Natur und die Gesellschaft in einem grausamen Pakt beschlossen hatten. Ein Gefühl der Scham, dessen Schläge sie mit der Zeit einzustecken gelernt hatte.

Ihre Mutter kam ihnen mit einem breiten Lächeln auf ihrem Schweinchengesicht entgegen. Sie sagte zu Elena, sie möge sich einrichten. Sie habe ihr ein Bett neben dem ihrer Tochter bereit gemacht, und im Bad fände sie Handtücher und Vanille-Duschgel. Als die beiden sich fertig angelächelt hatten, brachte Teresa ihre Freundin in ihr Zimmer.

Elena packte ihren Rollkoffer aus und zog ihren Bikini an; ein weißer mit goldenem D&G in der Mitte. Teresa, die im Schneidersitz auf ihrem Bett kauerte, beobachtete sie verzaubert. Flacher Bauch, ausgefüllter BH, Knackarsch. Und ohne es zu bemerken, bedeckte Teresa mit dem Laken die Speckröllchen am Bauch, die man sogar durch ihr Shirt sah.

Sie gingen zurück in die Küche.

»Ich habe euch belegte Brötchen gemacht«, trillerte ihre Mutter. »Ich dachte, vielleicht wollt ihr ein bisschen für euch sein, so könnt ihr am Strand zu Mittag essen und dann zum Abendessen zurückkommen.« Sie gab ihnen einen Rucksack, in dem auch zwei Dosen Cola und Pralinen waren, und schenkte Elena ein warmes Lächeln.

Wenn die beiden aufeinandertrafen, verwandelte sich ihre Mutter in einen Engel.

Sobald sie die irre Bosheit abstreifte, die ihr innewohnte, wenn sie mit Tochter und Ehemann zusammen war, wurde sie zuckersüß. Und wenn Teresa diesem Wandel beiwohnte, fragte sie sich jedes Mal, warum sie diese Version ihrer Mutter nicht verdient hatte.

Die zwei Freundinnen überquerten den vollen Strand. Überall tollten Kinder herum. Jugendliche spielten nahe am Wasser Beachball. Auf dem Meer verfolgten sich lärmend zwei Jetskis.

Sie breiteten ihre Strandtücher aus und gingen ins Wasser. Wieder raus aus dem kühlen Nass cremten sie sich mit Sonnenmilch ein und legten sich hin; eine in die Sonne, um sich zu bräunen, und eine unter den Sonnenschirm, um nicht zu schwitzen. Elena hörte unterdessen nicht auf, von sich zu erzählen, und Teresa, die ihr liebend gern zuhörte, widmete ihr jedes Fitzelchen ihrer Aufmerksamkeit.

»Du kennst doch Gino Marchi, oder?«, fragte Elena. »Der, der immer mit diesem Wahnsinns-Motorrad in die Schule kommt, das einen Höllenlärm macht.«

»Er hat schöne Augen. Sehr blau«, murmelte Teresa, fast vor sich hin.

»Okay, Terri … die Augen, ja. Na, jedenfalls haben wir's gemacht.«

»Neiiin!«

»Wir waren bei Sofia Triglia, er trug ein irres Tommy-Hemd.«

»Und ihr habt es …«

»Nein, wie eklig, Terri! Ich hab ihm bloß einen runtergeholt.«

Hin- und hergerissen gab Teresa ein schallendes Lachen von sich.

Sie hätte ihr gern von Riccardo erzählt, es schien ihr der passende Moment, aber die Sonne ließ nicht locker. Sie strahlte sie an, ließ ihren dicken, unförmigen Körper ins Auge springen, der nicht zu dem passte, was passiert war. Und sie beschloss, es auf abends zu verschieben.

»Und wie war's?«, wagte sie sich vor.

Elena zuckte mit den Schultern. »Er hat einen ganz Kleinen. Und Krummen. Aber nicht so normal krumm, weißt du, wie die das manchmal haben, er war … ich weiß nicht, irgendwie komisch gekrümmt … nach unten.«

Sie prusteten los.

»Bei wie vielen hast du so was schon gemacht?«, fragte Teresa sie nach ein paar Minuten.

»Meinst du so was wie Handjobs und Blowjobs?«

Mit vor Sonne, Blut und Scham kochendem Gesicht nickte sie.

»Puh. Man zählt die, mit denen man vögelt, nicht solche Sachen.« Sie drehte sich auf den Bauch und band sich das Oberteil auf, dann: »Etwa zehn, glaube ich.«

Teresa hätte ihr gern noch mehr Fragen gestellt, beschloss aber, es bleiben zu lassen.

»Hey, wann kommst du eigentlich von hier zurück?«, fragte Elena.

»Normalerweise Ende August.«

»Dann bin ich nicht da, meine Eltern haben diese Kreuzfahrt zu den norwegischen Fjorden gebucht.« Sie schüttelte den Kopf. »Kannst du dir das vorstellen, zwei Wochen mit meinen Eltern auf einem Schiff? Ich geb mir die Kugel.«

»Aber so eine Kreuzfahrt ist bestimmt schön. Ich wollte schon immer mal gern eine …«

»Ja, aber wir haben schon zwei gemacht. Soll heißen, das reicht auch mal, oder? Es ist schon cool, das streite ich gar nicht ab. Jungs, Wellness, Gym, Pools, Disko … es gibt alles, okay … aber trotzdem, zwei Wochen mit meinen Eltern, da bring ich mich um, verdammt.«

Teresa stimmte ihr zu, war sich aber nicht sicher.

Sie plauderten den ganzen Vormittag. Die schreckliche Hitze drang überall hin und zwang sie dazu, häufig ins Wasser zu gehen. Sie aßen die Panini mit Schinken, Scheibletten und einem ordentlichen Beigeschmack von Meersalz und Sonnencreme. Schnell verging auch der Nachmittag. Die Sonne ging langsam unter, der Strand leerte sich. Elena hatte den ganzen Tag von Partys und Jungs geredet. Mit einem Gefühl der Leichtigkeit wie schon seit Wochen nicht mehr hatte Teresa ihr einfach nur zugehört.

Sie betrachteten den Sonnenuntergang, am Strand waren nur noch wenige Menschen. Gruppen junger Leute, die fotografierten, wie die Sonne im Meer versank, Eltern, die unter den Pavillons die Klamotten ihrer zappelnden, quengelnden und schreienden Kinder zusammensuchten. Nicht weit entfernt bereitete sich der Leuchtturm auf seine Wache vor. Sie gingen zurück zum Haus.

Ihr Vater deckte gerade den Tisch, ihre Mutter kochte eine Sonntagspasta und briet einen riesigen Stapel Hähnchenschnitzel.

Sie schlossen sich im Bad ein, schalteten das Kofferradio an, und während Irene Grandi oder Laura Pausini oder Elisa die Luft erfüllten, machten sie sich singend und lachend fertig.

Der Vanilleduft der Seife, die Musik, der Wasserdampf.

Fröhlich lächelnd duschte Teresa sich zuerst. Als sie rauskam, ging sie zum Waschbecken, um Elena Platz zu machen, hielt aber mit hängenden Armen inne. Es war nur der Bruchteil einer Sekunde. Dann nahm sie schnell ihr Handtuch und bedeckte sich vom Hals bis zu den Schenkeln. Den Blick gesenkt, wickelte sie das Tuch um sich und atmete geräuschvoll aus. Elena hatte nichts davon gemerkt, so schien es jedenfalls, und plauderte weiter, während sie unter die Dusche ging.

Für einen Augenblick waren sie nackt gewesen, eine vor der anderen. Teresa dick, mit rötlichen Stellen von der Sonne und anderen weißlich vor Einsamkeit und Haaren im Schambereich und an den Beinen, die hässlich nachwuchsen. Elena schlank, perfekt gebräunt und haarlos am ganzen Körper.

»Ich geh ins Zimmer«, hörte sie sich sagen.

Sie zog sich an, kämmte sich die Haare, die sie nass ließ, um die Hitze zu bekämpfen, und setzte sich reglos aufs Bett. Als Elena fertig war, nahmen sie am Tisch Platz. Sie aßen. Die Pasta, mit einer cremigen Soße aus Tomaten, Zucchini und Zwiebeln, und die krossen, fettigen Schnitzel. Mit einem seltenen Lächeln goss ihr Vater einen Fingerbreit Rotwein in die Gläser der Mädchen und verdünnte ihn mit Wasser.

»Du Schwachkopf«, tadelte ihn seine Frau, »sie sind erst sechzehn und siebzehn!«

Er antwortete nicht, aber das Lächeln auf seinem Gesicht löste sich auf.

Ihre Mutter aß anders als sonst. Die Ellbogen nicht auf dem Tisch abgestützt, die Lippen schön sauber. Und zwischen den Bissen stellte sie Elena einen Haufen Fragen. Ob sie schon über die Uni nachdenke, ob sie weiter tanzen wolle, ob ihre Eltern noch das Haus auf Capri hätten.

Während sie ihrer Mutter und ihrer besten Freundin so beim Plaudern zuhörte, schob sich Teresa die doppelte Portion Schnitzel rein.

»Weißt du, ich versuche sie schon seit Jahren zum Schwimmen zu überreden«, sagte ihre Mutter und wandte sich dabei an Elena, sprach aber über Teresa. »Aber keine Chance, sie will nicht!«

»Tja, so ist sie halt«, antwortete Elena vage.

»Schlecht ist sie«, machte ihre Mutter es kurz. »Und sie wird immer dicker.« Sie trank den Wein. »›Geh schwimmen‹, sag ich zu ihr. ›Dann bekommst du breitere Schultern‹, sag ich zu ihr. ›Dann wirst du hübscher‹, sag ich zu ihr. Aber nichts«, und sie lächelte Elena an.

Das Lächeln erwidernd, urteilte die: »Das gibt sich mit der Zeit.«

Teresa schaute die beiden an und hasste sie ein bisschen.

Wenn sie sich im selben Raum befanden, war es immer dasselbe. Sie tuschelten, tratschten über sie, als wäre sie gar nicht da. Und Teresa fühlte sich jedes Mal wie beim Elternsprechtag, zu dem ihre Mutter sie mit hinschleppte.

Sie aßen den Obstsalat, dann gingen die Mädchen zurück in ihr Zimmer.

»Hast du Lust, noch mal an den Strand zu gehen?«, schlug Teresa zaghaft vor.

»*Uh*, ein nächtliches Bad?«, trillerte Elena.

»Ja, warum nicht? Aber ich muss dir auch was erzählen, was passiert ist und …«

»Aber klar doch! Ja, lass uns an den Strand gehen.« Sie lächelte breit. »Auch weil ich da was habe, was du unbedingt probieren sollst.« Sie bückte sich und holte ein Tütchen aus dem Rollkoffer mit einem ähnlichen moosartigen Zeug, wie sie es in Riccardos Haus gesehen hatte. »Gras. Das hat mir Immanuel gegeben. Der Ägypter aus der 13 H, weißt du? Na ja, ich bin ja keine Rassistin, und das weißt du, aber es bringt einen schon zum Nachdenken, dass ausgerechnet er Gras hat. Oder liege ich falsch?«

Teresa stimmte zu.

Sie schlüpften in ihre noch feuchten Badesachen und durchquerten erneut das Ferienhaus.

Sie sagten den Erwachsenen Bescheid, dass sie an den Strand gingen, liefen die morschen Stufen von der Veranda runter und setzten sich kurz vor dem Wasser auf ihre Strandtücher.

Der milchige Mond schwebte mit verschwommenen Umrissen am dunklen Firmament. Die Sterne hatten alle die Flucht ergriffen. Das Meer war unbewegt, eine riesige Platte aus dunklem Stein, in der sich das Nichts spiegelte. Der Strand öde und leer. In der Ferne strahlte jetzt der Leuchtturm.

Fachmännisch bereitete Elena den Joint vor. »Hör zu«, fing sie an und richtete ihre Augen auf Teresa; sie waren einander so nah, dass eine den Atem der anderen spürte. »Das ist dein Erster, und bei Neulingen kann es vorkommen, dass es ihnen nicht so gut bekommt, aber mach dir keine Sorgen.«

»Was bedeutet ›nicht so gut bekommt‹?«

»Dass du Wahnvorstellungen bekommst.« Sie sagte es, als wäre das eine Selbstverständlichkeit.

Die Lust, Gras zu probieren, hatte sie bisher noch nicht einmal gestreift. Das war das Vorzimmer zu harten Drogen, sagte ihre Mutter. Und auch wenn sie nicht wusste, worauf sie sich bezog, sah sie in ihrem Kopf dreckige Typen in Lumpen, die unter den Bogengängen im Zentrum bettelten; wenn sie dort vorbeiliefen, flüsterte ihre Mutter ihr immer zu: ›Siehst du die da? Das sind Drogenabhängige. Sünder.‹

»Was sind denn Wahnvorstellungen?«, fragte Teresa. »Ele, hör mal, ich weiß nicht, ob …«

»Ach, komm schon!«, klagte sie. »Ich habe es extra für dich mitgebracht! Außerdem«, fuhr sie fort und sah ihr dabei in die Augen, »kannst du mich nicht allein rauchen lassen. Das ist die Regel.«

»Das klingt mir nicht nach einer echten Regel«, sagte Teresa argwöhnisch und kicherte.

»Was weißt du denn davon!«, warf Elena ihr vor und lachte ebenfalls. »Komm schon, vertrau mir.« Sie machte einen zuckersüßen Augenaufschlag, ganz allein für Teresa.

»Ich weiß nicht, Ele.«

»Hast du wirklich so große Angst?«, fragte sie sie trocken.

Warum stellten ihr dauernd alle diese Frage?

Tja, man muss kein Genie sein, um das zu verstehen.

Langsam sah Teresa sich um, sie konnte nichts sehen. Es war, als hätte die Nacht alles verschluckt. Es blieben nur sie beide, unter dem blassen Licht des Mondes, sie leuchteten wie ein Feuer in der Wüste.

Also gut, dann brenne, Mädchen. Lass dich gehen.

Wegen einer Tüte würde sie sicher nicht auflodern, ihre Mitschüler rauchten ständig welche. Nein, es war nicht der Joint an sich, sondern die Geste. Es war wie das Steak mit Riccardo letzten Freitag, wie das, was

Hoch und runter. Hoch und runter. Hoch und runter.

mit ihm am Strand passiert war.

Das gramerfüllte, wütende Gesicht ihrer Mutter materialisierte sich in ihrem Kopf. Sie hatte bereits freitags Fleisch gegessen, jetzt war sie kurz davor, einen Joint zu rauchen. Was machte sie da? Was war in sie gefahren? Das war doch nicht sie.

Warum, wer bist du denn?

Sie wusste es nicht, nicht wirklich.

Als sie das Steak gegessen hatte und heimlich mit Riccardo ausgegangen war, hatte sie Angst gehabt, sich hinterher schmutzig zu fühlen. Sich wie eine Schlampe zu fühlen, eine *Verkehrte*, eine von den Bösen. Sie hatte befürchtet, dass sich dieser Verrat an ihrer Mutter und an allem, was sie bisher gewesen war, in ihr festsetzen und sich als unzerstörbarer Fels sedimentieren könnte. Ein Felsbrocken, der sich in ihrem Magen einnisten und nie mehr weggehen würde. Und es war passiert, ja: Der Felsbrocken war aufgetaucht, aber er war nicht so schwer, wie sie erwartet hatte, und nach und nach schien er sogar noch leichter geworden. Außerdem machte ihre Mutter Elena dauernd nur Komplimente. Sie wiederholte ständig, wie schön und gut sie war, ein praktisch vollkommenes Mädchen. Was sollte also schlecht daran sein, ihr etwas ähnlicher zu werden?

Sie lächelte ihrer Freundin zu und sagte, okay, sie würde mitrauchen.

Elena frohlockte und zündete den Joint an. Sie nahm ein paar Züge und erklärte ihr dann, wie sie es machen musste. Sie reichte Teresa den Joint, und sie tat es ihr mit zitternden Fingern nach. Eklig saurer Geschmack. Sie hustete lange, und als sie sich zu Elena umwandte und sie lachen sah, lachte sie auch.

Nach und nach ging es besser, und nach einer Weile gelang es ihr, zu rauchen, ohne loszubellen.

Nach wenigen Minuten war der Joint aufgeraucht.

»Wie fühlst du dich?«, fragte Elena sie und musterte sie mit einem affektierten Lächeln.

Teresa kicherte. »Gut … glaube ich.« Sie fuhr sich mit der Zunge über die Lippen, sie hatte keine Spucke mehr. »Vielleicht ist mein Kopf etwas …«

»Leicht?«

»Hm.«

Sie prusteten los.

Und von dem Moment an konnte sich Teresa nur noch abstrakt wahrnehmen.

Eine Weile lachten sie einfach nur, als der Exzess zu Ende war, fragte Elena sie, was Teresa ihr zu erzählen habe, und sich der Nacht anvertrauend, berichtete Teresa ihr alles. Vom Conad bis zu der Nacht dort am Strand mit Riccardo.

Hoch und runter. Hoch und runter. Hoch und runter.

Als sie fertig war, murmelte sie ein mattes: »Ich weiß nicht, was ich tun soll.«

»Entschuldige mal, was soll das denn heißen, ›Ich weiß nicht, was ich tun soll‹?«, sagte Elena. »Also du holst diesem Typen einen runter, und der küsst dich nicht mal? Zum Teufel sollst du ihn schicken, das ist es.«

»Ist es so schlimm?«

»Das ist megaschlimm, verdammt!«

»Aber warum hat er es nicht gemacht? Also, vielleicht war ich nicht gut und …«

»Teresa, was redest du denn da für einen Mist?«

Sie verstummte.

»Ich hoffe, dass es der Joint ist, der dich so einen Scheiß sagen lässt«, entfuhr es Elena. »Es ist schnurzegal, ob du gut warst oder nicht. Du hast ihm einen Gefallen getan, du ihm, nicht umgekehrt. Und er hätte dich dafür mindestens küssen sollen.«

»Aber warum hat er es nicht getan?«, wollte Teresa flehend wissen.

Elena starrte sie an, man sah, dass sie schon auf der Antwort herumkaute, aber als sie redete, sagte sie nur: »Das ist unwichtig. Er ist ein Arschloch, das ist alles.«

Teresa nickte.

»Darf man erfahren, wie er dich rumgekriegt hat, so was zu machen, *dich*?«, fragte sie. »Du hast doch noch nie an so was gedacht, du wusstest gar nicht, dass es das gibt. Und urplötzlich nimmt der da deine Hand, steckt sie sich in die Unterhose und du holst ihm einen runter?«

Teresa wollte etwas sagen, aber die andere unterbrach sie.

»Und sag ja nicht, es war der Alkohol! Diese Ausrede habe ich erfunden.«

Sie machte den Mund wieder zu.

Stille, dann Elena: »Entschuldige, ich war zu hart. Es ist, dass du nicht …«

»Nein«, diesmal unterbrach Teresa sie, »ich glaube … ich weiß es nicht, ich glaube, vielleicht brauchte ich das gerade. Einen … hm, einen Rüffel.«

»Ich habe dich nicht gerüffelt. Du hast nichts falsch gemacht, aber …«

Als sie diese Worte hörte, warf sich Teresa auf sie und umarmte sie.

»Ich habe es getan, weil er mir gefällt«, wisperte sie, als sie sich wieder voneinander gelöst hatten.

»Er gefällt dir?«, fragte Elena verstört.

»Hm.«

»Der Typ. Dir gefällt der Typ. Willst du mir das sagen?«

»Ja.«

»Soll heißen, dir gefällt einer, der sich einen runterholen lässt, ohne dich zu küssen?«

»Aber doch nicht deswegen … Also, er hat irgendwas anderes, was mir gefällt, glaube ich.«

Was eigentlich?, fragte sie sich und stellte fest, dass sie es nicht wusste.

Elena nickte bedächtig. »Du verstehst aber schon, dass er ein Arschloch ist, oder?«

»Ja, ich würde sagen, ja«, antwortete sie, *nein, ist er nicht*, dachte sie.

»Willst du ihn?«, fragte Elena; es wirkte, als redete sie über ein Eis an der Bar.

»Wie meinst du das, ob ich *ihn will*?«

»Wie werde ich das wohl meinen, Terri, das hat nur eine Bedeutung.«

Teresa errötete und fing an, nervös mit ihren Fingern zu spielen. »Aber ich weiß nicht, ob …«

»Jesusmaria, hör auf damit!«, regte die andere sich auf. »Entweder spielst du die Große, die unbekannten Typen einen runterholt, oder das Kind, das vor allem Angst hat. Entscheide dich.«

»Ich …«, setzte Teresa an. »Es ist, dass … ich weiß es halt nicht.«

»*Was* weißt du nicht?«

»Was von beidem ich bin! Ich weiß nicht … ich weiß nicht, welche von beiden ich bin, und beide widern mich an. Ich widere mich an, sowohl, wenn ich die eine bin, als auch, wenn ich die andere bin.«

Elena schnaubte, und Teresa fühlte sich von einer Welle der Scham überflutet.

»Terri, hör zu …«, fing Elena an.

»Entschuldigung«, unterbrach Teresa sie, das Wort ausspuckend. »Entschuldigung, Entschuldigung, Ele, ich wollte nicht …«

»Warum zum Teufel entschuldigst du dich denn jetzt?«

Teresa verstummte.

»Okay«, fing Elena wieder an, »beruhige dich erst mal. Okay?«

Sie nickte.

»Mir scheint, dass wir vom eigentlichen Punkt abkommen.« Sie verscheuchte eine unsichtbare Fliege, legte ihr die Hände auf die Schultern und schaute ihr tief in die Augen. »Willst du diesen Typen?«

»Ja. Ich will ihn«, hörte sie sich sagen.

Elena nickte, dann schüttelte sie den Kopf. »Okay, aber fürs Protokoll: Ich bin damit nicht einverstanden.«

»Warum?«

»Na, weil er ein Arschloch ist, Terri. Einer von denen, die dich benutzen, bis sie alles Leben aus dir rausgepresst haben, und dich dann leer wegwerfen. Das ist nicht gut, glaub mir. Aber es ist dein Erster, und die Ersten sind immer Scheusale.«

»Hilfst du mir?«, fragte sie sie; sie verstand den Grund nicht, aber sie hatte sich darin verrannt, und auch wenn sie nicht wusste, was *ihn haben* bedeuten sollte, wusste sie jetzt sicher, dass sie *ihn wollte*.

»Ja, ich helfe dir«, schnaubte Elena. »Du hast gesagt, dass dieser Arsch sich an der Strandbar zudröhnt, oder? Gut. Morgen früh bretzeln wir uns auf und gehen da hin.«

Teresas Herz setzte einen Schlag aus. »Nein, warte, es ist nicht so, dass …«

»Geh mir nicht auf den Sack!«, platzte sie heraus. »Wir machen es so, wie ich sage, okay?«

Unsicher stimmte Teresa zu.

»Aber jetzt bauen wir uns erst mal noch eine Tüte, von diesem trüben Kram habe ich Kopfweh bekommen«, beschloss Elena und machte sich an die Arbeit.

Sie rauchten erneut auf dem nackten, dunklen Strand. Und für lange Minuten taten sie nichts als lachen und plaudern. Urplötzlich schlug Elena vor, baden zu gehen, und mit umnachtetem Hirn und Dauerlächeln folgte Teresa ihr.

Das Wasser war nicht kalt und umhüllte sie wohlwollend.

Ins Meer getaucht, existierte Teresa, die ihren dicken, schaudererregenden Körper am Ufer zurückgelassen hatte, ohne jegliche Form, ohne Umrisse, ohne Gestalt.

PALOMA, WINTER 2019

Der Regen prasselte mit hinterfotziger Wucht auf den Fiesta ein, als wollte er das Auto und seine Insassen zerschmettern. Der Wind versetzte den Flanken des Autos heftige Ohrfeigen, die es zittern und zucken ließen. Es war noch Nachmittag, aber der Himmel in einem zornigen Schwarz, und wenn die Blitze ihn von einer Seite zur anderen durchzuckten, leuchtete er in einem düsteren Lila auf.

Die Welt ging gerade unter. Jeden Moment würde ein ekstatischer Noah auftauchen, die Tiere zusammensuchen und zulassen, dass die Menschheit in ihrer Pampe aus Wasser und Scheiße ersoff. In dieser Sintflut fuhren Vater und Sohn über eine öde Straße.

Rechts der Fahrbahn das Nichts. Links das Meer, aufgewühlt und brodelnd, als hätte es an seinem Grund mächtige Explosionen gegeben.

»Papa, wir sollten anhalten«, sagte Niccolò zum zigsten Mal.

Er war zwar nicht besorgt, bekam von diesem verfickten Regen aber Kopfweh, und vom Schlingern des Fiesta wurde ihm schlecht. Er hielt es nicht mehr aus, eingesperrt in dieser Blechdose. Versiegelte Fenster, Heizung auf volle Pulle und dazu stockfinster. Mit dem Zigarettenrauch und ihrem Atem war im Fahrerraum echt dicke Luft.

»Ja, aber wo?«, erwiderte sein Vater; er schüttelte den Kopf, zerknautschte sein Gesicht mit den Händen. »Ich dachte, wir kämen schneller voran, ich … zu dem Motel auf der Karte sind es noch dreißig Kilometer und … ich konnte ja nicht ahnen, dass …«

»Können wir nicht einfach auf Google Maps nachschauen?«, fragte Niccolò.

»Nein.«

»Warum denn nicht?«, entfuhr es ihm. »Da sehen wir, ob es ein …«

»Ich habe Nein gesagt«, unterbrach sein Vater ihn. »Wir befinden uns außerhalb der Welt.«

Niccolò fluchte durch die Zähne.

Einige Augenblicke Schweigen, der Regen trommelte wild.

»Na gut«, stimmte sein Vater flüsternd zu, »halten wir bei einer dieser beschissenen Villen und fragen, ob sie ein Motel in der Nähe kennen.«

Er bezog sich auf die Häuser am Meer, zur Linken. Sie säumten die dunkle Küste. Riesig und neu, dem Anschein nach jeglichen Lebens beraubt.

Das hat doch keinen Sinn. Mit Google Maps könnten wir gleich los.

Aber ihr befindet euch außerhalb der Welt.

Und was soll das jetzt wieder heißen?

Niccolò hätte gerne protestiert, am liebsten wirklich bei Google Maps nachgeschaut, sein Vater würde ihn nicht daran hindern können, aber irgendetwas hielt ihn davon ab. Ein Stimmchen, das er in dem Stimmengewirr in seinem Kopf noch nie gehört hatte und das ihm jetzt seltsame Dinge zuflüsterte, Dinge, die er nur mit Mühe verstand. Es war dasselbe, das ihn überredet hatte, sich auf diese Reise zu begeben. Seit der vorigen Nacht, nach dem Abendessen in diesem beschissenen Ort und nach dem, was sie sich Waffeln essend auf der Strandpromenade gesagt hatten, verlangte dieses Stimmchen seine Aufmerksamkeit.

»Was ein Scheiß, da ist doch niemand!«

»Wo denn?«, antwortete sein Vater.

»Da.«

»Wo *da*?«

»In diesen beschissenen Häusern, Papa. In diesen verfickten Scheißhäusern.«

»Woher willst du das wissen?«

»Wir haben November, die Leute fahren da im Sommer hin, aber doch nicht jetzt.« Niccolò lehnte sich zum Sitz seines Vaters rüber und suchte nach irgendeiner Form von Leben. »Jedenfalls sind alle dunkel, verdammt.«

»Na, wenn das so ist, umso besser«, urteilte der.

»Wie meinst du das?«

Niccolò bekam keine Antwort.

Sein Vater bog links ab, überquerte die Gegenfahrbahn und fuhr in ein holpriges Sträßchen, das durchs Nichts zu einer der Villen führte. Sie fuhren in einen Kiesweg. Zu den Seiten hohe Eisengitter. Am Ende des Wegs erreichten sie das Haus und hielten auf dem freien Platz vor dem Eingang an.

Dreistöckig, in einem Weiß, das in der Nacht zu leuchten schien, alles Kanten, Beton und Glas. Drei Kuben, einer auf dem anderen platziert, die sich gemeinsam hinauslehnten und eine von Plastik-Chaiselongues und Glastischchen bevölkerte Veranda überdachten. Vom Inneren sah man nichts, dunkle Scheiben, vom Regen überströmt.

Es schien niemand da zu sein.

Vater und Sohn blieben eine Weile im Fiesta, auf den das Unwetter einhämmerte, und beobachteten die Villa, die Scheinwerfer zeichneten gelbe Lichtkegel auf den Eingang. Dann befahl Riccardo seinem Sohn, sitzen zu bleiben, stieg aus, ohne ihm Zeit für eine Antwort zu lassen, und tauchte in die Sintflut ein. Niccolò sah, wie er die Stufen zur Veranda hochstieg, sich dem Eingang näherte und hineinspähte. Wie er auf den Klingelknopf drückte, dann die Treppe wieder runterging und hinter der Villa verschwand.

Jetzt war Niccolò allein im Wolkenbruch.

»Verdammt noch mal, Papa!«, bellte er aus dem Auto.

Der Regen prasselte. Die Donner dröhnten. Das Dunkel verschlang.

Suchend schaute er nach seinem Vater, sah aber nur die von den Scheinwerfern des Fiesta erleuchtete Veranda. Er legte seine Hand an den Griff der Wagentür, fluchte ein, zwei, drei Mal und wollte gerade aufmachen, rausgehen und diesen Dummkopf suchen, diesen Schwachmaten, dieses Arschloch, als der klitschnass aus dem Nichts auftauchte und wieder in den Wagen stieg.

»Himmelherrgott, warum machst du so was?«, kläffte Niccolò.

»Was hab ich denn gemacht?«

»Leck mich«, schrie er ihm ins Gesicht und haute mit der Faust gegen die Scheibe.

»Schnapp dir die Tüten von der Raststätte und komm mit«, sagte sein Vater, als hätte er ihn nicht gehört, und griff nach seinem Rucksack.

Die Pistole. Ich muss ihm diese Pistole wegnehmen.

»Ist da jemand? Hast du mit jemandem gesprochen?«

Aber sein Vater stieg wieder aus dem Auto und verschwand wie kurz zuvor.

»Scheiße!«, rief Niccolò. »Scheiße, Scheiße, Scheiße!«

Er haute mit der Faust gegen das Armaturenbrett, nahm

die Tüten und steckte Telefon und Wunderkiste mit rein. »Warum verhält er sich so? Warum, verdammte Scheiße, warum?«

Er blieb ein paar Sekunden reglos auf dem Sitz und schaute in die Dunkelheit, die die Villa in Stücke riss; sein Vater hatte die Autoschlüssel rausgezogen, die Finsternis wog schwer. Dann stieg er fluchend aus dem Fiesta.

In kürzester Zeit war er von Kopf bis Fuß durchnässt. Haare, Daunenjacke und Jeans vom Regen massakriert. Die Kälte stach, der Wind ohrfeigte ihn. Er lief an einer Seite der Villa entlang und erreichte die Rückseite. Man sah nichts. Undurchdringliches Dunkel. Reglos, mit hängenden Armen wollte Niccolò gerade wieder umkehren, als er ein Geräusch hörte. Er folgte ihm, stieg ein paar Stufen hoch, wobei er über die erste stolperte, die er nicht gesehen hatte, und tappte blindlings voran. Er stieß mit den Beinen gegen etwas Hartes und lief dann weiter. Da hinten, ein Licht. Ohne nachzudenken, eilte er ihm entgegen. Und war in der Villa.

Die Tür schloss sich hinter ihm, die Lichter gingen an, und die Sintflut verebbte.

Niccolò blinzelte und stellte scharf.

»Was hältst du davon?«, fragte sein Vater, der ihn ebenfalls klitschnass, aber mopsfidel ansah. »Das ist nicht von schlechten Eltern, was?«

»Aber … was soll … was soll das denn heißen?«, stotterte er.

»Was soll *was* denn heißen?«

Niccolò breitete die Arme aus und fuchtelte damit herum, wobei er auf das vor ihnen zeigte.

»Ich verstehe dich nicht«, antwortete sein Vater und lachte.

Dann ging er ein paar Schritte, so sicher, als kenne er das Haus von oben bis unten, und drang in die Villa vor. Niccolò folgte ihm zögernd.

»Papa, was soll das heißen?«, wiederholte er.

»Das soll heißen, dass wir es uns heute Nacht so richtig gutgehen lassen, oder?«

»Ist niemand da?«

»Genau.«

»Und du willst hier schlafen?«

»Genau.«

»Im Haus von anderen Leuten?«

»Genau.«

»Aber …«, setzte Niccolò an, ohne zu wissen, wie weiter.

»*Aber* was?«

Er fluchte.

»Und lass Gott aus dem Spiel, der hat nichts damit zu tun.« Sein Vater lachte.

»Die Tür … wie hast du die aufgekriegt …«

»Ein Trick.«

»*Ein Trick?*«

»Ein Trick.«

»Und wenn wir erwischt werden?«

»Wie?«

Tja, wie?

»Die Alarmanlage. Die Videoüberwachung. Die Nachbarn. Die …«

»Verdammt, entspann dich mal!«

»Papa, das ist eine beschissene Idee. Komm schon, lass uns wieder gehen.«

»Hör zu«, sagte sein Vater, ging ihm entgegen und legte ihm die Hände auf die Schultern, »es wird keiner kommen. Das hast du selbst gesagt. Wir haben November, und die reichen Besitzer dieser Häuser kehren vor dem

Sommer nicht zurück. Ich sage ja nur, dass wir die Nacht hier verbringen. Was soll da schon passieren?«

Wenn jemand sie erwischte, wäre das ein ziemlicher Schlamassel. Und Möglichkeiten, sie zu ertappen, hätten die Besitzer oder Nachbarn oder Passanten einige.

Das war ein irrer, bescheuerter Plan. Ein astreiner Scheißdreck.

Und das gefiel Niccolò.

»Okay«, hörte er sich sagen.

»*Okay*?«

»Okay.«

»Okay!«

Und mit triefenden Jacken, Jeans und Haaren machten sie gemeinsam eine Tour durch die Villa.

Das Erdgeschoss wurde von einem Tresen voller Figürchen unterteilt.

Auf der einen Seite die Küche. Die Haushaltsgeräte, alle neu, schimmerten rund um Tisch und Stühle. Die Vorratskammer war voll, sie könnten sich tagelang vollstopfen, und es wäre immer noch was übrig.

Wenn es hier so Unmengen Zeug gibt, heißt das nicht vielleicht, dass die Besitzer doch auch im Winter herkommen?

Na und.

Na und?

Na und.

Sie nahmen sich jeder eine Dose Pringles mit und gingen ins Wohnzimmer.

Auf einer Seite Ledersessel, Fernseher, Stereoanlage und ein Projektor, der auf die Wand zeigte. Auf der anderen ein leerer Whirlpool, eine Tischtennisplatte und die Hausbar. Neben dem riesigen Fernseher die Filmsammlung; *Forrest Gump*, *Grand Budapest Hotel*, *Birdman*, *Und dennoch leben sie, The Dark Knight.* In der Hausbar so viel Alkohol, dass man eine ganze Fußballmannschaft damit ins Koma schicken könnte. Sie stiegen die Treppe hoch.

Das erste Zimmer musste einem Jugendlichen gehören, wahrscheinlich dem Sohn der scheißreichen Besitzer. An den Wänden Poster von Metallica, Iron Maiden, AC/DC, die Stars-and-Stripes-Flagge und ein Foto von Megan Fox. Neben dem Fernseher und der Stereoanlage das Bad. Eine Wanne mit Löwenpfoten als Füße, eine Massagedusche, Sitz und Gerätschaft für die Sauna; auch da ein Fernseher, vor dem Klo. Der begehbare Kleiderschrank brechend voll. Das andere Zimmer war das des Hausherrn. In der Mitte ein Bett, an der Decke passend dazu ein riesiger Spiegel. An den Wänden quietschbunte Bilder in goldenen Rahmen. Bad und begehbarer Kleiderschrank genauso wie im anderen Zimmer.

»Soll ich Spaghetti Cacio e Pepe zum Abendessen machen?«, schlug sein Vater vor.

»Kannst du das?«

»Du wirst dir die Finger danach lecken.«

»Aber erst duschen wir, oder?«, sagte Niccolò.

Das Haus war kalt, und sie trugen noch ihre nassen Klamotten.

Ohne sich abzustimmen, ging sein Vater ins Zimmer des Hausherrn, er in das des Jungen. Niccolò stellte die Tüten ans Fußende des Bettes und ging ins Bad. Er zog sich aus, verrichtete seinen Stuhlgang, fixierte sich im Spiegel. Dann huschte er nackt wieder ins Zimmer und legte sich

Flieg, flieg, fliiieg.

eine kleine Spur. Einfach um ein wenig in der Gnade Gottes zu stehen.

Sich den Kiefer verrenkend und sich mit den Fingernägeln, deren Türkis langsam abblätterte, am Kopf kratzend, ging er zurück ins Bad und betrat die Dusche. Dort blieb er lange unter dem warmen Wasser mit dem Massagestrahl, der ihm in den Rücken pikte. Er machte auch das Gerät für die Sauna an. Der Dampf verschluckte ihn, und er verschwand in der weißlichen Wolke. Er wusch sich mit einem Sandelholz-Duschgel und trocknete sich mit einem flauschig weichen Handtuch ab, das er in einem Schränkchen fand. Im Zimmer starrte er kurz auf die Tüten von der Raststätte, dann schickte er sie zum Teufel und betrat den begehbaren Kleiderschrank.

Er entschied sich für ein Chanel-Hemd, Hosen von Dior und Gucci-Schlappen.

Als er wieder runterkam, sah er seinen Vater am Herd in einem Pyjama aus blauer Seide. Aus der Stereoanlage kam ein Song ganz Stimme und Gitarre, an den Rändern der Zimmerdecke wurden die LEDs blau, rot und grün. In der ganzen Villa herrschte eine angenehme Wärme, woraus Niccolò schloss, dass sein Vater die Heizung angeschaltet haben musste.

»Du hast ganz schön lange gebraucht«, empfing der ihn.

Er setzte sich auf den Tresen und zündete sich eine Zigarette an. »Wer sind die, deiner Meinung nach?«

»Hä?«, machte sein Vater, während er in einem Topf eine cremige, weiße Soße umrührte.

»Die. Die hier wohnen. Was meinst du, was das für Leute sind?«

Sein Vater zuckte mit den Schultern.

»Ist dir aufgefallen, dass es hier gar keine Fotos gibt?«, fragte Niccolò und schaute sich zur Bestätigung um. »Nur diese *scheußlichen Gemälde*, von ihnen keine Spur.«

»Oben hängt ein Boccioni.«

»Was ist das?«

»Ein Bildhauer und Maler. In dem Zimmer, in dem ich bin, hängt eins seiner Bilder.«

»Ah, okay«, sagte Niccolò.

»Ich meine, das sind bestimmt keine scheußlichen Gemälde, wenn darunter ein Boccioni ist, oder?«

»Wen interessiert denn dieser Boccioni. Ich meine doch, dass hier keine Fotos von denen hängen, die hier wohnen. Es wirkt, als existierten sie gar nicht, oder? Als gäbe es sie nur in unserer Vorstellung.«

»Wir sind alle nur Vorstellungen, die die anderen von uns haben, oder?«

»Fang nicht wieder damit an, ich bitte dich.«

Sein Vater lachte und schüttete die Spaghetti in den Topf. »Und wer sind sie deiner Meinung nach?«

»Meiner Meinung nach handelt es sich um Mutter, Vater und Sohn.« Er dachte kurz nach. »Sie lässt sich aushalten. Er ist Arzt oder so, besser noch Chirurg …«

»Schönheitschirurg«, ergänzte sein Vater.

»Genau. Er macht den alten Schnallen mit Geld die Brüste neu.«

»Und der Sohn?«

»Ich glaube, der ist ein Spinner«, entschied Niccolò.

»Das glaube ich auch. Ist er in deinem Alter?«

»Etwas jünger. So um die siebzehn«, antwortete Niccolò. »Und er ist einer von denen, die du sofort ohrfeigen willst, wenn du sie nur siehst. So welche, die sich mehr Pornos als Luft reinziehen.«

»Sind sie glücklich?«

»Nein.«

»Sicher?«

»Ja.« Niccolò rauchte seine Zigarette zu Ende und

drückte sie in einem Glas aus, das er aus einem Regal geholt hatte. »Unglücklich, aber verwöhnt und daher stinkwütend.«

Stille, die cremige Soße roch fantastisch, das Unwetter draußen war noch schlimmer geworden, aber sie waren dort in der Villa in Sicherheit. Die mollige Wärme verdichtete die Luft und umarmte und liebkoste die beiden Bewohner.

»Der Mann heißt Ettore, und er betrügt seine Frau«, fing sein Vater wieder an.

»Sie ihn auch!«, rief Niccolò aus. »Mit dem Gärtner und dem Klempner und …«

»Und mit dem, der den Pool wartet, und mit dem Pilateslehrer.«

Sie lachten beide.

»Aber er hat ein Verhältnis mit einer Minderjährigen«, sagte Niccolò.

»Klar. Mit einer Mitschülerin seines Sohns vom Gymnasium. Und der dumme Junge heißt … Attilio«, verkündete sein Vater. »Ja, er hat einen echt schwachsinnigen Namen.«

»Der Junge hat sie erwischt, und jetzt erpresst er seinen Vater. Er verlangt Geld von ihm.«

»Und mit dem Geld …«

»Kauft er indische Pornos mit Gruppenvergewaltigungen«, beendete Niccolò den Satz.

Wieder brachen sie in lautes Gelächter aus.

»Attilio, deck den Tisch«, befahl der Vater.

»Sofort, Ettore«, antwortete der Sohn.

»Aber du kannst mich doch nicht beim Namen nennen, oder?«

»Doch, ich bin eins dieser Arschlöcher, die ihre Eltern mit Vornamen ansprechen.«

»Scheiße, du hast recht. Ist ja klar.«

»Freunde habe ich keine«, stellte der Sohn Attilio fest.

»Nur online, die, mit denen du Videospiele zockst«, sagte der Vater Ettore.

»Geschweige denn Freundinnen. Ich bin voll der Loser und noch Jungfrau.«

Attilio strich die Tischdecke glatt und deckte Teller und Gläser. Ettore richtete die aus dem Topf dampfende Pasta auf den Tellern an. Sie aßen schnell und erzählten dabei weiter.

»Ich habe zwei Tattoos«, sagte Attilio. »Auf dem Rücken habe ich einen Adler mit der amerikanischen Flagge. Auf der Wade was auf Maori, von dem ich gar nicht weiß, was es bedeutet.«

»Und ich hasse diese Tattoos, wenn ich sie sehe, erinnern sie mich daran, wie dumm du bist.«

Als das Abendessen fertig war, stellten Attilio und Vater Ettore das Geschirr ins Waschbecken und gingen, die Zigaretten schon zwischen den Lippen, ins Wohnzimmer. Sie spielten zwei Partien Tischtennis, beschlossen, im Whirlpool zu baden und füllten ihn, indem sie aufs Geratewohl irgendwelche Knöpfe drückten; von unten strömte warmes Wasser ein. Sie kippten einen Flakon mit duftenden Salzen rein und tauchten in Unterhosen ein. Sie blieben in der Wanne, bis sie schrumpelig wurden. Aus der Stereoanlage ein Rock-Song. Attilio sagte, dass das seine Musik sei, und Ettore, dass er den Musikgeschmack seines Sohnes nicht ertrage, und Attilio, dass er ihm seinen persönlichen Ausdruck lassen solle, und da lachte Ettore, und Attilio lachte auch.

Sie stiegen aus dem Whirlpool und gingen jeder hoch in sein Zimmer.

Attilio fischte mechanisch das Tütchen mit dem Acid aus der Wunderkiste. Er suchte sich ein Ticket mit Bart und Homer Simpson drauf aus. Er legte es sich auf die Zunge, sofort lief ihm das Wasser im Mund zusammen. Und er klappte den Kiefer zu.

Ein paar Stunden würde er wirklich fliegen.

Er durchwühlte den Schrank. Er schnappte sich zufällig irgendwelche Klamotten und warf sie über seine Schulter mitten ins Zimmer.

Ein ziemlich schwuchteliges Blümchenhemd. Ein Achselshirt mit der Aufschrift »Frankie say relax«. Zerrissene und zerlöcherte Hosen. Ein schwarz-goldenes Prada-Shirt. Eine lachsfarbene Jacke mit der betenden Jungfrau auf dem Rücken. Glänzende schwarze Schuhe mit halbem Absatz. Er sortierte eine Menge Scheußlichkeiten aus, es war, als wühlte er in den Garderoben eines Drag-Queen-Theaters, bis er endlich fand, was er suchte.

Eine innen flauschige Jacke mit schwarzen und blauen Rauten und eine Schlaghose mit hoher Taille in sehr leuchtendem Blau.

Er zog sich an und stellte sich vor den Spiegel im Bad.

Unter der Jacke nichts. Waschbrettbauch und gut sichtbare Muskeln auf der aufgepumpten Brust. Die Hose aus dem dünnen Stoff machte ihm einen hübschen Knackarsch. Er schaute sich lange an. Und bekam einen Ständer.

»Ciao, Attilio.«

Er platzierte sich noch besser vor seinem Spiegelbild, und während er mit dem Blick über seinen Körper schweifte, insbesondere zu den Stellen mit nackter Haut, holte er seinen dicken, langen, erigierten Schwanz raus und fing an, sich einen runterzuholen. Er fixierte sich und masturbierte dabei langsam und entschieden.

In diesem Spiegel, in dieser Villa, in diesen Klamotten war nicht er, Niccolò, sondern Attilio. In diesem Spiegel, in dieser Villa, in diesen Klamotten war er außer sich.

Als er fertig war, ein mächtiger Orgasmus, mit einem Frösteln, das ihn vollständig durchschüttelte, Arsch nach vorne, Kopf nach hinten, warf er Attilios Spiegelbild ein Küsschen zu und ging wieder nach unten.

Ettore war in einen seidenen Morgenmantel in leuchtendem Lila geschlüpft, dessen überall aufgestickte Perlen auf Armen und Rücken kleine Röschen bildeten. In der einen Hand einen halb ausgetrunkenen Drink, in der anderen eine halb aufgerauchte Zigarette. Die Augen geschlossen und die Arme ausgebreitet, tanzte er allein in der Mitte des Wohnzimmers. Aus den Boxen der Stereoanlage, vollaufgedreht, sang The Weeknd ganz zuckersüß. Die LEDs, die am Rand der Decke entlangliefen, erleuchteten als einzige das Zimmer, das sich im Rhythmus der Musik grün, rot und blau färbte.

In der Tür stehend schaute er seinem Vater eine Weile zu, wie der tanzte und trank. Und er ertappte sich bei dem Gedanken, wie irre, schlimm und pervers es ist, dass jeder, um so in der Welt zu leben, wie er sich wirklich fühlt, wie er sein eigenes Ich wahrnimmt, in die Kleider von jemandem schlüpfen muss, der er nie geworden ist.

Attilio zündete sich eine Zigarette an und setzte sich auf einen der Sessel. Da hielt sein Vater inne, sah ihn an, die Arme ausgebreitet wie der Christus von Rio, und lächelte ihm zu. Er stieg auf ein Teetischchen und verkündete seinem Sohn und der Welt: »Ich habe eine Idee.«

Attilio schnaubte und kicherte. »Lass gut sein, deine letzte Idee hat uns hier auf diese Reise geschickt.«

»Eben«, meinte Ettore. »Eine großartige, fabelhafte, verrückte Idee!«

Er lachte wieder und schüttelte den Kopf.

»Okay, hier meine Idee.« Theatralische Pause, Lächeln. »Wir könnten hierbleiben.«

Attilio warf ihm einen verwirrten Blick zu.

»Denk doch mal nach!«, fuhr sein Vater fort und hüpfte dabei auf dem Tischchen herum. »Wir könnten …«

»Ettore, pass auf, das geht gleich kaputt, und du fällst rein.«

»… hierher umziehen, oder? Nur für den Winter. Was weiß ich, bis Mai oder so.«

»Meinst du das ernst?«

»Jaaa!« Er tänzelte noch heftiger herum. »Wir kaufen in irgendeinem Supermarkt hier in der Nähe ein und leben im Luxus! Filme, Musik, Whirlpool … optimal, oder?«

»Und was machen wir mit unserem eigenen Leben?«, fragte Attilio.

»Na: Wir machen unser Leben neu«, antwortete sein Vater.

»Das geht so nicht.«

»Ach, nein?« Er hüpfte stärker, schneller, höher.

»Tja, nein.«

»Doch, so ist es. Wir sind nichts. Modelliermasse.«

»Aber wenn man diese Masse ständig knetet, wird sie irgendwann spröde.« Attilio sah ihn unsicher an; The Weeknd war durch Post Malone abgelöst worden. »Ach komm, lass gut sein, das ist eine beschissene Idee. Und das weißt du.«

»Du hörst mir nicht zu. Du verstehst mich nicht. Du …«

Verdammtnochmal. »Du kannst nicht in der Welt leben, ohne …« Der Gedankengang in seinem Hirn hatte eine klare Form, gut umrissen, aber Niccolò hatte Schwierigkeiten, ihn am Schopf zu packen. »Du kannst nicht … Scheiße!«, rief er und hielt angestrengt inne, um diesen Gedanken im Zaum zu halten. »Du kannst nicht in der

Welt leben, ohne sie zu bewohnen. Das ist es.« *Himmelherrgott.* »Und wenn du das nicht verstehst, dann lässt du dich nicht etwa geschehen, wie du sagst, sondern du versteckst dich.«

Sein Vater hörte auf zu hüpfen, starrte seinen Sohn an und lächelte ihm zu. »Bravo. So ist es.«

Dann, als wäre die Welt kollabiert, fiel Ettore um.

Das Glas des Tischchens zerbrach unter großem Getöse, und er sackte ein. Erst gerade wie ein Nagel, dann nach vorne. Und er landete mit dem Oberkörper auf dem Sessel, neben seinem Sohn, die Beine im Wrack des Tischchens eingeklemmt.

Attilio rührte sich nicht, sondern wartete, bis sein Vater den Kopf hob, der in den Kissen versunken war, und als der ihn anschaute: »Ich hab's dir doch gesagt.«

Sie prusteten los. Sie lachten und lachten und lachten. Kurz darauf merkten sie allerdings, dass es überhaupt nicht lustig war. Ettore hatte lange, tiefe Schnitte an Beinen und Knien. Das Blut sprudelte reichlich daraus hervor und bespritzte Teppich, Pyjama und Morgenmantel, die halb zerrissen waren.

»Setz dich«, sagte der Sohn. »Ich schau mal, ob es hier Desinfektionsspray und Mullbinden gibt.«

Attilio fand das Nötige im Bad des väterlichen Schlafzimmers. Er ging wieder runter, wo sein Vater auf den Sessel gelümmelt war, und behandelte seine Wunden. Sorgsam und bedacht desinfizierte er sie, indem er mit alkoholgetränkten Wattebäuschen darüberstrich, und verband sie, indem er die Mullbinden vorsichtig um seine Waden wickelte.

»Geht es dir gut?«, fragte er seinen Vater. »Habe ich den Verband zu fest gemacht?«

»Mir scheint er gut.«

»Ich kann nach Schmerztabletten suchen, wenn du willst.«

»Neee.«

Sie lächelten einander an, dann schalteten sie den Fernseher ein und suchten einen Film aus der Filmsammlung aus.

Sein Vater hatte noch nie einen Disneyfilm gesehen, daher entschied Niccolò, dass sie *Findet Nemo* gucken sollten. Sie machten es sich auf den Sesseln gemütlich, einer neben dem anderen unter eine Wolldecke gekuschelt, und zogen sich den Zeichentrickfilm rein.

Sie waren bei der Hälfte des Films, als Niccolò Marlin und Nemo aus dem Bildschirm herauskommen und durchs Zimmer schwimmen sah. Das halbdunkle Wohnzimmer füllte sich mit Wasser, aber er konnte noch atmen. Die Clownsfische luden ihn lächelnd und menschengroß ein, mit ihnen zu schwimmen, indem sie ihm mit den Flossen zuwinkten.

Das LSD.

Sein Körper schwebte. Sofort tat der seines Vaters, da neben ihm, es ihm nach. Plötzlich wurde das Wohnzimmer aufgedeckt, Dach, Wände und Möbel lösten sich auf, und um sie herum materialisierte sich der Meeresgrund eines üppigen Ozeans.

Von bunten Moosen überzogene Klippen, Algenteppiche, die hypnotisch eine langsame La-Ola-Welle machten, Korallenriffe, die unendlich weit emporragten. Und überall winzige und riesige Fische. Sardinen, Barsche, Brassen und Haie, Kraken, Wale. Feuerrote Seesterne, zwischen den Felsen sitzende Seeigel, große und kleine Muscheln.

Im Blau schwammen Vater und Sohn schwerelos.

CAMPOROTONDO, SOMMER 2000

Am Tag nach dem Abend mit Elena wachte Teresa spät auf.

Reglos lag sie in ihrem Bett und starrte an die schimmelfleckige Decke. Im Mund einen furchtbaren Geschmack, Rücken und Achseln verschwitzt. Elena schlief im Bett nebendran, den Mund leicht geöffnet, die Haare auf dem Kissen verteilt. Sie schaute sie ein paar Sekunden zu lang an, dann setzte sie sich auf und suchte mit der Hand nach der Lete-Flasche neben der Matratze. Während sie gierig ein paar große Schlucke Wasser nahm, betrachtete sie das ruhige Meer hinter der Fensterscheibe und versuchte die Bruchstücke des vorigen Abends zu ordnen.

»Wasser«, hörte sie hinter sich. Elena setzte sich neben sie, nahm das Lete und trank aus der Flasche. »Oh, was ein verrückter Abend gestern.«

»Ja, Mensch, aber es dreht sich alles …«, brummelte Teresa.

»Und was ein Kopfweh … verdammt noch mal, das Gras war beschissen. Dieser scheiß Kanake dealt widerliches Zeug«, sagte Elena und rieb sich die Schläfen. »Meinst du, deine Mutter hat Aspirin? Wenn ich mir nicht sofort eins reinpfeife, explodiere ich gleich.«

Sie schauten sich an und prusteten los.

Sie beschlossen zu frühstücken, aber erst gingen sie ins Bad.

Teresa machte lange Pipi und irgendwas da unten brannte. Sie wusch sich Gesicht und Achseln und starrte auf ihr Spiegelbild. Und während Elena ins Bad ging, huschte sie ins Wohnzimmer. Ihr Vater las auf dem Sofa einen Roman und trank Eistee. Sie wünschten einander einen guten Morgen, er sagte, dass ihre Mutter für irgendwelche Erledigungen im Ort sei, und dann wandte er sich wieder seinem Buch zu, ohne noch etwas hinzuzufügen. Krummer Rücken, hängender Kopf, magere, auf die Beine gestützte Arme. Seine Hemdsärmel waren hochgekrempelt und die offen sichtbaren Narben schienen fast aufzuleuchten. Egozentrisch, glücklich, dort im Wohnzimmer, unter den Vastas, einen Platz zu haben. In dieser künstlichen Pose einer verlassenen Cicciobello-Plastikpuppe wirkte ihr Vater wie eine Wachsfigur.

Teresa überlegte, ihn zu fragen, ob alles okay sei, aber dann drehte sie sich ohne ein Wort um und ging mit stampfenden Schritten und geballten Fäusten in die Küche.

Sie deckte den Tisch.

Die Tischdecke, ordentlich gebügelt bis zu den Rändern. Milch und Macine-Kekse, dicht beieinander in die Mitte. Die Tassen, eine für sie und eine für ihre Freundin, vor die Stühle, mit kleinen Löffeln und perfekt zu Dreiecken gefalteten Servietten. Sie beugte sich bis zur Brust in die Speisekammer, ihr Speck erlaubte kein weiteres Vordringen, und machte sich auf die Suche nach irgendetwas, das sie noch auftischen konnte. Sie fand eine Tafel Milchschokolade, die sie in kleine Vierecke teilte, um sie in eine Schale zu füllen, und Orangensaft. Er war warm, aber sie dachte, dass er dem Tisch Farbe verlieh. Und Brötchen mit Schokotropfen, die schon seit einer Woche abgelaufen waren, aber Elena würde das nicht merken.

Sie verteilte alles ordentlich. Nachdem sie das Ergebnis bewundert hatte, ging sie raus auf die Veranda, holte einen Strauß Geranien und einen mit Gänseblümchen aus den Blumentöpfen ihrer Mutter und stellte sie in ein Glas Wasser mitten auf den Tisch.

Als Elena kam, frühstückten sie.

In der hellen und farbenfrohen Küche hörte Teresa gar nicht auf zu lächeln.

»Hast du keinen Kaffee?«, fragte ihre Freundin sie. »Ohne kann ich nicht klar denken.«

»Aber ja doch!«, rief sie aus und haute sich gegen die Stirn; *wie konntest du bloß den Kaffee vergessen?* »Klar habe ich welchen! Sorry. Klar, klar, klar. Kommt gleich.«

Sie bestückte die Espressokanne, und als sie zu blubbern anfing, goss sie den schlammigen Sud in ein Tässchen für Elena und eins für sich. Teresa trank sonst nie Kaffee. Sie fand ihn scheußlich; bitter, dunkel. Aber an jenem Morgen schien er ihr köstlich; um ehrlich zu sein, hatte sie allerdings einen Haufen Zucker reingetan: ein, zwei, drei Löffel voll.

Sie sah sich um, und die Küche, die Küche, in der sie seit ihrer Kindheit im Sommer jeden Tag frühstückte, zu Mittag und zu Abend aß, schien ihr ein Ort, an dem sie noch nie zuvor gewesen war. Hell, einladend, ein Duplikat des bekannten Raums in einem umwerfend schönen Paralleluniversum. Und doch hatte sich dort nichts verändert. Alles war wie immer. Was sich verändert hatte, dachte sie, waren ihre Augen.

Sie frühstückten plaudernd und kichernd. Teresa hatte das Gefühl, dass sie durchs Haus rennen, tanzen und hüpfen wollte. »Hast du noch mehr Gras?«

Elena brach in ein glockenhelles, überglückliches Lachen aus.

Sie aßen fertig und standen auf.

Als erinnerte sie sich an etwas Wesentliches, sagte Elena: »Oh, aber jetzt gehen wir zu dieser Strandbar, ja?«

Teresas Lächeln, dieses Lächeln, das unsterblich, unbezwingbar erschienen war, erlosch. »Ele, bist du sicher, sollten wir nicht lieber …«

»Todsicher. Hundertpro. Tausendpro. Okay?«

Teresa zwang sich zu einem Nicken, kein bisschen überzeugt.

Sie gingen zurück ins Zimmer.

Vor Teresas Schrank sagte Elena, dass sie zuerst einmal geeignete Klamotten finden müssten. »Das da ist top, wenn du auf eine Beerdigung gehen willst. Das da kannst du der Nonne von Monza zurückgeben, die es wiederhaben will, und zwar schnellstens. Das hier hatte eins zu eins Jesus auf den Bildern in meinem Katechismusbuch an. Das hier …«, leierte sie herunter, während sie die Kleider ihrer Freundin rausnahm und angewidert aussortierte.

Am Ende beschloss sie, ihr ein Top und einen Pareo von sich zu leihen.

»Aber die werden mir viel zu eng sein. Ich pass bestimmt gar nicht rein, die da …«, protestierte Teresa und zeigte auf ihre Brüste.

»Eben. Du hast Titten. Also zeigen wir sie auch, oder?«

Nach der Dusche kämmte Elena ihr die Haare und band ihr einen Zopf. Sie zupfte ihre Augenbrauen und sagte, dass sie alleine ein totales Desaster angerichtet habe; vor allem an Beinen und Armen. Als sie fertig war, ließ sie sie in ihre Klamotten schlüpfen. Ein knapper Bikini, ein Top, dass sie einschnürte wie ein mittelalterliches Korsett, und ein zu langer Pareo. »Bereit für deinen Prinzen«, verkündete sie.

Teresa schaute sich im Spiegel an, und ihr entfuhr ein glückliches »Danke«.

»Dachte ich mir doch, oder?«, sagte Elena hinter ihr. »Wenn du Dornröschen wärst, würde dich dieser Typ, der keine Küsse gibt, wahrscheinlich vergewaltigen«, und sie lachte.

»Hör auf damit!«, tadelte Teresa sie und drehte sich ruckartig um. »Es ist schrecklich, so was zu sagen!« Sie ging aus dem Bad, das sie ihrer Freundin überließ, und brachte mit langsamen Bewegungen, um nicht zu schwitzen, den Schrank wieder in Ordnung, ein Schlachtfeld nach einem Kampf zwischen Klamotten.

Ein bisschen wie du, oder?

Als Elena ins Zimmer zurückkam, wunderschön in ihrem türkisen Zweiteiler, gingen sie raus. Sie verabschiedeten sich von ihrem Vater, der erneut nichts von der Veränderung seiner Tochter bemerkte; und Teresa spürte erneut, wie sie ihn dafür hasste. Sie verließen das Ferienhaus. Ihre Mutter musste noch im Ort sein: Im Haus hatten sie sie nicht gesehen. Teresa seufzte erleichtert auf. Sie war nicht provozierend gekleidet, der Pareo war lang und bedeckte sie von der Brust bis an die Knöchel, versteckte den Bikini also fast komplett, aber bei ihrer Mutter wusste man nie: Auf dem Weg durch den Flur zum Wohnzimmer hatte Teresa Angst gehabt, sich welche einzufangen, wie an dem Tag, als sie sie nach dem Vormittag mit Riccardo hatte nach Hause kommen sehen.

Sie spazierten über den Strand, liefen Richtung Bar.

Jetzt tropfte Teresa vor Schweiß. Das galoppierende Herz wirkte, als wollte es fliehen. Die Beine waren triefende Panini. Unterwegs machte sie mehrmals den Mund auf, um Elena zu sagen, dass sie das doch nicht machen wollte. Aber es gelang ihr nicht. Also folgte sie ihr.

Die Bar war so voll wie zwei Wochen zuvor. Jungs und Mädels in ihrem Alter tanzten, tranken und lachten. Schön, wild, gewaltig.

»Wieso waren wir denn noch nie hier?«, fragte Elena. »Das ist ja eine supercoole Location!«

»Ele, was machen wir eigentlich, wenn wir ihn finden? Was sagen wir zu ihm?«

»Nichts. Er muss das Gespräch mit uns anfangen. Klar, oder?«

Nein, überhaupt nicht.

Und sie drängten sich zwischen die sonnengebräunten Körper.

Übertrieben laute Musik. Der DJ ganz eingenommen von seinem Mischpult und den superscharfen, ultrabraun gebrannten Bräuten, die neben ihm ihre Hüften schwangen. An der Bar eine lange und schon angeheiterte Schlange. Zu einer Seite ein Haufen junger Leute. Sie rieben sich aneinander, befummelten sich, sangen. Von den Tischen stiegen Gelächter, Geschrei und Geplauder auf.

Den Blick auf den Boden geheftet, knetete Teresa nervös ihre Finger. Es schien, als wollte sie sie nacheinander ausreißen. Während sie noch in der Nähe des Eingangs stand, vornübergebeugt und verschwitzt, betete sie, Riccardo nicht zu treffen. Sie wollte jetzt nur noch nach Hause zurück. Während Elena neben ihr im Rhythmus der Musik langsam ihre Hüften wiegte und die Menge vor ihnen musterte, mit einem gerissenen Schmunzeln im Gesicht.

Es vergingen Sekunden, Minuten, Stunden, Tage, aber vielleicht auch nur wenige Augenblicke. Dann aus dem Nichts ein mächtiges Lachen. Und Teresa hob automatisch den Blick vom Holzboden.

Riccardo war da, nicht weit von ihr. Er lachte und rauchte und trank.

Er trug eines seiner weißen Leinenhemden, bis zum Bauchnabel aufgeknöpft, eine lachsfarbene Badehose bis zum Knie und ein Lächeln, das den ganzen Strand zu erleuchten schien. In der Hand eine Zigarette und einen großen, halb leeren Plastikbecher.

Er ist wunderschön.

»Ist er das?«, fragte Elena sie.

Ohne es zu wollen, nickte sie.

»Sexy, sexy …«, kommentierte die. »Hut ab, Teresa!« Sie lachte. »Okay, folg mir«, befahl sie ihr. »Sag nichts, schau ihn nicht an. Lauf einfach weiter und sonst nichts.«

Sie hatte keine Zeit zu protestieren, schon bewegte sich Elena in die Richtung des Tischs, an dem Riccardo saß. Er war mit den beiden Jungs da, die sie vor ein paar Tagen bei ihm zu Hause gesehen hatte, und drei dünnen, braun gebrannten Mädels, die so schön waren, dass sie sich schämte.

Miststücke, dachte sie plötzlich, überrascht. Und sie hätte sie am liebsten verprügelt. *Halt dich zurück, Jackie Chan.*

Mit galoppierendem Herzen und umnachtetem Hirn lief Teresa ihrer Freundin hinterher.

Zwei lachende Mädels wären fast auf ihr gelandet. Ein tanzendes Grüppchen Jungs trat ihr auf die Füße. Ein weibliches Grüppchen hielt inne, als sie vorbeiging, und wie ferngesteuert musterten sie alle gleichzeitig, als wäre sie ein Ungeheuer.

Teresa versuchte sich klein und unsichtbar zu machen und ging weiter.

Plötzlich sah sie, wie Elena sich von einem leeren Tisch ein Glas schnappte, das mit einer bläulichen Flüssigkeit gefüllt war. Sie sah, wie sie beherzt in Riccardos Richtung marschierte. Und als sie in seiner Nähe war, sah sie, wie sie so tat, als würde sie stolpern, und ihm blitzschnell den halben Cocktail über die Schulter kippte.

Die Reaktion kam prompt. Riccardo sprang auf, sein Lächeln verwandelte sich in eine Maske der Empörung, und er hob die Hände zum Himmel. »Verfickte Scheiße!«

Elena hielt an; Teresa landete fast auf ihr. »Meinst du etwa mich?«, fragte sie.

»Mir scheint, dass du es warst, die …«, fing er an, hielt aber inne und, seine Augen auf Teresa gerichtet, begrüßte er sie: »Ach, hallo!«

»Kennst du den?«, fragte Elena und deutete giftig mit ihrem Finger auf Riccardo.

Teresa, die kein Wort herausgebracht hätte, zuckte mit den Schultern.

»Aber klar kennen wir uns«, antwortete er. »Gut sogar, würde ich sagen … oder?«, und er zwinkerte ihr zu.

Kurze Stille, dann hörte Teresa sich sagen: »Ach, ja, ich glaube schon.«

Gut gemacht!

»›Ich glaube schon‹?«, äffte er sie kichernd nach. »Erinnerst du dich nicht an mich?«

Sie riss die Augen auf. »Doch! Ja, ja … ja«, stotterte sie überstürzt, gequält.

Elena stieß sie fast unmerklich mit dem Ellbogen an.

»Tut mir leid, dass wir uns nicht mehr wiedergesehen haben«, sagte Riccardo, der mit Servietten den Cocktail von sich abwischte. »Tut mir echt leid«, und er setzte sich wieder hin.

»So was sagen die, die sich keine Mühe geben, zu suchen«, antwortete Elena schlagfertig; und Teresa war ihr dankbar. »Na ja, gut, ich hab dich schon ein bisschen vollgespritzt, okay, sorry vielmals, aber mach nicht gleich so'n Theater, okay?«

Riccardo lachte. Dann wurde er ganz ernst. Dann lachte er wieder und noch lauter.

Er schien ständig von Gemütszuständen durchzogen, die er nicht kontrollieren konnte. Ohne es zu wollen, musterte Teresa ihn von Kopf bis Fuß. Und als ihr Blick auf seine Badehose fiel, da in der Mitte, fühlte sie, wie sie ein Schwindel durchfuhr, vom Kopf in die Brust, zum Magen und bis runter zum Bauch.

»Warum setzt ihr euch nicht für ein ...«, setzte er an.

Aber Elena unterbrach ihn: »Wir haben zu tun«, sagte sie mit zickigem Tonfall.

»Ach, ja?«

Sie nickte. »Es war mir eine Freude, mein Lieber.«

»Ich heiße Riccardo. Wie King Richard.«

»Ach, braver Junge. Schön für dich.«

Teresa lachte.

Riccardo fixierte sie. »Ich meinte das ernst: Es tut mir leid, dass wir uns nicht wiedergesehen haben. Das am Strand war ...« Er lächelte, zwinkerte ihr zum zweiten Mal zu; sie fand, dass an dieser Geste irgendetwas falsch war, aber sie hätte nicht sagen können, was.

Immer noch unfähig zu sprechen, nickte sie also bloß.

Sie betete zu Gott, der Boden möge sich unter ihren Füßen auftun und sie im Inneren der Erde versinken lassen. Er möge ihr eine Panzerfaust geben, um die Bar und alle, die dort tanzten, in die Luft zu jagen. Er möge sie schlagartig Gewicht verlieren lassen, sie verändern, sie verwandeln und sie schön machen, wunderschön, eine heiße Braut, eine Erwachsene, eine ...

»Ich wollte nach dir suchen, hey«, fuhr er fort und riss

sie damit aus ihren Gedankenwindungen. »Die Woche war die Hölle. Ein Haufen zu tun. Ein Riesenberg.«

Teresa zuckte mit den Schultern. Und wieder breitete sich das Schweigen zwischen ihnen aus.

»Na gut, wir gehen jetzt«, mischte Elena sich ein.

»Die Jungs und ich organisieren gerade was Cooles … eine kleine Party«, sagte Riccardo sofort, er schien sie nicht loslassen zu wollen. »Warum kommt ihr nicht vorbei? Heute Abend.«

»Wir haben auch heute Abend zu tun«, antwortete Elena.

»Sicher? Eine wie du würde da super reinpassen.«

»Eine wie ich?«, fragte sie und tat so, als wäre sie entsetzt.

Riccardo, der einen Hoffnungsschimmer sah, zwinkerte auch ihr zu. Und Elena, die unvermittelt Haltung und Gesichtsausdruck änderte, fing an, in hohen Tönen zu kichern, und legte ihm eine Hand auf die Schulter.

Sie ließ sie nur ganz kurz dort. Ein Teil ihres Handtellers berührte seine gebräunte Haut, zwischen Brustmuskeln und Hals. Und Teresa, der das Blut ins Hirn schoss und das Herz raste, spürte den Impuls, sie da wegzunehmen, diese Hand

einer dummen Kuh. Einer Bitch. Einer bösen, verfluchten, widerlichen Verräterin.

mit den lackierten Fingernägeln, spindeldürr, und

ihr eine Ohrfeige zu verpassen. Sie zu verprügeln. Sie umzubringen.

sie da wegzuholen, ihre Freundin, sie anzuflehen, mit ihr nach Hause zurückzugehen.

Riccardo drehte sich um, sagte, nur an Elena gewandt: »Michele, Alessandro«, und stieß seine mit ihm am Tisch sitzenden Freunde mit dem Ellbogen an.

Die drehten sich um und stellten sich Elena vor; Teresa sahen sie gar nicht an. Erst verschlangen sie Elena mit den Augen, dann stellten beide ein übertriebenes Grinsen zur Schau.

»Ich kenne dich zwar nicht, warte aber schon ewig auf dich«, sagte Alessandro.

Elena lachte zum zweiten Mal.

»Lust auf einen Mojito?«, schlug er ihr vor.

Sie schüttelte den Kopf. »Wir haben was vor.«

»Wie schade«, stellte Alessandro fest.

»Meinst du?«

»Da bin ich mir sicher.«

Elena lachte zum dritten Mal.

Es war ein lästiges und komisches kleines Lachen, das ihre Freundin, wie Teresa gerade merkte, nur Jungs vorbehielt; und auch nicht allen, nur den *sexy* Jungs. Irgendwas zwischen dem Ruf eines Delfins und dem Klingelton des Telefons zu Hause, am Festnetz.

»Komm schon, setz dich zu uns«, gab er nicht nach. »Lass uns kurz quatschen, oder?«

»Ich kann nicht.«

»Bist du ganz sicher?«

Elena lachte zum vierten Mal; wieder dieser seltsame Klang. Und sofort lachte auch Alessandro. Und Michele. Und Riccardo. Und plötzlich lachten alle gemeinsam. Und Teresa spürte, dass sie weinen wollte und sie ohrfeigen und Riccardo an sich ziehen, um ihn zu umarmen, ihn als ihr gehörig zu empfinden, wie in jener Nacht am Strand.

»Heute Abend kommst du aber. Zu der Party, meine ich«, fing Alessandro wieder an. »Ich hab ein kleines Geschenk, weißt du … ein hübsches Päckchen … mit Schleife und allem Drum und Dran.«

»Ein Geschenk, sagst du … für mich?«, zwitscherte sie und lächelte wieder.

»Für das schönste Mädchen auf der Party. Und du … nun, du könntest vielleicht gewinnen«, schloss er und musterte unverhohlen ihre Brüste und ihre Beine.

Elena lachte zum fünften Mal.

Miststück. Du bist ein Miststück. Ein Miststück, ein Miststück, ein Miststück.

Da bemerkte Teresa, dass sie die Fäuste ballte und mit den Füßen aufstampfte. Alle Muskeln in ihrem Körper waren angespannt, die Kiefer so fest aufeinandergepresst, dass ihre Zähne wehtaten. Sie versuchte, sich zu beruhigen, aber es wurde nur noch schlimmer.

Einige Sekunden vergingen schweigend.

Elena und Alessandro lächelten einander an. Riccardo plauderte ununterbrochen mit den Blondinen am Tisch. Und derweil achtete niemand auf Teresa. Sie war durchsichtig.

»Na ja«, maunzte Elena, »vielleicht haben wir doch Zeit für einen Cocktail.«

»Nein«, sagte Teresa; sie hatte fast geschrien und schämte sich dafür, aber ihr Mund hatte alles von allein gemacht; wie im Conad, als sie den uniformierten Wachmann angeschrien hatte: Es war, als ob jemand in ihr drin, ein schlecht erzogener Mitbewohner, hin und wieder die Kontrolle über ihren gesamten Körper an sich reißen würde. »Wir müssen los. Jetzt«, fuhr sie fort; dann, als sie sah, dass alle sie anstarrten: »Wir haben … einen Termin. Stimmt's, Elena?«, und sie sah sie streng an.

Die erwiderte den Blick, holte Luft und atmete hörbar aus. Dann nickte sie.

Alessandro kicherte.

Was lachst du denn da, du Trottel?

»Deine Freundin weiß, wo ich wohne«, mischte Riccardo sich ein und wandte sich dabei wieder nur an Elena. »Ihr seid beide eingeladen, klar. Um elf geht's los. Es gibt guten Alkohol. Und Musik. Und Schnee.«

Schnee. Im August. Was soll das heißen? Wieso verstehe ich die nie?

Sie verabschiedeten sich. Und die beiden Mädchen verließen die Bar.

Über den Steg gelangten sie zum Wasser und schlugen den Weg über den feuchten Sand zum Ferienhaus ein.

Eine lief gekrümmt, mit gesenktem Kopf, schweren Beinen, die sie kaum bewegen konnte. Sie spielte nervös an einer Haarsträhne herum, marschierte schweigend vor sich hin. Die andere sprudelnd, lächelnd, aufgeregt. Sie wackelte kräftig mit dem Hintern und bewegte dauernd ihren Kopf, kicherte und ließ ihre Haare durch die Luft fliegen.

»Jesuschristus, dieser Alessandro ist ja supersexy«, quiekte Elena. »Wir müssen da heute Abend unbedingt hin. Unbedingt!«

Teresa lief ihr stumm hinterher.

»Was hast du denn?«, fragte ihre Freundin sie. »Es lief doch gut, würde ich sagen.«

Nein, es lief schlecht. Sehr schlecht.

»Ich weiß nicht, Ele. Ist es gut gelaufen?«

Die hielt inne und sah sie an. »Sag mir doch mal, was plötzlich los ist.« Sie holte Luft, atmete geräuschvoll aus, schüttelte den Kopf. »Scheiße, ich versteh dich einfach nicht.« Sie schaute sie kurz an, schüttelte noch mal den Kopf und starrte, die Hände in die Hüften gestützt, erst auf den Sand, dann auf den blauen Himmel. »Was ist los? Was ist denn deiner Meinung nach nicht gut gelaufen?«

Teresa senkte den Blick. »Es ist, dass …« *Was denn, Terri? Was eigentlich?* »Es ist, dass ihr mich alle wie ein kleines Kind behandelt. Und ich mag es nicht, wenn ihr das macht.«

Elena zog die Augenbrauen hoch. »Was sagst du da? Wer behandelt dich wie ein kleines Kind?«

»Ihr.«

»Wir?«

»Ihr.«

»Wer denn *wir*?«

Alle, dachte sie, aber sie merkte selbst und sofort, dass sie das nicht sagen konnte. Darum konnte sie nur die Unterlippe vorschieben und mit den Schultern zucken.

Elena nickte, ganz langsam; es wirkte, als versuchte sie eine komplexe mathematische Formel zu verstehen. »Kann es vielleicht sein … schau mich mal an, komm schon«, sagte sie und bewegte den Kopf, um ihren Blick zu erhaschen. »Kann es vielleicht sein, dass nicht wir es sind, die dich wie ein kleines Kind behandeln? Kann es sein, dass du dich selbst so fühlst und dich deshalb so benimmst und deshalb auch in den Augen der anderen zum kleinen Kind wirst?«

»Was soll das heißen?«

»Dass du die ganze Zeit still warst, Terri!«, platzte es aus Elena heraus. »Reglos wie eine Puppe oder ein … Dings, wie heißt das noch … eine Vogelscheuche. Ich meine, was erhoffst du dir, wenn du nur stumm rumstehst und auf den Boden starrst?«

Sie sagt, dass es meine Schuld ist. Das will sie mir sagen.

Ich glaube nicht.

Doch. Das sagt sie. Für die anderen ist alles ganz einfach. Und wenn dir etwas schwerfällt, dann nur, weil du es bist, die es nicht hinkriegt. Weil du verkehrt bist.

Teresa lächelte sie an, bedankte sich und sagte, wie gern sie sie habe. Sie heuchelte ein breites, heiteres Lächeln. Dann machten sie sich Seite an Seite wieder auf den Weg zum Haus.

Teresa fühlte, wie ihre Hände, Arme und Schultern zitterten. Als hätte sie Millionen von Ameisen unter der Haut. Wild, windig, flink: Sie krabbelten durch ihren Körper, alle hin zu den Gliedmaßen. In den Händen kamen sie zusammen, ihre kleinen Ameisen, wild darauf, die Kontrolle zu übernehmen und ihren Kopf durchzusetzen. Was sie im Sinn hatten, was ihr Plan war, wusste sie allerdings noch nicht. Aber sie fühlte, dass die Antwort da vor ihren Augen lag: Sie musste sich nur noch etwas mehr anstrengen. Vielleicht musste sie ihren kleinen Ameisen nur nachgeben. Ihnen folgen. Damit sie verstand, welchen Weg sie einschlagen wollten, welchen sie selbst nehmen und beschreiten sollte.

Ja, das sollte sie wohl tun: Sie sollte sich ihren Ameisen überlassen.

PALOMA, WINTER 2019

»Niccolò?«
»Mario?«
»Niccolò!«
»Mario!«
»Was machst du denn hier?«
»Nein, was machst du hier?«
»Ich arbeite hier.«
»Du arbeitest hier?«
»Hm.«

»Klingt wie ein Gespräch unter Schwachsinnigen«, lachte Niccolò. »Cool hier. Vielleicht liegt es an den riesigen Fenstern zum Strand hin, diesem Blau an den Wänden und diesem Holzdach mit den runterhängenden Glühbirnen, aber es sieht aus wie das Restaurant auf …«

»Auf Phillip Island, in Australien«, beendete Mario an seiner Stelle den Satz und lächelte. »Es erinnert dich daran, weil es genau gleich ist. Ich habe es genauso machen lassen, wie das Restaurant auf der Klippe, wo unser letztes Abendessen war.«

»Was soll das heißen, dass ›du es so hast machen lassen‹?«, fragte Niccolò.

»Ach, das ist eine lange Geschichte. Warum bleibst du nicht ein bisschen? Ich lade dich zum Mittagessen ein, okay? Wir haben sowieso geschlossen, weil Winter ist und keiner da. Ich bin bloß hier, weil es hieß, dass gestern dieses Unwetter war, und ich wollte nachschauen, ob alles in Ordnung ist, und habe mir was zu essen mitgebracht, weil ich es schade gefunden hätte, nur für fünf Minuten herzukommen. Ich wollte wenigstens die Aussicht aufs Meer genießen.«

»Gehört das hier etwa dir?«

»Ich hab doch gesagt, das ist eine lange Geschichte.«

»Wohnst du denn nicht mehr in Paloma?«

»Nein, ach was. Ich wohne seit zwei Jahren in Rom, eine Stunde von hier.« Er nickte. »Also, komm schon, du bleibst doch zum Essen, oder?«

»Hmmm. Kannst du kochen?«

»Sieht so aus.«

»Deal!«, nahm Niccolò die Einladung an. »Aber verkaufst du auch Zigaretten? Deshalb bin ich hergekommen, Google Maps meint, du verkaufst welche.«

»Klar. Und es müssten auch noch welche da sein. Welche Sorte willst du?«

»Camel Blue.«

»Hier, bitte. Also, wie bist du hier gelandet?«, fragte Mario ihn.

»Das ist auch eine lange Geschichte. Ich habe dieses Haus am Strand«, log er, »wir sind gestern Abend angekommen, mit dem Unwetter, von dem du gesprochen hast. Ich bin mit meinem Vater da. Er hat noch geschlafen, als ich los bin. Ich bin ein bisschen über den Strand spaziert, um Kippen zu holen und ... verdammt, du wirkst wie eine Halluzination!«

»Komm, ich mach uns schnell ein paar Spaghetti, und wenn unsere Bäuche schön voll sind, erzählen wir uns diese langen Geschichten. Wir haben uns ja schon wie lange nicht mehr gesehen ... drei Jahre?«

»Zweieinhalb«, sagte Niccolò. »Praktisch seit der Australienreise nicht mehr. Aber, wenn wir zusammen essen wollen, dann beeil dich, ich hab Hunger.«

»Gut, ich geh in die Küche. Ich hab ein paar Meeresfrüchte da, die ich extra mitgebracht habe, weil ich vorhatte, mir ein einsames Mittagessen zu machen. Setz dich an den Tisch, der dir am besten gefällt, der Blick aufs Meer ist sowieso überall gleich.«

»Jetzt erzähl mal«, meinte Niccolò, als Mario mit einem Topf Linguine allo Scoglio wieder ins Restaurant zurückkam, »was ist die Geschichte von diesem Ort hier? Also … nein, nein, das reicht, danke, ich kann ja sonst noch mal nachnehmen … als ich mich von dir verabschiedet habe, wolltest du Fußballer werden. Du warst in der Primavera oder wie diese Liga da auch immer heißt.«

»Als du dich verabschiedet hast, wollte ich Fußballer werden, ja, aber …« Mario hielt inne und kaute auf den Worten und den Muscheln herum. »Mein Vater ist wenige Monate nach dem Australientrip gestorben.«

»Heiligerhimmel.«

»Tumor, er hat ihn zwei Wochen nach unserer Reise entdeckt. Der Krebs hat ihn aufgefressen. Ein Scheißmassaker, sag ich dir.«

»Mario, das tut mir sehr leid, ich wusste nicht …«

»Keine Sorge, alles in Ordnung. Ich habe es niemandem erzählt.«

»Gott … Scheiße … Ich …«

»Er ist gestorben, als wir in der elften Klasse waren, also habe ich Schule und Fußball geschmissen und angefangen zu arbeiten. Weißt du, meine Mutter kapierte gar nichts mehr, hochgradig depressiv, und irgendwer musste Geld verdienen, damit wir nicht unter der Brücke landeten.« Er zuckte mit den Schultern. »Ich hab gekellnert, dann hat mich ein Freund der Familie als Hilfskoch in seinem Restaurant angestellt, und ich hab gemerkt, dass mir die Arbeit gefällt. Im Jahr drauf habe ich mir mit der Lebensversicherung meines Vaters dieses kleine Lokal hier aufgebaut.« Er breitete die Arme aus, um auf das Restaurant zu zeigen. »Im Juni eröffnet, Clara und ich führen es. Der Sommer ist gut gelaufen, da ist der Strand voller Leute, und im Juli ist Totti gekommen, den mein Trainer von der Primavera mit hierhergeschleppt hat, und kaum hatte sich das rumgesprochen, sind auch die anderen Fußballer gekommen … schwupps, schon brummte der Laden.«

»Immer noch Clara?«, platzte Niccolò heraus. »Ihr seid ja schon ewig zusammen!«

»Seit vier Jahren. Ich will sie heiraten.«

»Verfluchte Hacke, du willst heiraten? Was zum Teufel!?«

»Ich weiß, es ist früh, aber was juckt mich das? Ich liebe sie, okay?«

»Verstehe.«

»Tja.«

»Tja.«

»Gehst du noch aus, mit den Getreuen?«, fragte Mario interessiert.

»Klaro!«

»Die üblichen Arschgeigen?«

»Sogar schlimmer.«

»Erinnerst du dich, was wir zusammen für einen Scheiß angestellt haben?«

»Scheiße, waren wir verrückt«, brummte Niccolò, während er eine Muschel runterschluckte.

»Als wir diesen Panda auf der Piazza Beccaria in Brand gesteckt haben?«

»Daran erinnere ich mich! Mirko wollte wissen, ob sie so explodieren wie im Film.«

»Und als wir diesen beschissenen Chihuahua vom Balkon des Schulleiters entführt haben und er ihn dann rosa angestrichen in der Turnhalle gefunden hat?«

»Dieser Hurensohn von Hund hat mir fast einen Finger abgebissen.«

»Jesuschristus, was waren wir doch für Scheißkerle!«, rief Mario und haute mit den Händen auf den Tisch.

»*Waren wir*?«

»Stimmt, ich habe gehört, dass ihr drei euch noch nicht ausgetobt habt.«

»Hat dir das ein Vögelchen gezwitschert?«, fragte Niccolò lachend.

»Ein Star, würde ich sagen. Die halbe Schule redet über euch.«

»Was hat die andere Hälfte denn für Probleme?«

Mario lachte.

»Wir haben einen Heidenspaß, ja«, versicherte Niccolò.

»Du bist also noch nicht unter der Haube.«

»Ach! Nie. Das wird *nie* passieren.«

Mario lachte wieder, dann, nach einer Weile: »Also«, sagte er leise, »was ist deine lange Geschichte? Warum bist du mit deinem Vater hier? Ich dachte, ihr redet nicht miteinander. Also, so war es zumindest, als wir noch zusammen auf der Piste waren. Oder irre ich mich?«

»Nein, du irrst dich nicht.«

»Aber du hast doch gesagt, dass ihr hier zusammen seid.«

»Ja. Er hat vor Kurzem diese Villa gekauft, eine von denen am Strand«, erfand er.

»Cool.«

»Saucool. Sogar mit Whirlpool.«

»Mit Whirlpool!«
»Und Sauna.«
»Mit Sauna!«
»Und Filmprojektor.«
»Mit Filmprojektor!«
»Er ist sehr reich, weißt du«, sagte Niccolò.
»Dein Vater?«
»Hm.«
»Was arbeitet er denn? Ich glaube, das hast du nie erzählt.«
»Oh«, antwortete Niccolò und verscheuchte eine Fliege, die es nicht gab, »er ist Staatsanwalt, weißt du. Einer von den toughen. Er kämpft gegen die Mafia.«
»Wirklich?«, fragte Mario bewundernd.
»…«
»…«
»Nein«, hörte Niccolò sich sagen. »Nein, ach was, er ist *fast ein Penner*. Sorry, das war Bullshit. Das war ein Märchen und ich weiß nicht, warum … ich weiß nicht, warum ich das erzählt habe.«
»Ah. Okay.«
»…«
»Aber, wenn er fast ein Penner ist, was ist dann mit dem Haus …«
»Da sind wir gestern Nacht eingebrochen.«
»Niccolò, was redest du denn da?«
»Vielleicht ist es besser, wenn du nichts darüber weißt.«
»Hm, vielleicht«, stimmte Mario ihm zu; jetzt lächelte er nicht mehr.
»…«
»…«
»Das ist nur ein Teil meiner langen Geschichte, sagen wir mal.«

»…«

»Und verurteil mich nicht, verfickte Scheiße!«, entfuhr es Niccolò.

»Ich verurteil dich gar nicht. Ich hab nichts gesagt.«

»Na ja, man sieht's.«

»Dass ich dich verurteile?«

»Genau«, sagte Niccolò und zündete sich eine Zigarette an.

Mario lachte. »Du hast dich echt nicht verändert, verdammt.«

»Soll heißen?«

»Soll heißen, dass du immer noch schnell angepisst und überheblich bist.«

»Wenn jemand anderes so was zu mir sagen würde, würde ich ihm eine reinhauen. Aber erstens bist du zu groß und ich wäre derjenige, der am Boden landet. Apropos, gehst du noch ins Fitnessstudio?«

»American Football.«

»Ach, siehst du.«

»Ja.«

»Und zweitens kennst du mich zu gut, verdammt.«

Sie lachten beide.

»Du hast mir gefehlt, weißt du?«, sagte Niccolò.

»Du mir auch, Bruder.«

»Warum hast du dich dann von der Clique entfernt? Wir waren nicht ohne Grund die *Getreuen*, oder?« Er blies ein graues Wölkchen aus.

Mario schüttelte den Kopf. »Weißt du, die Krankheit meines Vaters und … der ganze Rest. Ich …«

»Wir hätten dir doch helfen können, oder? Wir waren deine Freunde«, sagte Niccolò. »Stattdessen bist du einfach verschwunden. Nicht mal in der Schule konnten wir dich erwischen. Du hast nicht auf Anrufe und

Nachrichten reagiert. Wir haben sogar stundenlang bei dir zu Hause geklingelt. Aber es war, als hättest du dich in Luft aufgelöst.«

»Ich weiß, ich weiß. Und es tut mir leid. Aber …«, setzte Mario an.

»Mirko wollte Rache üben, dich verprügeln, er sagte, du würdest uns bestimmt ignorieren, weil du dich für was Besseres hältst.«

»So ist es nicht.«

»Ich habe sie ja auch überzeugt, dich in Ruhe zu lassen, oder?«

»Ich war verwirrt, das ist alles. Mein Vater … der Schmerz war zu stark.«

»Das kann ich mir vorstellen, aber … was weiß ich, wir hätten dir wirklich helfen können.«

Mario schüttelte den Kopf.

»Nicht?«

»Ich glaube nicht.«

»Warum denn nicht?«, fragte Niccolò.

»…«

»Oh, also?«

»Also … was weiß ich, vielleicht dachte ich, ich muss das allein durchstehen oder so. Verstehst du?«

»Was soll das denn heißen? Dass du uns loswerden musstest?«

»Nein, das ist es nicht … es ist … keine Ahnung, vielleicht wollte ich nicht mehr … wollte ich bestimmte Sachen nicht mehr machen. Verstehst du, was ich sagen will?«, murmelte Mario.

»Du wolltest uns loswerden, Schluss, aus. Erzähl keinen Mist.«

»…«

»…«

»Machst du noch was?«, fragte Mario.
»Ach so. Ist das das Problem?«
»Du hast meine Frage nicht beantwortet.«
»Ab und zu«, sagte Niccolò.
»Koks, Rauchen, Alkohol und die ganze Palette?«
»Hm.«
»Hmm.«
»*Du bist die Drogen losgeworden?* Ist es das, was du mir sagen willst?«
»Auch«, antwortete Mario.
»Schön für dich, klar«, sagte er und hob sein Glas. »Auf dich!«, schlug er vor. »Du warst immer der Beste von uns. Der Tüchtigste.«
»Das wollte ich damit nicht sagen.«
»Aber klar doch, du spielst den Redlichen, verfickt noch mal.«
»Nein, gar nicht.«
»Wir haben nie Schmerz erlebt, ja, na und?«, fuhr Niccolò fort. »Das ist ja wohl nicht unsere Schuld, wenn … was weiß ich, wenn der Schmerz uns nicht verflucht hat.«
»Denkst du, das ist ein Fluch?«
»Ich denke, dich hat der Schmerz solide gemacht, Mario, das denke ich. Und ja, das ist ein verdammter Fluch. Aber du hättest es wissen müssen. Wir waren uns doch einig, oder? Wir wollten nicht so werden wie die anderen.«
»Die Dinge ändern sich.«
»Und die Menschen ändern sich mit den Dingen. Eben«, sagte Niccolò schnell.
»Aber ihr habt euch kein bisschen verändert. Das verstehst du nicht.«
»Im Gegenteil: Wir verändern uns jeden beschissenen Tag, okay? Während du, mit deiner Scheißfreundin und deinem Restaurant und deinem Meister-Proper-Leben

immer der Gleiche bleibst. Haargenau gleich. Ein Toter, der nichts davon weiß.«

»Ihr zieht euch jeden Tag was rein und kippt euch was hinter die Binde und geht zu den Nutten, wie als wir sechzehn waren. Hast du etwa den Eindruck, dass ihr euch verändert habt?«

»Siehst du? Du hältst dich doch für was Besseres!«

»Das stimmt nicht!«

»Doch«, knurrte Niccolò. »Jedenfalls ist es anders, als du sagst.«

»All das mit Scheiße verschnittene Koks und die Frauen, denen ihr nicht ins Gesicht schaut, und …«

»Verdammt, hör auf damit, in den Teller zu spucken, von dem du gegessen hast!«

»Ich habe mich bloß verändert, okay?«

»Bullshit.«

»So ist es.«

»Wie du's draufhast, Mario. Wie klug du bist!«

»Fick dich«, zischte der; er stand mit den Tellern auf und verschwand in der Küche. Als er zurückkam, brachte er zwei Stück Kuchen auf Servietten. »Alla crema, wie du sie magst.«

»Entschuldigung«, sagte Niccolò, als er den Nachtisch aufgegessen hatte. »Vielleicht habe ich übertrieben.«

»Mach dir keinen Kopf. Jedenfalls, diese Geschichte mit dem Solidewerden … Sorry, wenn ich dir das sage, aber so ist das, wenn etwas passiert, was dich wachsen lässt.«

»Ich verstehe dich immer noch nicht«, sagte Niccolò.

»Es ist, dass … dass es passieren kann, dass du gegen irgendwas Hartes stößt, wenn du dich so bewegst, wie wir es getan haben. Irgendeinen Stachel, der dir wehtut und … und wenn du jemanden bei dir hast, wenn du beim Aufprall jemanden dabeihast, den du liebst … Scheiße, dann tut der Stachel auch ihm weh.«

»Du bist also gegen deinen Stachel gestoßen?«, fragte Niccolò.

»…«

»Lass gut sein, du musst es mir nicht unbedingt erzählen. Es ist nur, dass …«

»Als sie es mir gesagt haben«, unterbrach ihn Mario, »als meine Eltern mir gesagt haben, dass er Krebs hat, war ich … verdammt, ich war high …« Er fuhr sich durchs Haar. »Ich hatte mir eine Menge Koks reingezogen und dazu noch ein Acid, du weißt ja, dass ich dafür eine Schwäche hatte. Als sie es mir dann gesagt haben … da habe ich gelacht, verdammt. Ich habe ihnen schallend ins Gesicht gelacht.«

»…«

»Als ich wieder nüchtern war, wollte ich nur noch, dass ich derjenige wäre, der stirbt. Nicht er. Damals wurde mir klar, dass es auf der Welt auch böse Menschen geben muss. Menschen, die im Leben der anderen Schmerz verursachen, und … Scheiße, das waren wir. Und ich konnte das nicht mehr ertragen.«

Niccolò war nicht in der Lage, irgendetwas zu sagen.

Das Meer hinter der Fensterfront war eine unendliche, unbewegte Platte aus glitzerndem Kristall. Der Himmel, noch heiter, schien die Fahne jenes himmlischen Friedens zu schwenken, der der Erde schon immer verwehrt blieb. Der Strand war leer. Eine Reihe Palmen zur Linken saugte sich mit den kalten Strahlen der Sonne voll. Im Restaurant ein drückendes, fast unheilvolles Schweigen. Alles reglos. Als hätte die Welt aufgehört, sich zu drehen, das Universum aufgehört, zu funktionieren, und alles sich auf dem Boden abgesetzt, hart und schwer.

»Tut mir leid. Euch, ohne was zu sagen, sitzen zu lassen, war gemein«, sagte Mario in einem Flüstern. »Nur, dass ich es nicht mehr ausgehalten habe.«

»Das ist in Ordnung so«, antwortete Niccolò.

»War es falsch, dir das zu erzählen?«

»Nein, ich glaube nicht. Aber … aber ich weiß es noch nicht.«

»Was weißt du noch nicht?«

»Vorhin hast du mich gefragt, was ich heute hier mache«, sagte Niccolò. »Also, ich glaube, diese Tage hier mit meinem Vater sind mein Stachel.«

CAMPOROTONDO, SOMMER 2000

An jenem Abend war es unerträglich heiß. Ganz klebrig von der Schwüle wischte Teresa sich mit zwei Fingern ständig den Flaum zwischen Nase und Oberlippe trocken.

Sie war in ihrem Zimmer, stand vor dem Schrank, in dem eine Bombe explodiert zu sein schien; Klamotten überall, einige rausgerutscht, als hätte der Schrank sie ausgekotzt. Mit hängenden Armen starrte sie seit gut zehn Minuten auf den Klamottenhaufen, hatte aber immer noch nicht entschieden, was sie anziehen sollte.

Vielleicht ist es doch besser, wenn die anderen mir sagen, was ich anziehen soll.

Sie hatte keine Ahnung, wie sie zu dem Abend gehen sollte. Riccardos Party war ein schwarzes Loch, das sie anzog und sie abschreckte. Und weil sie nicht verstand, was da auf sie zukam, wusste sie auch nicht, was sie anziehen sollte. Gerade trug sie den Schlafanzug mit den Powerpuff Girls, große Schokoflecken auf den Brüsten und ein sehr ähnliches Gefühl wie an Silvester. Melancholie, Angst und Aufregung gemischt. Aber das beides, den Schlafanzug und das Silvestergefühl, konnte sie schlecht anziehen.

Noch feucht vom Duschen trippelte Elena ins Zimmer, wie ein Kätzchen zu seinem Futternapf. »Ich bin mega aufgeregt. Mir zittern die Eierstöcke!«

Wie eklig, so was zu sagen.

»Hast du noch nicht entschieden, was du anziehst?«

Teresa schüttelte den Kopf und hielt dabei den Blick gesenkt und die Mundwinkel nach unten.

»Heilige Mutter Gottes!«, entfuhr es Elena, die durchs Zimmer rannte und sich neben dem Schrank aufs Bett setzte, ihr gegenüber. »Geht das schon wieder los? Echt jetzt?«

»Ele, geh du da hin, zu der Party. Ich … ich bleibe zu Hause«, murmelte sie.

»Warum denn?«

»Weil ich keine Lust habe«, antwortete sie mit hauchdünner Stimme.

»Du hast das Ganze doch angezettelt, da kannst du jetzt keinen Rückzieher machen!«, sagte Elena. »Du hast mich doch gebeten, dir zu helfen, dieses Arschloch aufzureißen. Du …«

»Hör zu, ich weiß, okay?«, sagte sie und wurde lauter. »Ich weiß es, und du brauchst mir keine Zusammenfassung von … von mir selbst zu liefern.« Sie seufzte. »Ich habe bloß meine Meinung geändert.«

»Gibt es einen Grund?«

Gibt's einen?

Ich weiß es nicht, Terri. Ich glaube schon.

»Ich hab keine Lust«, sagte sie und zeichnete dabei einen Kreis mit dem Fuß.

Elena schnaubte. »Es ist ja okay, wenn man Angst vor Neuem hat, aber wenn du dich nicht ab und zu reinstürzt, bleibst du immer am selben Punkt stehen. Und seien wir mal ehrlich, Terri, an dem Punkt, an dem du gerade stehst, bist du doch nicht glücklich.«

Teresa schüttelte den Kopf.

»Eben!«, quiekte Elena. »Und wenn der Weg, den du bisher gegangen bist, dir nicht gefallen hat, musst du mal was anderes machen. So was wie heute Abend, oder? Es ist ja auch gar nicht gesagt, dass der Typ dir wirklich gefällt, vielleicht findest du ihn abstoßend, vielleicht willst du Nonne werden und …« Sie hielt inne. »Was ist, willst du zufällig Nonne werden?«

»Aber nein!«

»Du kannst es mir ruhig sagen. Das würde Sinn machen, glaub ich.«

»Hör auf damit!«

Sie lachten beide.

»Na ja, hast du verstanden, was ich sagen wollte?«, fragte ihre Freundin sie.

»Ja, ich würde sagen, ja.«

Elena musterte sie einen Tick zu lange. »Ich weiß, dass du manchmal denkst, ich wäre zu hart zu dir. Aber ich tue das, weil ich dich mag, okay?«

Teresa nickte. »Es ist, dass …« *Was?*, ihr schwirrte ein wenig der Kopf, »ich meine Meinung geändert habe, glaube ich. Auch wenn ich weiß, dass du recht hast. Ich … weiß das.«

»Wenn du mal deine Meinung änderst, ist das natürlich kein Problem. Das tun wir alle. Wir ändern unsere Meinung, und wir ändern uns selbst und …«

»Wie erträgst du das?«, unterbrach sie sie. »Ich meine, wie erträgst du das, so … sich so zu verändern?«

»Verdammte Scheiße, das ist doch supercool! Ich meine, Terri, irgendwann kommt das Alter, wo wir uns nicht mehr ändern können. Da fangen die wirklichen Probleme an.« Sie nickte. »Aber jetzt, wo wir siebzehn sind, können wir machen, was wir wollen, können wir … *sein*, wer wir wollen. Genieß es und schick den Rest zum Teufel, oder?«

Unsicher nickte Teresa. »Okay.«

»*Okay?*«

»Okay.«

Das Gerede überzeugte sie nicht. Aber die Wut, die sie morgens gespürt hatte, dieses kribbelige Gefühl, das ihr die überall hinflitzenden Ameisen verschafft hatten, das wollte sie noch mal fühlen. Und irgendetwas sagte ihr, dass, wenn sie zu der Party ginge, ihr nicht nur genau das passieren würde, sondern dass noch mehr Ameisen dazukämen.

»Gut. Dann spiel hier nicht mehr die Nörgeltante, dann machen wir uns jetzt nämlich fertig.«

Sie schlossen sich im Bad ein.

Teresa bückte sich, zog die Schublade unter dem Waschbecken auf und zeigte ihrer Freundin die ganzen Schminksachen ihrer Mutter. Elena fing lächelnd und zielsicher an, darin zu wühlen.

»Ist das Zeug wirklich von deiner Mutter?«

Sie bejahte.

»Warum ist sie denn dann immer so …« Sie fuchtelte mit der Hand herum. »Kurz, warum benutzt sie das nie?«

Teresa zuckte mit den Schultern. »Wahrscheinlich würde sie gerne, aber … kann nicht.«

»Kann nicht?«

»Kann nicht.«

»Wie meinst du das? Wer hindert sie daran?«

Sie selbst, dachte sie, sagte es aber nicht: Aus irgendeinem Grund schämte sie sich für diese Antwort, so vernünftig und sinnvoll sie ihr auch erschien.

»Es ist, dass … Weißt du, für die Kirche ist zu stark geschminkt sein nicht wirklich …«, setzte sie an.

»Scheiße!«, unterbrach Elena sie und riss die Augen auf. »Sie schminkt sich *aus religiösen Gründen* nicht? Wirklich?« Sie schnaubte laut, dann lachte sie. »Steht so was denn in der Bibel?«

Teresa nickte, dachte aber, dass es da noch was anderes geben musste, dass ihre Mutter sich nicht allein aus religiösen Gründen nicht schminkte. »Kann man so sagen.«

»Aber sie würde gern«, fuhr die andere fort. »Sonst würde sie den ganzen Kram ja nicht kaufen, oder? Sie würde gern, tut es aber nicht … irre Geschichte«, und sie lachte wieder, diesmal kopfschüttelnd. »Aber merkt sie nicht, wenn wir das benutzen?«

»Ich glaube nicht«, sagte Teresa und bückte sich neben ihr. »Sie verwendet nie was davon, kontrolliert nur ab und zu, was davon abgelaufen ist, und schmeißt das Zeug weg, ohne reinzuschauen.« Wenn sie die Schachteln im Müll fand, waren sie immer noch gut versiegelt: Sie machte sie wirklich nicht auf. »Wir können benutzen, was wir wollen, und es dann in die Schachteln zurücktun. Sie wird nicht allein am Gewicht merken, dass die Tuben leer sind, oder?«

Elena schaute sie bewundernd an. »Seit wann bist du denn so gerissen?«

Teresa lächelte.

»Scheiß drauf, also los!«

Sie fingen an, sich fertig zu machen.

Sie konnten sich allerdings nicht im Haus aufdonnern, schminken und die Partykleider anziehen. Wenn Teresas Mutter sie so aufgetakelt sehen würde, wie Elena es für sie beide beschlossen hatte, mit tiefem Ausschnitt und stark geschminkt, würde sie sie mit Handschellen am Küchentisch festketten. Sie dazu zwingen, ihren Perlmutt-Rosenkranz runterzubeten. Sie würde Padre Renato um Hilfe bitten, den Priester der Kirche im Feriendorf. Also beschränkten sie sich darauf, zu duschen und sich mit einer Aloe-Lotion einzucremen, die Elena zufolge die Haut weich und glänzend machte. Dann verließen sie das Bad und gingen zurück ins Zimmer.

Dort schlüpften sie in kurze Jeans und Trägershirts, einfache Alltagsklamotten. Die Kleider für die Party stopften sie in ihre Rucksäcke, zusammen mit den Schuhen und dem Schminkzeug von Teresas Mutter, und liefen leise kichernd durch den Flur.

Teresas Eltern waren überzeugt, dass die beiden auf eine Pizza, ein Eis und einen Spaziergang in den Ort gehen würden. Wäre sie allein, hätte Teresa nie die Erlaubnis für so was bekommen. Aber an jenem Abend war Elena da, und wenn die mit im Spiel war, sagte ihre Mutter nie Nein. In der Tat hatte ihre Freundin mit ihren Eltern geredet. Mit einer Selbstverständlichkeit, die Teresa nicht einmal hätte vortäuschen können, war sie an jenem Nachmittag in die Küche gegangen, hatte sich ein Glas Wasser eingeschenkt und mit einem strahlenden Lächeln einfach nur gesagt: »Heute Abend gehen Terri und ich auf eine Pizza und ein Eis in den Ort.« Im Eingang des Wohnzimmers, versteckt hinter dem Schnurvorhang, hatte Teresa gesehen, wie ihre Mutter die Augen verdrehte und leicht den Mund öffnete, allerdings ohne einen Ton herauszubringen. Ihr Vater dagegen hatte von Steinbecks *Früchte des Zorns* aufgeschaut und gelächelt, aber nur leicht, damit es keiner merkte.

Es war geritzt.

Sie liefen durchs Wohnzimmer, gingen raus auf die Veranda und trafen dort auf die Eltern, die am Rattantisch saßen. Sie las in der *Famiglia cristiana*, er war immer noch mit Steinbeck beschäftigt. Im Transistorradio ihrer Mutter, genau in der Mitte des Tischs, lief Radio Maria.

»Wir ziehen los«, fing Elena an.

Teresa, die von ihrer Freundin die klare Anweisung bekommen hatte, keinen Mucks von sich zu geben, nickte bloß, eine Marionette, bei der jemand den Faden am Kopf hochgezogen hatte.

Teresas Mutter lächelte, sah aber nur zu Elena hin. Dann stieß sie ihren Mann mit dem Ellbogen an, und mit seiner nervtötenden Langsamkeit steckte er eine Hand in die Tasche seiner kurzen Hose und fischte vierzigtausend Lire daraus hervor. Er wollte die Scheine gerade Teresa hinstrecken, da nahm seine Frau sie ihm geschwind weg und gab sie Elena.

»Die sind für die Pizzen und das Eis«, sagte sie lächelnd. »Um wie viel Uhr … um wie viel Uhr kommt ihr zurück?«, fragte sie, fast leise.

Teresa erschien sie unterwürfig und sehr vorsichtig, als schämte sie sich für diese Frage. Weiterhin sah sie nur Elena an.

»Nicht spät«, antwortete die. »Wir fahren mit dem Shuttlebus, ich denke, zurück nehmen wir dann den letzten, den um Mitternacht. Aber vielleicht gehen wir nicht sofort ins Bett, sondern vorher noch mal baden«, fuhr sie nickend und lächelnd fort. »Gestern war das echt schön, nachts ist das Meer so ruhig.« Noch ein Lächeln. »Badezeug und Handtücher haben wir schon im Rucksack, wir müssen also nicht noch mal ins Haus und wecken euch nicht unnötig auf.«

Teresas Mutter lächelte ihrerseits, als hätte Elena ihr gerade die wunderbarsten Komplimente gemacht. »Ja sicher, das klingt nach einer guten Idee.« Dann wurde sie sehr ernst: »Pass gut auf sie auf«, sagte sie und zeigte dabei auf ihre Tochter. »Sie ist nicht daran gewöhnt, abends auszugehen und solche Sachen zu machen wie ihr.« Sie nickte ernst. »Ich vertraue sie dir an, okay?«

Immer noch still und stumm auf der Stelle verharrend, verspürte Teresa den Impuls loszuschreien. Wessen Schuld war es denn, dass sie *solche Sachen* nie machte?

Ein bisschen auch deine, Terri.

Das stimmt nicht. Das stimmt überhaupt nicht.

»Klar!«, antwortete Elena trillernd, dann wandte sie sich zu ihrer Freundin um; und Teresa erkannte in ihren Augen dasselbe Leuchten, das man bei Leuten sieht, die einen Hundewelpen vor sich haben. »Ich pass auf sie auf«, sagte sie schließlich.

Und sie verabschiedeten sich.

Sie gingen über den Kiesweg raus, und nachdem sie sich aufmerksam umgeschaut hatten, liefen sie zum Strand. Der Küstenstreifen war von einem flüssigen Dunkel ummantelt. Nur das Mondlicht versuchte, wie leichter Nebel, dessen Maschen zu lockern. Kein Mensch weit und breit. Die Häuser ringsum hatten erleuchtete Fenster, wirkten aber Lichtjahre entfernt. Das ruhige Meer schien darauf zu warten, dass die beiden Mädchen, die vor ihm entlangspazierten, lachend und quasselnd ihre Füße durch den frischen Sand schleiften, mit ihrem Schauspiel begannen. Am Himmel kein einziger Stern.

Elena, die zügig und lächelnd voranschritt, sagte, ihr sei eine Idee gekommen, und ohne noch etwas hinzuzufügen, ging sie zur Strandbar. Da war ein Haufen Leute, anscheinend war sie zu jeder Tageszeit bevölkert. Sie gingen zur Bar, und Elena bestellte eine Flasche Wodka, hinter ihr Teresas erschrockener Blick. Sie bezahlte mit den vierzigtausend Lire ihres Vaters und ging wieder, wobei sie dem Barkeeper mit einem Augenzwinkern dankte. Teresa, die merkte, wie ihr Herz pochte und ihre Hände schwitzten, war unfähig, etwas zu sagen. Wie es ihr mit

Riccardo passiert war, war sie auch an diesem Abend jemand anderem ausgeliefert.

Sie gingen wieder zurück Richtung Ferienhaus der Vastas, hielten aber auf halbem Weg an und betraten die Umkleiden, die, in denen Teresa sich umgezogen hatte, bevor sie Riccardo an der Strandbar getroffen hatte. Jetzt waren sie halb dunkel, das einzige Licht kam von den kaputten, mit toten Nachtfaltern und Insekten gespickten Neonröhren oberhalb der Spiegel über der Reihe Waschbecken. Auf den bläulichen Fliesen der übliche Morast aus trockenem Sand und gelblichen Pfützen aus Meerwasser und Pisse.

»Mein Gott, wie eklig!«, sagte Elena und sah sich um. »Hier drin ist ja kaum Licht, da werden wir nicht gut.«

»… da werden wir nicht gut.«

Elena veränderte sich, als wäre sie eine sich selbst fremde Materie. Hier in den Umkleiden wirkte es so, als sollte sie jetzt ein Selbstporträt malen. Als müsste sie selbst das Bild erschaffen, wie sie diese Nacht sein würde. Die Elena malen, die die Welt bewohnen und zu Riccardos Party gehen würde, um sie dann wieder verschwinden zu lassen und durch ein neues Bild zu ersetzen.

Teresa bewunderte sie dafür. Für sie gab es nur zwei mögliche Wege. Beide wirr und getrübt von Nebel, der keine Anzeichen machte, sich aufzulösen. Außerdem hatte sie nicht die Kraft, sich in solchem Tempo und mit solcher Leichtigkeit zu ändern. Als sie es mal getan hatte, war es ihr furchtbar schwer und extrem ermüdend vorgekommen.

Werde ich je so sein können?

Wieso, denkst du etwa, Elenas Art zu leben ist die richtige?

Keine Ahnung, aber zumindest wirkt sie glücklich.

Sie richteten sich in einer Ecke der Umkleiden ein, zwischen einer abgeschabten Wand und dem Waschbecken, das am wenigsten schmutzig wirkte. Sie hängten die Rucksäcke an wacklige Haken, die aussahen wie in die Wand gesteckte Krallen garstiger Vögel. Dann zogen sie sich vorsichtig um. Erst auf einem Bein, dann auf dem anderen, sie zitterten, schwitzten, mehrfach kurz vorm Umfallen. Aber gleichzeitig kicherten sie, stupsten sich gegenseitig an und stießen glückliche kleine Schreie aus, wenn eine der beiden fast auf dem Boden landete. Teresa schlüpfte aus Shirt und Bermudashorts. Im Dunkeln das Gleichgewicht zu halten, während Elena nicht aufhörte zu lachen und sie zu schubsen, war schwierig, aber ihr Lächeln erstarb nicht einen Augenblick. Sie steckte die alten Klamotten in den Rucksack und holte die anderen raus: ein türkises, tief ausgeschnittenes, kurzes Kleid aus sehr dünnem Stoff und Schuhe mit Absatz. Das war alles von Elena, sodass ihr das Kleid etwas eng saß. Außerdem hatte sie noch nie Absätze getragen. Geschweige denn je solche Schuhe besessen.

Kurz nach ihr beeilte sich auch Elena, dann war das Schminken dran. Teresa ließ zu, dass ihre Freundin sie umgestaltete; als Puppe in den fähigen Händen eines kleinen Mädchens, das mit ihr spielen, sie verändern, sie verwandeln will.

Ich bin Holiday Barbie.

Mit dem Kamm brachte Elena ihre Haare in Ordnung. Dann sollte sie die Augen schließen, und sie schminkte sie, zupfte ihr die Barthärchen an der Oberlippe aus und verteilte ein wenig Glitzer auf ihrem Gesicht und ihren Armen.

»Fertig!«, sagte sie schließlich.

Teresa stellte sich vor den Spiegel und musterte sich.

Lidschatten, Make-up, Grundierung, Lipgloss, Mascara, Eyeliner, Rouge. Eingefallene Wangen, weniger betonte

Nase, größere Augen. Teresa trug eine Maske. Eine Verkleidung, die von der Wirklichkeit, von dem, was darunter lag, von ihr selbst, nichts durchscheinen ließ. Sie trug eine neue Wahrheit. Und plötzlich verschwanden Angst und Beklemmung und machten einem unbekannten Gefühl der Selbstsicherheit und einer neuen Lust zur Eroberung Platz. Ja, genau: Teresa wollte ein Stückchen Welt erobern, ein Zipfelchen Erde, das nur ihr gehören sollte.

»Na, was sagst du dazu?«, bedrängte Elena sie.

Sie drehte sich zu ihr um und umarmte sie fest.

»Komm schon, ich hab dich doch bloß geschminkt. Mach nicht so ein Theater«, kicherte sie, unsicher.

Teresa wandte sich wieder ihrem Spiegelbild zu. »Ich will einen Push-up-BH«, beschloss sie.

»Du kleine Schlampe!«, brach die andere hervor, und beide lachten laut los. »Ich kann dir einen von meinen BHs leihen«, fuhr sie fort. »Ich habe zwei im Rucksack, weil ich mich nicht entscheiden konnte, welchen ich anziehen soll, und bei deinen Brüsten sieht das bestimmt aus, als hättest du wirklich einen Push-up an.«

Also zog Teresa einen von ihr an.

Elena schminkte sich ebenfalls, und sie stopften alles wieder in die Rucksäcke. Dabei landete Teresa zweimal fast auf ihren Pobacken und musste sich an der Wand abstützen.

»Fällst du auch nicht mit den Absätzen?«, fragte Elena.

»Hm, das habe ich mich auch schon gefragt.«

»Du läufst wie ein Dinosaurier.«

Sie lachten beide.

»Im Ernst jetzt«, fuhr Elena fort. »Vielleicht solltest du was anderes anziehen? Ich meine, das ist dein erstes Mal auf Absätzen und vielleicht …«

»Nein«, antwortete sie entschieden. »Ich will sie anbehalten.«

Elena hob die Hände, als wollte sie sagen ›Okay, reg dich nicht auf‹. »Ich hab eine Idee!«, rief sie dann, öffnete den Rucksack und holte den Wodka raus; Teresa hatte ihn schon wieder vergessen, allerdings war ihr nicht klar, was sie mit dem ganzen Alkohol vorhatten. »Jetzt glühen wir zwei erst mal so richtig schön vor!«, sagte sie und wedelte mit der Wodkaflasche. »Und dabei übst du ein bisschen, auf den Dingern zu laufen«, beschloss sie und zeigte auf die Absätze.

»Was bitte ist *vorglühen*?«, fragte Teresa.

»Das ist, wenn du was trinkst, bevor du irgendwo hingehst.«

»Aber wieso sollte man denn was trinken, *bevor* man irgendwo hingeht?«

Ungeduldig verscheuchte Elena eine Fliege, die es nicht gab. »Weil es in den Lokalen zu viel kostet, oder weil an der Bar eine Schlange ist oder der Alkohol dort widerlich schmeckt oder … Hör zu, so was macht man einfach, okay?«, sagte sie schließlich. »Außerdem macht es Spaß!«

Sie verließen die Umkleiden.

Teresa, der es schien, als berührten ihre Brüste fast ihr Kinn und deren Füße in diesen verräterischen Stelzen steckten, fühlte sich unbeholfen. Und doch hörte sie nicht auf zu lächeln. Sie kam sich vor wie im Einsatz, Teil einer Mannschaft; sie und ihre beste Freundin waren unbesiegbar. Sie waren ein *Team*. Sie waren Nami und Love in *Ein Supertrio*, zwei Diebinnen, die undercover Spaß daran hatten, aus der Welt ihren Spielplatz zu machen.

Am Ausgang des Rohbetonkastens hielten sie an. Vor dem Eingang war ein breiter Holzsteg, morsche Planken, die sich schon voneinander lösten, und dort setzten sie sich hin. Mit dem Rücken an die Wand gelehnt und die Beine ausgestreckt, saßen sie dicht beieinander, ihre Arme berührten sich, und machten den Wodka auf. Der Mond leuchtete sie mild an, ohne die Mängel hervorzuheben. Die Stille wurde nur von der Brandung unterbrochen, ein entfernt wirkendes Rauschen.

Strand und Meer, die gesamte Welt war ganz für sie da.

Sie fingen an, den Wodka zu trinken. Nacheinander nahmen sie kleine Schlückchen und reichten die Flasche hin und her. Derweil plauderten sie, oder besser gesagt: Elena redete, und Teresa hörte ihr zu. Sie erzählte von einem *irrecrazyverrückten Vorglühen*, vor Monaten mit irgendwelchen Freundinnen, die Teresa nicht kannte. Sie sagte nichts, merkte aber, wie der Stachel der Eifersucht in ihre Eingeweide pikte. Elena erzählte, dass sie gekotzt habe, bevor sie in die Disko gingen, und dass eine andere mit einem Unbekannten, der ihr ein Feuerzeug geliehen habe, *heftig rumgemacht* habe, sodass sie, Elena, die ganze Gin-Flasche allein ausgetrunken habe. Unterdessen trank Teresa verzückt weiter und starrte ihre Freundin an. Und als Elena einen Punkt unter ihre Erzählung gesetzt hatte, stellte Teresa fest, dass sie schon beschwipst war.

Elena musste das bemerkt haben, denn sie nahm ihr die Flasche aus der Hand und sagte: »Ja, jetzt reicht's, was?« Sie lachte. »Wenn du bei dem schon betrunken ankommst, kriegst du nichts auf die Reihe.«

Teresa prustete los.

»Auf, zeig mal, wie du mit den Absätzen läufst.«

»Jetzt?«

»Hm.«

»Hier?«

»Hm.«

Es war dunkel und die Holzplanken alle schief: Sie würde es nie schaffen, ohne auf der Schnauze zu landen, das war eine echt schlechte Idee.

»Wenn du es jetzt lernst, dann kannst du in jeder Verfassung damit laufen, vertrau mir.«

Sie hatte nicht unrecht.

Also stand Teresa auf, aber ein Schwindel versuchte, sie auf die Bretter zu legen, sodass sie kurz innehalten musste. Dann sah sie sich aufmerksam und sehr bedächtig um und spazierte los.

Die Arme ausgebreitet, wie ein Vögelchen, das gleich losfliegt, der Blick schön auf den Boden geheftet, der Oberkörper steif, als trüge sie eine Zwangsjacke. Es sah aus, als würde sie auf einem Seil laufen, eine unerfahrene Seiltänzerin. Es war nicht leicht, aber so schwer nun auch wieder nicht. Sie lief ein, zwei, drei Mal hin und her. Mit einem Zustimmung heischenden Blick zu Elena hielt sie an, und die nickte, die Wodkaflasche am Mund. Dann spazierte sie entspannt wieder los. Bei der zehnten Runde ging es besser. Die Arme an den Seiten, sicheren Schrittes, schweifte ihr Blick nun über die Küste. Ohne es zu merken, lief sie jetzt ganz automatisch.

Elena gratulierte ihr, stand auf und haute sich kräftig auf den Hintern, um den Sand abzuklopfen. Als ob sie erst jetzt bemerkt hätte, dass sie zu spät zu einer wichtigen Verabredung kommen könnte, beschloss sie, dass es nun Zeit wäre, zur Party zu gehen.

Teresa spürte Herzklopfen, versuchte aber, es zu ignorieren.

Sie versteckten die Rucksäcke in den Umkleiden, sie würden sie auf dem Rückweg wieder einsammeln, warfen einen letzten Blick in den Spiegel und machten sich auf zu Riccardos Villa.

Teresa fing nun wirklich an zu schwitzen. Das Herzrasen war jetzt so heftig und hartnäckig, dass sie es nicht länger ignorieren konnte. Ihre Beine wurden immer schwächer. Sie sah, wie sich Riccardos Villa unaufhörlich näherte, und es schien, als käme das Haus ihnen entgegen. Sie zwang sich jedoch, nichts zu sagen. Elena war so glücklich. Sie lachte, umarmte sie, hüpfte: Sie wollte ihr nicht die Laune verderben. Also ging sie schweigend weiter mit ihrer Freundin den Strand entlang, und nach wenigen Minuten waren sie da.

Am Ziel passierten sie das rote Eingangstor. Und die Welt explodierte.

Aus den Boxen, in voller Lautstärke, Britney Spears. Am Türbogen war eine Nebelmaschine angebracht, die die Veranda überströmte, die Nebeltröpfchen schwebten leicht daher, und das Stroboskoplicht blitzte überall hin. Im Pool aufblasbares Wasserspielzeug in seltsamen Formen; ein Delfin, eine Giraffe und ein Wal; außerdem eins in Form einer Frau, mit offenem Mund und gespreizten Beinen. Tanzend, badend und trinkend junge Leute, sie grölten, lachten und schubsten einander.

Gut gekleidet, gut gebaut und geformt. Sie waren wunderschön und fähig, ihre Anmut mit einer Selbstverständlichkeit zu tragen, die ihr arschig vorkam. Vor dieser Fauna entwickelte sich Teresa schlagartig zurück.

Sie war wieder klein. Ein dummes Kindchen. Hässlich, klein und dick.

Sie wollte zurück nach Hause. In ihr Zimmerchen, in ihren Schlafanzug, in …

Denk dran: Wenn die Welt uns die Schönheit nicht gibt, müssen wir sie uns holen.

Aber ich weiß nicht, wie man das macht.

Versuch es halt. Lass dich gehen, Mädchen.

Ihre Beklemmung hinunterschluckend, drängte sich Teresa zwischen den Leibern hindurch, um Elena zu folgen.

Eine Gruppe hatte sich im Kreis um eine Flasche gesetzt, die wie ein Uhrzeiger gedreht wurde. Zwei knutschten heftig auf dem Rasen herum. Um die dreißig tanzten zusammengedrängt und verschwitzt mit erhobenen Armen; Christina Aguilera hatte Britney abgelöst. Zwischen Sprüngen ins Wasser, Spritzern und Geknutsche hatten im Pool einige Jungs jeweils ein Mädchen auf die Schulter genommen, die untereinander kämpften. Die Musik dröhnte. Das Gekreisch schwang sich auf. Es roch komisch. Schweiß und Alkohol und Chlor. Das Stroboskoplicht tobte wie wild.

»Lass uns einen Drink holen«, schlug Elena vor.

Sie erreichten den Tisch unterhalb der Veranda, auf dem eine rot-weiß-karierte Tischdecke lag; darauf ein Dschungel an Flaschen, dreckigen und sauberen Bechern, Strohhalmen und Servietten. Elena bereitete zwei Drinks zu. Sie stießen an und kippten sie runter. Dann liefen sie wieder im Zickzack durch den Garten, zwischen den wilden Tieren durch.

Ein muskulöser Typ kam aus dem Pool, stellte sich vor das rote Tor und warf sich bäuchlings auf den Rasen, sodass er wie eine Robbe bis zum Torbogen schlitterte. Ein Mädchen richtete sich auf dem Trampolin auf und fing an, mit der Putte zu tanzen, Arsch und Titten in der Luft. Drei Jungs stiegen auf die aufblasbare Frau und stürzten sich ins Becken.

Alles schien vom Unsinn diktiert.

Es war ein Höllenkreis, in dem die Verdammten glücklich über ihre Bestrafung waren. Wo alle nach einer primitiven Triebhaftigkeit agierten, die jede Regel und jede Grenze zum Schweigen gebracht hatte. In diesen Leibern herrschte ein Gefühl absoluter Freiheit, und jetzt wollte Teresa, dass diese auch von ihr Besitz ergriff.

Plötzlich hoben alle den Blick, und automatisch tat sie es ihnen nach.

Auf dem Dach der Veranda stehend ragte Riccardo in einer knappen, eng anliegenden Badehose über den Sündern auf wie der Oberteufel des Höllenkreises. Er fuchtelte mit den Armen, um die Aufmerksamkeit der gesamten Hölle zu bekommen, kippte den Drink runter, den er in der Hand hatte, und warf den Becher in die Menge. Er verbeugte sich, nahm auf den Dachziegeln Anlauf und sprang schnell, kraftvoll und sicher in den Pool.

Es war ein Sprung aus sechs Metern Höhe und von drei Metern Weite.

Als er wieder auftauchte, die Hände zum Himmel, brachen alle in Geschrei und Beifall aus.

Er kam aus dem Becken, gab allen, an denen er vorbeikam, High Five und lief Elena und Teresa entgegen, als handelte es sich um ein bereits festgelegtes Ziel. Er pflanzte sich vor ihnen auf, lächelte und schüttelte wie ein Hund das Wasser von sich ab. »Hey«, grüßte er.

»Toller Flug«, gratulierte Elena.

»Es fliegt nur, wer sich traut«, antwortete Riccardo.

»Ach, auch noch Philosoph.«

»Darf man mal erfahren, warum du mir gegenüber so verdammt bissig bist?«, fragte er sie.

»Ich bin bissig zu allen, die meine Freundin schlecht behandeln.«

»Habe ich dich schlecht behandelt?«, fragte Riccardo und wandte sich Teresa zu.

Nass von Kopf bis Fuß, sah man durch die Badehose seinen Unterleib, dessen Muskeln ein präzises V zeichneten.

Die Bauchmuskeln glänzten, die schwarzen Locken zuckten bei jeder Bewegung.

Wie sehr ich dich will.

Riccardo lächelte, und ohne eine Antwort abzuwarten, erklärte er nun: »Weil es mir auf den Sack geht, wie du redest, als hätte ich deine Familie umgebracht«, sagte er zu Elena, »und weil ich ein barmherziger Gott bin, machen wir jetzt mal was.« Er drehte sich um, rief irgendwas, und Alessandro kam angerannt, als hätte der ewige Vater nach ihm verlangt. »Du drehst jetzt mal mit ihm eine Runde«, fuhr Riccardo, an Elena gewandt, fort, »während du und ich uns was zu trinken machen und du mir erzählst, wann ich dich schlecht behandelt habe«, schloss er, diesmal an Teresa gerichtet.

Elena ließ sich das nicht zweimal sagen und verschwand mit Alessandro in der Menge.

Teresa und Riccardo gingen zur Bar. Er schüttete Wodka in zwei Becher, dann trank er seinen und fixierte sie. Also tat Teresa es ihm nach, unterdrückte einen Brechreiz und lächelte. Sie tranken noch einen und noch einen und noch einen. Jedes Mal kippten sie sich die Drinks vollständig in einem Zug runter. Schließlich bedeutete er ihr, ihm zu folgen, und führte sie ins Haus.

Gedimmtes Licht. In der Küche knutschten zwei Jungs rum und rieben sich aneinander.

Aber … sind das … sind das zwei Jungs?

Im Whirlpool küssten sich drei Jungs und drei Mädels abwechselnd. Auf einem der Sofas schlief ein Typ. Auf dem Teppich eine Lache Kotze. Riccardo packte ihn an den Haaren, warf ihn runter und ließ ihn in seinem eigenen Erbrochenen landen.

»Warum werfen die da Tischtennisbälle in Biergläser?«, fragte Teresa, die auf dem Sofa Platz nahm.

Riccardo lachte. »Das nennt man *Beer Pong*, das kommt aus Amerika.«

»Und warum bist du vom Dach gesprungen?«

»Ich hatte Lust dazu, oder?«

Und ich, warum lächele ich?

»Ach, verdammt, warte hier, ich bin gleich zurück«, sagte er.

Er stand auf, ging in die Küche und verscheuchte die beiden Jungs, die einander, an den Kühlschrank gelehnt, betatschten; als sie ins Wohnzimmer kamen, fiel ihr die Schwellung in ihren Badehosen auf.

Ja, es waren zwei Jungs.

Riccardo öffnete den kleinen Backofen, holte eine Tüte voller Mehl raus und streute eine kleine Spur davon auf den Tresen. Er hielt sich ein Nasenloch zu, beugte sich vor und atmete mit dem anderen ein. Er schaute hoch, kratzte sich hektisch an der Nase und schniefte.

Er kam zu ihr zurück. »Um zwei gibt es Tauziehen, Jungs gegen Mädchen.«

O Gott. Hat er gerade etwa … »Tauziehen?«

Er nickte. »Die Mannschaft, die verliert, muss dann ganz nackt baden gehen.«

»Oooh!«

»Tja, ich bin ein Ass im Partyfeiern. Wohl der Beste«, sagte er stolz, dann stupste er mit seinem nackten Fuß den ohnmächtigen Typen in seiner Kotze an und beschimpfte ihn. »Was ist, kennst du das Arschloch hier zufällig?«

Teresa schüttelte den Kopf.

»Na gut, Hauptsache er verreckt hier nicht«, sagte er. Vom Tischchen vor sich holte er eine Zigarette aus einem liegen gelassenen Päckchen und einen halb ausgetrunkenen Drink und fing an zu rauchen und zu trinken. »Ich habe dich also schlecht behandelt?«, er lächelte sie ganz ernst an.

Ohne es zu wollen, zeigte sie ein breites, unbekanntes Lächeln und beschloss, es nicht zu unterdrücken; an diesem Abend wollte sie jedem Instinkt nachgeben, auch den bescheuertsten.

»Ich hatte eigentlich den Eindruck, dir hätte es auch gefallen«, antwortete er.

Teresa sagte nichts, aber das Lächeln bekam leichte Risse.

»Oh, erzähl mir ein bisschen was von dir«, sagte er, »ich will dich wirklich kennenlernen, wissen, wie du da drin bist«, und mit einem Finger berührte er ihre Brust, dort, wo das Herz ist.

»Aber die Party …«, sagte sie; sie stürzte sich auf den Drink und kippte ihn runter. Sie war beim fünften, jetzt drehte sich alles. Die Welt war weit weg, sie verwirrt.

»Hey, bist du noch da?« Riccardo starrte sie amüsiert an.

Teresa sah ihn lange an, vielleicht zu lange. »Wie bitte?«

»Du warst hängen geblieben«, er lachte.

Sie lachte auch.

»Wenn du mir nichts von dir erzählen magst, ist das auch okay.« Er richtete sich auf. »Ich wollte nett sein, oder? Irgendwie bringst du mich durcheinander. Das habe ich dir sogar schon mal gesagt, oder? Mal rennst du vor mir weg, mal …« Er hielt inne, ließ seinen Hals knacken. »Ich wollte nett sein, ja, aber, also, wenn du es lieber so machen willst wie beim letzten Mal, können wir auch hoch in mein Zimmer und …«

»Ich mag den Gedanken, dass ich dich durcheinanderbringe«, hörte sie sich sagen und trank seinen Drink.

Riccardo starrte sie kurz an, dann: »Verfluchte Hacke, du bist echt schräg, weißt du das?«

Teresa wollte etwas sagen, aber dann lächelte sie nur.

Augen, die sich schlossen, weiche Arme und Beine, die jeden Moment zu schmelzen schienen. Verklebter Mund, ein Geschmack nach Melone, aber zuckriger. Wild schwirrender Kopf, gedämpfte Geräusche, vernebelte Sicht.

Sie war dabei, die Kontrolle über ihren eigenen Körper zu verlieren.

»Letztes Mal hast du gesagt, dass, wenn du etwas siehst, was dir gefällt, du es dir nimmst.« Es gelang ihr zu sagen: »Be…«, sie stockte; Schluckauf, Schwindel. »Bedeutet das, dass ich dir gefalle?«

»Mein Küken, mir gefällt alles, und ich will alles, weil mir alles gehört, also muss ich alles haben.« Er lachte. »Hey, ich habe gereimt!«

Was denn für ein Reim?

Kurze Stille, dann fing Teresa hysterisch an zu lachen. Als der Anfall vorbei war, machte sie den Mund auf, um zu sprechen, ohne zu wissen, was sie sagen sollte, als drei nasse und stockbesoffene Jungs ins Wohnzimmer gerannt kamen.

»Heilige Scheiße, Ricky!«, rief einer. »Wir suchen dich schon bestimmt acht Stunden! Da sind drei Mädels im Pool, die knutschen, das ist göttlich!«

Sie wuchteten ihn hoch und verschwanden alle blitzschnell hinter der Glastür.

Teresa blieb allein.

Sie stellte sich auf ihre Beine, und die Welt wirbelte wie wild. Sie fiel zurück aufs Sofa, lachte sich eins und stand wieder auf. Sie widerstand dem Schwindel, holte tief Luft und ging raus.

Die Leute schienen sich ganz abgehackt zu bewegen, der Boden gab unter ihren Füßen nach. Von Elena keine Spur, aber bei dem Chaos in der Villa und in ihrem Kopf hatte sie sie wahrscheinlich einfach nicht gesehen. Sie bewegte sich Richtung Pool und …

Dunkelheit.

Sie war auf der Tanzfläche, umgeben von verschwitzten, wunderschönen fremden Körpern. Hämmernde Musik, sich schlängelnder Rauch, bunte Lichter. Und in diesem verschwommenen Durcheinander aus Gesten, Geräuschen und Gerüchen fühlte sich Teresa als Teil von etwas. Sie hob die Arme, schloss die Augen, warf den Kopf nach hinten. Sie fing an zu tanzen. Mitten auf der Tanzfläche, mitten in der Welt, sie war wie alle anderen. Sie *war* alle anderen.

Lass dich gehen, Mädchen.

Sie hob die Arme noch höher, schloss die Augen noch fester und warf den Kopf noch weiter nach hinten. Sie ließ sich wirklich gehen. Wiegte sich in den Hüften. Bewegte ihre Schultern. Streckte den Arsch hoch, die Arme nach außen, die Brust nach vorn. Sie folgte dem Rhythmus der Musik und dem Brodeln der Körper. Und tanzte.

… *lassdichgehenmädchenlassdichgehenmädchenlassdichgehenmädchen.*

Fremdes Fleisch umspülte sie. Sie spürte diese lebenden, warmen und starken Körper so nah, dass sie sich wie ein Teil von ihr anfühlten. Ihre Hitze, ihr Geruch. In diesem Hexenkessel waren sie eine einzige große Masse. Fluidum ohne Formen. Und sie bewegte die Hände und die Arme und die Schultern und die Brust und den Kopf und wiegte die Hüften und ging runter und hoch. Mit den Fingern zerzauste sie ihr Haar. Mit den Handflächen massierte sie ihre Hüften. Sie tanzte und bewegte sich und hob die Arme und wedelte damit und …

Dunkelheit.

Sie stand zwischen dem Pool und der Tischtennisplatte. Allein. Reglos. Sie sah sich um, suchte jemanden, etwas, konnte aber nichts erkennen. Sie drehte sich um sich selbst und …

Dunkelheit.

Sie musste kotzen und pinkeln. Sie sah kaum was. Alles drehte sich.

Elena. Ich brauche Elena. Wo ist Elena?

Kreuz und quer irrte sie durch die Villa, erst über den Rasen, dann durchs Haus, auf der Suche nach ihrer Freundin, taumelnd zwischen den Wilden. Aber Elena schien verschwunden. Sie ging wieder raus und …

Dunkelheit.

Sie durchquerte den Garten, überall junge Leute, die tranken und tanzten und die sie, glaubte sie, anstarrten, als hätte sie etwas Schreckliches im Gesicht. Sie öffnete das rote Tor und ging Richtung Meer, schwankend auf dem frischen Sand. Sie wollte sich gerade hinsetzen, sich plumpsen lassen, als etwas ihre Aufmerksamkeit erregte.

Sie hielt inne.

Es klang wie ein verwundetes Tier. Das Tierchen, was auch immer es war, winselte rhythmisch. Es kam von da, wo die Zweige einer Trauerweide, die bei einer Villa neben der von Riccardo wurzelte, auf den Strand fielen.

Teresa sah sich um, verweilte bei dem Stückchen Ufer, das ihr die Quelle der Klagelaute zu sein schien, und wie in Trance torkelte sie in diese Richtung. Als sie nur noch wenige Meter von der Trauerweide entfernt war, sah sie sie.

Elena und Alessandro, ineinander verschlungen.

Sie auf dem Rücken liegend, er auf ihr. Sie mit hochgezogenem Kleid und gespreizten Beinen, er mit runtergezogenen Shorts und den Füßen im Sand. Sie, wie sie sich in seinen nackten, muskulösen Rücken krallte, er, wie er sein Becken vor und zurück bewegte und sie mit dem Unterleib zu stoßen schien.

Das Winseln, bei dem Teresa geglaubt hatte, es käme von einem Tier, kam aus Elenas Mund. Den Kopf nach hinten gelegt, die Brüste aus dem Kleid quellend, die Beine um seinen Hintern geschlungen, der sich langsam und entschieden über ihr auf und ab bewegte.

Spitze Schreie, Schmatzer, Stöhnen.

Sie klammerten sich aneinander, umarmten sich, kratzten sich. Sie biss ihm in den Hals und zog an seinen Haaren und kratzte ihn weiter überall. Er stützte sich mit den Fäusten auf dem Sand ab, wölbte seinen Rücken, gab ihr schnelle Schläge auf die Hüften und auf den Hintern und versenkte dabei das harte Ding in ihrem Körper. Aus wenigen Metern starrte Teresa sie an: Sie konnte ihren Blick nicht abwenden.

Die Arme an der Seite baumelnd, den Kopf geneigt, zeichneten ihre Lippen ein perfektes Oval. Ihr Herz schlug schnell, aber jetzt schwirrte ihr Kopf nicht mehr, die Welt erschien vor ihren Augen in einer neuen Deutlichkeit.

Genau da spürte sie, wie etwas in ihr zerriss. Wie es ihr vor ein paar Wochen im Conad passiert war. Ein abgenutzter, ausgefranster Faden war gerissen. Eine Kordel in ihr, die vielleicht bis eben als Damm fungiert hatte. Nachdem die durchgerissen war, wurde ihr Körper von Millionen Ameisen überfallen. Es war immer ein stabiles, gut geflochtenes, widerstandsfähiges Seil gewesen. Ein Strick, der in den letzten Monaten immer dünner geworden war, als ob jemand, vielleicht auch mehrere, die vielen dünnen Fäden zerschnitten hätte, aus denen er bestand. Und jetzt, genau jetzt war das ganze Seil zerrissen, die Ameisen waren frei. Frei, überall hinzukrabbeln, durch Teresas Körper zu rennen und die Kontrolle an sich zu reißen.

Plötzlich schwang sich die Musik aus Riccardos Villa auf, es gab ein Getöse, und Elena, die den Kopf hob, rief: »Teresa, was zur Hölle machst du da?!«

Die beiden lösten sich schnell voneinander, wie Magneten, die mit den gleichen Polen aufeinandertrafen.

Und ohne ihre Haltung zu ändern, drehte sie sich um und ging.

Sie kehrte Elena, Alessandro und der Party den Rücken zu und stapfte über den Strand Richtung Ferienhaus, auf den strahlenden Leuchtturm zu. Den Blick zum sternlosen Himmel, die Hände an das Kleid geklammert, bewegten sich ihre Füße von allein.

Ihr Kopf war leer.

»Teresa, bleib stehen! Bleib stehen, verdammt!«

Irgendetwas krallte sich in ihren Ellbogen und ließ sie eine Pirouette machen.

»Lass mich!«, bellte Teresa, zog ihren Arm weg und befreite sich aus dem Griff.

Elena wich zurück. »Was ist denn mit dir los, verdammt?«

»Mit mir ist los, dass du eine *Hure* bist.« Die Worte waren von allein rausgekommen, aber sie bereute sie nicht. »Mit mir ist los, dass du eine Hure bist und ich dich hasse. Du ekelst mich an!«

Die andere, deren Brust sich hektisch auf und ab bewegte, starrte sie wortlos an. Die Hand, mit der sie an ihr gezogen hatte, noch in der Luft, im Gesicht eine Mischung aus Verwirrung und Überraschung.

»Bist du betrunken?«

»Ja, ich bin betrunken. Na und? Was willst du?«

»Glaub mir, du sagst Sachen, die du morgen …«

»Ich sage, was ich denke.«

»Denkst du, dass ich eine Hure bin? Ist das so?«, schrie Elena und kam näher.

Teresa schubste sie weg, mit Kraft. »Wie nennst du denn eine, die ihre Freundin allein lässt, um …«

»Erwachsen nenne ich die, verdammt.« Sie ging ein paar Schritte auf sie zu. »Aber was sollst du davon schon wissen? Du bist ein Kindchen, das vor allem Angst hat.«

»Leck mich.«

»Bist du eifersüchtig?«, fragte Elena.

Teresa machte den Mund auf, schloss ihn aber sofort wieder.

»Das ist es, verdammt. Du bist eifersüchtig!«, rief sie und lachte.

In der Dunkelheit, in der Stille des Strands, wo sie die Einzigen waren, schien ihre Stimme gewaltig. Als hätte sie in ein Mikrofon geschrien.

»Leck mich, leck mich, leck mich!«, brüllte Teresa, und stampfte und trat auf den Sand, die Hände zur Faust geballt, die Augen zusammengekniffen.

»Ich habe dich nicht mal zwei Stunden allein gelassen, verdammt! Außerdem warst du mit …«

»Das hat nichts damit zu tun!«, schrie sie. »Du hättest bei mir bleiben müssen. Du hättest …« Sie wusste es nicht; der Wut, die in ihrer Brust platzte, war sie sich sicher, aber der Gründe dafür nicht.

Teresa musterte ihre Freundin. Und dachte, dass die Wut, die sich in ihr wand, die die Ameisen zum Leben erweckte und die sie nicht kannte, etwas Gutes und Gerechtes war.

Sie dachte, wenn es ihr nur gelänge, sie immer beisammenzuhalten, ihre Ameisen. Sie zu gruppieren, sie in einem einzigen großen, kompakten Ganzen zu fixieren, das sich in eine einzige Richtung bewegte. Wenn es ihr gelänge, ihre Stücke zu vereinen, würde sie jede Elena der Welt schlagen. Sie verstand nicht, woher diese nie zuvor verspürte Wut kam, aber das war unwichtig. Erst jetzt verstand sie, dass sie, um Frieden zu finden, erst Krieg führen musste. Erst jetzt verstand sie, dass sie zum Krieg bereit war. Erst jetzt verstand sie, dass sie Krieg wollte.

»Siehst du?«, rief Elena und hob die Arme zum Himmel. »Du bist hysterisch, verdammt. Hysterisch!« Sie starrte sie angeekelt an. »Du bist frustriert. Eine, die nie glücklich ist und denkt, es wäre nicht ihre Schuld, sondern die der Welt, die böse ist und sie schlecht behandelt.«

»Und so ist es auch. So ist es. Es ist …«

»Bullshit! Die Welt behandelt alle beschissen, aber je mehr Scheiße du dir aufládst, umso schlechter geht es dir. Und du ziehst die Scheiße nur so an. Wach auf, verdammt! Werd endlich erwachsen!«

»Wenigstens tue ich nicht so, als wäre ich jemand, der ich gar nicht bin.«

»Wieso, Teresa, wer zum Teufel bist du denn?«

Es vergingen elend lange Augenblicke, Dunkelheit und Stille verschlangen sie.

»Morgen früh verlässt du mein Haus, dann will ich dich nie mehr sehen«, sagte Teresa. »Vielleicht hast du recht, die Scheiße habe ich mir selbst aufgeladen. Aber jetzt, wo ich das kapiert habe, entscheide ich, wie die Dinge bei mir laufen sollen.«

Sie drehte sich um. Und verschwand in der Nacht.

PALOMA, WINTER 2019

Niccolò schlurfte mit nackten Füßen durch den nassen Sand.

Das kalte Meerwasser machte seine Zehen steif. Die schüchterne, blasse Sonne schien unfähig, die Erde aufzuwärmen. Er ging auf die Villa zu, in der er die vorige Nacht verbracht hatte und wo er seinen Vater treffen würde, und ließ Marios Restaurant hinter sich. Sein gesenkter Blick durchsiebte den Sand auf der Suche nach etwas, das nicht da war, hängende Arme und um den Hals baumelnde Schuhe, die Beine liefen von allein.

Was zum Teufel weiß der schon? Er ist schon tot und merkt es nicht mal.

Bist du dir sicher? Wirklich ganz sicher?

DU. BIST. STILL.

Das bescheuerte Stimmchen, das ihm seit Tagen wie ein Maulwurf das Hirn umgrub, war nach dem Mittagessen mit Mario noch kräftiger geworden. Bissig behauptete es jetzt, dass Mario recht habe. Was ihn betraf, die Getreuen und, auch wenn er gar nicht darüber gesprochen hatte, sogar seinen Vater. Er habe in vielem recht. Aber vor allem damit, dass man mit so sprunghaftem Verhalten, wie er und seine Getreuen und sein Vater es an den Tag legten, den Menschen um sich herum wehtue. Es stimmte alles, ja: Ihr *Sich-Geschehen-Lassen* hatte einen Preis, und wer ihn bezahlen musste, das waren die anderen, die, die ihnen nahestanden.

»Du Stück Scheiße!«, schrie er das Meer an und kickte einen Haufen Sand weg.

Es bringt nichts, auf Mario sauer zu sein. Sieh doch mal über deine eigene Nasenspitze hinaus.

Fick dich.

Er blieb stehen, setzte sich auf die Dünen, die das Ufer begrenzten, und drehte sich einen Joint. Das ruhige Meer schien ihm seine Seelenruhe unter die Nase reiben zu wollen. Also fluchte er ihm ins Gesicht, atmete den Rauch ein und griff nach seinem Handy. Seit er mit seinem Vater losgefahren war, hatte er nicht draufgeschaut, und es platzte nur so vor Benachrichtigungen. Alles Mist. Instagram – erst jetzt fiel ihm auf, dass er es in diesen Tagen kein einziges Mal aufgemacht hatte, aber er konnte jetzt kein Foto posten, er war zu durcheinander. Er sah ziemlich viele Nachrichten von Mirko und Luca, die fragten, wo er abgeblieben sei, warum er nicht antworte, und viele von seiner Mutter, Teresa: »Alles okay?« »Antworte. Bitte. Ich habe versucht, dich anzurufen.« »Entschuldige, ich habe übertrieben. Ich warte zu Hause auf dich, komm zurück.« »Antworte. Ich mache mir Sorgen.« »Niccolò?« »Ich flehe dich an, RUF MICH ZURÜCK.« »Niccolò!« Es folgten um die dreißig verpasste Anrufe.

Vielleicht, dachte er, sollte er sie wirklich anrufen, aber irgendetwas hielt ihn davon ab.

Teresa war eine dumme Kuh. Und doch flüsterte ihm das Stimmchen nun zu, sie sei ein Opfer. Ein Opfer von Niccolò, seinem wilden, sprunghaften Verhalten, und, sagte er sich jetzt, vielleicht auch von seinem Vater, der früher, vielleicht genau vor neunzehn Jahren, als sie sich kennengelernt hatten, sicher genauso sprunghaft gewesen war wie sein Sohn.

Ja, davon war er immer überzeugter. Aufgrund dessen, was ihm Mario gerade gesagt hatte, was ihm das bescheuerte Stimmchen seit Tagen einflüsterte und wegen des geistesgestörten Verhaltens seines Vaters. Teresa war das Opfer ihrer beider Sprunghaftigkeit, und wenn sie heute so eine dumme Kuh war, dann nur aus Notwehr.

»Es muss auf der Welt auch böse Menschen geben.«

Je länger dieser Satz zwischen den Wänden seines Hirns hin- und hergeschleudert wurde, desto klarer wurde in seinem Kopf der Gedanke, dass sein Vater einer davon war: einer der Bösen, einer von denen, die im Leben der anderen Schmerz verursachen. Den Grund dafür kannte er nicht, warum er sich dessen so sicher war, entging ihm. Aber sein Instinkt sagte ihm, dass es so war. Er war sich dessen so sicher, dass es ihm irre erschien, es in dieser Deutlichkeit nicht schon während der gemeinsam verbrachten Tage gesehen zu haben. Woran hatte er gedacht? Was zum Teufel war ihm durch den Kopf gegangen, als er beschlossen hatte, sich mit ihm auf diese Reise zu begeben?

Aber ich muss nicht so sein wie er. Ich kann anders sein.

Dieser Gedanke traf ihn wie eine Faust ins Gesicht.

Er zog an seinem Joint und streckte sich auf dem Sand aus, den Blick zum Himmel gerichtet.

Der Strand war menschenleer. Eine Möwe flog ihre Kreise, wenig entfernt spendete das Meer leise Beifall, vor leeren Rängen, die Sonne stand hoch, war aber kalt.

Er schloss die Augen und sah, selbst überrascht, das Gesicht seiner Mutter.

War es falsch gewesen, was er ihr da gesagt hatte? Dass er sie vor ein paar Tagen am Telefon angeschrien hatte?

Dass er mit seinem Vater losgefahren war, obwohl sie ihn angefleht hatte, es nicht zu tun?

Und da, allein und mit geschlossenen Augen auf dem verlassenen Strand liegend, dachte er wieder an etwas, das ihm seit vielen Jahren nicht in den Sinn gekommen war. Etwas, das in den Tiefen seines Gedächtnisses geschlummert hatte, begraben von Tausenden anderen Erinnerungen, und das heute den Weg zurück ans Licht gefunden hatte. Als hätten diese Tage mit seinem Vater und die Diskussion mit Mario und das Geflenne seiner Mutter ein Erdbeben ausgelöst, das eine Verwerfung geöffnet hatte, einen tiefen, breiten Spalt, aus dem diese Erinnerungen an die Oberfläche kamen.

Sie gingen auf die Zeit zurück, als er und seine Mutter noch in der Wohnung in der Nähe des Flughafens von Paloma wohnten. Als sie nur zu zweit waren. Wenige Monate nach dem Tod seiner Großeltern mütterlicherseits hatte Fabrizio angefangen, sie mit einer gewissen Regelmäßigkeit zu Hause zu besuchen. In den ersten Wochen nannte Teresa ihn »einen Freund von mir«, aber Niccolò spürte, dass zwischen den beiden eine seltsame Beziehung herrschte. Nach einem Jahr sagte seine Mutter ihm, sie habe einen *Verlobten*. Nach zwei Jahren heirateten sie; elegant in seinem kleinen Anzug schritt Niccolò durch das Kirchenschiff und brachte die Trauringe auf einem Bouquet weißer Röschen. Er war erst neun Jahre alt, ein kleines Kind, aber dass sich in Teresa etwas verändert hatte, war in seinen Augen sofort klar. Sie lachte häufiger, schlug jedes Wochenende vor, ins Restaurant, in die Pizzeria zu gehen und nahm plötzlich sogar Tangostunden mit Fabrizio. Niccolò erinnerte sich an diese Zeit als die glücklichste und unbeschwerteste ihres Lebens. Doch alles hat ein Ende. Und was uns am glücklichsten gemacht hat, hat zugleich die Fähigkeit, uns, eben mit seinem Ende, zu zerstören. Diese Zeit war an einem Sonntagmorgen im Oktober des darauffolgenden Jahres zu Ende, als Niccolò zehn war. Die drei, eine sonderbare, aber funktionierende Familie, waren seit Kurzem in die Wohnung gezogen, in der sie heute lebten. Er schlief in seinem Zimmer und war von einer Salve so wilden Geschreis geweckt worden, dass er für einen Augenblick dachte, es wären Diebe im Haus. Erschreckt und verwirrt war er zuerst nicht aufgestanden und hatte sich die mit Motocrossmaschinen bedruckte Bettdecke bis zum Kinn hochgezogen. Aber das Geschrei hörte nicht auf, also beschloss er, aufzustehen. Mit einer Hand an seinem Pimmel herumdrückend, ein Detail, das er nicht vergessen würde, weil er kurz darauf einpinkelte und dabei auch seine Finger nass wurden, ging er aus dem Zimmer. Er durchquerte den Flur und blieb am Eingang zur Küche stehen. Von dort kam das laute Geschrei: Seine Mutter weinte, Fabrizio schrie. Beide hochrot, mit zerzausten Haaren, im Schlafanzug und barfuß. Einander gegenüber: Er polterte, während sie nur schluchzte. Fabrizio schrie sie an, dass *das nicht normal sei, dass es sein Recht sei, das zu erfahren und er so nicht mehr mitmache*; Niccolò hatte keine Ahnung, wovon er redete. Seine Mutter hingegen beschränkte sich darauf, die Nase hochzuziehen und den Kopf zu schütteln und zu wimmern, dass sie *nicht darüber reden wolle*, ihren Mann bittend, *damit aufzuhören*, sie *in Ruhe zu lassen* und sie nicht zu zwingen, es zu *sagen*; auch davon verstand Niccolò nichts. Das Kind, noch immer reglos am Eingang der Küche, wagte nicht, auch nur einen Muskel zu bewegen. Sollte er reingehen, sich zeigen, zu seiner Mutter rennen und sie in den Arm nehmen?

In der Welt von jedem passieren im Laufe der Jahre viele kleine Naturkatastrophen. Umwälzungen, die in der Lage sind, jegliche Form von Leben auszulöschen, die sie bewohnte. In den glücklichsten Fällen, wenn die Katastrophe nicht nur Staub, sondern fruchtbares Terrain hinterlässt, bevölkert sich die Welt wieder. Von dem, was war, bleiben nur Spuren, Fossilien unter der Erde, die schwierig zu finden sind. Und die ahnungslosen neuen Organismen können auf den Trümmern jener verlorenen Zivilisation gedeihen, die dazu bestimmt ist, für immer begraben zu bleiben. In den weniger glücklichen Fällen wird die Welt zu nichts als einem Haufen Schutt.

Was an jenem Sonntag vor fast zehn Jahren mit Niccolòs Welt passiert war, war eine ausgewachsene Erdumwälzung. Eine Katastrophe ohne jegliche Vorankündigung. Seine allererste persönliche Apokalypse, als er noch ein Kind war, geschah so schnell wie unerwartet. Und ihren Namen gaben jener ersten Naturkatastrophe die Worte, die Teresa am Ende des Streits mit Fabrizio gebrüllt hatte. Der Klang von Niccolòs Apokalypse war die Stimme seiner Mutter, die in der heimischen Küche schrie.

Teresa hatte jene Worte gebrüllt. Fabrizio war verstummt, als wäre auch seine Welt gerade von einer Naturkatastrophe heimgesucht worden. Und Niccolò hatte sich in die Hose gemacht, reglos hinter der Küchentür. Sie hatten ihn kurz darauf gefunden. Er hatte losgeweint, Unterhose und Power-Rangers-Schlafanzug voller Pipi, und wie durch einen Zauber hatten seine Mutter und Fabrizio sich beruhigt.

Niemand hatte je ein Wort darüber verloren, was vorgefallen war, und den Mut, Erklärungen zu verlangen, hatte Niccolò nie gehabt: Es war ein zu großes und schreckliches Ungeheuer, um sich ihm zu stellen.

Das Ungeheuer hatte schön still in einem Winkel seines Kopfes geschlummert, und Niccolò hatte es nie kennengelernt, nicht wirklich. Jahrelang, vor allem direkt nach jenem Sonntagmorgen, an dem das Ungeheuer geboren worden war, hatte er dessen Präsenz stark gespürt, wie eine Last auf den Schultern. Aber nach und nach war es leichter geworden, und von dem Ungeheuer war nur noch eine Ahnung geblieben. Die Male, wenn Niccolò versucht hatte, sich daran zu erinnern, was seine Mutter gesagt hatte, welchen Klang die Apokalypse erzeugt hatte und aus welchem Holz das Ungeheuer geschnitzt war, war er letztlich nicht dazu in der Lage gewesen. In seiner Erinnerung waren die Schreie – und die Panik, die sie in ihm ausgelöst hatten – klar und deutlich; als hätten die Jahre keine einzige Kerbe in ihre Konturen ritzen können. Aber die Worte, der genaue Wortlaut, den seine Mutter ausgesprochen hatte, waren sauber ausradiert, endgültig weg.

Sein Kinderkopf hatte beschlossen, das Ungeheuer zu ignorieren. Zum Teufel damit.

Damals war ihm das gelungen. Aber in diesen Tagen schien sein Vater das Ungeheuer aufwecken, necken und wütend machen zu wollen. Und die Welt, mit Teresa, die am Telefon quengelte und flehte, mit Mario, der ihm von seinem Vater erzählte und allem was gerade passierte, schien mit Niccolòs Vater unter einer Decke zu stecken.

Aber warum? Was hab ich damit zu tun? Was will er von mir? Was soll ich denn machen?

Kinder sind eine Anhäufung aus Gewissensbissen und Sehnsüchten, nie vergessenem Schmerz und kleinen Glücksmomenten, die die Eltern, arme Teufel im Kampf gegen ihre Vernichtung, zusammenschustern, im Versuch, sich selbst wieder zusammenzuschustern. Während sie alles mit jener Liebe mischen, mit der sie ihre Kinder nach eigener Überzeugung ganz glücklich überschütten, rühren sie in das Ergebnis ihrer Vereinigung auch all die Abfälle, die sich bis zu jenem Moment angesammelt haben. Um sich ihrer zu entledigen, sich reinzuwaschen und, schlussendlich, um sich selbst zu lieben.

Und das war es, was sein Vater gerade tat, das hatte Niccolò verstanden. Er wollte ihn da in den Süden bringen, nach Camporotondo, um ihn, seinen Sohn, mit der Schuld zu spicken, die er auf sich geladen hatte. Um diese Last von sich zu nehmen, im aussichtslosen Versuch, sich selbst wieder auf null zu setzen. Aber Niccolò würde ihm das nicht erlauben.

Er schaute die Nachricht seiner Mutter an und schaltete sein Telefon aus: Er war noch nicht bereit dazu.

Also setzte er sich auf, nahm die Wunderkiste aus seiner Jackentasche und holte das Koks raus. Er legte sich eine Line. Und noch eine. Und noch eine weitere. Dann steckte er sie weg, stand auf und machte sich auf den Weg zurück zur Villa.

Er traf seinen Vater auf dem Sofa lümmelnd an.

Die Füße auf dem Wrack des Tischchens, das in der Nacht zuvor kaputtgegangen war, die Augen auf den Fernseher geheftet, er schaute eine Doku über Seelöwen und aß Orecchiette mit Tomatensoße aus einer übervollen Suppenschüssel.

»Ah, willkommen zurück«, empfing der ihn, ohne ihn anzuschauen.

Niccolò antwortete nicht. Er holte sich ein Heineken aus dem Kühlschrank und setzte sich zu ihm.

»Ich habe mir schon langsam Sorgen gemacht«, sagte sein Vater.

»Ich denke, du hast meine Nummer. Du hättest mich ja anrufen können, oder?«

»…«

»…«

»Ist alles in Ordnung?«

»Alles bestens«, antwortete Niccolò nach einer Weile. »Wir sollten aber mal weiterfahren. Es ist schon spät, aber wenn wir uns beeilen, schaffen wir es bis heute Nacht in dieses beschissene Nest, wo du hinwillst.«

»Wozu die Eile?«, fragte sein Vater. »Wir könnten wirklich noch hierbleiben, oder? Was weiß ich, vielleicht für zwei Nächte, oder?«

Keine Antwort.

»Hey, ich rede mit dir«, sagte er nun nachdrücklich.

Niccolò nahm einen Schluck Bier, dann: »Reg dich nicht gleich auf.«

»Ich reg mich nicht auf. Du sagst halt nichts.«

Er drehte sich um und schenkte seinem Vater einen feindseligen Blick.

Er hätte ihn am liebsten angespuckt, ihm die Fresse eingeschlagen. Fausthiebe, Ohrfeigen, Tritte. Gespürt, wie der Nasenknorpel unter seinen Knöcheln splittert, die Zähne unter seinen Schuhsohlen rausbrechen. Er hätte ihn gerne zu seinen Füßen gesehen, wie er schluchzte und blutete und um sein Leben flehte.

Du bist ein scheiß Ungeheuer.

Ganz nah beieinander, einer mit Bier, einer mit Nudeln, nahmen sie es auf dem Sofa dieses fremden Hauses miteinander auf, anstelle eines Vaters und eines Sohns, Ettore und Attilio, die sie nie würden sein können.

»Wieso willst du mich in dieses beschissene Kaff bringen?«, fragte Niccolò.

Schweigen.

»Antworte mir, verdammt. Rede! Raus damit.«

Einige Augenblicke Stille, dann sein Vater sehr leise:

»Du bist, wie ich sehe, wieder zum kleinen Wichser geworden.« Er wandte seinen Blick ab, richtete ihn wieder auf den Fernseher und aß auch seine Tomatenpampe weiter. »Ist dir der Strandspaziergang zu Kopf gestiegen?«

»HÖR AUF DAMIT!«, donnerte er los, außer sich; seine Stimme dröhnte durch das ganze Haus.

Sein Vater schaute weiter die Seelöwen an. »Du bist zu streng, weißt du?«

Niccolò sprang auf und schleuderte mit ausladender, schneller Geste das Heineken gegen den Fernseher. Der Bildschirm ging kaputt, die Flasche zersprang in tausend Scherben. Sein Vater warf die Suppenschüssel in die Luft, sodass Orecchiette und Tomaten wie festliches Konfetti herumwirbelten, stand auf und kam näher.

»Was zum Teufel hast du eigentlich?!«, brüllte sein Vater.

Sie waren nur eine Handbreit auseinander.

Ich bringe ihn um. Jetzt bringe ich ihn um. Verdammte Scheiße, ich bringe ihn um, ich bringe ihn um.

Die Fäuste kribbelten. Das Adrenalin überflutete ihn. Blut im Hirn, getrübter Blick, Atemstillstand. Er wollte ihm wehtun. Ihn totprügeln. Ihn bis zur Unkenntlichkeit zu einem stinkenden Matsch aus Blut und Scheiße hauen.

»Irgendetwas das zwar existiert, aber nicht da ist.«

Übelkeit und Wut stiegen wellenartig in ihm auf und überschwemmten ihn.

In der gewaltsamen Stille der Villa machte ihr Atem einen ohrenbetäubenden Lärm.

»Sag mir, warum du mich in dieses Kaff bringen willst«, gelang es ihm zu wiederholen.

Er hätte gern anderes gesagt. Ihn beschimpft, den quälenden Hass und die Wut in Worte gefasst, damit auch er sie auf sich nahm, schließlich war er ihr Grund. Aber er schaffte es nicht. Er war zu müde, zu weit weg von der beruhigenden Leere, die ihn bis vor ein paar Tagen bewohnt hatte. In jener Leere hatte Niccolò immer einen bewohnbaren Ort gefunden. Aber jetzt, wo ihn sein Vater mit Namen und Definitionen zu mästen versuchte, nahm er ein unkontrollierbares Gedränge wahr.

Er spürte, dass er weinen wollte. Dann wieder, dass er ihn schlagen wollte. Und schließlich, dass er ihn umarmen wollte, ihn an sich drücken, damit er nie wieder abhauen konnte.

Sein Vater machte den Mund auf, um etwas zu sagen, aber zu mehr hatte er keine Zeit mehr.

Vom Eingang drang ein metallisches Geräusch zu ihnen.

Ein Krachen, die sich öffnende Tür.

Und Schritte auf dem Flur.

Vater und Sohn rannten im Wohnzimmer herum wie Nachtfalter, die in einer Neonröhre gefangen sind. Ersterer flitzte ohne einen Mucks hinter die Truhe voller goldener Figürchen und verschwand. Letzterer, allein mitten im Zimmer, rutschte hinter den Tresen, kauerte sich zusammen und erstarrte.

Niccolò atmete nur mit Mühe. Sein Herz hämmerte. Sein Kopf drehte sich wie wild.

Verfickte Scheiße, das geht beschissen aus hier. Verdammt beschissen.

Hinter dem Tresen zusammengekauert versuchte er, sich ganz klein zu machen, sich zu verstecken. Und dabei spähte er durch den Spalt zwischen Tresen und Wand ins Wohnzimmer.

»Scheiße!«, rief eine Männerstimme im Wohnzimmer. »Scheißescheißescheiße!«

Schritte durchs Zimmer, noch mehr Verwünschungen.

»Severino, lass uns wieder gehen!«, sagte eine Frauenstimme; vielleicht war sie im Flur.

Wieder Schritte. Ein Knirschen von Glas, die Scherben des kaputten Tischchens. Dann fluchte die Männerstimme, und die Frauenstimme: »Severino, ich bitte dich, ich hab Angst!«

Wieder Schritte.

Durch den Spalt sah Niccolò zwei Paar Beine im Wohnzimmer umherlaufen. Er trug ausgebleichte Jeans und beige Springerstiefel, sie ein kurzes Kleid und ein Paar Superga-Sneakers mit Micky Maus, Donald Duck und Herzchen drauf.

»Severino! Da steht ein Auto draußen, sie werden noch im Haus sein, ich bitte dich …«

»Sei still, verdammt. Ruhe!«, bellte er. »Und ruf die Polizei, hab ich gesagt!« Dann rief er aus vollem Halse: »Wer ist da? Kommt raus, ihr Hurensöhne!«

Die junge Frau hatte angefangen zu wimmern. Sie war zwischen Flur und Wohnzimmer stehen geblieben, ihre Beine zitterten, die einzigen Körperteile, die Niccolò von ihr ausmachen konnte. Der junge Mann, der mit seinen Springerstiefeln aufstampfte, als wollte er jede einzelne Fliese im Raum zertrümmern, streifte weiter kreuz und quer durchs Wohnzimmer. Niccolò, der merkte, wie ihm eine Hitzewelle vom Bauch in den Kopf stieg, wandte den Blick ab und suchte mit seinen Augen etwas, womit er

Was hast du vor? Was?

sich verteidigen konnte. Noch volle Flaschen, Wodka und Gin und Martini. Ein Shaker. Gläser. Ein Eispickel – den nahm er und umklammerte ihn. Und er machte sich bereit.

»Clelia, die Polizei! Komm in die Gänge, verdammt!«, befahl er ihr wieder.

Die Frau schien nicht ganz beieinander zu sein. »Ich …«, stammelte sie kaum hörbar.

»Ruf die Polizei, verdammt!«, brüllte er.

Kurze Stille, dann redete die Frau ganz aufgeregt los: »Hier ist jemand im Haus!«, rief sie. Sie nannte die Adresse der Villa, dann flehte sie, sie mögen schnell kommen, und fing an zu schluchzen. »Ich bin mit meinem Freund hier und nicht …«

Aber sie brach ab. Und kreischte plötzlich wie ein abgestochenes Schwein.

Dann folgte ein höllisches Durcheinander.

Unartikulierte, völlig verängstigte Schmerzensschreie. Ein dumpfer Schlag, noch einer und noch einer. Ein Krachen. Etwas ging zu Bruch, überall flog Glas durch die Luft. Geheul. Die Männerstimme kläffte. Der Lärm hielt an, es klang, als wäre da ein riesiges Viech, das auf dem Wohnzimmerboden herumzappelte und alles zerschlug.

Den Eispickel in der Hand stand Niccolò auf.

Und seinen Augen bot sich ein groteskes Schauspiel.

Ein junges Mädchen, sie musste so um die sechzehn sein, war halb auf dem Boden im Flur ausgestreckt. Blut floss über ihre Augen, ihre Nase, ihren Mund und verwandelte ihr zartes Gesicht in eine rote Maske. Sie hatte eine Wunde auf der Stirn, den Rücken an der Wand. Sie weinte, brüllte, trat aus, die Superga-Sneakers mit Micky Maus und Donald Duck strichen über den Fußboden. Sie haute mit den Händen auf den Boden, wand sich, kreischte.

In der Mitte des Zimmers kämpfte sein Vater mit einem Jungen in seinem Alter.

Im Zweikampf verknotet metzelten sie einander mit Fausthieben und Tritten nieder. Der Junge, in rosa Hemd und Jeans, schwang seine Fäuste und schlug blindlings drauflos. Sein Vater antwortete mit präziseren Hieben. Und dabei rollten sie umschlungen über den Boden. Sein Vater rammte ihm eine Faust in die Stirn. Der Junge zog ihn an den Haaren und traf ihn an der Brust. Sie standen auf, stießen einander, fielen wieder hin. Sie zogen sich hoch, stürzten sich einer auf den anderen, landeten wieder am Boden.

Und weitere Fausthiebe, Schläge und Tritte.

Plötzlich erhob sich das Mädchen ruckartig und rannte wacklig und schreiend auf die beiden Kämpfenden zu. Aber sie stolperte über irgendetwas und fiel hin. Sie schlug mit dem Kopf auf, ein grauenhafter Knall, und stürzte zu Boden, Arme und Beine von sich gestreckt.

»Clelia!«, heulte der Junge, noch immer in den Kampf verwickelt.

Sein Vater nutzte die Ablenkung und traf ihn im Gesicht. Der Kopf des Jungen ging hoch und runter, schlaff, wie leblos. Und sein Vater sprang rasch auf ihn, setzte sich rittlings auf seinen Unterleib und versetzte ihm einen Fausthieb. Blut spritzte aus der Nase des Jungen. Das Geräusch, ein trockener Knall, hallte stark nach. Und der Junge verlor das Bewusstsein.

Für einen Augenblick herrschte absolute Stille.

Sie füllte die gesamte Villa aus, lastete auf den Mauern, den Möbeln, den Menschen.

Das Mädchen ohnmächtig. Blutüberströmt und in unnatürlicher Haltung zwischen den Glasscherben liegend. Die Haare um den Kopf verteilt, das Kleid hochgerutscht, sodass der Schlüpfer hervorschaute. Der Junge hatte den Kopf nach hinten geneigt, das Gesicht purpurrot. Rittlings auf ihm, starrte Niccolòs Vater ihn an. Still und reglos. Mit aufgerissenen Augen. Das Gesicht voller Kratzer. Das Simpsons-Shirt halb zerrissen.

Ringsum Zerstörung. Das Sofa umgekippt. Das Glasschränkchen zerbrochen am Boden. Der Tisch umgeworfen. Überall Glasscherben und Hausrat in tausend Teilen.

Immer noch hinter dem Tresen sah Niccolò sie an.

Die Arme neben dem Körper hängend, der Mund leicht geöffnet. Leise klimpernd fiel ihm der Eispickel aus der Hand. Und ein Schwindel versuchte ihn zu Boden zu strecken.

»Papa …«, sagte er, ohne zu wissen, wie weiter.

Sein Kopf schwirrte, er bekam keine Luft, das Herz raste.

Sein Vater starrte reglos den armen Hurensohn an, dem er eine Abreibung verpasst hatte, in seinen Augen funkelte ein wildes Licht. Plötzlich durchfuhr ihn ein Beben. Kopf und Brust zitterten. Dann atmete er tief ein, lächelte seine Beute an und schlug zu.

Der Kopf des Jungen wurde durchgeschüttelt und blieb in einer absurd gekrümmten Haltung liegen. Die Gesichtsknochen brachen mit einem *Krack*, wie wenn ein Ast durchbricht. Aber das arme, bewusstlose Schwein rührte sich nicht, wehrte sich nicht. Sein Vater schlug noch mal zu. Und noch mal. Und noch mal. Und noch mal. Er lachte heiser. Er rutschte auf dem Körper zurecht. Und fing wieder von vorne an. Mit geschlossener Faust, Fingerknöcheln voller Blut wütete er im Gesicht des Jungen herum.

Krack. Krack. Krack, machten die Knochen, die brachen.

Ein Fausthieb. Dann noch einer. Und noch einer.

Krack. Krack. Krack.

Er traf seine Wangenknochen, seine Schläfen, seine Nase.

Krack.

Und diese dumme Puppe da steckte die Schläge ein, ohne sich zu rühren.

Krack.

Konzentriert machte er ihn mit Fausthieben platt.

Krack.

Ein dunkler, stinkender Fleck breitete sich im Schritt der Jeans des armen Teufels aus.

Krack.

Der Gestank von Pisse und Scheiße vermischte sich mit dem von Blut und Schweiß.

Krack.

Und Niccolò begriff, dass sein Vater dabei war, den Jungen umzubringen.

»Wir waren die, die im Leben der anderen Schmerz verursachen.«

Er rannte zu seinem Vater, packte ihn an den Haaren und zog ihn zurück.

Der fiel auf den Rücken. Und fing zwischen den Trümmern und dem Blut und der Pisse und der Scheiße sofort an zu schreien und zu lachen.

Niccolò beugte sich über den Jungen und legte einen Finger an seinen Hals. Er lebte noch.

Er drehte sich um. Sein Vater, blutend und zerrissen auf dem Boden, lachte und schrie.

Und lachte. Und schrie. Und lachte. Und schrie.

Was hat er getan. Was hat er getan, verdammt.

»Wir müssen hier weg. Sofort«, befahl Niccolò. »Los, steh auf.«

Aber sein Vater schien ihn gar nicht zu hören. Zwischen den purpurnen Spritzern, der Pisse und den Trümmern des Wohnzimmers rollte er über den Boden, lachte sich schief und schluchzte.

Niccolò ging ihm entgegen, unterdrückte die Lust, ihm eine runterzuhauen, packte ihn unter den Achseln und zog ihn hoch. Aber der, ganz steif, schien nicht aufstehen zu wollen. Er versuchte es erneut, griff nach seinen Händen und wollte ihn hochhieven, dann probierte er, ihn am Hemd zu fassen, schließlich wieder an den Händen. Aber keine Chance. Nicht von dieser Welt hörte sein Vater nicht auf zu lachen und zu schreien; auf eine Art von der Wirklichkeit gelöst, die endgültig schien.

Mit der Lust, aufzugeben, stiegen die Tränen in ihm hoch.

Niccolò beugte sich wieder über ihn, packte ihn an den Handgelenken und hievte ihn hoch.

Diesmal schaffte er es.

Sein Vater ließ sich auf seine zwei Füße stellen und hängte sich in einer Umarmung an ihn. Er drückte ihn fest, hektisch tastend, als wollte er prüfen, ob sein Sohn wirklich da wäre. Er drückte ihn, streichelte ihn, kniff ihn. Er presste ihm seine Hände auf den Rücken und hielt ihn eng bei sich, indem er die Arme um ihn schlang, seinen Kopf in der Beuge zwischen Hals und Schulter vergraben. Und dabei schluchzte er, heftig atmend, er japste und atmete mit feuchtem, zitterndem Röcheln ein.

Niccolò erwiderte die Umarmung, die Hände in seinem Nacken, und drückte ihn fest.

Zwei Hälften derselben Sache.

»Ich habe die … ich habe die Ko… die Kontrolle verloren. Ich habe die Kontrolle verloren. Ich habe …«, wimmerte sein Vater; das Gesicht in der Beuge zwischen Hals und Schulter des Sohns versteckt. »Ich … ich kann nicht … hilf mir … hilf mir, ich … ich bitte dich.«

Mit etwas Druck rückte Niccolò ihn von sich ab und sah ihm in die Augen; sie waren voller Tränen und glitzerten: Die Augen seines Vaters waren mit Sternen gesprenkelt. »Ich kümmere mich drum, Papa«, flüsterte er schließlich, während er sein Gesicht streichelte.

Sein Vater ging hinkend und weinend in die Küche. Er nahm seinen Rucksack, und nachdem er das Wohnzimmer und die Körper der beiden jungen Leute beäugt hatte, machte er sich schwankend auf, die Villa zu verlassen.

»Lass den Rucksack hier«, sagte Niccolò zu ihm, immer noch an seinem Platz. »Ich weiß, dass du da drin eine Pistole hast. Die sollte ich nehmen.«

Ohne sich umzudrehen, ließ sich sein Vater den Rucksack von den Schultern gleiten und warf ihn auf die Veranda. Dann verschwand er, gebeugt unter der Last seiner apokalyptischen Welt.

Niccolò sah sich um, allein in dieser Hölle, die er mit seinem Vater erschaffen hatte. Und er fühlte, wie er sich am liebsten zusammengekauert und geweint hätte, bis er all seine Tränen losgeworden wäre, all seine Ichs. Er starrte auf die Körper der beiden jungen Leute. Menschen, deren Existenz sie, die Bösen, die im Leben der anderen Schmerz verursachen, für immer verändert hatten. Und er spürte, wie sich etwas in seine Brust bohrte.

Die Polizei würde gleich kommen. Sie würden sie retten.

Niccolò wandte sich um, kehrte der Verwüstung den Rücken zu. Und er folgte den Spuren seines Vaters, verließ die Villa und machte sich auf zum Auto; auf der Veranda bückte er sich langsam, sammelte den Rucksack ein und warf ihn sich über die Schulter.

Draußen im Garten hinter dem Strand sah er einen Schwarm Möwen, der übers Meer flog. Dutzende, Hunderte, Tausende. Ganz viele, sie waren überall.

Sie schwirrten durch die Luft, kreuz und quer, ohne klares Muster, in einem ungeordneten Klumpen. Jede für sich schnellten sie von einer Seite zur anderen, drehten Kreise, machten Sturzflüge, flogen senkrecht hoch in den Himmel. Bis plötzlich zwei, drei, vier, vielleicht fünf von ihnen gewaltig frontal zusammenstießen. Und eine ins Wasser stürzte, als wäre sie tot.

Da fügten sich die Möwen zu einer kompakten Formation zusammen, wurden zu einem einzigen großen Wesen, dessen Teile, jedes einzelne, sich harmonisch mit den anderen bewegten. Der Schwarm flog kurz im Kreis, rund um die Stelle, an der die andere gestürzt war, vom Meer verschluckt. Sie flogen, wendeten in harmonischem Einklang, alle in perfekten Bewegungen. Schließlich entfernte sich das Wesen, dem Horizont entgegen. Ein einziger dichter Klumpen, der immer kleiner wurde.

Die Augen starr darauf gerichtet, wo das Wesen im Himmel verschwunden war, merkte Niccolò, wie ihm eine Träne über die Wange lief. Und er wusste, was er zu tun hatte.

CAMPOROTONDO, SOMMER 2000

Es war Nachmittag, die Schwüle nahm einem die Luft.

Schwitzend und zermürbt von der Hitze lag Teresa aufs Bett gefläzt und las einen der Romane, die sie an der Raststätte gekauft hatte. Den ganzen Tag hatte sie nichts anderes getan. In das verschwitzte Laken gewickelt, hatte sie nur hin und wieder ihre Position verändert oder war zum Mittagessen in die Küche getrippelt; mit großem Genuss hatte sie sich einen Riesenteller Makkaroni mit gegrillten Auberginen in Tomatensoße reingeschaufelt.

Währenddessen schwirrten in ihrem Kopf blitzlichtartige Erinnerungen an die vorige Nacht herum. An die Party bei Riccardo zu Hause, an die Plauderei mit ihm und an den Streit mit Elena. Es war, als gewitterte es in ihrem Schädel. Die Blitze erhellten einzelne Fetzen der vorigen Nacht, und jedes Mal, wenn ein Splitter dessen, was passiert war, angeleuchtet wurde, fühlte Teresa eine Scham, die ihr wehtat.

Und doch zermalmten sie die Schuldgefühle, diese Arschlöcher, nicht so sehr, wie sie gedacht hätte. Ihr Groll gegen Elena und gegen Riccardo und gegen alle jungen Leute, die die Party bevölkert hatten, war stärker.

Sie sind böse. Und egoistisch. Und gekünstelt. Und …

Glaubst du etwa, du bist besser?

Ja, das bin ich.

Diese Wut gefiel ihr. Sie hatte das Gefühl, dass sie ihr gut stand. Ihr ein wenig nachzugeben, würde nicht schaden.

Elena war am Morgen abgereist. Sie hatten nicht mehr miteinander gesprochen, weder nachts, als sie wieder im dunklen, stillen Ferienhaus waren, noch morgens beim Frühstück und während ihre Freundin die Klamotten wieder in ihren Trolley stopfte. Elena hatte darauf bestanden, mit dem Shuttle in den Ort zu fahren, wo sie den Bus zum Haus von Onkel und Tante nehmen wollte. Und Teresa und sie hatten sich nur flüchtig verabschiedet; ein trockenes Küsschen auf jede Wange.

Es war schon vorgekommen, dass sie sich gestritten hatten, und jedes Mal hatte Teresa anschließend den ersten Schritt zur Versöhnung gemacht. Diesmal aber hatte sie nichts gesagt. Und so waren sie schließlich von einer schwarzen Wolke umhüllt auseinandergegangen.

Während sie jetzt ihr Buch las, war es ihr zwar noch unangenehm, letzte Nacht die Kontrolle verloren zu haben, sie fühlte sich aber stärker. Erwachsen, hart. Dieses Gefühl von Stolz hatte sie, die es gewohnt war, sich immer allen zu beugen, noch nie erlebt. Wohingegen es jetzt und beim Streit mit Elena, wie sie feststellte, gerade der Stolz gewesen war, der sie angetrieben hatte.

Das muss doch was Gutes sein, oder?

Ich verliere langsam die Hoffnung, glaub mir.

Sie setzte sich auf, trank einen Schluck Lete und schlang ein paar Macine runter; sie hatte die Packung unter ihrem Kissen versteckt, sodass ihre Mutter sie nicht sehen würde, wenn sie reinkäme. Dann wandte sie sich wieder ihrem Groschenroman zu.

Die Geschichte handelte von Karen. Eine hellblonde, wunderschöne Fünfundzwanzigjährige, die es sich in den

Kopf gesetzt hatte, eine reiche *Businesswoman* zu werden. Sie ließ das kleine Dorf auf dem US-amerikanischen Land, wo sie geboren war, hinter sich und zog in den Big Apple. Ihr einziges Ziel: Geld verdienen; der Rest interessierte Karen nicht; höchstens noch die Farbe ihrer – immer hübsch blondierten – Haare und die Anmeldung im Fitnessstudio, wo sie ganze Nachmittage verplemperte. Wen sie kannte oder traf, benutzte sie für ihre Zwecke. Für eine neue Position in der Welt des Business, für einen neuen Kontakt in einem Businessbüro, für ein Abendessen in einem protzigen Restaurant mit einem neuen Businessman. Anfänglich lief es gut für sie. Karen war es gelungen, in die engen Maschen des New Yorker Business zu kriechen, wie ein Wurm in frische Erde. Bis sie eines Tages Ryan traf und alles gegen die Wand fuhr. Ryan war der Assistent eines der reichsten und attraktivsten Geschäftsmänner der Stadt. Ein eher hässlicher junger Mann in Karens Alter, ein kleiner, mittelmäßiger Schreiberling, der nur Hemden aus dem Einkaufszentrum trug und sich zum Mittagessen immer Sandwiches mit hart gekochten Eiern, gekochtem Schinken und etwas Honig machte. Obwohl er so ein Loser war, verliebte sich Karen schließlich in ihn, verwarf den Wunsch, Businesswoman zu werden, und beschloss, mit ihm zusammen zu sein; nur um dann festzustellen, dass der Schreiberling mordsmäßig viel Geld auf einem Schweizer Konto hatte, das seine Eltern ihm hinterlassen hatten, als sie mit dem Auto gegen eine Leitplanke geknallt waren, und das sich Karen gierig und blitzschnell unter den Nagel riss, um ihr Luxus-Beauty-Center aufzumachen.

Teresa legte sich auf die Seite, um der durchs Fenster scheinenden Sonne zu entgehen. Sie wischte sich Stirn und Brust trocken, nass von beißendem Schweiß. Und während sie noch mehr Lete runterkippte, ertappte sie sich bei dem Gedanken, dass die Handlung des Buchs ihr etwas sagen, ihr etwas mitteilen sollte. Als wollte Karen mit ihr in Kontakt treten, ihr eine für sie wichtige Geschichte erzählen.

Sie schaute von den Buchseiten auf und sah ihre Mutter in der Zimmertür stehen. Im Arm einen Wäschekorb. Zwischen den Lippen eine Zigarette. Zwischen dem Vogelnest aus Haaren und den Schlangenaugen war ihre Stirn auf alarmierende Art gerunzelt.

Diesen Ausdruck kannte sie gut: Er verhieß nichts Gutes.

»Was?«, fragte Teresa.

»Was soll das heißen: *was*?«, sagte ihre Mutter. »Ich rufe dich seit zwei Stunden.«

»Ich habe dich nicht gehört, ich habe …« *gelesen, das darf ich doch wohl, oder?* »Was ist los?«

Sie beschränkte sich darauf, sie mit hartem Blick anzustarren.

»Okay, Entschuldigung, ich war abgelenkt«, sagte sie eilfertig. »Sag schon. Was ist los?«

»Es ist los, dass du mir antworten sollst, wenn ich dich rufe«, zischte ihre Mutter, und dann, nach einer zu langen Pause: »Räum die Sachen da in deinen Schrank«, sie zeigte auf die Wäsche.

Teresa nickte und tauchte wieder in ihren Roman ein. »Das mache ich gleich.«

»Das machst du jetzt, Terri. Jetzt.«

»Muss das sein?«

»Hast du vor, heute heulend vor Schmerzen auf dem Klo zu sitzen?«

Teresa schnaubte, schleuderte das Buch auf die Matratze und stand auf. Sie ging zu ihrer Mutter, nahm den

Wäschekorb und stellte ihn heftiger, als sie wollte, vor den Schrank; beim Aufprall auf den Boden machte die Plastikwanne ein lautes, klackendes Geräusch.

Da hob ihre Mutter erneut an: »Komm mal kurz her, Terri.«

Da sind wir wieder.

Sie hatte ein schwarzes Leuchten in den Augen, das Teresa überhaupt nicht gefiel.

Sie bewegte sich ein paar Schritte durch den Raum, ging zu ihrer Mutter und pflanzte sich vor ihr auf. Eine vor der anderen, wenige Zentimeter voneinander entfernt, maßen die beiden sich ein paar Sekunden lang. Dann kam die Ohrfeige. Sauber und präzise.

Teresa spürte, wie ihre Wange in Flammen aufging, ihr Kopf schwirrte. Und sie taumelte heftig.

»Wenn du dich mir gegenüber noch einmal so verhältst, dann wirst du sogar das Atmen bereuen.«

Aber Teresa hob den Kopf, stellte sich wieder vor sie und hielt ihrem Blick stand.

Schweigen. Drückende Stille.

Da kam die zweite Ohrfeige. Und die dritte.

Sie hatte sie auf die Wange getroffen, aber mit mehr Gewalt und weniger Präzision, auch gegen Kiefer und Hals. Teresa spürte Haut und Muskeln vor Schmerz brüllen, die Augen vor Tränen brennen. Aber sie ließ sich nicht so gehen wie sonst. Sie verscheuchte die Tränen, schluckte Leiden und Angst runter und hob den Kopf. Wieder. Sie richtete ihren Blick auf den ihrer Mutter und starrte sie mit zusammengebissenen Zähnen, aufgeblähten Nasenlöchern und rasendem Herzen weiter an, ohne sich zu rühren. Ein ewiger Moment, dann brach die Hölle los.

Schnell packte ihre Mutter sie an den Haaren, ließ ihren Kopf kreisen und warf sie zu Boden. Teresa fiel um wie ein Sack Kartoffeln und schlug mit dem Kopf gegen den Nachttisch. Sie konnte sich gerade noch auf den Rücken drehen, schon kam ihre Mutter auf sie zu und warf die angezündete Zigarette nach ihr. Die Glut glitt zwischen ihre Haare, und sie fing panisch an, sie mit den Fingern zu durchkämmen. Währenddessen hatte ihre Mutter angefangen, ihre Oberschenkel zu watschen.

Teresa entfuhr ein Winseln, wie bei einem verwundeten Tier. Dann trat sie, am Boden zusammengekauert, mit Armen und Beinen in alle Richtungen zappelnd, nach ihrer Mutter aus. Die bellte vor Schmerz, wankte und landete mit dem Rücken an der Wand.

Sie sammelte sich wieder, brüllte und stürzte sich auf ihre Tochter. Sie beugte sich über sie, traf sie ein, zwei, drei Mal und trat dabei zu, als wäre sie ein Ball. Teresa versuchte, sich zu schützen, aber die Holzpantoffeln ihrer Mutter waren überall. Dann versuchte sie, ihr noch einen Tritt zu versetzen, aber sie trat ins Leere. Schließlich versuchte sie, sie am Rock zu packen, um sie zu Boden zu werfen, aber der Stoffzipfel entglitt ihren Fingern.

Es reicht.

Verschwommene Sicht, kurzer Atem, rasendes Herz. Sie spürte, wie etwas Süßes ihren Mund überflutete, wie ihr das Blut ins Hirn schoss und ein Kribbeln Arme und Beine und ihren ganzen Körper durchschüttelte. Sie nahm die Hände vom Gesicht, schrie und schlug mit der Faust gegen das linke Bein ihrer Mutter. Dann zog sie sich, ohne nachzudenken, hoch, ging auf sie los und schubste sie wie ein Rammbock. Strauchelnd landete ihre Mutter auf dem Boden. Und die Tochter fing schnell an, zuzuschlagen. Die Hände zur Faust geballt, prügelte sie mit aller Kraft, zu der sie fähig war, auf sie ein. Fausthiebe, Schläge, Tritte.

Aufgerissene Augen, zerzauste Haare, zerrissenes Shirt.

Sie war blind.

Dann angelte ihre Mutter ihren Knöchel und ließ sie auf den Boden purzeln. Sie landeten nebeneinander ausgestreckt auf den Fliesen. Und setzten ihre Prügelei auf der Stelle fort.

Sie brüllten, klagten, gurgelten.

Und dabei wanden sie sich, schubsten einander.

Teresa traf sie gegen den Bauch, ihre Mutter zog sie an den Haaren. Teresa biss in einen Arm, ihre Mutter schlug ihr mit der Faust auf den Hintern. Teresa ohrfeigte sie im Gesicht, ihre Mutter nahm eine Brust und verdrehte sie, heftig zukneifend.

Eine Wand schob sich zwischen sie.

Und die beiden rollten in entgegengesetzter Richtung zur Wand.

Teresa schaute auf und sah ihren Vater.

Er stand da, wo Mutter und Tochter gekämpft hatten, mit kurzem Atem, aufgerissenen Augen und zitternden Lippen.

Lange Augenblicke Stille, dann verweilte er bei seiner Frau, die ihn bestürzt, aufgebracht und verwirrt anstarrte, und schüttelte den Kopf. Schließlich brach er in Schluchzen aus, bedeckte sein Gesicht und ging aus dem Zimmer.

Mutter und Tochter, die Haare zerzaust und die Klamotten zerrissen, rührten sich nicht. Noch am Boden starrten sie mit zerkratzten Gesichtern in den leeren Flur. Während eine zähflüssige Ruhe das ganze Häuschen in Besitz nahm, unterbrochen nur von den Schluchzern ihres Vaters, die – immer weiter entfernt – die Sekunden skandierten, in denen die Welt der Vastas ihrem Ende entgegenging.

Auf dem Boden zusammengesunken holte Teresa Luft, dann stieß sie sie wieder aus und lächelte.

Er hat reagiert. Er hat etwas gemacht. Er hat mich verteidigt. Er hat mich verteidigt!

Das Lächeln wurde breiter, und sie spürte, wie salzige Tränen in ihren Mund rannen; erst jetzt merkte sie, dass sie gleichzeitig lächelte und weinte. Sie drückte kräftig gegen ihre Schläfen, dann gegen Stirn und Augen. Sie ließ zu, dass das Lächeln ihre von den Ohrfeigen gerötete Haut glättete. Und sie gab sich einem glücklichen und traurigen und überraschten und fassungslosen Weinen hin.

Sie verstand nicht, aus welchem Grund ihr Vater sich nach all den Jahren entschieden hatte, diese blinde Furie zu stoppen, die seine Frau war. Die Verwirrung war zu groß. Aber eines war sie sich sicher: Sie wollte ihn umarmen.

Ohne ihre Mutter anzusehen, stand sie auf und ging ihren Vater suchen.

Sie fand ihn auf der Veranda, wo er auf dem halb zerbrochenen Schaukelstuhl eine Zigarette aus der Schachtel seiner Frau rauchte. Steif, reglos starrte er irgendetwas auf dem Meer vor sich an, das sehr klein und sehr weit entfernt sein musste.

Teresa ging raus und betrachtete ihn lange, dann: »Darf ich mich zu dir setzen?«

Er erwiderte ihren Blick mit tränenüberströmten Wangen und geröteten Augen und nickte.

Seite an Seite zusammengekauert, den Blick in dieselbe Richtung, sahen sie sehr unterschiedliche Dinge, sie berührten sich nicht einmal, waren einander aber noch nie so nah gewesen.

»Papa …«, setzte Teresa an, ohne zu wissen, wie weiter.

»Entschuldige … Entschuldigung, Terri, ich bin nicht …«, unterbrach ihr Vater sie, aber auch er beendete seinen Satz nicht und fing wieder an zu schluchzen.

Er sank auf sie, steckte seinen Kopf unter ihre Achsel und weinte lauter.

Seine Wange streichelnd und flüsternd, dass alles okay sei, legte Teresa ihm einen Arm um den Nacken, drückte ihn an sich und zog seinen Kopf zu ihrem. Sachte stieß sie sich mit den Beinen ab und ließ den Schaukelstuhl vor und zurück schaukeln. Ihn immer enger an sich drü ckend, wiegte sie jetzt ihren weinenden Vater.

Als er es schaffte, sich zu beruhigen, mit noch heftig, aber in immer langsamerem Rhythmus zuckender Brust, setzte er sich hin, lehnte sich aufrecht an, und während er sich die Tränen trocknete und die Nase hochzog, lächelte er sie an; ein bitteres, tieftrauriges Lächeln.

»Geht's dir besser?«, fragte sie ihn.

Ihr Vater lachte halbherzig und schaute aufs Meer. »Es müsste umgekehrt sein«, sagte er; er trocknete seine verbliebenen Tränen und zündete sich noch eine Zigarette an. »Eigentlich müsste ich dich trösten, nicht du mich.« Er schüttelte den Kopf, blies Rauch aus.

»Ich habe dich noch nie rauchen sehen.«

Er warf einen angewiderten Blick auf die Zigarette, als hätte sie sich von selbst in seinen Mund gesteckt, und stieß ein graues Wölkchen aus. »Ich habe aufgehört, weil es deine Mutter gestört hat, als sie mit dir schwanger war.«

»Aber sie raucht doch.«

Ihr Vater kicherte, die Augen waren noch ernst und traurig, und schüttelte den Kopf.

Sie schauten eine Weile weiter aufs Meer, ohne sich anzusehen, ohne zu reden, und als die Zigarette aufgeraucht war, fragte er sie raunend, ob es ihr gut gehe.

Teresa war sich nicht sicher. »Papa, ist Mama böse?«, entfuhr es ihr, und ihr wurde bewusst, dass diese Frage ihr seit Jahren im Hals feststeckte.

»Ja, ich fürchte ja.«

Zwischen ihnen breitete sich eine geradezu greifbare Vertrautheit aus. Etwas, was sich zuvor nie eingestellt hatte und was jetzt stabil in der Lage schien, das Blendwerk der über die Jahre konstruierten Wahrheiten zu entfernen. Obwohl Teresa sich gern an ihren Vater gelehnt hätte, hatte sie das Gefühl, dass in Wirklichkeit er eine Stütze brauchte, etwas, woran er sich festhalten konnte.

Also verscheuchte sie die Angst und bereitete sich darauf vor, zu wachsen und noch ein wenig zu sterben.

»Hasst sie uns?«, fragte sie.

»Sie hasst uns nicht.« Er seufzte. »Sie hasst sich selbst. Und sie bestraft uns dafür.«

»Warum? Ich meine, wir sind doch ihre Familie.«

Ihr Vater antwortete nicht, schaute sie aber an und begann wieder zu weinen. Mit den Händen sein Gesicht verknautschend und das Kinn auf der Brust, schluchzte er los.

»Papa …«, stammelte sie; langsam machte sie sich Sorgen. »Wollt ihr euch scheiden lassen, Papa?«

Vor dem Wort »Scheidung« hatte Teresa immer höllische Angst gehabt.

Es war eine Sünde, wie ihre Mutter ständig wiederholte, und gleichbedeutend mit Zerstörung. Die Eltern von Clara, einer ihrer Mitschülerinnen, hatten sich letztes Jahr scheiden lassen, und sie, die ihre Haare verlor, war beim *Psychologen* gelandet, noch so ein Wörtchen, bei dem sich Teresa in die Hosen machte.

Unfähig zu reden, beschränkte er sich schluchzend auf ein Kopfschütteln.

Sie sah ihn an, diesen kleinen Mann, in sich selbst zusammengerollt und in Tränen. Und sie stellte fest, dass sie kein Mitleid, sondern Wut empfand. Da war sie wieder.

Sie wäre am liebsten weit weggerannt, ins Meer gesprungen, hätte am liebsten ihren Kopf ins Wasser gesteckt. Aber vielleicht war dieser Moment, wie andere dieses Sommers, wichtig. Ein Sonnentag, an dem sie wachsen und den Abstand zu den anderen verringern würde.

»Ich weiß, dass ich nie …«, sagte er, »ich habe es nie geschafft.« Seine Stimme brach; Teresa dachte, dass er gleich wieder losheulen würde, und betete zu Gott, dass er es nicht täte. »Ich schaffe es nicht, Teresa, es tut mir leid, ich … ich kann es nicht.«

»Was soll ich tun, Papa?«

»Das weiß ich nicht, Terri. Ich weiß es nicht und …« Er seufzte. »Und das tut mir leid.«

Vater und Tochter sahen einander in die Augen, im Versuch, sich all die entbehrte Liebe zu sagen, und drückten einander. Es war allerdings eine etwas halbherzig ausgeführte Umarmung. Dann stand er auf, ging ins Haus und rief den Namen seiner Frau. Allein auf der Veranda beobachtete Teresa noch lange die Badenden.

Kinder bauten Sandschlösser, die schon bald einstürzen würden. Leute liefen über den Strand und hinterließen Fußspuren, die das Meer sofort wieder auslöschte. Jugendliche fotografierten sich vor dem Sonnenuntergang, der schon in wenigen Minuten erstorben sein würde.

Sie betrachtete sie noch eine Weile und spürte einen Stich im Magen.

Alles hatte schon ein vorgegebenes Ende, aber so wollte Teresa nicht leben. Sie wollte nicht in der Erwartung leben, dass die Illusionen, an die sich alle klammerten, ihre Mutter und ihr Vater und die Badenden, sich aufbrauchten. In der ewigen Rekonstruktion dieser abgeschmackten Aneinanderreihung leerer und sich nicht erfüllender Luftspiegelungen, die alle errichteten, um den Schmerz der Wirklichkeit zu ertragen. Und doch war größer, erwachsen werden vielleicht nichts anderes als das: sich so stark an seine eigenen Illusionen zu hängen, bis sie zu einer Welt wurden, in der man leben konnte.

Aber ich bin nicht so. Was mich angeht, entscheide ich. Nicht die anderen.

Sie stand auf, kämmte sich die Haare mit den Fingern und richtete ihr Kleid. Sie lief die Treppen der Veranda runter, landete auf dem Strand und spazierte los. Am Ziel angekommen, drückte sie das rote Tor auf und ging schnell und entschlossen durch den Garten.

Riccardo kam aus der Villa, zusammen mit seinem üblichen gefährlichen Lächeln.

Teresa ging ihm mit großen Schritten entgegen, und als sie nah beieinander waren, redete sie.

»Heute Abend unternehmen wir was zusammen, du und ich.«

CAMPOROTONDO, WINTER 2019

Die Dunkelheit verschlang sie gierig.

Vater und Sohn fuhren in dem stillen Fiesta über eine verlassene Straße. Das Auto ein Meteorit, der durchs Weltall flog, auf der Suche nach einem neuen Planeten, den er zerstören könnte. Blitzblanker Himmel, keine Sterne. Von dem, was kam, sahen sie nur den kurzen Abschnitt, der von den Autoscheinwerfern angeleuchtet wurde.

Seit sie vor elf Stunden bei der Villa am Meer losgefahren waren, hatten sie kein Wort gewechselt. Vor sich auf die Straße starrend, sahen sie einander auch nicht an. Sein Vater – Hände am Lenkrad, Rücken gerade, Mund leicht geöffnet – wirkte verkrampft. Niccolò, den Blick in die lebhafte Dunkelheit hinter der Scheibe gerichtet, rauchte eine Zigarette nach der anderen.

Bis zum Ziel war es nicht mehr weit. Aber je näher sie kamen, desto mehr fühlte Niccolò, dass er fliehen wollte, zurückgehen in der Zeit und im Raum. Das Band wieder aufwickeln, die Zeiger rückwärtslaufen lassen. Und je klarer ihm wurde, dass das unmöglich war, desto verzweifelter wurde er und verschanzte sich in sein Schweigen.

Für Niccolò gab es etwas Überwältigendes in der Solidität dessen, was gewesen und nicht mehr zu ändern war. Und jetzt fühlte er sich wie in Ketten.

Mario. Die jungen Leute in der Villa. Mama. Papa.

Die Bilder davon, was in diesen Tagen passiert war, Ereignisse, die in ihrer Geometrie vor vielen Jahren ihren Anfang genommen zu haben schienen, ließen ihm keine Atempause. Sie wechselten sich in seinem Kopf ab wie die Einzelbilder eines alten Films, eine Geschichte, die er nicht aus eigener Erfahrung kannte, sondern, weil sie ihm erzählt worden war. Verzerrt wurden sie von dem Gefühl der Unumkehrbarkeit, das ihn verrückt machte.

So was hatte er noch nie empfunden, und jetzt überflutete es alles. Seinen Kopf, die ganze Welt. Für Niccolò war die Zeit immer ein physischer Raum gewesen, ein materieller Ort, an dem er sich frei bewegen und machen konnte, was immer er wollte. Er ging zurück, in der Erinnerung, die er nach Belieben umschreiben konnte. Nach vorne, mit seiner Vorstellungskraft, die er wie eine Waffe einsetzte. Die Vergangenheit konnte er nicht ändern. Banal, das zu sagen, aber schwer zu akzeptieren, und das verstand er erst jetzt. Aber immerhin konnte er das Ende dieser Geschichte selbst schreiben. Die mit seinen Eltern angefangen hatte und in jener Nacht enden würde, auf seine Art enden würde. Mittlerweile waren sie fast angekommen. Es dauerte nicht mehr lang. Gar nicht mehr lang.

Sein Vater fuhr noch zwanzig Minuten über eine schlecht asphaltierte Straße. Schließlich bog er, der Karte auf seinen Beinen folgend, in einen kleinen, holprigen Weg ein. Den fuhren sie bis zum Ende durch. Der Fiesta schaukelte. Ein Spaceshuttle, das auf dem Rückweg zur Erde auf die Atmosphäre trifft, zittert und verglüht. Und siehe da, sie waren angekommen.

»Butterfly Village« stand auf dem Schild an dem verrosteten Eisengitter.

Abblätternde Wände, hier und da sah man das Eisen

durch, das die kleinen Säulen neben der Einfahrt aufrecht hielt. Das Tor, ganz zerfressen von Wind und Wetter und den Jahren der Vernachlässigung, war mit einer ebenso heruntergekommenen Kette verschlossen.

Sein Vater fuhr ran, stieg aus dem Auto und ging zum Eingang. Allein im Fiesta spürte Niccolò, wie sein Herz schneller schlug, ihm das Blut in den Kopf schoss und die Beine wie wild kribbelten.

Ruhig Blut. Du musst ruhig bleiben.

Sein Vater fummelte an der Kette herum, Niccolò sah nicht, was er da machte, er wandte ihm den Rücken zu, und öffnete sie. Er machte das Tor sperrangelweit auf, kehrte ins Auto zurück und fuhr an.

Niccolò merkte, dass er verschwitzt war, an Kopf, Achseln und Rücken. Die kleinen Sträßchen des Feriendorfs voller Unkraut. Die niedrigen Häuschen mickrig und im Sterben. Schaukeln und Rutschen in dornigen Efeu eingespannt. Erloschene Lichter, Laternen mit kaputten Scheiben, einige lagen umgekippt auf den Wegen.

An diesem Ort hier hatte die Apokalypse schon stattgefunden.

Langsam fuhr sein Vater durch das Straßengeflecht und parkte kurz darauf in der Zufahrt zu einer Villa. Dreistöckig. Undurchsichtige, fleckige, brüchige Fensterscheiben. Abblätternde, rissige Wände. Eine der Stufen, die zum Eingang führte, war eingestürzt. Überbordendes Unkraut auf der Veranda, ein Schimmelfleck überzog die rechte Seite.

Der Motor des Fiesta ging aus. Sein Vater stieg aus. Niccolò folgte ihm.

Gestank nach Meer und Vernachlässigung, stechende Kälte, nicht weit entfernt klagte eine Zwergohreule, die die Stille anstachelte und so noch verdeutlichte.

Vater und Sohn, zu beiden Seiten des Autos, wechselten einen kurzen, mit Dunkel durchtränkten Blick. Mit kleinen Schritten liefen sie über den Kiesweg. Dann holte sein Vater aus der Tasche seiner Jeans einen Schlüssel hervor und schloss die Eingangstür auf. Und sie waren drin.

Im Haus herrschte strenge Finsternis, aber das milchige Mondlicht schaffte es trotzdem, in ihre Maschen einzudringen und sich Platz zu verschaffen. Es kam durch die Glastür am Ende des Flurs, auf der anderen Seite der Villa. Und es tauchte alles in ein fahles Weiß, das noch tückischer wirkte als die bis eben durchquerte Dunkelheit.

Zerknautschte Sofas, verstaubte Böden, schimmelfleckige Wände.

Es war, als wären Möbel, Bilder und Hausrat Teile des Hauses. Die in den Zwischenräumen verkrustete Zeit legte alles in Ketten. Diese Villa war eine Grotte, in der sich die Jahre anhäuften wie Trümmer nach einer Katastrophe, eingesperrt. Ebenso Schmerzen und Freuden, unglückliche, verweste Ungeheuer, die durch die Zimmer irrten wie in einer Vorhölle. Hier herrschte ewige Dunkelheit.

Für lange Augenblicke blieben Vater und Sohn in der Eingangstür stehen. Und auf sie senkte sich das Bewusstsein, dass alles auf sein Ende zuging. Ein von Anfang an offensichtliches Ende, dem sie jetzt aber nur mit Mühe ins Gesicht sahen.

Niccolò war wie versteinert. Hätte er sich bewegt, hätte er einen Schritt und dann noch einen gemacht, hätte er jener Realität eine Form gegeben, die ihr Leben bis jetzt in einem Winkel seines Kopfs gefristet hatte und darauf drängte, alles zu verschlingen. Er hatte Angst.

Es muss sein. Es nutzt nichts, wenn du hier rumheulst.

Er hob ein Bein und ging langsam, fast theatralisch vorwärts. Dann drehte er sich um und sah seinen Vater an, direkt hinter ihm. Und gemeinsam drangen sie in die Villa vor.

Sie gelangten in die Mitte des Wohnzimmers. Ein alter, klobiger Röhrenfernseher hatte kapituliert: Der Haken, der ihn an der Wand befestigt hatte, hatte nachgegeben, und jetzt lag er umgekippt auf dem Bildschirm. Daneben das Gerippe einer Katze. Ein kaputtes Tischchen, ein in der Mitte zerfetztes Gemälde, vergilbte, löchrige Vorhänge.

Sein Vater überholte ihn. Er öffnete die Glastür nach hinten raus und spazierte, vollgesogen mit dem Weiß des Mondes, durch das, was einmal ein Garten gewesen sein musste.

Ein Schwimmbecken voll mit dickflüssig grünlichem, stinkigem Wasser. Hohes Gras. Rattanliegen, eingeklemmt unter einer Bougainvillea ohne Blüten. Ein auf die Seite gekipptes, geköpftes Engelchen, das aussah wie die Leiche eines ermordeten Kindes.

Als er diese Müllhalde der Erinnerungen hinter sich gelassen hatte, verschwand sein Vater hinter dem roten Gartentor.

Niccolò rührte sich zunächst nicht. Er zitterte. Ihm war zum Heulen zumute.

Er war kurz davor, ein Massaker zu begehen. Die Vielfalt an Ichs, die ihn bewohnte, zu töten, auszulöschen. Aus der Wüste, die daraus hervorginge, würde derjenige entstehen, der er für den Rest seiner Tage sein würde. Doch er fühlte sich noch nicht bereit dazu.

Ich will das nicht tun.

Du musst. Punkt, aus.

Für die Welt bedeutete Erwachsenwerden genau das, das war ihm jetzt klar.

Eine Definition, eine Identität auszusuchen, die mit der Idee konform ging, die alle von ihm hatten, und sie immer tragen, allem zum Trotz. Die Kleider, in die man ihn versuchte zu stecken, hatte Niccolò immer zurückgewiesen, wie sein Vater; er hatte es ihm selbst gesagt, am ersten Tag im Auto. Aber sein Vater war ein Erwachsener, und in seinem Alter konnte er auf diese Art nicht mehr leben. Niccolò bereitete sich darauf vor, zu wachsen, nur eines allein zu werden, die zurückzulassen, die er nicht mehr war, um nicht denselben Fehler zu begehen wie sein Vater.

»Lässt du dich geschehen?«

Nicht mehr. Ab heute Nacht nicht mehr.

Also durchquerte er den Garten und erreichte den Strand.

Er fand seinen Vater in der Mitte des Küstenstreifens sitzend. Ein kleiner Punkt im Nichts.

Der Vollmond leuchtete ihn an wie der Scheinwerfer eines Theaters, der sich auf den Helden des Dramas konzentriert. Das Meer vor ihm ruhig. Der Himmel dunkel und unergründlich. Der Strand leer. Zur Linken, in der Ferne, ein Leuchtturm, der sich matt anstrengte, durchzuhalten und anzuzeigen, dass es hier an der Küste Leben gab; aber er schwindelte, er war ein Lügner: Alle Menschen auf der Erde waren tot.

Er versenkte seine Füße in den Sand und ging zu seinem Vater hin. Er setzte sich neben ihn, zog den Rucksack aus und tauchte seinen Blick ins Meer. Seite an Seite hockend, berührten sich ihre Schultern. Ihr Atem, der auf die Kälte am Strand traf, verwandelte sich in silbrige Wolken. Ringsum wurde die Stille von der Brandung durchbrochen.

Gleich passiert es, nicht wahr?

Ich fürchte ja.

Ich glaube, das schaffe ich nicht. Ich glaube, ich kann nicht ...

Du musst. Du hast jetzt keine Wahl mehr.

Als er kurz zuvor aus dem Auto seines Vaters gestiegen und durch die dunkle, verrottende Villa gelaufen war, hatte Niccolò gemerkt, dass er haargenau wusste, was gleich passieren würde und warum sein Vater ihn auf diese Reise hatte mitnehmen wollen. Er wusste es von Anfang an, wie er jetzt feststellte: Seit dem Moment, der ihm nun Jahre entfernt schien, als sein Vater ihn gefragt hatte, was seine Mutter ihm über sie beide und ihre Geschichte erzählt hatte. Er hatte es immer gewusst, ja. Und jetzt, an diesem Strand, würde der Grund ihrer Reise sich gleich erledigen. Und obwohl etwas in ihm ihn anflehte, wegzurennen, rührte Niccolò sich nicht von der Stelle.

Die beiden blieben lange am Strand sitzen, nah beieinander, aber schweigend.

Er wusste, dass sein Vater den Mut zum Reden zusammensammelte, und wagte es nicht, den Mund aufzumachen. Ihm fiel es jetzt zu, das Ende jener Geschichte einzuläuten. Und Niccolò würde nichts anderes tun müssen, als abzuwarten. Dabei schlug sein Herz schnell. Die Lungen mühten sich. Die Knie waren weich. Und in der Zwischenzeit breiteten sich rund um sie Zeit und Dunkelheit und Stille immer weiter aus. Es gab jetzt nichts anderes mehr. Nur noch Zeit, Dunkelheit, Stille.

Zeit, Dunkelheit, Stille.

Dunkelheit, Stille.

Stille.

Stille, Stille, Stille.

Sein Vater fing an zu reden.

Tiefer, monotoner Tonfall. In Wirklichkeit sagte er nicht viel, ihm reichten wenige Sekunden, aber in Niccolòs Ohren dauerte seine Rede ein ganzes Leben. Sie sahen sich dabei nicht einen Augenblick an. Beide hielten ihren Blick ins Meer getaucht, da vor ihnen. Und zuzuhören, wie sein Vater erzählte, was vor neunzehn Jahren passiert war, was er seiner Mutter angetan hatte, welches Leid er ihrer Seele zugefügt und wie er ihren Körper genau hier gedemütigt hatte, in der Nähe der Stelle, an der sie sich gerade befanden, auf diesem Strand, war für Niccolò, als hörte er eine Stimme in der Dunkelheit. Und es war, als kehrte er auf die von seiner persönlichen Naturkatastrophe verwüstete Erde zurück; für lange Sekunden war Niccolò wieder zehn Jahre alt, trug den Power-Rangers-Schlafanzug, der Schritt der Fleecehose durchnässt von Pipi.

Niccolò sagte nichts. Er rührte sich nicht. Er atmete nicht einmal.

Und als sein Vater fertig war und die Stille sich wieder auf eine Art zwischen ihnen ausbreitete, als wollte sie sie verschlingen, stellte er fest, dass er sich nicht bewegen konnte.

Er war wie versteinert.

Trotz allem erwischte ihn das, was Riccardo ihm gerade erzählt hatte, nicht unvorbereitet. Es war, als hätte er es schon gewusst. Als hätte sein Vater ihm etwas gesagt, was er in seinem Herzen *schon immer* gewusst hatte. Eine alte Geschichte, die ihm in einem vergangenen Leben erzählt worden war und von der in ihm ein Stückchen stecken geblieben war, ein ins Herz gerammter Splitter. Eine Geschichte, die damit zu tun hatte, was seine Mutter Fabrizio zugeschrien hatte, in der Küche, vor vielen Jahren.

Aber das linderte das Leid nicht.

Der Schmerz war überall. Und in diesem Moment war sich Niccolò sicher, dass er ihn nie verlassen würde, dass er ihn von dieser Nacht an für immer unter seinen Kleidern tragen würde. Unter den Kleidern, die ihn wie eine Uniform bis zum Ende seiner Zeit identifizieren würden; die anderen, die Leute ringsum, würden vielleicht nie den Schmerz jener Nacht sehen, alles von seiner Uniform verdeckt, aber Niccolò würde den Schmerz jener Nacht für immer an sich tragen und ihn immer an seinem Körper spüren.

Noch mehr Stille. Noch mehr Dunkelheit. Noch mehr Zeit.

Niccolò machte den Mund auf, vielleicht um etwas zu sagen. Das wusste nicht einmal er selbst, ob er dazu noch fähig war. Aber sein Vater kam ihm zuvor und fing mit demselben tiefen und gleichförmigen Tonfall wieder an.

»Manchmal braucht es nur etwas Zeit, damit die Wunden zu Narben werden, weißt du?«, sagte er. »Und ich habe versucht, die Zeit ihre Arbeit machen zu lassen. Aber wenn dir die Narben bleiben … kannst du irgendwann nichts anderes mehr sehen.« Er lachte leise. »Am Ende ist es so, wie jemand vor langer Zeit gesagt hat, du kannst nicht vergessen, erinnerst dich aber nicht mehr daran, was.«

»Glaubst du etwa, dass du die Narben trägst?«, fragte Niccolò ihn.

Sein Vater drehte sich um und sah ihm in die Augen, seine waren voller Tränen. »Deine Mutter, Teresa, hat beschlossen, zu vergessen, daher ist sie privilegiert. Ich bin es, der sich die Erinnerung an das, was passiert ist, aufgeladen hat. Ich bin es …«

»*Das, was passiert ist*«, wiederholte Niccolò und schüttelte den Kopf. »Du redest davon, als wäre es etwas, was einfach passiert ist und Schluss. Aber so ist es nicht. Wenn vor zwanzig Jahren …«, er hielt inne und zerknautschte sich das Gesicht, »das war, was war, ist es, weil du wolltest, dass es passiert.« Er atmete ein und geräuschvoll aus; er spürte, wie die Tränen aufstiegen, wollte aber nicht vor ihm weinen. »Und wenn du glaubst, Mama hätte das vergessen … tja, dann bist du ein noch größerer Hurensohn, als ich dachte. Gar nichts hat sie vergessen. Sie trägt alles in sich, hat es aber begraben. Und wenn sie mich anschaut, sieht sie alles wieder. Sie sieht, was du ihr angetan hast und … und hasst mich. Ich … ich spüre das. Ich weiß es.«

Für lange Augenblicke nahm die Stille den Platz der Worte ein.

Sein Vater schnaubte. »Ist noch Wodka da?«

Niccolò öffnete den Rucksack und holte die Flasche raus. Er schraubte den Deckel ab, nahm einen Schluck und reichte sie seinem Vater, dann zündete er sich eine Zigarette an und wandte sich wieder dem Meer zu.

Nebeneinander am Ufer sitzend tranken Vater und Sohn, bis sie betrunken waren.

»Ich muss dich was fragen«, sagte Niccolò; es musste sehr viel Zeit vergangen sein, aber er hätte nicht sagen können, wie viel, »und das ist meine letzte Frage an dich.« Er trank noch mal. »Woher hast du diese Narbe an der Schläfe?«

Sein Vater nahm ihm den Wodka aus der Hand und schluckte mit geschlossenen Augen. »Ich schaffe es nicht, das zu erzählen. Nicht noch mal. Ich bitte dich, ich …« Er hielt inne und schüttelte den Kopf.

Niccolò schnaubte.

Da, in dem Augenblick, als sein Vater ihm diese Antwort gab, war er sich sicher, dass diese Nacht nur auf eine

Art enden konnte. »Verdammt, du hast so viele Ebenen deiner selbst konstruiert, dass du vergessen hast, wer du wirklich bist.«

»Ist das nicht bei allen so? Lässt du dich etwa nicht geschehen?«

»Ja, ich lasse mich geschehen, Papa, aber ich schleppe die Schlacke nicht so mit, wie du sagst. Von jedem muss ein leerer Raum bleiben. Und Schluss.«

»Nein, er ist nicht leer. Er ist voller Leute, die schreien und sich raufen und schluchzen.«

»…«

»…«

»Warum hast du mich hergebracht?«, fragte Niccolò. »Meinst du nicht, dass das total krank ist, was du da gemacht hast?« Er nahm den Wodka und trank noch mal.

»Was glaubst du denn, was ich getan habe, warum ich dich hergebracht habe?«

»Um deine Schuld auf mir abzuladen.«

»Du irrst dich.«

»Dann erklär's mir.«

»Das ist nicht so einfach.«

»Papa, das ist deine letzte Gelegenheit. Das weißt du.«

Sein Vater antwortete nicht sofort. »Ich habe dich hergebracht, weil ich um Vergebung bitten wollte. Dich, alle. Und das hier ist der einzige Ort, an dem ich das tun kann.«

»Und wozu brauchst du diese Vergebung, wenn nicht, um dein Gewissen reinzuwaschen?«

Keine Antwort.

»Deshalb wolltest du also diese Reise machen?«, fasste Niccolò nach.

»Und um herauszufinden, ob du so bist wie ich. Um herauszufinden, ob …« Seine Stimme brach, und er fing an zu weinen; er brummelte, winselte, schluchzte. »Ob ich dir etwas von dem vererbt habe, wie ich bin, verstehst du? Ich will nicht, dass du so bist wie ich. Ich will nicht, dass du …« Er verhaspelte sich, schluchzte noch lauter. »Ich halte den Gedanken nicht aus, dass ich dich ruiniert habe. Das halte ich nicht aus. Verstehst du?«

Ja, Niccolò verstand.

»Ich hatte Angst, dass ich dir … ich weiß nicht, ein Stück von mir überlassen hätte, wie eine beschissene Erbkrankheit, und ich wollte … dich heilen. Ich wollte, dass du alles jetzt siehst, dass … du verstehst, dass du das, was du gewesen bist, auf eine gewisse Art immer sein wirst. Dass du es immer in dir drin trägst. Jetzt, wo du dich noch retten kannst und …«

»Du bist nicht krank, Papa. Du bist nur böse.«

»Die Bosheit ist ein Symptom.« Er fuhr hektisch mit den Händen in sein Gesicht und zerknautschte es heftig. »Niemand wird böse geboren.«

»Nein, aber einige werden es. Und verursachen Schmerz im Leben der anderen.« Die Worte kamen ganz natürlich heraus, und Niccolò begriff, dass er das wirklich dachte.

»Aber du …«, stotterte sein Vater. »Du bist nicht so … du bist nicht wie ich, du …«

»Ich weiß nicht, wie ich bin, Papa. Anfangs dachte ich, wir wären gleich, was du ja auch geglaubt hast, aber jetzt habe ich verstanden, dass ich es nicht weiß. Und das ist in Ordnung so.«

Schweigen.

»Aber alle können doch gerettet werden, oder?«, wollte sein Vater flehend wissen, die Stimme durchzogen von Geschluchze. »Alle können Abbitte leisten, oder?«

»Nein, nicht alle«, antwortete er.

Als diese Worte die nächtliche Stille in Brand setzten,

drehte sich sein Vater blitzschnell um und umarmte ihn. Niccolò drückte ihn seinerseits, ganz fest.

Verklemmte Köpfe, die Arme des einen um die des anderen geschlungen, die Herzen so nah beieinander, dass sie im selben Takt zu schlagen schienen. Sein Vater weinte, klagte, stieß raue, feuchte und traurige Töne aus. Und solange hielt sein Sohn ihn an sich gedrückt.

»Du warst ein guter Papa«, log er ihm ins Ohr; ihre letzte Wahrheit.

Sein Vater schluchzte noch heftiger, und Niccolò fühlte, dass er ihn für immer an sich drücken wollte, und gleichzeitig, dass er ihn nie mehr wiedersehen wollte.

Er hasste ihn. Aber wir können nur jemanden hassen, den wir auch hätten lieben können, oder den wir geliebt und verloren haben.

Sie lösten sich voneinander, und einer dem anderen gegenüber, immer noch ganz nah, Niccolòs Hände wie ein Rahmen um das Gesicht seines Vaters, sahen sie einander in die Augen; in den Punkt, der am weitesten von der Welt entfernt war, der äußeren ringsum, und am nächsten an ihnen selbst.

Der Leuchtturm strahlte, das Meer brauste, die Dunkelheit wurde noch dichter.

Niccolò steckte eine Hand in den Rucksack. Er holte die Pistole heraus. Und gab sie seinem Vater, legte sie ihm in den Schoß. Er wartete, dass er sie nahm, und starrte ihn dabei schweigend an. Leicht zudrückend, schloss er seine Hände um die Waffe. Und nickte.

Der sah seinen Sohn an, in den Augen ein drastisches Grauen. Und er umklammerte die Pistole mit zitternden Händen. Ganz leicht hob er sie an, wog sie und streichelte langsam über ihren Lauf. Dann, den Blick aufs Meer gerichtet: »Ja, es ist richtig so.«

Tiefe Dunkelheit. Drückende Stille. Das Nichts füllte die Küste aus.

Niccolò stand auf, stemmte sich hoch auf seine wackeligen Beine. Er küsste seinen Vater auf die Stirn, blieb lange so, die Augen zusammengekniffen, mit unsicheren Fingern seinen Nacken drückend. Dann drehte er sich mit seinem ganzen Körper um.

Mit gekrümmten Schultern, die Beine leicht gebeugt und die Arme baumelnd, wandte er seinem Vater den Rücken zu, bereit, wegzugehen, aber er konnte sich nicht rühren.

Er kämpfte gegen eine unsichtbare Kraft an, die versuchte, ihn dort bei ihm zu halten. Die ihm zurief, dass er ihm die Pistole aus der Hand nehmen und sie ins Meer werfen solle. Die ihn bat, seine Meinung zu ändern, anders zu handeln. Gegen jede Faser seines Wesens kämpfend, rührte er sich einen langen Augenblick nicht.

Bis er schlagartig, wie aus dem Nichts, loslief.

Er ging in Richtung der Villa, einen Schritt nach dem anderen.

Erst langsam, sehr langsam. Dann immer schneller.

Jetzt rannte er.

Mit seinen Hacken wirbelte er Sand auf, weinte, hielt sich den Mund zu, um keine Geräusche zu machen. Und dabei rannte und rannte und rannte er. Mit beiden Händen stieß er das rote Tor auf. Und war im Garten. Da hielt er inne, kniete sich hin und gab sich einem verzweifelten Schluchzen hin.

Er weinte und weinte und weinte. Dann stand er auf und drehte sich um.

Der Leuchtturm in der Ferne strahlte nicht mehr. Aber die Dunkelheit hatte es nicht geschafft, sich der Welt zu bemächtigen. Ein diffuses, warmes Licht erhellte sie vollständig. Niccolò hob die Augen zum Himmel, auf der Suche nach der Quelle dieses Lichts, und da sah er, zum ersten Mal, seit er sich erinnern konnte, die Sterne.

Nun waren sie es, die seine Welt erleuchteten.

Eine unendliche Weite voller Himmelskörper, die funkelten und das Firmament über ihm füllten. Millionen von Lichtern, die durch die Nacht schwebten und ihm Schutz vor dem Schmerz der Wirklichkeit boten.

Da verstand Niccolò, dass er seine lange Nacht durchquert hatte. Und dass er sich diesen Himmelskörpern für immer würde überlassen können.

Er trocknete seine Tränen, und ein Lächeln dehnte seine Gesichtszüge.

Dieser Himmel, diese Sterne, dieses Licht.

Da, unter seinem Wendekreis aus Illusionen, war alles wahr, und alles war wirklich.

CAMPOROTONDO, SOMMER 2000

Eingeschlossen im Bad verwandelte Teresa sich ein weiteres Mal.

Für die Lippen nahm sie den Lippenstift, den ihr Vater ihr geschenkt hatte.

Sie schminkte sich so, wie Elena es ihr beigebracht hatte. Ein Hauch Grundierung. Gerade so angedeutete Mascara, um Klumpen zu vermeiden. Erdbeer-Lipgloss. Etwas Glitzer auf Brust und Schultern. Zurück im Zimmer durchwühlte sie wieder einmal ihren Schrank. Sie zog sich ein weißes Shirt an, das sie oberhalb des Bauchnabels einrollte, und einen leichten Rock, dessen Gummi sie unter die Hüften schob. Sie betrachtete sich im Spiegel, richtete sich die Haare, lief durch den Flur und traf im Wohnzimmer auf ihren Vater.

Im Halbdunkel, die Tischlampe war schwach, starrte er an die leere, dunkle Wand.

»Ich geh aus, Papa.«

»Mit Freunden?«

Was für eine Frage. Welche Freunde denn?

Sie nickte, sicher, dass er keine weiteren Fragen stellen würde. »Mama?«

»Im Bett.«

»Alles … alles in Ordnung?«

Ihr Vater zuckte mit den Schultern. »Hier, nimm«, sagte er und streckte ihr dreißigtausend Lire hin, »ich weiß nicht, ob für ein Bier oder ein Eis, aber jedenfalls …«

Sie nahm das Geld, faltete es und steckte es sich in den Rockbund, dann trat sie auf ihn zu, drückte ihm ein Küsschen auf die Wange und ging raus auf die dunkle Veranda.

Das Meer war ruhig, vielleicht zu ruhig. Der Himmel wüst und leer, die Luft stickig, der Strand unbelebt. Alles war in der Schwebe, die Schwerkraft aufgehoben von etwas Mächtigerem, das selbst Teresas dicken Körper leichter gemacht hatte.

Sie lief die Stufen runter, hob den Blick und sah den Mond. Er schwebte einsam im Schwarz jener sternenlosen Nacht. Zur Linken, am Ende des Küstenstreifens, strahlte der Leuchtturm. Teresa sah ihn eine Weile forschend an, wie hypnotisiert, dann wandte sie sich ab, um zu Riccardos Haus zu gehen, hielt aber nach wenigen Schritten inne.

Er war dort. Stand reglos mitten auf dem Strand.

Der Mond übergoss ihn mit einem eisigen Licht, die Glut seiner Zigarette schwebte in der Dunkelheit, das Weiß seiner Zähne, entblößt in seinem ewigen Raubtierlächeln, glänzte. Marmorne Stille. Auch das Meer war still und beobachtete sie. Und unterdessen schauten Teresa und Riccardo sich an, ohne einander zu sehen.

Dann, als hätten sie sich abgesprochen, setzten sie sich in Bewegung und trafen einander auf halbem Weg.

»Worauf hast du Lust?«, fragte er sofort. »Gehen wir zur Bar?«

Teresa stimmte zu.

Den Weg bis zur Strandbar legten sie schweigend zurück. Nah beieinander und gleichzeitig weit voneinander entfernt, sehr weit. Er rauchte die zweite Zigarette, und sie hörte ihrem bis in die Ohren hämmernden Herzen zu, schaute mal auf ihre in die Ballerinas gezwängten Füße, mal auf den Schein des Leuchtturms. In der Bar herrschte ein Frieden, der anders war als das Chaos, das Teresa in den letzten Tagen dort erlebt hatte. In der Luft ein Song mit Saxofon und Klavier.

»Was willst du?«, fragte Riccardo sie.

»Nein, was willst *du*?«

Er schaute sie verwirrt an. »Einen Mojito, würde ich sagen.«

Sie ging rein, legte die dreißigtausend Lire von ihrem Vater auf den Tresen und bestellte zwei Mojito. Als der Barkeeper sie ihr reichte, bezahlte sie und gab einen der beiden Maxibecher Riccardo. Gemeinsam gingen sie zurück an den Strand.

»Was hältst du davon, wenn wir sie da drüben trinken?«, schlug er vor und zeigte auf den Leuchtturm. »Das ist cool da.«

»Kommt man da hin?«

»Klar doch. Es gibt so eine Art Pfad auf den Klippen. Der führt sogar bis zur Insel.«

Auf dem Weg nippte Teresa einmal an ihrem Mojito, nur einmal, und schüttete ihn dann schnell auf den nassen Sand. Sie spazierten einige Minuten über den Strand, und wo der Küstenstreifen aufhörte, stiegen sie auf einen Pfad aus zerklüfteten, abbröckelnden Klippen. Heruntergekommen, hier und da von Meerwasser überspült. Wenige Dutzend Meter lang, verband er die Küste mit dem Haufen Felsen, in den der Leuchtturm eingelassen war. Sie liefen ihn vollständig ab, allein das Mondlicht leitete sie, und gelangten auf die Insel.

Gestrüpp und Unkrautbüschel tüpfelten Lehm und Felsen: Es war ein hingerotzter Klumpen Erde auf dem

Meer. Öde, leer, trocken. Ganz hinten stand der Leuchtturm; rundherum das, was vor vielen Jahren mal das Haus des Leuchtturmwärters gewesen sein musste; verfallen, abblätternd, voller Graffiti. Die Fenster mit zerbrochenen Scheiben waren schwarze Löcher, die verfallenen Mauern sahen aus wie die runzlige, fleckige und welke Haut eines armen Alten. In der Mitte, zwischen den Flügeln des Gebäudes, eine Freitreppe, auch die in schlechtem Zustand, die in den Himmel aufzusteigen schien.

Seite an Seite standen die beiden einige Sekunden da, reglos mitten auf dem Inselchen, vor der Ruine, und erforschten das Nichts.

Teresa hob ihren Kopf hoch zum Leuchtturm, und als der sich drehte und sie ansah, tat sein Licht ihr in den Augen weh. Sie schloss sie, rieb sie, und als sie in die Welt zurückkam, sah sie diese von einem schmerzlichen Licht überflutet, das nicht existierte, aber da war. Ohne ein Wort stieg Riccardo die Stufen in der Mitte hoch und verschwand in der Dunkelheit. Sie wippte mit nervösen Fingern und aneinanderklebenden Oberschenkeln auf der Stelle hin und her, nach einer Weile folgte sie ihm. Als sie die Stufen hinter sich gebracht hatte, stand sie auf einer Terrasse, auf halber Höhe zwischen der Insel und der Spitze des Leuchtturms.

Sie waren auf dem Dach des alten Leuchtturmwärterhauses.

Das Geländer war nicht mehr da, zwischen ihnen und dem Wasser ein struppiger, dunkler Steilhang. Viele der Fliesen, mit denen die Terrasse ausgelegt war, waren rausgerissen, an mehreren Stellen sah man den schartigen Beton durch. Wo die Freitreppe aufhörte, leere Bierflaschen und Papierabfall, auf der gegenüberliegenden Seite ein Krater ins Innere des Hauses.

Wohin Teresa sich auch drehte, sie sah überall nur Meer.

»Es wirkt, als könnte man die Welt in eine Hand nehmen«, sagte Riccardo.

»Auf mich wirkt es so groß, dass es Angst macht«, antwortete sie mit einem Elan, den sie nicht an sich kannte.

»Verschiedene Sichtweisen. Aber so ist es immer, oder? Eine Frage der Sichtweise.«

»Ach ja?«, fragte er und wirkte ungeduldig. »Immer, immer, immer?«

Teresa ging ein paar Schritte über die verlassene Terrasse. »Manchmal denke ich, dass gar nichts existiert«, sagte sie, »dass alles nur aus der Sicht der anderen einen Sinn hat. Also: Ja, wahrscheinlich ist es immer eine Frage der Sichtweise. Aber … ich weiß es halt nicht.«

Schweigen, das Licht des Leuchtturms fuhr über ihre Köpfe hinweg und strahlte sie an.

»Siehst du die Boote da unten?«, fragte er.

Teresa verneinte.

»Sie sehen aus wie kleine, weiße Punkte auf einem ganz schwarzen Bild.«

»Ich sehe sie nicht.«

»Das kann dieses Mal aber nicht eine deiner Sichtweisen sein«, lachte er.

Verwirrt zuckte sie mit den Schultern.

Den Mojito hatte Teresa nicht getrunken, weil ihr, als er vorgeschlagen hatte, zur Bar zu gehen, klar geworden war, dass sie bei jedem ihrer Treffen betrunken gewesen war. An diesem Abend aber wollte sie die Kontrolle über sich behalten. Darum durfte sie keinen Alkohol im Körper haben. Allerdings fühlte sie sich Riccardo trotzdem ausgeliefert.

»Komm schon, da sind sie doch. Ganz weit hinten«, sagte er. Er stellte sich hinter sie, nahm ihr Gesicht zwischen die Hände und versuchte, ihren Blick zu lenken. »Du *musst* sie sehen.«

Seine heißen Finger auf dem Gesicht, rückte Teresa ab und zog sich zurück.

»Hey, entspann dich mal, verdammt!«, rief er mit einem freudlosen Lächeln aus.

»Ich sehe die Boote nicht. Wie ich dir schon gesagt habe.«

Riccardo nickte langsam und kräuselte dabei die Lippen. »Okay. Entschuldigung.« Er lachte, trank von seinem Cocktail und wurde ernst. »Gibt es etwas, worüber du mit mir reden willst?«

Die Worte trafen Teresa wie ein Faustschlag auf die Nase. »Wie … wie meinst du das, ob es etwas gibt …«, stammelte sie, war aber nicht in der Lage, den Satz zu beenden.

»Du bist doch heute zu mir gekommen, oder?«

Teresa zwang sich zu einem Nicken.

»Du hast doch gesagt, dass du mich heute Abend sehen willst, oder?«

Teresa zwang sich zum zweiten Mal zu einem Nicken.

»Also bist du diejenige, die mir etwas zu sagen hat, oder?«

Teresa merkte, wie sie zum dritten Mal nickte, dann, überstürzt: »Nein. Ich … also, ich meine, es gibt nichts, was ich dir unbedingt sagen müsste.«

Riccardo löste seinen Blick von ihr und schaute wieder auf das Meer.

»Warum wolltest du mich dann sehen? Du hast gesagt, du hättest mir nichts zu sagen. Aber du bist zu mir gekommen.« Er nickte, als würde er jemandem antworten, der nicht da war. »Irgendwas willst du also von mir, das ist klar.«

Teresas Herz raste los, aber sie sagte nichts.

»Nichts? Hast du mir nichts zu sagen?«, versuchte er es noch einmal; er lächelte ganz ernst.

Als hätte eine unsichtbare Kraft sie am Nacken gepackt und gedreht, wandte sie sich um und sah ihn an. Dann, als hätte dieselbe Kraft ihre Wangen gekrallt und sie ausgedehnt, lächelte sie ihn an. »Wenn ich Lust auf etwas habe, dann mache ich es.«

Langes Schweigen, dann platzte ein volltönendes Lachen aus Riccardo heraus.

Er lachte und lachte und lachte.

Er wurde wieder ernst, stürzte sich erneut auf seinen Mojito und trank ihn aus, den Blick auf sie gerichtet. »Du forderst mich heraus. Warum zum Teufel forderst du mich heraus?«

»Aber … nein, ich … fordere dich überhaupt nicht heraus.«

»Doch. Ständig.« Er kam etwas näher, streckte seinen Arm über den Rand der Terrasse aus und ließ den Becher ins Leere fallen. »Auch jetzt, mit dieser Antwort eben … du forderst mich heraus, verdammt. Warum tust du das?«

»Das war …« *Was? Was war das?* »Das war nur ein Witz. Sonst nichts.«

Das Schweigen war bleischwer. Dicht. Lauernd.

»Ein Witz, sagst du.«

Teresa zuckte wieder mit den Schultern.

Riccardo kam noch näher. »Du kommst zu mir und legst es drauf an.«

»Worauf lege ich es an?«, fragte sie verwirrt, aber noch in der Lage, hart zu bleiben.

Er lächelte sie an. »Du putzt dich heraus, um mich anzuziehen, und weist mich zurück. Du gibst mir etwas, um es mir gleich wieder wegzunehmen. Du rennst weg und rufst mich, damit ich dir hinterherlaufe.«

Es stimmte. Es stimmte alles. Und doch war gleichzeitig alles falsch.

»So ist es nicht, ich habe bloß versucht …«

Was, Terri? Was denn?

Ich weiß es nicht. Ich weiß es nicht, weiß es nicht, weiß es nicht.

Diesen Sommer hatte Teresa sich vorgetastet, im Zickzack zwischen innersten Ängsten und fremden Wünschen. Das war die Realität. Und alles in der vergeblichen Hoffnung, dass die Ereignisse ihr den rechten Weg weisen würden. Den sie noch nie eingeschlagen, von dem sie aber immer gehört hatte, den normalen, den alle gingen. An jenem Nachmittag aber, nachdem sie sich mit ihrer Mutter geprügelt und mit ihrem Vater gesprochen hatte, hatte sie verstanden, hatte sie sich selbst davon überzeugt, dass

wenn die Welt mir die Schönheit nicht gibt, ich sie mir holen muss

die Dinge nicht von allein, wie von Zauberhand den richtigen Weg nehmen konnten. Es war an ihr, darauf hinzuwirken, dass ihr Leben besser würde, und in Ermangelung eines klar vorgezeichneten Weges, einer einzuschlagenden Richtung, hatte sie sich von Instinkt und Verlangen leiten lassen. Und diese Triebe, verwirrt, naiv und bisher ungenutzt, hatten ihre Beine an jenem Nachmittag zu Riccardos Haus gelenkt.

Jetzt, wo ihr das Herz bis zum Hals schlug, als wäre es der Herzschlag der Welt. Wo Riccardo sie mit seinen blauen und gefährlichen Augen anstarrte. Allein auf dieser Terrasse, auf dieser Erde, in diesem Universum. Jetzt fürchtete sie, dass sie alles falsch gemacht hatte.

Was soll ich tun?

Bleib ruhig. Reg dich nicht auf.

Ich habe Angst.

Aus dem Nichts heraus tauchte in ihrem Kopf eine Szene aus *Bugs Bunny* auf.

Elmer Fudd, dem Jäger mit dem Eierkopf, gelang es, Bugs Bunny aus seinem Loch zu jagen. Nachdem er im Wald eine Falle aufgestellt hatte, drängte er ihn in die Ecke und bereitete sich mit dem Gewehr in der Hand darauf vor, ihm den Garaus zu machen.

Als Teresa den Zeichentrickfilm geguckt hatte, hatte sie gelacht, weil sie sicher war, dass Bugs Bunny davonkäme, am Ende gewinnen würde. Aber jetzt, ganz allein mit ihrem Jäger, war ihr nicht mehr nach Lachen zumute.

Passiert gleich was Schlimmes?

Vielleicht ja, Terri.

»Es ist wirklich nicht so, wie du denkst«, setzte sie wieder an. »Es ist nicht so, dass …«

»Von wegen, es ist nicht so.« Er kam noch näher, jetzt lagen nur noch wenige Zentimeter zwischen ihnen. »Du willst, dass ich dich nehme, kannst es mir aber nicht sagen, weil du sonst wie eine Hure wirkst.«

Teresa wich einen Schritt zurück, klammerte sich an ihren Rocksaum.

»Nein, so ist es nicht, hab ich gesagt.«

»Doch, so ist es.«

»Nein«, wiederholte sie, aber mit hauchdünner Stimme, »das ist es nicht, was ich will.«

»Ach, nein?«, zischte er und kam noch näher. »Was willst du denn dann, verdammt?«

Ich weiß es nicht. Ich weiß es doch nicht.

Teresa wich noch weiter zurück, dann schaute sie sich instinktiv um – und sah das Nichts. Zu ihren Füßen, nur wenige Zentimeter von ihren Hacken entfernt, der Abgrund. Sie konnte nirgends mehr hin, es gab keinen Ausweg.

Sie wurde von einer blinden Angst erfasst.

Gleich kamen ihr die Tränen.

»Ich … nicht …«, murmelte sie mit brüchiger Stimme und sagte nichts weiter.

Stille. Stille. Stille.

Die Welt verfinsterte sich. Das Meer wurde stumm. Riccardo lächelte.

Hau ab.

Teresa warf sich zur Seite und rannte los Richtung Treppe.

Den Mund offen in stummen Schreien. Mit den Armen fuchtelnd, wie Spatzenflügel.

Sie war fast da. Nur noch wenige Schritte bis zu den Stufen, ganz, ganz wenige.

Aber plötzlich fühlte sie, wie ihr Nacken und ihr Kopf brannten, sie merkte, wie sie zurücktaumelte, von einer unbesiegbaren Kraft gezogen, die sie an den Haaren riss. Sie legte die Finger an die Stelle, wo sie den Schmerz spürte, den Kopf zum Himmel gewandt, und versuchte, sich aus Riccardos Griff zu befreien. Aber er zog mit noch mehr Kraft, sodass ihr Kopf nach hinten fiel und sich ihr Rücken bog. Dann stieß er sie zielsicher nach vorne. Und Teresa stürzte. Erst landete sie auf allen vieren, dann ausgestreckt wie ein Tigerfell, auf dem Bauch.

Beim Aufprall auf den kaputten Fliesen und während sie über den Boden schleifte, schrien Knie, Handgelenke und Kinn vor Schmerz.

Teresa drehte sich auf den Rücken. Und schon war er über ihr.

Tonnenschwer saß Riccardo rittlings auf ihr.

Auf ihrem Bauch hockend, gab er ihr eine Ohrfeige. Dann noch eine. Und noch eine. Teresas Wange flammte auf, und für einen langen Augenblick sah sie nichts. Nur Millionen von Glühwürmchen, die funkelten und sich gegenseitig anrempelten. Währenddessen, außer Kontrolle, spürte sie, wie ihre eigenen Hände herumfuchtelten.

»Halt!«, bellte Riccardo. »Halt still, verdammt. Stillhalten!«

Teresa zappelte und wand sich weiter wie verrückt. Aber er war über ihr. Saß auf ihr. Und er war zu schwer.

Schließlich schaffte Riccardo es, ihre eine Hand zu packen. Er hielt sie auf dem Boden fest, drückte ihr Handgelenk runter. Zuckend und ohne nachzudenken, tastete sie mit der anderen den Boden um sie herum ab. Und da spürte sie sie.

Eine halbe Fliese. Groß, schwer, spitz.

Sie griff danach. Sie ließ sie durch die Luft wirbeln. Und schlug zu.

Riccardo schrie auf unmenschliche Art, dann fiel er nach hinten um.

Befreit stand Teresa auf und rannte zur Treppe.

Sie schluchzte wie ein verwundetes Tier. Sie zitterte. Sah nur verschwommen. Konnte kaum atmen. Und dabei lief sie die Stufen runter.

Mit allem Atem, den sie im Körper hatte, fing sie an zu brüllen. Erst unartikulierte Schreie. Dann rief sie mit belegter Stimme, die Nase voll Schleim, der ihr bis aufs Kinn tropfte, um Hilfe. Sie rief Gott an, ihre Mama, ihren Papa. Und sie rannte und rannte und rannte. Sie erreichte die Insel. Erblickte das Festland, dunkel und still und gleichgültig gegenüber ihrem Schmerz. Sie musste es dahin schaffen.

Renn, renn, renn.

Sie flitzte zwischen Unkrautbüscheln und Felsen und Lehmhügeln hindurch. Sie sah einen Stein nicht und strauchelte, fiel auf die Knie, die ein stechender Schmerz durchfuhr. Sie rappelte sich schnell wieder auf, schob die Haare aus dem Gesicht und rannte weiter.

Die Hände zur Faust geballt, kurzer Atem, aufgerissene Augen.

Sie rannte und rannte und rannte. Und weinte und schrie und röchelte und sah den schmalen Pfad aus Felsen und war fast da, war da, nah, ganz nah, und rannte, so schnell sie konnte, und schrie, und sie verlor den Boden unter den Füßen und fiel blöd hin.

Sie landete mit dem Gesicht auf einem trockenen, harten Unkrautbüschel.

Etwas Heißes tropfte ihr aus der Nase, flutete ihren Mund mit einem metallischen Geschmack. Die Tränen schossen nun in Strömen aus ihr heraus. Und ihre Stirn platzte, als hätte ihr jemand gegen den Kopf gehämmert. Einige Sekunden verstand sie gar nichts. Sie fühlte sich unfähig zu sehen, zu hören, zu denken. Unfähig zu

Ich kriege keine Luft. O Gott, ich kriege keine Luft! ICH KRIEGE KEINE LUFT!

atmen.

Bäuchlings auf der harten Erde, das Gesicht gegen das Unkrautbüschel gepresst, auf dem sie gelandet war, spürte sie eine Last, einen riesigen Felsblock, auf der Brust und dem Bauch, sodass sie keine Luft einziehen konnte.

Atme. Du musst atmen, Teresa, du musst atmen, sonst stirbst du.

Mit aufgerissenem Mund voller Grashalme zappelte sie, ihre Hände schlugen auf den Boden, und die Füße traten ins Leere. Sie versuchte, sich umzudrehen, aufzustehen, aber die Last auf ihr war zu schwer, und sie konnte sich nicht rühren.

Atme, verdammt, atme, atme, ATME!

Ich sterbe gleich.

ATME!

Ich sterbe gleich.

ATME!

Die Last verschwand.

Zuckend hob sie schnell den Kopf, stützte die Ellbogen auf den Boden. Sie riss den Mund auf, voller Gras und Schleim und Blut. Und tat einen verzweifelten Atemzug. Zu mehr hatte sie allerdings keine Zeit, denn sie wurde von bösen, starken Händen sofort umgedreht. Schon lag sie auf dem Rücken.

Auf ihr, ein Knie in ihren Bauch gedrückt, war Riccardo.

Das Gesicht purpurrot, Blut floss ihm aus einer langen und breiten Wunde an der Schläfe. Das musste sie gewesen sein, als sie ihn mit der Fliese getroffen hatte. In der Dunkelheit, das Gesicht voller Blut, erkannte man nur das Weiß seiner Augen.

»Du Scheißhure!«

Und eine geklatscht. Und noch eine Ohrfeige. Und noch eine.

Teresa, deren Gesicht und Beine und Bauch und Hände und Kopf vor Schmerz schrien, fühlte sich plötzlich wie eine Gefangene ihres eigenen Körpers.

Sich dessen bewusst, was gerade passierte, konnte sie sich nicht rühren.

Sie sah Riccardo über ihr aufragen. Ein Riese. Das halb aufgeknöpfte Hemd mit Blut und Erde verschmiert. Ein Knie auf ihren Unterleib gedrückt. Die Hände auf ihre Wangen klatschend. Aber sie war unfähig, irgendetwas zu tun. Sich zu bewegen, sich zu wehren.

Es war, als hätten alle Kräfte sie verlassen.

Teresa existierte, war aber nicht da.

Bin ich tot?

»Das warst alles du. Es ist deine Schuld, verdammt!«, bellte er. »Verstehst du das?« Er hörte auf, sie zu ohrfeigen, warf den Kopf nach hinten und schnaubte, er fuhr sich mit der Hand durch die Haare, über die verletzte Schläfe, die Augen, die Nase, die Lippen und das Kinn und beschmierte sein Gesicht mit Blut und Erde. »Verstehst du das? Hä?«

Nein, Teresa verstand nicht. Und das hätte sie ihm gern gesagt, aber sie schaffte es nicht.

»Du wolltest mich. Du wolltest mich, du verfickte Scheißhure!«, brüllte er und lächelte sie an; ein breites, zu breites Lächeln. »Na, also, dann … verdammt, dann geb ich dir jetzt, was du willst.«

Teresa sah, wie seine Hand sanft auf sie herabsank und ihr Gesicht streichelte. Sie hielt auf ihrer Wange inne, dann fuhr sie runter auf die Lippen und den Hals und den Brustkorb und ihre Brüste. Langsam streichelte er sie. Er zog ihr das Shirt aus, dann den BH, griff nach einer Brust, massierte sie mit vollen Händen, kniff erst in eine Brustwarze, dann in beide.

»Ja, verdammt …«, röchelte er; seine Stimme klang seltsam. »Jetzt geb ich dir, was du willst.«

Er knöpfte seine kurze Hose auf, ließ sie runter und zog sie sich aus. Er schlüpfte auch aus seinen Boxershorts, knüllte sie zu einem Ball und rieb sie über ihr Gesicht, steckte sie ihr zwischen die weichen Lippen und füllte ihre Nase mit einem abstoßenden Geruch. Er nahm sie ihr aus dem Gesicht, warf sie weg, streichelte wieder ihre

Wangen. Dann öffnete er mit seinen blutigen Fingern gewaltsam ihren Mund, steckte Zeige- und Mittelfinger zwischen Zunge und Gaumen und fing an, in ihr herumzustochern.

Es schmeckte komisch. Salzig und süßlich und bitter.

Aus dem Nichts heraus erschien da über ihr das harte Ding. Gewaltig, bedrohlich. Riccardo berührte es, das harte Ding. Er schob es vor und wieder zurück, schob es vor und wieder zurück und schob es vor und wieder zurück. Er hob seine andere Hand, formte damit eine Schale und spuckte hinein. Er rieb das harte Ding mit Spucke ein und massierte es dabei. Und lächelte Teresa an.

Ich muss kotzen.

Noch immer unfähig, sich zu bewegen, kam es ihr vor, als sähe sie die Szene von oben.

Ein dickes Mädchen, mit Blut und Erde beschmiert, mit zerzausten Haaren und halb nackt am Boden liegend, über dem eine hungrige und wilde und riesige und unbezwingbare Bestie aufragte.

Riccardo nahm sein Knie von ihrem Bauch. Er zog ihren kurzen Rock und ihren Slip runter, mit solcher Wucht, dass er ihr an den Oberschenkeln und der Hüfte wehtat. Und er berührte sie da unten.

Erst mit offener Hand. Massierend, drückend. Langsame, starke, zielsichere Bewegungen. Streichelnd ging er hoch und runter. Dann steckte er, immer noch sachte, zwei harte, lange, unaufhaltsame Finger rein. Und fing an, sie zu erforschen. Sie verdrehend, etwas aus ihr herausziehend, als wollte er sie ausweiden.

Das, was sie zwischen den Beinen hatte, explodierte in ein schmerzhaftes Kribbeln.

Da schloss Teresa die Augen. Und von dem Moment an *spürte* sie nur noch.

Wie er seine Finger rauszog. Wie er sie wieder reinsteckte. Wie er sie erneut rauszog. Wie er ihre Beine spreizte. Wie er ihre Flanken tätschelte. Wie er ihr über den Bauch streichelte. Wie er noch mal mit den Fingern in sie eindrang, mit einem, zweien, dreien. Wie er tiefer eindrang. Wie er sie von innen kitzelte. Wie er sie runterdrückte. Wie er an ihr zog. Wie er sie schob. Wie er sie hochhob. Wie er sie manövrierte, als wäre sie seine Stoffpuppe.

Dann fühlte sie kurz gar nichts mehr.

Und schließlich kam der Schmerz.

Stechend. Scheußlich. Schwarz.

Ein Schmerz, das begriff sie sofort, den sie nie vergessen würde.

Ein Stich, da zwischen den Beinen. Es kam ihr vor, als hätte ihr jemand einen glühenden Haken reingesteckt. Ein Schmerz, der zum Bauch und zum Magen und zur Brust aufstieg. Und in ihrem Kopf explodierte.

Hartes, grobes, uraltes Leiden.

Riccardo war ganz in ihr drin.

Teresa schrie. Unartikulierte Schreie, die ins Leere gingen.

Gleich ist es vorbei, Terri. Gleich geht er weg.

Sie fing an zu weinen. Die Tränen kamen von selbst heraus, sie gab keinerlei Geräusch von sich. Sie krallte sich in die Erde, die Finger gruben sich in die Insel; in den Händen blieb ihr nur Staub. Sie wölbte ihren Rücken, der Kopf strich über das Grasbüschel unter ihr. Und sie riss den Mund auf.

Jetzt ist alles vorbei, Terri. Jetzt ist alles vorbei. Jetzt ist alles vorbei. Jetzt …

Sie spürte, wie die heißen Tränen über ihr Gesicht rannen.

Er tut mir weh. Er tut mir zu sehr weh. Er tut …

Sie spürte, wie der Schmerz da unten größer wurde.

Ich halte das nicht aus, ich halte das nicht aus, ich halte das nicht aus, ich …

Sie roch, wie sein Gestank ihre Nasenlöcher verpestete.

Es reicht, ich bitte dich, es reicht, ich bitte dich, ich bitte dich, ich bitte dich …

Sie spürte, wie er ihr am Ohr leckte, ihr in den Hals biss, gegen ihre Brüste schlug.

Ich will sterben.

Und sie spürte gar nichts mehr.

Über ihr liegend, benutzte Riccardo sie wie eine Puppe.

Er grunzte, wütete auf ihrem Körper herum, beschimpfte sie. Er flüsterte ihr zu, dass sie eine Nutte sei, dass es ihr gefalle, dass es das sei, was sie gewollt habe, dass sie ihm gehöre, ihm allein, ihm und sonst niemandem. Und dabei verdrehte er ihre Hände, zerquetschte ihre Finger. Er zog an ihren Haaren, sodass ihr Kopf nach hinten gebogen wurde. Er drückte ihren Kopf in die Erde, um ihr Mund und Nase zu verstopfen, wenn sie schrie.

Aber Teresa, da mit ihm, auf jener Insel, in der Welt, war nicht mehr da.

Sie spürte alles, fühlte den Schmerz, roch den Gestank, aber wie aus der Ferne.

Am Boden liegend, zuckend von seinen Stößen, hatte sie sich ihrer selbst entäußert.

Sie öffnete die Augen. Er bewegte sich immer noch auf ihr hin und her. So drehte sie sich langsam weg, führte ihren Blick woanders hin. Und sie sah, dass der Leuchtturm nicht mehr aufblitzte. Sie drehte sich noch etwas weiter, wandte der Bestie über ihr das Profil zu. Sie tauchte ihre Augen in die Nacht, schloss sie ein wenig. Und es kam ihr vor, als wäre der Himmel ganz nah.

Er war voller Sterne. Leuchtende Pünktchen, die sie anstarrten und ihr zuflüsterten, dass sie, sie alle, für sie da seien. Dass sie sie aufnehmen und beschützen würden. Und diesem Himmel gab sie sich hin.

Fern von der Welt, die sie immer zurückgewiesen hatte, die ihr nur Leiden zugedacht hatte, die ihr nie eine Atempause gegönnt hatte, durchquerte sie den Himmel über ihr.

Ganz leicht schwebte Teresa mitten unter den Sternen.

And the devil may cry
The devil may cry at the end of the night.

THE WEEKND, *Devil May Cry*

Kein lebender Organismus
wird lange gedeihen,
wenn er sich immer nur
in der reinen Wirklichkeit aufhalten muss.

SHIRLEY JACKSON, *Spuk in Hill House*
(Deutsch von Eva Brunner)

CAMPOROTONDO, WINTER 2019

Wellenrauschen. Algengestank. Alkoholgeschmack.

Steif auf dem kalten Sand sitzend, erforschte Riccardo Giordano die Dunkelheit.

Krummer Rücken, gesenkter Blick, ausgestreckte Beine. Er ließ zu, dass die Finsternis und die Stille der Küste ihn zerfleischten, und schluchzte dabei leise. Zu lange saß er nun schon so da. Er wartete darauf, dass der Mut ihm die Hände führen würde, aber nichts dergleichen. Er schaffte es nicht, die Pistole anzusetzen und sich den Schädel wegzupusten.

Was ihn in der Welt verankert hielt, waren nicht die Gestalten derer, die er gewesen war, nicht mehr. Den Schatten seiner selbst hatte er Lebewohl gesagt, als er seinen Sohn um Verzeihung gebeten hatte. All das, was er nie würde sein können, wen er nie würde bewohnen, nie würde tragen können, krallte ihn jetzt an der Erde fest, die zu verlassen er sich vorbereitete.

Riccardo hätte gern die gesamte *Suche nach der verlorenen Zeit* gelesen. Gelernt, wie man auf zwei Fingern pfeift. Miami besucht. Einen Fallschirmsprung aus einem Flugzeug gewagt. Das Nordlicht gesehen. Einen Kochkurs besucht. Eine Schwimmtour mit Delfinen gemacht. Sich beim Oktoberfest betrunken. Einen Formel-1-Wagen gefahren. Eine Safari gemacht. Sich einen Knochen gebrochen, um zu sehen, wie sich das anfühlt. Ein Leben gerettet. Ein Flugzeug geflogen. Einen Roman geschrieben. Klavierspielen gelernt. Beim Weltmeisterschaftsfinale das Stadion besucht. Andere Sprachen beherrscht. An den Kanälen von Amsterdam einen fetten Joint geraucht. Alle Filme von Monicelli, De Sica, Fellini geguckt. Die Scala besucht. Saul Bellow die Hand geschüttelt. In Australien gesurft. Einen Berg bestiegen. Schachspielen gelernt. Konzentrationslager besichtigt. Von einem Wolkenkratzer runtergeschrien, bis ihm die Luft ausginge. Ein Häuschen im Umland gehabt mit einem sympathischen Labrador, zwei Lausebengeln, die im Garten spielen, und einer Frau, die Eistee auf der Veranda trinkt. Ein Leben gelebt wie viele andere. Eine Existenz geführt, deren Takt nicht von der Schuld vorgegeben wird.

Riccardo Giordano war kurz davor, sich umzubringen, und weinte dem nach, der er nie sein würde. Er weinte über das, was er sich unbewusst selbst verschlossen hatte. Aber auf der Welt gab es keinen Platz für Ungeheuer. Das wusste er mittlerweile.

Bestien, »die im Leben der anderen Schmerz verursachen«, mussten, wie sein Sohn ihm gesagt hatte, alle in die Hölle verbannt werden. An den Ort, den sie selbst erschaffen hatten. Aber er war kein Ungeheuer. Er war eins gewesen, das ja, aber dieser Mensch, der ein junges Mädchen vergewaltigt hatte, war nicht mehr da. Er war gestorben. Wieder und wieder ersetzt worden. Vor aller Augen aber würde er nie etwas anderes sein können. Er wäre für immer und ausschließlich das Ungeheuer, der Böse. Und würde auf der Welt nie einen Platz haben.

Also stand er mit zitternden Beinen auf. Er schloss die Augen, lastende Dunkelheit. Er stellte sich aufrecht auf den Strand. Nahm die Pistole hoch. Lud sie. Und hielt sie sich an den Kopf.

Er öffnete die Augen wieder. Ihm gegenüber, er selbst, Riccardo.

Der Überlebende. Der, der sich für die anderen geopfert hatte. Der Abscheuliche. Der Sünder. Der Widerling. Die letzte Version seiner selbst. Die Letzte, die ihm geblieben war.

Sie lächelten einander an, weinten stille Tränen.

Der Knall eines Schusses erschütterte den Küstenstreifen.

Und es ward Nichts.

Gleichgültig gegenüber dem Leiden der Welt strahlte der Leuchtturm weiter.

DANK

Dieser Dank gilt allen, die mir, ob bewusst oder unbewusst, geholfen haben, die von euch gelesene Geschichte zu Ende zu bringen – obwohl das Schreiben eigentlich ein sehr einsames Geschäft ist, finde ich die Kraft, bis zum Ende zu kommen, immer in den anderen, wie ich merke. Wenn ihr nicht auf dieser kurzen Liste steht, dann nur, weil wir andere Wege zusammen gegangen sind, weil wir einander mit anderen Mitteln, auf andere Arten geholfen haben. Seid also bitte nicht gekränkt.

Danke Livio, du hast mich aufgenommen, als ich nirgendwo hinkonnte, als ich keinen Ort fand, der zu mir gehörte und an dem ich mich nicht fremd gefühlt hätte, und hast mir ein Haus angeboten, in dem ich bleiben konnte. Danke den drei Ms, Monica, Maddalena und Marilena, ihr habt mir viel beigebracht und mir bequeme Klamotten zum Anziehen gegeben, aber vor allem habt ihr mir die wunderbare Möglichkeit geschenkt, mir eine schöne Zukunft vorzustellen, voller Licht. Danke Teresa, Niccolò, Riccardo, ihr wart meine Puppen, und ich weiß, dass ich euch schlecht behandelt habe, aber, wie es früher schon mit anderen der Fall war, habt ihr, indem ihr die Schmerzen dieser Geschichte bewohnt habt, mich vom Gewicht meiner eigenen Leiden entlastet.

Daher, danke euch allen: Ihr seid mein Glück.

Quellenangaben der Übersetzerin
Die deutsche Fassung des Zitats von Italo Calvino auf Seite 9 stammt aus: Italo Calvino: *Die unsichtbaren Städte*. Aus dem Italienischen von Burkhart Kroeber. Frankfurt am Main: S. Fischer 2013, S. 21.

Die deutsche Fassung des Zitats von Shirley Jackson auf Seite 341 stammt aus: Shirley Jackson: *Spuk in Hill House*. Aus dem Amerikanischen von Eva Brunner. Borsdorf: Festa 2019, S. 7.